暫坐

賈平凹 著

華品文創

序

韓魯華

一日，賈平凹版本收藏與研究家朱文鑫先生來訪，告知臺灣華品文創出版股份有限公司要出賈平凹長篇小說典藏書系叢書，已與賈平凹溝通過，要我寫個序。雖有些為難，但作為老朋友，還是勉為其難地答應下來。

記得一九九七年，我要寫本研究賈平凹文學創作的著作，與賈平凹在一家醫院裡做訪談，聊到興致處，他說：香港要出本他的作品集，你給咱寫個序吧。我不假思索就拒絕：開玩笑，我能給你寫得了序？他說：需有人寫個序，這是出版方的要求。那時雖還年輕，但也有自知之明。要說給賈平凹寫序，不說全中國，就陝西那麼多大家前輩，怎麼也輪不到我這個剛出道不久的年輕人。可賈平凹卻堅持，也就只好勉為其難。好在那時年輕有股子猛勁，很快就完成了。這便是附於那本作品集前面的導讀。這篇三千來字的導讀，也就成為我後來出版的《精神的映象——賈平凹文學創作論》的一個簡略的綱要。

轉眼幾十年過去了，鄙人也步入古稀之年。六十歲後，深深體會到文章驚恐成的意味。雖然從一九八〇年代初大學畢業就開始追蹤閱讀研究賈平凹，越是閱讀思考就越是困惑疑問叢生，更不敢說已把賈平凹以及當代文學就完全讀懂讀透徹了。所以，這裡只能談點自己閱讀賈平凹的粗淺感受。

在談賈平凹的長篇小說之前，先說句賈平凹的文學創作。說到賈平凹的文學創作，一般學者都以他一九七二年踏入大學校門，在校刊上發表詩作〈相片〉，或者說一九七三年在《群眾藝術》發表革命故事〈一雙襪子〉（有人將此作視為短篇小說，我以為不妥。該作雖有虛構的成分，但創作基本模式是按照當時革命故事模式而寫作的。合作者是賈平凹大學同鄉同學馮有源。）作為起始。近年在對賈平凹文學創作蹤跡實地考察中，發現他一九七〇年在修建苗溝水庫時，有意無意之間，就開始了極有文學意味的寫作。除了那些刊登在工地簡報或牆報上的詩歌或故事外，還有模仿孫犁《白洋淀紀事》寫下的厚厚一本筆記。據看過的朋友講，這本筆記若發表，其藝術感悟力與表現力絕不亞於他早期發表的作品。據此，是否可以說賈平凹的文學創作起始或萌發於一九七〇年的苗溝水庫時呢？當然，這一結論，還需更多材料進行驗證。不管怎麼說，就是從一九七三年發表〈一雙襪子〉算起，到二〇二三年出版長篇小說《河山傳》，賈平凹的文學創作也走過了整整半個世紀。在這半個世紀裡，他以其富有藝術挑戰性、探尋性的創作實績，建構起當代中國文學史上一道獨特的文學景觀。這道獨特的文學景觀的文學史意義，借用李星先生的話說，就是賈平凹作為一位「東方的作家，民族的作家」，他是「以自己的為傳統文化所陶冶了靈與肉的精神與創作，與當代世界作著深層次的對話，」「用自己如椽之筆在為自己所生活的時代命名。」（李星〈賈平凹文學的時代意義〉，原載《陝西日報》二〇一六年十二月二日）還有陳曉明先生十多年前在一篇數萬言的長論中也做過這樣的評價：「現代漢語白話文學歷經百年的風吹雨打，終於成長幾棵大樹，賈平凹無疑傲然在列。不管從數量還是質量，不管是對當代現實的表現，還是對西北地域文化的表現，不管是他筆下眾多鮮活靈動的人物，還是獨具韻味的文學風格，賈平凹都無可爭議是當代最卓越的作家之一。歷經三十多年的創作歷程，他的創作涵蓋了一部當代中國文學變革史，他筆力所及無疑是當代文學抵達的境地，他的困擾與艱難，無疑也是當代中國文學的困境。深入解讀賈平凹的創作，細讀他的作品，也是在解開中國當代文學的地形圖。他身上顯現出來的文學意蘊如此豐厚，匯集的問題、矛盾與啟示是如此之多，以至於我們如果不認真對待賈平凹的創作，就不能腳踏在當代中國漢語言文學的堅實的土地上。」（陳曉明〈穿過「廢都」，帶燈夜行——試論賈平凹的創作歷程〉《東吳學術》二〇一三年第五期）於此，我更想用一種比喻的話語來描述賈平凹的文學創作及其意義：賈平凹的文學創作構成了當代中國文學史上一架富有高品質文學藝術礦藏的山脈。這架山脈通東西而會南北，有聳立入雲的高峰，也有深邃幽靜的山谷。這架山脈不是沉於海底或者谷底，而是存活於高原之上。賈平凹的文學創作，更多的不僅僅是借鑑或者吸納，而是在做著一種會通。他用自己的創作實踐，在致力拉通與中國古代文學、與世界文學的經脈。他是在以自己的文學藝術創造實踐，延續著中華

民族文化思想與文學藝術的精神文脈。（韓魯華、潘靖壬《賈平凹文學創作與研究的整體觀》，小說評論二〇二二年三月）

別的不說，僅就數量而言，據朱文鑫統計，已公開發表出版的作品字數近二〇〇〇萬字，出版作品六〇〇餘種，其中發表散文五三九篇，短篇小說一六七篇，中篇小說三十七部，出版長篇小說二十部，海外作品一三〇餘部（種），獲得不同獎項五十餘次。其作品量之大，在當代中國作家中，實屬屈指可數。

當然，作家文學創作的價值意義，自然是不能僅以數量來衡量的，更重要的是作品藝術品相品位。對此，我不想再做什麼言說，前面所引李星、陳曉明二君與本人的評價，就足以說明問題。在此只想說，賈平凹雖然已過古稀之年，但其文學創作不僅沒有衰退跡象，反而是更加鼎盛，僅長篇小說近十年間就創作了九部。其筆法之老道，思考之深廣，境界之寬闊，已構成當代中國文學創作上一種特有的晚年創作現象，受到評論界的高度關注。這次華品文創出版的長篇小說叢書的四部作品，其中有三部就是近三四年創作的。

賈平凹的文學創作，就文學文體樣式而言，自然首要的是長篇小說。不僅賈平凹如此，當代中國作家基本亦如此。自一九九〇年代後，長篇小說似乎成為確定一位作家在當代中國文學史上地位的一個最為重要的衡量尺度，許多作家都將主要精力放在了長篇小說創作上。自《廢都》之後，賈平凹的文學成就主要體現在長篇小說創作上。這樣說，並非有意弱化或者遮蔽賈平凹其它方面的文學創作實績。就賈平凹的文學創作整體來說，不僅短、中、長篇小說，均有進入當代中國文學史的優秀作品，他的散文創作及其藝術主張，那也是在當代中國文學史上佔有極為重要的一席之地的。

賈平凹的長篇小說創作，起筆於一九八四發表在《文學家》上的〈商州〉，這部「團塊結構」的小說，是賈平凹在大規模行走故鄉商州完成了一連串的中短篇小說、散文之後，於長篇小說創作上的初試牛耳。作品將商州的人文歷史、自然景觀與現實人物故事書寫照應性地組構在一起，在藝術的完成度上坦率講，還不是那麼的完美無缺。隨後的《浮躁》則是在當時文壇獨領風騷的，獲得美國美孚飛馬文學獎。繼之的是《妊娠》。這部稱之為長篇小說的《妊娠》，實際是已發表的多個中短篇小說的集合。之後便是我稱之為當代中國文學之孤本的《廢都》。雖然這部作品獲得法國費米娜文學獎，但其爭論至今也未徹底終止。再之後，《白夜》《土門》《高老莊》《懷念狼》《病相報告》《秦腔》《高興》《古爐》《帶燈》《老生》《極花》《山本》《暫坐》《醬豆》《青蛙》《秦嶺記》《河山傳》，一部接一部地寫到了今天。其中《醬豆》為外文版，《青蛙》屬未刊稿。這樣算來賈平凹已寫出來二十一部長篇小說。這些作品連接起來看，就是當代中國的一部社會生活發展變革史、一部當代人的生存狀態史、一部人情人性史、一部精神文化史。

在賈平凹長篇小說創作歷程中，有幾部具有節點性的作品，這就是《廢都》《秦腔》與《山本》。如果細心閱讀，就會發現，這幾部作品之後，就有一批在敘事藝術相近的作品出現。這也應和著賈平凹每過十年左右，就會在敘事藝術由此大的突破性新開拓。

《廢都》，不僅在賈平凹的文學創作中，就是在當代中國文學創作史上，不管你是喜歡還是厭惡、肯定還是否定，甚至謾罵，都是一部怎麼也繞不過的存在。它就像當代中國文學發展歷程上的一個路碑，客觀地歷史地聳立在那裡。《廢都》昭示著賈平凹文學創作上開拓新的藝術道路。而這在完成《浮躁》之後，他便有了清醒的認知：宏大敘事「這種流行的似乎嚴格的寫實方法對我來講將有些不那麼適宜，甚至大有了那麼一種束縛。」他要進行新的藝術追求：「藝術家最高的目標在於表現他對人間宇宙的感應，發掘最動人的情趣，在存在之上建構他的意象世界。」（賈平凹《浮躁》序言之二，《浮躁》作家出版社二〇〇九年版）

對於《廢都》存在許多誤讀，其中最為重要的一點就是大膽而露骨的性描寫。深層的問題在於對於知識分子消沉乃至墮落與社會現實強有力的揭示，刺痛了許多人的神經。在中國文學史上，有關性描寫的作品，總是極易讓人們從倫理道德層面加以詬病。古代的《金瓶梅》如此，現代的郁達夫的《沉淪》、丁玲的《莎菲女士的日記》如此，到了當代，賈平凹的《廢都》也難逃此命運。就是在國外也有著相似的境遇，比如《查泰萊夫人的情人》的命運。但是，終歸經過時間的沉澱之後，又不得不承認它們的文學藝術價值。對於《廢都》及其解讀，現在人們的心態要比一九九〇年代平和多了，人們的評說，也要客觀冷靜多了。據我所知，甚至當年猛批《廢都》的學者評論家，幾乎都改變了當年的看法。這可能是一種社會的發展進步，也可能是隨著年齡的增長，當年的年輕人都進入老年，心境心態尤其是思想認知等，都發生了變化。

但是，如果僅僅將聚焦點放在性描寫上加以評判《廢都》，那可能與作家的創作初衷，與這部作品的思想藝術成就，相去甚遠。

閱讀《廢都》一定要與當時的社會時代背景與人們的文化精神狀態聯繫起來，也要與賈平凹當年的個體生命情感與生存狀態聯繫起來。中國的改革開放自一九七〇年代末開啟，到了一九八〇—九〇年代之交，進入到更複雜、更深層的歷史轉型期。市場經濟不可避免地迅猛地來到人們的面前，這種社會時代急劇的歷史變革，猶如一個巨浪打來，撕裂了單向價值邏輯所建構起來的美好夢境，讓人們尤其是所謂的菁英知識分子徹底懵圈了，無以適從。那些被視為知識菁英的人們，從社會的中心地位一下子拋到了社會的邊沿，一時難以找到自己新的現實地位，處於苦悶、尷尬、無奈、無助，而又不甘心的精神狀態。這才有了莊之蝶式的墮落。所展示的世情世態，其內裡蘊含的人性、民族文化的根性以及尤其是知識分子的文化心理結構變異與現實的精神建構，才是需要人們深思的。

剝掉了皇帝的新衣，呈現給世人一個赤裸裸的肉體，又怎麼能不讓樂道皇帝新衣的人們尷尬甚至憤怒呢？

《廢都》之後，賈平凹的長篇小說創作進入到一個持久狀態。在十餘年間，賈平凹的長篇小說創作，依然高度關注世態世情，關注人的尤其是農民的生存狀態與歷史變革中人的精神心理建構，以及在這變革中人性的展示。於文學敘事藝術上，走出了一條自己的在存在之上建構自己的意象世界的日常生活敘事模式，直至《秦腔》，進行了一次總結性的歸結。我將其概括為「生活漫流式」生活敘事。當然，《秦腔》的歸結，是基於此前寫作的《白夜》《土門》《高老莊》《懷念狼》《病相報告》等基礎之上。這些作品，如《高老莊》《懷念狼》等，在藝術創造上，可以說都是可圈可點的。但由於《廢都》之陰影遮蔽，使得這些作品難以展示處應有的光華。還有一點，那就是於整體敘事建構上，採用中國傳統的意象敘事藝術思維方式。由於現實生活敘事的成分濃重，人們往往將在存在之上建構自己的意象世界的整體藝術追求，給忽視掉了。其實直至最新的《河山傳》，依然凸顯著整體性的意象敘事結構。所以，《秦腔》在賈平凹的長篇小說敘事藝術上，具有歸結與開創的意義。在此後的《高興》《古爐》等敘事上，又有著更新的拓展。路子越走越寬廣。

如果說《廢都》以及《白夜》等，明顯的承續了明清世情小說藝術傳統的意味非常濃重，到了《古爐》以及《帶燈》，特別是《山本》，非常明顯的具有著對於漢唐乃至先秦文學敘事傳統承續發展。像《老生》《秦嶺記》等，對於《山海經》空間敘事的承續發展，形成了海風山骨式敘事藝術基調。尤其是《山本》，可以感覺到《三國演義》《水滸傳》等藝術因質的創化。

《秦腔》的出現，為賈平凹重新贏得了新的被眾多論者的讚譽。《秦腔》是賈平凹文學創作上又一次轉折性的作品，也是他新開啟的作品。

這個小說寫了一個名叫清風街的村鎮一年多的生活。這生活是圍繞著幾個層面展開的：清風街社會層面的生活，著筆重點有兩個：一是建農貿市場，與之相對的是在一條山溝裡淤地。前者是現任村支書幹的，後者是原村支書幹的；前者是青年一代，後者是老年一代。二是收繳各種農業費稅，也就是清風街的抗稅事件。其次是家族生活。有兩個大家族，一是夏家，一是白家。著力點在夏家。再次是家庭生活，主要是夏天智家。還有一個情感生活，這主要是夏風、白雪和傻子引生。這些都是表層生活。

深層是鄉村在城市化過程中，所帶給人們的生命情感的無歸宿和精神飄遊以及由此所帶來的困惑、眷戀與挽留嘆息。賈平凹似乎在寫最後的鄉村。這在中國現當代文學中還是少見的。賈平凹的敏銳在於，當一種生活剛剛開始的時候，他就預感到了未來的恐懼。

中間層次是中國正在經歷的鄉村社會及其文化形態的歷史變革與轉型。這是人類生命及其命運在從鄉村走向城市的痛苦、悲憫、恐懼與震撼。有人說上帝創造了鄉村，人類創造了城市，人類止在以自己創造的城市，消失著上帝創造的鄉村。這是悲劇還是喜劇，人類生存環境和歷史文化生態的嚴峻性，就說明了問題。所以，不要只看作品的表層故事。賈平凹經常是設置一些迷魂陣，你一鑽進去就出不來了。他在作品中有時候提出的問題非常尖銳，比如三農問題，這是社會問題，還可能解決，現在中國政府正致力解決三農問題。但他於深層提的問題，人們常常是難以解決的，比如誰能把鄉村消失過程中的戀土情節、生命情感的鬱結問題解決了。大家都知道現代城市文明代表著歷史發展的一種趨向，可就是把這鄉土情結丟不掉。

這是在高速城市化進程中為鄉村尤其是鄉土文化的快速消解乃至消失唱出的一曲挽歌。

在藝術表達上，《秦腔》給人們提出了許多值得思考的問題，比如，長篇小說是否可以不去結構支撐作品的基本情節，而用漫流式的細節連綴，照樣可以把作品支撐起來。這就像用磚或石頭去箍窯洞。一塊一塊的磚，借著粘和與力的作用，形成了個拱形，不要牆的支撐，也不要柱子和梁，常常是借著地勢，與這磚箍的拱形連為一體。建築與自然的地理融為一體，渾然天成。再比如文學不僅僅是一種反映，也不僅僅是一種再現，還是一種還原，一種混沌的呈現式的還原。尤其是如何建立新漢語寫作的問題。賈平凹自二十世紀九十年代開始，致力於新漢語寫作的倡導，但並沒有引起人們的重視。

其間隱含著一個大問題：「五四」以來所建構起來的以西方文學語言為參照系的現代文學語言系統，如何進一步本土化，如何承續被五四割斷了的古代文學語言體系，如何將語言生活原生化。而這語言中又滲透的是民族思維方式和審美情感方式。現代漢語，語音是以北京為核心的北方語音為主，語匯則是建立在現代人的生活及其交流語言基礎之上的，語言的語法建構，也很顯然地受到了西方語言的影響，其思維方式則是帶有明顯的西方現代文化思維方式的特徵。特別是五四時期，歐化傾向十分的明顯。現代漢語中，雖有古語，但無古韻。書面語和生活語言幾乎沒有多少差異。文學創作，其語言是否可以在一定程度上保持古代漢語的更多特性呢？特別是在語言的思維方式上，更突出本民族的思維特徵呢？我們可以將現代現實、歷史小說與武俠小說做一對比，就會發現，武俠小說的語言，雖然形成了套路，但閱讀起來卻更具節奏的韻味，與古漢語的表述方式更接近。再做個比較，大陸的文學語言和臺灣的文學語言相比，臺灣的文學語言則更具漢語言的傳統特徵。賈平凹倡導新漢語寫作，在我看來，他就是想突破現有的現代漢語的寫作模態，而建構起與傳統的漢語對接的新的寫作語言，尤其是在語言的意境創造，思維方式模態建構上，更突出中國傳統的特徵。

從《秦腔》到《山本》，賈平凹的長篇小說創作，就題材而言，現實題材與歷史題材並進，敘事藝術上，在持續日常生活敘事的同時，不斷拓展敘事的藝術視域，特別是對於漢唐以及先秦文學敘事藝術的吸納發展，可以說，每部作品都有著新的思考與藝術探索，其整體思想與藝術的深廣度，達到了一個新的境地。其中，最能給人以心靈震撼的，當屬《古爐》。

不論從何種角度看問題，被評論家王春林稱之為當代中國文學一部「偉大的中國小說」《古爐》，對於賈平凹的文學創作而言，都是一個極為重要的收獲，都是他的文學創作邁向更高藝術境地的一次極為重要的探險。不僅如此，《古爐》在同類小說創作上，是具有超越意義的，其當代中國文學文學史的價值和意義，是不容忽視的。

賈平凹《古爐》這部小說敘述的，是發生在一個名叫古爐村的故事。但作家所敘述的故事的內涵，顯然已經超越了這個小山村地域空間的限定，而在建構著二十世紀中國或者世界的一個歷史故事。也就是說，古爐是作為中國的社會歷史映像而存在的。古爐村是中國村，而這個中國的村子，則是存在於世界的，亦是人類社會發展中，在進入二十世紀後半葉之後，歷史地延展於中國的村莊，以及這個村莊所演繹的文革故事。問題在於，對於這場標以「無產階級文化大革命」歷史的敘述，作家確實進行了如實的記述——從這場災難的醞釀到發生、發展。但是，作家的深層創作意圖，似乎並不僅僅是對於這場運動本身的描述，而是將筆觸深入到了生活、人性，以及人自身等內在機理。

閱讀《古爐》使人想到德國作家格拉斯的《鐵皮鼓》。這二者雖然所書寫的時代、地域等有著極大的區別，但在對於人類歷史特別是災難性的歷史記憶的反思，具有著相通之處。

這兩部作品都具有著對於曾經發生過的人類歷史災難的深刻反思。這種反思中也隱含著深刻的批判意識與人性叩問內涵。相比較而言，《鐵皮鼓》的反思與批判，顯得更為直截了當，更為犀利，也就更為令人震撼。而《古爐》的反思與批判，顯得要委婉與蘊藉一些。賈平凹這樣做，並非完全出於對於現實的考慮，而是與他對於社會歷史人生命運的思考變化相一致。更為重要的是，他們並不是糾纏於歷史，而是透過歷史刺穿了人性，把思考引向了更為廣袤的人類歷史空間。不論是賈平凹還是格拉斯，他們都有一個共同的寫作訴求，這就是對於本民族文化根性的挖掘，這種挖掘使人感到的不僅是疼痛，還有著沉重的壓抑，凝重的沉思。

到了《山本》，賈平凹似乎在文學敘事做著一次歷史性總結與反思。此後又進到一個短長篇的創作調整期。

其實，在《古爐》《帶燈》《老生》等創作中，已顯露出賈平凹在藝術探索的拓展。《山本》的寫作是富有野心的，賈平凹要給秦嶺立傳。他以《秦腔》為故鄉立了個碑，《山本》是要為他擴大了的故鄉秦嶺立碑的。他是在挑戰自己，也是在挑戰已有的歷史敘事乃至當代文學敘事的規約性。把《山本》放在賈平凹整個文學敘事中來看，也應當說是他具有歷史性總結與反思的大作品。如果說《廢都》是賈平凹生命被撕裂後的存真：一代知識分子精神與社會世相的剖析，那《山本》可能是賈平凹生命沉積的歷史存照：一頭老牛反芻胃中沉積一個世紀的原食物。從文學敘事角度看，就如陳曉明先生所說《秦腔》標示著「鄉土敘事的終結和開啟」，（陳曉明：〈鄉土敘事的終結和開啟——賈平凹的《秦腔》預示的新世紀的美學意義〉，《文藝爭鳴》，二〇〇五年第六期。）那《山本》呢？在筆者看來，它是在終結以往歷史敘事，尤其是革命歷史敘事。因為它完全超越了既往歷史觀念形態，不僅從人及其人類歷史來審視那段歷史，也不僅僅是從佛或上帝的目光在看。於此，他似乎是以天地神人相融會的視域在看。

過去的歷史敘事包括《李自成》以及後來的現代革命歷史敘事《保衛延安》、《青春之歌》、《紅日》、《林海雪原》等等，都是以一種非常態歷史時期所形成的思想觀念思維方式來看待歷史生活，或者以非常態的眼光在敘寫非常態的歷史。擴而大之，以非常態歷史時代所形成的思想觀念、藝術思維，來敘寫常態的或曰和平年代的歷史生活。《山本》將非常態的歷史生活當作一種歷史常態生活加以敘寫。也就是從常態的歷史視野審視非常態的歷史，或者說，它是將非常態的歷史納入歷史常態視域進行審視，這是一種後歷史敘事解構之後的另一種建構。換句話說，就是賈平凹解構之後所重構的秦嶺上世紀二三十年代的歷史。這個歷史是經過作家生命情感體驗之後所建構的歷史。它不是看山是山的歷史，而是看山還是山的歷史，是入得金木水火土五行之內，而又出乎金木水火土之外的歷史。

從文學的歷史敘事角度來說，《山本》表明：歷史原本是生活的自然流淌，歷史的原本意義就是人的意義，而人的意義則又是大自然的意義。當然，這歷史首先是中國的現代歷史，這生活也自然是以秦嶺為喻體的中國人的生活，因而，所表達的歷史的人的意義，也就首先是中國人的意義，而這人所融入的自然的意義也就是中國人於秦嶺即自然中演化的意義。這就像繞口令似的表述，其實其內裡依然蘊含著《山本》文學敘事基本的藝術思維方式，包含著審視秦嶺及其於秦嶺中所演化的人事與世事的綜合視域。《山本》的敘事，是在超越了以往的社會政治視角，以及社會歷史、人生命等視角，以天地神人綜合的視角在重新審視過往的歷史。

將這部作品與《老生》與《秦嶺記》等結合起來進行互文式閱讀，更能窺探出賈平凹在思想藝術上思考。

六十歲後，賈平凹的文學創作心態更加沉穩釋然坦然，但創作生命力卻是超乎意料的旺盛。這是一二年間，計有《帶燈》（完稿二〇一二，出版二〇一三）《老生》（完稿、出版二〇一四）

《極花》（完稿二〇一五，出版二〇一六）《山本》（完稿二〇一七，出版二〇一八）《暫坐》（完稿二〇一九，出版二〇二〇）《醬豆》（二〇二〇年三月完稿）與《青蛙》（二〇二一年二月完稿）《秦嶺記》（完稿二〇二一，出版二〇二二）《河山傳》（完稿、出版二〇二三）。

《暫坐》似有與《廢都》《白夜》相呼應的意味城市敘寫。《暫坐》是一幅別一樣時代的別樣生命樣態的城市風景，讓人回味起明清搖曳迷麗的世態人情的敘寫，尤其是清末民初的《海上花列傳》等。在對十二位性格各異女性的敘寫中，搖曳著人生況味與感悟的睿智，對社會人生更加的融容、理解與大度。在賈平凹的生命歷程中，有兩個極為重要的生命疼點，一個是文革時父親被打為歷史反革命，從此他成為「狗崽子」，一個是《廢都》給所帶來的災難性的衝擊。《醬豆》就是一部關於《廢都》創作及其出版的書。因此，談論《醬豆》，就需得反顧《廢都》。其實這二者已經構成了一種互文的關係建構。作家的文學創作，要找到並把握自己生命之痛點與社會時代之痛點，將自己的生命痛點與社會歷史時代的痛點相吻合，在寫出自己生命痛點的同時，亦寫出社會時代的痛點。《廢都》便是如此。《醬豆》可看做是賈平凹對於自己生命情感所鬱結的心理情結所做的一種釋解的努力吧。或者，賈平凹試圖對自己這段生命做一個了結交待。在這裡，賈平凹通過文學敘事，也在解剖著自己。魯迅先生曾經說過，他在解剖別人的同時，也在更嚴厲的解剖自己。就此而言，《醬豆》也可以說是一部賈平凹自我解剖的小說。看了《醬豆》之後，隱約之中，覺得賈平凹可能還得寫部以其父被打成歷史反革命為基本素材的作品。果然便有了《青蛙》。賈平凹到了這般年齡，其生命建構要比過去通脫地多了，或者頗有一種看破的味道在裡面。也許正因為有了如此的生命情感的體悟，方才釋然地去記述那段疼痛的歷史記憶了。

《秦嶺記》由主體則與已發表過的附錄一——《太白山記》、附錄二——六篇構成。在這裡，賈平凹打破或者模糊了小說與散文的界限，是一種將二者融為一體的文體，可稱之為筆記體小說。不論起筆還是落筆，開篇還是收章，都是那麼的自然，那麼的慧透，似乎不是作者在敘寫而是上天在不經意間的灑落。似乎不是人在講故事，而是秦嶺自己在演繹自身的故事。一個故事一個故事的敘說，這種空間的展現是那麼的自然流暢——自然的灑落。是一種散點透視中的整體聚合式的敘事結構。

《河山傳》是一部為中國四十餘年改革開放或社會歷史轉型的立傳之作。這傳不是正統史詩性的，而帶有歷史傳奇性，亦可視為中國改革開放歷史傳奇。這一訴求是通過給洗河與羅山這樣的由鄉而城的小人物立傳而實現的。從書寫農民進城角度來看，可將《河山傳》視為《高興》姊妹篇，將兩部作品放在一起閱讀，即可看出中國鄉村與城市的發展變化，高興與洗河兩代進城鄉下人不同的人生命運，也可窺探出賈平凹將城鄉作為整體審視的敘事藝術新拓展。

下面再談幾點賈平凹長篇小說敘事藝術建構的感受。

賈平凹的長篇小說創作，如果從文學地理審美藝術建構來看，可分為鄉村敘事與城市敘事兩大類。作家在進行自己的文學地理建構中，總是首先將藝術創造關注的目光投向自己的出生地與居住地，將出生居住地作為自己文學地理建構基本版圖的原型。同時，作家也如同其他人一樣，連續性或間隔性地行走於不同的地域空間，在行走中不斷地拓展著文學地理的版圖。就賈平凹而言，他的居住主要有兩個地方，一個是故鄉棣花（商州），一個是西安。這就建構起商州——西安基本的文學地理敘事版圖。當然，商州與西安，不是兩個對立的地理區域空間，而是相互關照的地理區域空間。這正如他所說的，從商州看西安，又從西安看商州。在這相互觀看中，敘寫出了商州——西安文學地理版圖的審美藝術空間。

賈平凹是當代中國鄉土敘事的具有代表性的作家之一。他的鄉土寫作，既承續著現代鄉土文學傳統，也吸納著中國古典文學乃至世界文學敘事藝術優良因質。中國現代鄉土文學敘事，形成魯迅與沈從文兩大傳統。在談及這方面時，人們更主要關注的是賈平凹對於沈從文傳統的繼承，其實，賈平凹也承續了魯迅傳統有承續。這從他不斷強調對於民族根性的解析與批判中就可以得到印證。他是將兩大傳統融合在一起，進行發揚光大。

賈平凹從一九八〇年代初期，就開始探索如何走出一條本民族現代文學路子。這既出於對當代乃至現代新文學歷史及現狀的思考，也得益於對於世界文學的閱讀感悟。比如，他在閱讀川端康成之後，就感悟到：「沒有民族特色的文學是站不起的文學，沒有相通於世界的思想意識的文學同樣是站不起的文學。用民族傳統的美表現現代人的意識、心境、認識世界的見解，所以，川端康成成功了」（賈平凹《靜虛村散葉》，第一一八頁，陝西人民教育出版社一九九〇年版。）

自此，賈平凹包括長篇小說在內的文學敘寫，一直都在探索著用中國的審美藝術方式講述中國的故事。在本土化、民族化的文學藝術敘事中，尋求在與世界文學對話中共構。正因為如此，他的長篇小說創作，在關注當代中，一方面伸向中國古代文學傳統，一方面放眼世界文學及其發展。他是在全球化的語境下，於回歸民族本體的文化思想與文學藝術建構中，探尋著中國現代文學在世界文學建構中自我確認的途徑。

對於賈平凹的文學敘事，我一直強調其對於中國古典文化與文學藝術精神的繼承與發展的問題。就賈平凹的文學敘事藝術思維而言，於整體上來說，是一種意象思維模態建構。這種整體意象敘事建構，不僅追求其象徵性、隱喻性等，而且在敘事把握上特別強調整體性、流觀性、模糊性、散點透視性等等。這也就是說，賈平凹的文學敘事，一方面追求作品的這種整體意象藝術建構，非常重視敘事結構的整體性、茫然性、意象性。在這裡，也就表現出他意象敘事思維的另外一個突出特點，那就是整體性把握。這種整體性藝術思維，給他文學創作的具體敘事，帶來了一種新的變化，同時也使得其敘事與其意象建構更為渾然一體。

以上僅是本人對於賈平凹長篇小說創作的粗淺認識，全做拋磚引玉之用。究竟這些作品寫得如何，相信讀者在閱讀了作品之後，會做出自己的判斷。

希望臺灣的讀者能夠喜歡賈平凹的小說，讀出自己心目中的賈平凹來。

是以為序。

二〇二四年五月　西安

目錄

一、伊娃·西京城

杭州有個山寺，掛著一副門聯：南來北往，有多少人忙忙；爬高走低，何不停下坐坐。坐下作甚？喝茶呀。天下便到處都有了茶莊。西京城裡也就開著一家，名字叫暫坐。

二〇一六這一年，一個叫伊娃的俄羅斯女子，總感覺著她又一次到了西京，好像已經初春，霧霾卻還是籠罩了整個城市。

其實，這裡在五年前就有了霧霾，只是輕微，誰也沒當回事，常常黑雲在城南的秦嶺上空移動，人們還戲謔：喲，北京的霧霾也給咱飄些來了？！飄過來的僅薄薄如一層紗，很快就消散了。而現在，空氣裡多是煙色，還有些乳色和褐色，初若溟蒙，漸而充塞，遠近不知深淺，好像有妖魅藏著，路面難以分辨斑馬線，車輛似乎沉淪，所有的建築一下子全失去重量，飄浮著，恍惚不定。

但大街小巷裡依然是人多，那麼多的人啊。

如果地球是一座山吧，溝溝岔岔就會有動物：這條溝裡是些大動物，比如獅子呀，老虎呀，熊呀；那條岔裡又是些小動物，岩羊、獾、狐狸和刺蝟；還有些溝岔有水潭，生存了醜陋的魚，還有些溝岔裡則是奇奇怪怪的鳥類。中國人或許都是鳥類，數目龐大，飛起來遮天蔽日，落下來佔據全部枝頭，興奮又慌張，彼此呼應，言語嘈雜。任何言語一旦嘈雜了，便失去了節奏，成為一種煩囂，感覺是成千上萬個口齒同時嗑動瓜子，是滿世界的蚊蠅都聚來了，嗡然為雷。

伊娃就是被這種煩囂聒醒的，一推開窗子，天剛剛亮，似乎還有半片殘月寡白著，擁擠的人群便全在霧霾的街道上混亂不堪，場面詭異而恐怖。

門口有了咳嗽聲，房東大媽進來，提著一網兜的韭菜、西葫蘆、線辣子和蔥，還有一紙盒雞蛋。昨晚到來，已經是深夜，大媽埋怨怎麼不提前通知呢，否則會做了糊爛餅等著的。糊爛餅是一種煎餅，因在麵糊糊裡加了韭菜末、西葫蘆絲、雞蛋和剁碎的線辣子，做出來比一般的煎餅可口得多。伊娃就愛吃這個。她感激著大媽還記得她好吃這個，順嘴說了：那明天吃吧。沒想大媽竟就買回了食材。大媽說：哎喲，咋不多睡一會兒？伊娃趕緊去接了網兜和雞蛋盒，還替大媽拍了拍後背，說：你這麼早就去了菜場！大媽說：也不早，街上人都滿了。伊娃說：這麼大的霧霾了，還那麼多人啊？！大媽說：人是走蟲麼。伊娃笑了一下，又看著窗外，就在想，人為什麼就那麼愛走動，都走動著去幹什麼呢？空氣這樣不好，街道上熙熙攘攘這麼多人，該是行走著饑餓的酒囊飯袋，或是一個一個散發著熱量和污濁氣味的火爐子、垃圾桶？！

大媽在問：吃完飯了，你要去那個暫坐茶莊嗎？伊娃說：是啊是啊，我得見見海若麼。

伊娃說著，自己的耳臉卻有些發燙了：這不也和街道上的人一樣嗎？他們還都是一個城市的，城東的要去城西，城西的要去城東，城南的要去城北，城北的要去城南，而自己偏就從聖彼得堡來到西京，來了住在舊城內，又要去曲湖新區，豈不也在增加街道的擁擠度啊！

伊娃確實和街道上的人沒有區別，在西京留學的五年裡，自以為已經是西京人了，能叫得出所有街巷的名字，比如皇城路、漢陽路、府佑街、貢院街、書院巷、朱雀街、玄武路、東市、西市、炭市巷、糖坊巷、端履門……在娓娓而談這座城是中國十三個王朝的古都時，臉色漲紅，鼻梁上的雀斑都明顯可見。更習慣了這裡的風物和習俗，以及人的性格、氣質、衣著、飲食，就連學到的中文普通話中都夾雜了濃重的西京方言。當學業完成回到聖彼得堡的五年裡，母親去世，與那個男朋友又分了手，從此多少個夜晚，她都是夢裡走在了只有這個城市才有的井字形的街巷裡。在城牆頭上放風箏。聽見了晨鐘暮鼓。或者，坐在夜市的小攤位上吃炒麵和烤肉，來一對羊寶，她會對著攤主大聲地說，依然是生硬的方言，在眾目睽睽下將那兩顆羊卵子咬嚼得嘴角流油。或者，就擠身在城河沿岸的人簇中，看自樂班唱秦腔，那些精瘦又施了胭脂的男人和女人唱起來如同吼叫，嘴大張著能塞進一個拳頭。每當她又一次夢見散步於街頭，發現了一隻空塑料水瓶，就撿起放進垃圾桶裡，路邊新栽的一棵桂樹傾斜了，立即走近扶正，還用力地踩了踩樹根的土，醒來才意識到她對於西京的感情。是的，西京是伊娃的第二故鄉了，回聖彼得堡是回，回西京也是回，來來往往都是回家。

吃罷飯，從房東家的樓上下來，院子裡，那張石桌上空竟然有了紫藤架，枝葉糾結了那麼一大堆，以至於從架子的四面垂下來，像是掛著了簾子。伊娃曾經在那張石桌上讀過書，每每都有一隻貓就跑來，臥在一旁。貓還在嗎？這念頭剛一起，傳來的卻是長長的叫喚，聲嘶力竭，痛苦淒涼。伊娃一扭頭，門房的老頭舉了掃帚跑過去，他的肚子更大了，衫子緊身，又是沒有對齊紐扣。伊娃說：大爺好！他好像是哼了一下，掃帚就搕打藤蓬，厲聲罵：叫，叫，大白天的你叫什麼春？！罵畢，似乎才反應過來，伊娃已經出了小區大門，兀自咕噥：哦！是伊娃嗎？貓又在車棚頂上再一次聲喚了。中國人愛狗，卻不怎麼喜歡貓，所有的狗都在人家裡寵養，貓就在每個居民小區的院子裡流浪，它們的求愛也那麼淒苦，被人討厭著，不可容忍。

小區外的長條木椅上坐著六七位年長的婦女，身邊是大包小袋的肉和蔬菜，腳疼了吧，差不多都是一條腿放在另一條腿上，低頭用手捏腳。她們是小區裡的住戶，伊娃叫不上名但全臉熟。那個胖老太太，是住在和房東同一個單元裡的第一層房間，她提了豆腐和芹菜，還有魚，是大頭鯰魚，可能在菜場才剖過了，從魚尾往下還滴著猩紅血水，雞也是宰過的，沒有毛，頭冠仍在，腳爪卻僵硬，戳破了塑料袋而伸出來。伊娃跟她打了招呼，她竟然說哈囉。伊娃說：今天星期天了？她說：不，明天是。伊娃說：哦，難怪買這麼多東西！伊娃笑了，她也笑了，渾身的肉在顫著。這些老太太平日都是老兩口過活，省吃儉用，在菜場買一把蔥，貨比三家，討價還價，末了把要買的蔥剝了老皮，掐掉毛根，臨走還要多拿人家一疙瘩蒜。可週末了，能多買些東西就多買些東西，當晚電話打給居住在城裡各處的兒女們，要他們明日一早全都回來吃飯。星期天是小區院最和睦而熱鬧的。待天黑前兒女們又往各自的住處去了，他們收拾著桌椅板凳，洗涮了鍋盆碗盞，然後坐下來渾身酸痛，痛並快樂著。

小區院給過伊娃許多溫暖，但她也不習慣這裡的種種習氣。正是與這些人生活得太近了，伊娃才在後來結識了暫坐茶莊和暫坐茶莊裡的海若。

上下班高峰時候的伊娃也是搭不上出租車，只好隨著人流，徒步走過舊城的南大街。再是出了城門洞。再是順著護城河沿的大道往東，又往南。天上的太陽已經出來，正在兩座高樓中間的頂空，能看到輪廓，沒有光芒，成了猴子的屁股，成了腿傷裹著的紗布上一團滲血。仍然是車多人稠，前進緩慢。伊娃被擠在了路邊，站著歇氣，而車輛經過，將霧霾衝破成一片一片的，伸手去抓，沒有抓到，不免有些煩躁。

把心平靜下來吧，儘量地把煩躁轉化為另一種的欣賞。伊娃便覺得街道是江河，霧霾如同白浪在洶湧不定，而自己行走，就是立體游泳了。於是，由游泳再有了想像：天上的水和地上的水都是一樣的紋，水裡的魚若跳出來到空中，那該是鳥，鳥在空中飛著又鑽進水裡，那又該是魚了。

但是，在街道朝南的第三個丁字路口發生了交通事故。前邊的一輛車突然停下，後邊的一輛車就追了尾，雙方的司機在爭吵。一個說：不亮尾燈你剎什麼車，你會開車嗎？一個說：你車也流氓呀，碰我車屁股！一個說：啊呸！奔馳跟夏利耍流氓？！行人立即擁過來一堆。中國人最喜歡圍觀，幸災樂禍，交通就這樣被堵塞了。他們在霧霾裡騰挪跳躍，有戴口罩的，有把口罩掛在了下巴上，一邊咳嗽著一邊叫嚷：吵屄哩，這是打的事兒，打呀，打呀！警察吹著哨子急速地跑過來了，伊娃離開，虧得她是熟悉路徑的，就勢踅進一條小巷。

小巷裡汽車是少了些，摩托車、電動自行車卻多，騎技又絕對高超，後座上坐著人或載著麻包和木箱，在人群中鑽來拐去，不斷發出呼嘯聲和剎閘聲，每每就要撞上人和車了，卻就沒有撞上。伊娃在路台上走，總覺得有人在跟隨，就聽著兩個人在說話：這娘兒們腿這麼長，走路不打彎，是沒有膝蓋嗎？個頭兒高挑著漂亮，可多大的腳呀，鞋是四〇的碼吧。有錢了咱也吃口洋野食。說低點兒，別讓人家聽見。老外聽不懂中國話。伊娃回過頭來，說：在說啥？！兩個頭髮又長又亂的男人，衣服上滿是油漆斑點，可能是鄉下進城打工的，都嚇住了，哎喲一聲撒腿就跑。經過一家小酒店，好像是剛剛舉行過開張儀式，停息了鑼鼓和鞭炮，而彩門旁邊的音箱裡還在嚮著搖滾樂，往來的人踢躂著一地的炮仗皮，紅色的紙屑起落不定，霧霾裡便有了花葉飄零的景象。斜對面的另一家侯記蕎麵館，坐滿了食客，一邊吃著一邊看著伊娃走過，店裡的老闆娘端一盆泔水出來，說：小心把麵條餵到鼻子上！將泔水往路邊下水井口倒。井口上趴滿了蒼蠅，轟地起飛，落在了路過人的臉上，用手趕，趕了又來，若即若離。便埋怨：哎哎，把你家的蒼蠅管住！老闆娘說：它不姓侯。那人說：古城就這樣？！老闆娘說：對嘍，西京是古城，這蒼蠅就是從漢唐一路下來的！好多人在笑了，伊娃不覺得好笑。有一個老者也沒有笑。老者低著頭只是往前走，緊隨身後的是他的狗。這狗的五官與老者的五官很近似，但狗的個頭矮，不能仰頭看到高處，只盯著老者的板兒布鞋，歡快地換動腿腳。

在過去的五年裡，伊娃在這個城市見過很多這樣的老者。他們相貌清癯，表情莊嚴，曾經是政府官員，或者是教授、銀行家、工程師，一旦退休了，日漸身體衰敗，寂寞孤獨，再熱鬧的地方，他們的出現也如同風吹來的樹葉一樣遭到無視。現在，老者站在路燈桿前看貼在上面的小廣告，發覺了秘方治糖尿病和前列腺炎的聯繫電話，害怕號碼記不住，掏出筆來記。狗就跑出去撒尿，可能嫌來往的人多氣味容易散，會忘記它所經過的地盤，便在一棵樹下撒了，又到一個磚台前撒。撒完了跑過來，卻緊隨著另一個人過巷口，那人也穿著板兒布鞋。一輛摩托車閃電般過來，那人急速躲過了，狗沒躲過，被撞在空中，然後跌在路中間。老者抄完了電話號碼，回頭才發現沒見了狗，四處張望，這時候終於聽到狗在路中間的慘叫。

二、海若・茶莊

開始颳風了。風是踉踉蹌蹌來的，迷失了方向，樹上的葉子便嘩嘩鼓掌，鼓著鼓著，好多葉子自己就掉下去了，而霧霾也逐漸稀薄。公園柵欄外的木椅上跳躍著幾隻麻雀，顏色深灰，小得像石頭蛋一樣，而同時天上有了飛機。可能是出於心理上的嫉妒，人們欣然地望著麻雀，卻沒有注意飛機，即便往天上看了一眼，看到的也是飛機遠去的影子越來越小，或者視而不見。這是曲湖新區的芙蓉路中段，伊娃已經站在了那裡。

高樓林立，店鋪鱗次櫛比，其中突出了一座商廈。商廈的一至六層是大型購物場，擺滿了並不高檔卻是這個城市最時尚的服裝、鞋帽、包箱、化妝品和各類家電。第七層是影院、歌廳、酒吧、咖啡屋。八層到十二層則集中了全省各地的小吃：羊肉泡，葫蘆頭，棒棒肉，油塔，糍粑，米皮，肉火饃。新的經營模式使商廈開張以來每日顧客接踵而至，三分之一來買東西，三分之一來吃喝，三分之一不為買東西也不為吃喝，就是買買眼。從商廈往右邊去，五幢星狀的住宅樓，每幢都是三十層。樓後有一個市場，早晨還不到五點，古董攤就擺得到處都是，來淘寶撿漏的人也非常多，一到七點，便突然消失，所以叫作露水市，也稱鬼市。而往左邊去，便是公園的西頭。其實不該稱之為公園，一片面積狹長的樹林子，沒有雜木，清一色的油松，又圍了柵欄，不允許人進入，樹梢上吊死著三四隻風箏也無法取下來。倒是柵欄後邊有了新植的櫻樹，幾十棵一排兒過去，枝葉交結，花鳥對語，紅的花，白的花，黃的花，生香不斷。轉過來，就是個小廣場，靠著柵欄有一個木椅，木椅上坐著從鬼市逛後回來的人。他們或許什麼也沒淘到，失去了僥倖，神情沮喪，思謀著該回家去呢還是上商廈吃點什麼，而望著前邊不遠處的那幢兩層小樓，目光茫然，後來竟打起盹了。

磁鐵永遠對木頭、泥塊、紙屑不起作用，它吸引的是那些釘子、螺帽、鋼絲。伊娃就盯著小樓，目不轉睛，心也呼呼地跳起來。這曾經是星狀樓盤的工程項目展示中心啊，樓盤銷售後，二層做著小區物業辦的儲倉，一層出租給客戶，開了兩家店鋪，兩年之內，兩家店鋪全轉讓了，合二為一就成了茶莊。五年了，小樓的外牆仍然是塗刷著赭紅顏色，西頭二層窗下的那個蜂箱還在，甚至台階上的四盆玫瑰，依舊左右對稱地擺放著。只是店門擴大了，兩邊都是落地玻璃窗，門頭的牌匾換作了綠底金字，「暫坐」的一筆一畫都格外醒目。

風好像又大了一些，伊娃用手攏著飛揚的頭髮，想起了在書上讀過的一句話：波者水之風，風者空之波。

一輛皮卡就停在茶莊門外，有人在搬東西，鐵架子、木條子、梯子、漆桶、灰盆、塑料板，還有裝著磚塊沙子的竹筐和麻包。他們悶不作聲，出出進進。突然咣地一響，門裡就尖錐錐喊著：把啥撞壞了？誰把啥撞壞了？！接著就跳出來一個穿綠褂子的女子。是小唐。小唐人豐滿多了，過膝的店服把屁股包裹得滾圓結實，懷裡抱了一大捆花草。搬東西的人說：沒撞著啥，是垃圾袋破了，掉下來那隻燒壞的壺。壞壺是掉在了台階上，小唐看著，用腳踢了一下，踢到了車輪前，她要把那一大捆花草往車上扔，說：把這也捎走。皮卡車上的人說：這些向日葵和山裡紅還好著呀。小唐說：蔫了！她往車上扔的時候，一條腿跐起來，另一條腿就斜在空中。車上的人說：慢點慢點，別把你也扔上來！小唐笑著，望了一眼廣場，在廣場靠著街道的拐角處是間報刊亭，亭邊站著一個人，她擰身走上台階，一盆玫瑰正開了花，又轉過頭來看著報刊亭，瞬間哇哇叫道：伊娃？啊伊娃！

就這樣，兩個人手腳劃拉著往一起跑，沒有經過廣場，而是從廣場左邊的停車場斜插過去，在那裡抱住了蹦躂，後來就倒靠在一輛小車旁。沒想，車窗卻搖下來，裡邊竟然還坐著司機，三人發窘，同時嘎嘎大笑。

進了茶莊，裡邊的布局變了樣：迎面靠牆的條案上不再是財神像，而是供奉了那個叫陸羽的茶祖。似乎多了幾個櫃架，有的擺滿了各種茶盒，有的是茶罐茶杯茶碗茶盅。原先在門裡左手邊的收銀台移到了西北角，同時增加了冰櫃和包裝機，還多了兩個圓桌。而東北角還是那個隔間，沒有了布簾，換成了推拉門，門開著，能看到裡面的灶台、煤氣瓶、燒水壺和一面小櫃，小櫃旁坐著個老太太，形容枯瘦，挽起了一條褲腿，雙手在膝蓋上揉搓，抬頭看了一眼，倒把門推拉上了。靠著隔間竟然多了個樓梯，直接通往二層去，樓梯下藏著一個廁所，對著樓梯，右手的一張方桌前坐著一個穿夾克的中年人，可能是買茶的，卻在逗一個小男孩，小男孩拿著一隻黃色的布狗，往前一戳一戳，說：咬！咬你！

店員還都是老人手。小蘇坐在裡邊的桌前，攤著茶葉分揀茶梗，專注得像是在繡花。她還是那麼好的頭髮，頭髮就撲撒在面前，用手往後撩一下，頭一低又撲撒前來，便頭並沒抬，雙手把頭髮綰起來，綰成一個小纂兒在頭頂，樣子倒像是個兵馬俑。小方好像比以前高了，側身站在西邊櫃台前裝茶袋。小甄則高高地站在凳子上往一排櫃架上擺茶餅，已經擺上幾十個茶餅了，茶餅的包紙上都寫了名：忙肺，莽枝，昔歸，班章，蠻磚，易武正山。她還在咕噥著說：瞧我這字，我咋就寫得這麼好？！

伊娃的到來，使所有人都停下了活計，爆發了歡呼。伊娃也是和每一個店員都擁抱了，從雙肩包裡取出唇膏發散，小唐她們也不拒絕，當下掏出小鏡子就各自塗抹。唇膏的種類不同，塗抹過的口唇也各種顏色，便相互打趣嬉鬧，連買茶的那個男的都說：喜鵲窩戳了一竹竿麼！伊娃再拿出巧克力來送，也給了那男孩一盒。小蘇、小甄說：這怎麼吃呀，才塗了口紅。卻還是第一時間，張大了嘴，把巧克力放到齒後，再抿了嘴咀嚼。伊娃問：海姐呢？她也稱呼海若為海姐，尾音上揚，倒顯得親暱好聽。小唐翹著舌頭說：海姐一早出去辦事了，過一會兒可能就回來吧。伊娃說：你學我？小唐就說：方言說得不地道了！普通話是四聲，西京話只有平聲和仄聲，最後一字要下墜。伊娃不好意思了，聳聳肩，做了個鬼臉。小唐說：美人做鬼臉才最醜哩！卻揚頭喊：張嫂張嫂，收拾畢了沒？二層樓梯口有人應道：好了！小唐拉伊娃上了樓梯，張嫂也拿著拖把從樓梯上下來，給伊娃一個表情，說：我沏一壺茶啊。小唐說：這是老闆的朋友，沏單樅。

上到二層，和一層一樣的大通間，東西各擺有櫃子、桌子、椅子、几案，全是嶄新的仿明式家具，上面放置了玉壺、梅瓶、瓷盤、古琴、如意、瑪瑙、珊瑚、綠松石和各類形態不一的插花。靠北一長案上趺坐著一尊漢白玉石佛像，高肉髻，寬額，大眼橫長，雙手重疊於胸前做禪定印。佛像前的香爐裡三支檀香才燃過半，煙柱直直上升，約莫一米處卻軟了，形成一團亂絲。而靠南的是一張羅漢床，上面堆了幾摞書冊和一個琺瑯盒，盒裡十幾個方格，滿是串好的或還沒串好的手鏈，七色彩繩卷和珠子。珠子有珍珠的，菩提子的，水晶的，紫檀的，玉石的，光色充滿，寶氣淋漓。伊娃微笑著，她熟悉這些佛像、瓷瓶、如意、古琴，以及那個琺瑯盒，先前都是在一層布置著，現在倒擺在了二層。伊娃說：嚯，生意好，店面就擴張了！小唐說：海姐說這裡才不賣茶呢。不賣茶？那是海若給自己開闢個獨自清靜的空間？！那海若也真是會享受啊！伊娃就站在羅漢床前，欣賞起牆上的畫。

任何民族都喜歡把大自然中的東西變樣兒來裝飾自己的房間，比如伊朗地毯，那是草原；義大利的石板，那是海洋；中國水墨畫直接就是山水林木，魚蟲花鳥。現在西京城裡的房間裡，人們習慣著掛一幅畫，或者水墨畫，或者油畫，這裡竟然是壁畫，四面牆全是壁畫。西牆窗子的兩側分別繪製一尊立於覆蓮座上的力士，身體粗短，大眼圓睜，黑髮束於頭頂，戴項圈，上身及雙腿袒裸。覆蓮座扁平，其蓮細莖，花瓣窄長，均為縱向，高低參差。北牆分了三部分，第一部分東西兩端是山林，林中忽隱忽現著虎、鹿、狐狸、錦尾鳥。第二部分是東端山林內側的門吏和一棵與門吏齊高的樹。樹枝葉茂盛，上有雲朵。門吏束髻戴冠，上身外披衲襠，內著闊袖長衫，下身穿寬腰長褲，手執儀刀。第三部分是樹與兩端山林之間，靠西為一座華麗的舍利塔，塔 自下而上由方形兩層疊澀須彌座，五層瓣狀邊緣華蓋，桃形火焰摩尼寶珠組成。靠東跏趺而坐釋迦牟尼，下邊臥兩隻瑞獸，左邊站立兩尊菩薩，右邊站立兩尊菩薩。釋迦牟尼的背光圈外，兩邊三層都是飛天。第一層左右兩個飛天身子平行，衣袂浮起，一手下垂，一手捧著花盤。第二層左右兩個飛天身子呈波浪形，飄帶上曳，雙手將花盤拱舉頭上。第三層則是左右兩個飛天相向而臥，雙腳外側，雙手搭於身前，飄帶在各自頭上呈光環狀。再往下，是十個僧人一字排開，體態較小，手持蓮花，外披雙領下垂式袈裟。東牆以小窗分南北兩部分，北部北側為輪廓簡約的山林，南側有蹲踞或行走或奔跑狀的大象、盤羊、兔、猴子。旁邊有一跪於繩床的僧人與一立姿僧人。繩床較高，床右為一根縱向細長莖蓮花，下面豎置淨瓶，小喇叭口，束頸高圈足。跪姿僧人微側面南，立姿僧人位於床前。床及山林動物之間有雲朵紋和太陽紋。太陽以白彩塗滿，內以黑彩繪一面南展翅翹尾側立小剪影式三足鳥。南部又是山林，中間為一高台，高台屋頂歇山式，正脊和垂脊端頭裝飾弧尖狀鴟吻。上方可見線繪的圓形月亮，內有蟾蜍。南壁自東向西分成四組，全以連續山林為背景，繪有跪姿僧人，奔跑的獅子，俯瞰的鷹隼，引導人，手持儀刀的門吏。引導人上身微前傾，似作行走狀，身穿寬大的交衽闊袖袍服，手持短弧莖蓮花。

伊娃看得入神，不覺雙手合十，靜默了半天。張嫂端了一壺茶上來，小唐從櫃子裡取出兩個茶杯，舉著一個說：你瞧瞧，還是這個北斗七星杯，海姐一直還給你留著。

這是一隻手繪的小瓷杯。當年從景德鎮進購了一批茶器，拆開包後卻發現碰壞了三隻杯子，小唐要退回去再換新的，海若卻找了小爐匠，將三隻杯子鋦了小小的銀釘補好。一個杯子鋦了三顆，一個杯子鋦了兩顆，還有一個鋦了七顆，形狀倒像是北斗七星。過去的年代生活貧困，在瓷器上鋦釘是一種寒磣，現在在瓷器上能鋦釘，則顯得高古和美觀，就像漂亮的姑娘偏要在光潔的臉上化妝出一個痣來。伊娃喜歡，海若就說：那這算你的專用杯了！伊娃沒想到五年了，北斗七星杯還給她保留著！伊娃說：她能感覺我回來？小唐說：你肯定回來！伊娃一時感動，身子猶如頂了一顆露珠的草，輕輕顫抖起來。

小唐陪著，喝過三杯，伊娃沁出汗來，臉上紅是紅，白是白，才攏了攏頭髮，樓梯上有了腳步。兩人都停了杯，小唐說：回來了！伊娃還未起身，一個聲音就先上來：是不是？啊哈活佛沒到，伊娃倒先來了！接著海若就冒出頭，站在了樓梯口。一身絳色長衫，黑褲黑皮鞋，胸前還掛著那塊白玉，耳朵上還是那雙翡翠墜子，只是長髮剪成了短髮，顯得比先前還瘦了一些。伊娃才要張口，海若卻大聲說：肯定是昨天就到的西京，也不先給我打個電話？！伊娃一下子變小變弱，撲過去抱住了海若，她比海若高，卻把頭埋在海若懷裡，嚶嚶哭開了。小唐便悄然退下樓去。

海若撫摸著伊娃頭髮，金黃色的如海藻一般，再捧起臉來，說：讓我看看，是胖了還是瘦了？伊娃乖著嘴說：你看，你看麼。海若說：沒有變化！昨天幾時到的？伊娃說：晚上進的城。海若說：晚上那些破舊和骯髒的東西都隱藏了，輝煌燈火裡是不是覺得都是時尚和繁華啊？伊娃說：沒想到早上起來卻是這麼大的霧霾。海若說：霧霾是大，喉嚨肯定會不舒服的，出門就戴上口罩，要多喝水，有潤喉片嗎？從口袋掏潤喉片，伊娃按住了她的手，說：得我先給你送禮品！打開包，取出一件俄羅斯披肩，一件老銀貨手鐲，最後取出了一件套娃。海若說：啊，這個好！拿著套娃，提起一套是一個女人，再提起一套是一個女人，連提了四套。海若說：呀呀，一個女人變成五個女人！伊娃說：這就是你麼，妻子，母親，茶老闆，居士，眾姊妹的大姐大。海若說：我沒丈夫麼，給誰當妻子？！伊娃吃了一驚，有些不好意思，也不再問原因，說：對不住啦海姐。海若說：這有啥對不起的，我還有個角色就是有個洋妞妹子麼。這次怎麼就想著回西京了？伊娃說：想你了唄。海若瞧著伊娃，伊娃的嘴翹翹的，像是花瓣。說：會說巧話了！伊娃說：就是看看你們麼。如果可能了，也跟你學學賣茶，將來在聖彼得堡也開個茶莊。海若說：好麼好麼，我才收拾了這二層房間，你就來上班吧，我給你開工資。伊娃說：真的？海若說：當然是真的。伊娃就在海若臉上吻了一下。海若說：你覺得這房間布置得還可以吧？伊娃說：這倒像是個佛堂似的。海若說：就是要做佛堂的。以前總是去吳老闆那兒的佛堂禮佛，吳老闆聯繫了一個西藏活佛要來，答應讓我也接待幾天，我就租了這二層的房間，活佛來了就住在這裡，活佛走了，我心煩了也可以在這裡獨處。再是，那些姊妹來，總不能在一層待著，她們影響營業，營業也影響她們興致，在這兒怎麼鬧騰就怎麼鬧騰了。伊娃說：你那十姊妹我只見過三四個，這次我可要全認識哩。

說了一陣兒話，伊娃覺得哪兒有什麼在響，像是銅絲在顫。海若說：那是蜂鳴。伊娃說：那個蜂箱還有養蜂嗎？海若說：你看到一層隔間裡的老太太嗎，她類風濕腿一直疼，兩三天得來捉了蜂蜇膝蓋的。扭頭卻喊小甄。小甄上來，嘴唇塗得血紅，笑著，牙齒也染紅了。海若說：上班哩，你把嘴抹得那麼豔？！小甄說：伊娃送的唇膏，我試了試。從抽紙盒往出抽了紙要擦。海若說：抹了就別擦了。伊娃都知道給你們送禮物的，你們給伊娃又送什麼了？小甄說：今日中午我請伊娃吃飯，商廈大樓上有家老鹵蒸麵的，伊娃肯定沒吃過。海若說：這老鹵蒸麵你可是說要請我的呀，一個月沒見你落實過。小甄說：這次和伊娃一起請！伊娃只是笑。海若說：伊娃明日就在茶莊上班，你要多幫著她。小甄說：是嗎？我要收個洋徒弟了！伊娃就勢拱了手，說：師父！小甄早攬了伊娃的腰，還要伊娃再叫一聲師父，大聲叫，讓樓下一層的人都聽見。海若說：別把伊娃也帶得油腔滑調啊！

小甄拉了伊娃下樓，小甄說：都聽見了吧？小唐看著她，小蘇、小方說：外邊風在吹哨子？

小甄說：伊娃明日就到茶莊上班，海姐讓我帶著她。伊娃，你給大夥說，是不是？伊娃說：是。大家多包涵！小甄說：伊娃你把那個圓凳拿來，讓我歇歇，這腳今天咋這疼的！圓凳還沒拿來，小唐就說：伊娃是咱員工了，小甄你取一份十三條，讓她先學習學習。小甄噘了一下嘴，但還是去抽屜裡取了一張塑封的紙給了伊娃。小蘇笑了一下，但沒出聲，低頭只揀茶梗。

伊娃看著塑封紙，上面寫著十三條：一、飲食節制。二、言語審慎。三、行事有章。四、堅毅果敢。五、尚儉助人。六、惜時勤奮。七、真誠可信。八、正直不阿。九、中庸適度。十、居處整潔。十一、內心寧靜。十二、節慾養神。十三、謙遜待人。伊娃說：哇，這是守則還是美德？小唐說：是美德十三條，海姐讀書摘下來的，做了員工守則。伊娃吐了舌頭。

海若從樓上下來，換了一件藍色長衫，肩膀上搭了伊娃送的俄羅斯披肩，讓小方裝一筒白茶。小方說：給誰的？海若說：陸以可。小方裝好茶，給小唐說：記上，陸以可安吉白茶一筒，一千元。小唐取了記賬本要記，海若說：這是我送她的，不記了。小唐說：咱是做小生意的，你總是送這個送那個的，這麼多人忙活一天的利潤就沒了。海若說：都是姊妹們，人家要買的從來都是掏錢買，送是送的事麼，讓她嚐嚐這新到的茶。小蘇又是抿嘴笑。小唐說：你笑啥？小蘇說：沒笑啥。那個買茶的男的站在架子前看茶具，取下一隻銀壺來，問小蘇：這什麼價？小蘇朝小唐努努嘴：這得問二老闆。小唐說：兩萬零五百五十元，真心要，給你打折，兩萬零五百吧。男的說：這麼貴呀！小唐說：一分錢一分貨，這是從日本進口的，純銀。男的說：再便宜些了我買一個。

小唐說：旁邊的那個鐵壺便宜，五百三十元。男的就放下銀壺，提了買的茶出了店。小唐倒低聲給小蘇說：他是瞧你漂亮搭訕的，哪裡肯買壺？誰是二老闆的？小蘇說：你在我心目中就是二老闆麼。小唐說：你看看阿姨好了沒，還要蜇的話，就去再弄幾隻蜂來。自己倒瞥了海若一眼。海若裝著沒聽見，和伊娃說話。

伊娃說：海姐，你這十三條我可做不到啊！海若說：做不到就做不到，你是臨時員工，又是外國人。伊娃說：那你又要出去？海若說：我有個急事得去見陸以可，一會兒就回來，小甄還請咱倆去吃老鹵蒸麵哩。小方就叫起來：咦，咦呀，請老闆吃飯？！小甄說：我可不是賄賂老闆呀，你們都不請伊娃吃飯，我請的，只是讓老闆作個陪。海若說：我哭呀，我這老闆當得不如伊娃！大家就笑，都說：那我們都要作陪！小甄說：行麼行麼，十三條第一條就是飲食節制，只要想成大胖子，咱都去！伊娃說：陸以可我見過，我能不能跟你一塊兒去？小甄說：老闆沒讓你去，你咋就要去？伊娃說：我明天才是員工哩，師父！海若笑，說：你不累？伊娃說：不累。海若就拿了茶筒，和伊娃出了門。

店外風還在吹著，已經看不見了霧霾，難得看見街道對面一切都清亮。一輛公交車停在那裡上人，門再合上，像兩隻手作了個揖，就開走了。但停車場上，管理員又和一個司機在搗嘴。管理員穿著藍色制服，總是皺皺巴巴，頭髮荒亂，沒有個威嚴，常常指定了停車點而停車人不聽指揮，或停了車不肯交停車費，就爭吵起來。爭吵又不能贏，便對那些路過的拾荒人橫加指責，對在書刊亭邊擺地攤的人野蠻趕攆，凶惡咒罵，呸呸地吐唾沫。海若就把他叫過來，勸他不要吐唾沫，當心逆風，也不要對那些可憐人施威，你是管理員不是蠅拍子麼。末了，看著他嘴唇乾裂，腰裡掛著的杯子空著，讓去茶店裝一杯茶水。

海若領伊娃朝那輛紅色的豐田走去，她在感慨著時下的中國，風是最好的東西。北京的霧霾雖然比西京嚴重得多，可北京有大風呀，大風一來霧霾就沒了。自古以來都說西京風水寶地，風水講究的是背山、面水、向陽、避風，正是這避風坑害了西京。伊娃聽著，倒戲謔這風水理論該修改啦，就聽到有人在喊海老闆。停車場的右邊冒出一個人，身子滾圓，光頭粗脖，一傾一傾地跑過來。伊娃瞇了眼說：瞧這跑的樣子像狗還是像熊？海若說：那就是狗熊。兩人就笑著等那人跑近了，才嚴肅起來。

海若並不認識來人。來人說：我是章懷，衝浪公司的。海若說：西京不靠海，衝浪？章懷說：給你說吧，搞拆遷的，商廈那裡原來的村子就是我們拆遷的。你不認識我啦？！海若說：對不起，來茶莊的人多。章懷說：我是嚴念初的表弟，上次開車送她來店裡，還認識你們眾姊妹中的好幾個哩。海若說：哦，你這髮型變了麼。章懷嘿嘿地笑著搔頭，頭上出現幾道紅印子。海若說：我出去辦個事，你進店喝茶吧。章懷說：你們店裡不是只賣茶不賣茶水嗎？海若說：對外不賣茶水，念初的表弟來了還不給喝？！章懷說：不喝了，馮迎託我來捎個話，碰著你就給你說了吧。海若說：哦？章懷說：昨天在朱雀路碰著了馮迎，她好像很急，要我捎話到茶莊，說是有個叫羿光的欠著她十五萬元，她又借了叫夏什麼花的二十萬元。海若說：夏自花？章懷說：對，是夏自花。馮迎說讓羿光直接給夏自花十五萬，剩下的五萬她讓她妹妹再給夏自花。海若卻一下子變了臉，說：你昨天見到了馮迎？章懷說：昨天上午呀。海若說：這怎麼可能？馮迎十天前隨市書畫家代表團去了菲律賓，不會這麼快就回來。就是回來了，她不來茶莊卻讓你捎話？！你見的是不是馮迎？章懷說：是馮迎呀，她燒成灰我也認得！海若說：話難聽！章懷一愣，忙說：我老家的話，比喻，比喻，意思是強調認得的。馮迎左腮上有個痣，穿的是白西服，淺花裙子，是不是她？海若說：她走時是穿的白西服淺花裙子。章懷說：她說的人和事對不對？海若說：人名都對，賬的事我不清楚。章懷說：反正我把話捎到了。卻偷眼看伊娃，說：這老外臉白得像蒸饃啊！海若說：哪有用蒸饃形容臉白的？！章懷還要伸出手來摸，海若用茶葉筒打了一下，說：髒手！趕走了。

伊娃問：馮迎是誰？海若說：馮迎、夏自花、嚴念初都是我們姊妹夥的。馮迎喜歡畫畫，茶莊二層上的壁畫就是她介紹的畫家來畫的。兩人坐上車了，海若就給馮迎撥手機，手機沒開，說：這怎麼回事，他見的不是馮迎吧，可說的又像是真的？

一陣子風從櫻樹那裡旋著過來，花瓣如鱗片一般撒在空中，汽車從停車場往出開，後視鏡竟然都看不清晰。這情景使伊娃想起了一個成語：彌天大謊，但她看了看海若，沒有說出口。

三、陸以可．西澇里

舊城的西澇里還是棚戶區，巷道逼仄，房屋老朽，各種電線被束成一捆如黑蟒一樣穿過那排法國梧桐樹。這些法國梧桐都是二十世紀五十年代移植過來的，原本可以高大成材，但為了電線的通暢，中間的枝股從幾十年前就被無數次地砍伐，樹椿越來越疙疙瘩瘩，兩邊的枝股也便七扭八歪，醜陋不堪。只有巷道北頭的空地上孤零零地豎著一幢樓。

樓前有個噴水池，卻沒有水，池子裡落著厚厚的塵土。旁邊倒是栽了幾種健身器械，兩個人雙手掛在單槓上，一動不動，像是在吊死。一個人則將脊梁不停地撞籃球架的鐵柱子，咚咚，一隻鴿子飛來要歇腳，又飛走了。有了二胡響，循聲尋去，有人就坐在遠處的磚壘子上，低著頭，看不清眉眼，把悲風中得來的音調變成了一種哀傷，可能是常在那裡拉，也沒聽眾。

海若說，陸以可的能力廣告公司就在樓的十三層。

海若和伊娃要上樓的時候，電梯門開著，轎廂開得老高，兩個渾身油污的工人蹲在下邊敲敲打打。問：電梯壞了嗎？並沒有回答。再問：還要等多長時間？兩個工人依然沒有應聲，眼睛翻著看她們，白多黑少。海若拉了伊娃就出了樓道，仰頭朝樓上望，一時數不清十三層的窗戶。伊娃說：這裡環境不好。海若說：這樓上有住家戶也有公司，人是雜。她撥通了手機。

手機裡傳來陸以可聲：真是邪了，剛想到你，你就來電話啦，咱倆有心靈感應啊！海若說：別自作多情！陸以可就咯咯笑，說：在哪？海若說：在你樓下。陸以可說：快上來啊，我才買了一箱拉菲！海若說：電梯壞了。陸以可說：一小時前我回來還好著呀，怎麼就壞了？嘿嘿，過去文武官員見皇上都要下馬的，你要見我也不容易麼，那就撅了屁股爬樓吧。海若說：啊呸！你給我下來。陸以可說：我跑了一上午，高跟鞋把腳都磨破了。海若說：下來！

伊娃一直偷著笑，說：咱是尋她來的，你讓她下來就下來？海若說：我強勢了？伊娃說：是強勢。海若就笑了，說：姊妹裡她和我最鐵，用不著客氣，你見過家裡人見面還握手嗎？果然一會兒一股子香氣，陸以可一瘸一跛地從門道裡出來了，穿著牛仔褲白襯衣，脖子上掛著一塊玉，臉上塗脂抹粉著，但眉毛畫得太誇張了，長得要插入鬢角。伊娃先叫了一聲：哎喲，用的啥牌子，這香啊？陸以可說：體香！定睛見是伊娃，哇地就上來擁抱了，問是什麼時候來西京的，第一回到她的公司來了，卻遺憾沒能上去。海若說：瞧你這妝化的，別嚇著伊娃！陸以可說：是不是？平日不化妝，也不會化妝，可上午去市政府總得捯飭一下麼。人家局長還說漂亮哩！海若撇著嘴，說：局長是老頭吧，老頭看女人能有不漂亮的？陸以可說：新上任的柳局長，年齡剛過了四十。海若說：凡是讚美花的，都是想著能把花從枝頭掐下來！陸以可說：他沒掐著我，倒是我把他拿下了！海若說：批了幾個廣告牌？陸以可說：一個，在機場路上的。海若說：咦，就一個廣告牌倒買一箱的拉菲？陸以可說：這已經不容易啦！廣告牌豎起來了，未招商之前給你茶莊先做一個？免費的。海若說：茶莊用得著嗎，我只做回頭客的生意。陸以可給伊娃乜眼，說：人和人不一樣吧？伊娃只是笑。陸以可說：不上公司了，那我請你們吃飯吧，前面西門裡有家叫蝦塘的館子。海若說：不是來向你要吃飯的噢！把陸以可拉到了一邊。

伊娃知趣，拿了手機去拍那個拉二胡的人。健身的已經走了，籃球架下卻坐著了一個老太太。不遠處還坐了一個老太太，帶著個孩子，從口袋掏核桃砸了，把核桃仁餵進孩子嘴裡，再捏了孩子鼻子，說：擤！擤鼻！鼻涕捏下來摔在地上。那個老太太就挪身過去搭訕，好像在相互問起哪裡人，兒子在什麼部門上班，把你從鄉下接來住的嗎，或是女兒進城打工了，你來給帶孫子的？孩子一邊嚼著核桃仁，一邊不安分，從奶奶的兜裡掏出核桃自己也要砸，可砸偏了，核桃竟在地上跳躍，骨碌碌滾到伊娃的腳下。伊娃想，這核桃知道自己被砸，還這麼快樂？！

海若說：我託你辦的事呢？怕是只顧自己的生意，把事丟到腦後了吧。陸以可說：我能不曉得個輕重緩急？！公司年輕小伙十幾個，我先徵詢意見，願意獻血小板的只有三個，也該是夏自花病要好呀，經檢查，三個人中就還真有一個符合標準的！小伙姓高，蠻帥的。海若說：這是治病哩，哪在乎帥不帥？陸以可說：夏自花吃菜講究菜要長得好的，吃魚講究魚也要長得好的，小高如果太醜，我還不願意的。已經談妥了，就看幾時去醫院？海若說：談了什麼價？陸以可說：

就給六千吧，他在公司工資是三千，這抵住兩個月的。這錢我來掏。海若說：不讓你掏，大家分攤，表達個心意麼。小高是哪裡人？陸以可說：陝南山區的，來城裡打工了三年卻換了四個公司，來我公司後早晨上班總是遲到，大家意見很大，提議辭退他。我問了情況，才知道他愛詩歌創作，夜裡都在寫，但寫了又發表不了，仍痴心不改，這倒令我感動，才把他留下來。沒想在這事兒上起了大作用！海若說：真是要感謝他！這樣吧，在你那兒多幹室外活，也不合適他，讓到茶莊來上班，我給他四千元，既然愛寫作，早晨可以遲來一小時，還能有機會接觸羿光老師麼。

說完了話，海若就打電話，一會兒給一個人說血小板的事已經弄好了，沒想到一切順利，都是大意吧，病該好了。接著又給另一個人電話，好像是讓告訴那醫生，又好像是醫院裡調換單間病房，需要給院長說說。海若就有些急，聲音高了起來。

拉二胡的人還在拉，聲音像扯鋸，在鋸天空。伊娃不拍照了，近前說：大爺，你能停止嗎，那邊在打電話，重要的電話，你這樣拉二胡會影響別人。拉二胡的人手沒有停，拿眼睛瞪著。伊娃說：我說的不對嗎，你還瞪我？！陸以可過來把伊娃拉走了，說：那不是瞪，你沒發現他一隻眼睛是假眼球嗎？伊娃還有些生氣，過了一會兒，問陸以可：是海姐的家人病了嗎？陸以可說：是我們的一個小姊妹，叫夏自花的，你認識不？伊娃說：你們眾姊妹我只知道三四個，叫夏自花的不認識，病得厲害嗎？陸以可說：是白血病，人已經躺下起不來了。醫院要給她輸血小板，但肯獻血小板的人很少，得病人家屬去想辦法，夏自花就只有老娘和一個孩子，老娘嚴重的風濕腿，孩子才兩三歲，他們怎麼想辦法？伊娃唏噓了半天，倒想起在茶莊見到的老太太和小男孩，便問夏自花的老娘是不是白頭髮，孩子很皮，一對招風耳？陸以可說：耶，你知道？伊娃說：早上我見他們在茶莊。陸以可說：只要在茶莊見過，肯定就是，老太太得了個偏方，每過三四天就去那兒用蜂來蜇腿的。伊娃說：哦，我就疑惑茶莊怎麼還養蜂的？陸以可說：城裡是不允許養蜂的，夏自花為了給她娘治病，特意去街道辦申報了的，但要求蜂箱必須架在高處。茶莊原來是兩個店鋪，兩邊的店鋪就是夏自花的菸酒店，蜂箱也就架在樓二層的窗下，後來海姐接了兩個店鋪變為茶莊，蜂箱便一直還保留在那裡。陸以可說著便嘆息起來，說：咳，本該是夏自花要伺候她娘的，如今倒是她娘拖著病身子來照顧她和她的孩子，可憐的。伊娃說：是可憐。那孩子的爸爸呢？陸以可卻不說話了。伊娃愣了，以為是孩子的爸爸去世了，或是夏自花離了婚，就說：是不是我說了不該說的話？陸以可說：這倒沒啥，只是我沒見過孩子他爸爸，夏自花從來沒提起過，我也是不會問的。說著，看著伊娃笑了一下，說：或許海姐知道吧。伊娃閉著嘴嗯了嗯，也就轉了話頭，說陸以可腳上的平底鞋好看。

任何人有了手機，手機就是了上帝，是神，被控制著也甘願被控制著。海若就一直在打電話。她每打一個電話開頭都聲調很高，似乎在訓斥，接著就聲音軟下來，步子踱來踱去，後來轉起圈子了，像鄉下的牛在推石磨。牛推石磨怕牛暈，得用黑布矇了牛的眼，海若是轉得久了便舉了頭望天。伊娃和陸以可在等著，伊娃說：她咋有那麼多的電話？陸以可說：可能在請求給夏自花調整一個單間的病房吧。伊娃說：求人還那麼強勢的？陸以可說：你不知道，她老是給我分配活，即便要讓我給她幫忙，她也是先把我鎮住了然後才說事的。大前天茶莊急需幾個勞力，要我派幾個工人去，她給我打電話，開口就是你最近是不是對我有意見了，是我生意比你做得好，還是我漂亮，你嫉妒啦？我說沒呀沒呀，你生意就是比我做得好，你就是漂亮。她說那我的微信你為什麼不點讚，十天了你也不來茶莊？我說你的微信我還沒顧得看哩，今天還想著就去茶莊呀。她說你現在就來，來時帶上四個工人。伊娃說：那你帶了工人去了？陸以可說：去了呀，不去好像我理虧似的。兩人就笑起來。

海若還打著電話，拿眼睛往這邊看，好像電話要結束呀，卻又停在那一行冬青前，一邊繼續打電話，另一隻手就有一搭沒一搭地掐冬青葉子。電話打了三分鐘，一枝條上的葉子全掐光了。伊娃便走過去，說：冬青疼啦！海若這才意識到自己在掐葉子，電話也終於打完了，長長吁口氣，卻指著陸以可說：你和伊娃說我壞話了？！陸以可說：說了，說你應該把手機砸了！海若說：砸你個頭！扔過來的卻是她從口袋掏出來的茶葉筒。陸以可接住，說：送我的？海若說：白茶！陸以可說：要送白茶就送白牡丹茶餅麼，熬茶餅加點鹽，味道才好哩。海若說：不肯要了就拿過來！見海若伸手來奪，陸以可在懷裡抱得緊緊的，招呼著去西門裡的蝦塘店去吃蝦。海若說：你還真要給伊娃接風呀，要吃就去家大酒店，把大夥都叫上。陸以可說：吃大餐以後有的是時間，今日你二位到我這兒了，咱還是吃蝦。

因為去蝦塘店路不遠，那裡又不好停車，三人就步行著去。

經過一條橫巷，兩邊牆上有白灰畫成的圈，圈裡都寫著個「拆」字。而那些大雜院沒有了大門，裡邊除了幾間磚牆脊瓦的正房外，充塞了高低寬窄的棚屋。棚屋有的是水泥抹的頂，有的是塑料板搭成，還有油毛氈的，上邊壓著木條和石塊。屋棚下堆集了各種東西：三輪車，自行車，磚壘子，作廢的門框，舊電視機，大小不一的陶盆裡長著雞冠花、蘭草、仙人球。伊娃往裡看的時候，院子裡有人也往出看，伊娃就把目光避開了，移到一棵並不粗的柿樹上去，想像著到了冬天，樹梢上還有一顆柿子，那是留給烏鴉的。陸以可說：海姐，這些大雜院都有門墩，上面雕刻著各種圖案，誰要是拍照了出一本圖冊，也是一份城市歷史的記錄。海若話到口邊，手機又響了，但立即黑了屏，說：沒電了，把你手機給我。陸以可給了手機，海若快步向前去回撥了通話。伊娃說：這是要拆呀？陸以可說：拆呀。伊娃說：也該拆了。回頭望瞭望遠處那幢高樓。陸以可估摸到了伊娃的意思，說：伊娃伊娃，你聽不聽一個故事，是關於這裡的。伊娃說：聽呀，洗耳恭聽！調皮地還真搓了搓耳朵。

陸以可就說起來。那可是好多年前的事了，就在那棵柿樹下，圍著一堆人。有一位姑娘本來是路過的，她才沒有興趣湊過去看熱鬧，卻這時有聲音說：你來呀，來呀。聲音好像是從人堆裡發出的，聲音又挺怪怪的，她就順腳前去，人堆中原來坐著一個修鞋匠正給人修鞋。修鞋匠頭低著，嘴裡嘟嘟囔囔，當把一隻鞋釘好了掌子，往身邊的木箱上放時，抬起了頭來，那一瞬間，她看了他，他也看了她，她就驚住了：父親！是父親？！那是往腦後梳的髮型呀，因為額不寬，頭髮又濃密，只能往腦後梳著才好看的。而且是大鼻子，截筒形的那種，嘴唇很厚，兩角還稍稍下垂。這就是父親啊，年輕時的父親，這樣的形象一直在她的記憶中。她沒有叫出聲來，還是看他，他好像也知道她看他是她的父親，又伸手把木箱上的鞋拿起來重新放好，臉還是仰著，意思是讓她再看看，然後才低下頭去修另一隻鞋。

她的父親已經去世三十多年啊，但他就是她的父親，難道世上有和年輕時的父親長得一模一樣的人，或者是再生人，是父親的又一世也三十多歲了？！

姑娘退出人堆，回到所住的賓館，一個半天和一個整夜，腦子裡都在想這件事。不管是酷似還是再生人，為什麼在這個城市遇見了他？雖然當時她沒有說話，他也沒有說話，可他臉上的神色分明是他和她是有著關係的表情麼。姑娘想著他必是固定地在那裡修鞋，她還要去看他，但她奇怪地連病了三天，等到三天後去了那裡，他再也沒有來了。她越發相信那是父親來昭示她什麼的，於是就留在了這個城市，買下了這個街區的房子。

伊娃聽著這個離奇的故事，渾身都戰慄了，睜大眼睛看著陸以可，說：啊，那個姑娘呢，那個姑娘是誰？陸以可說：就是我。伊娃說：陸姐，你為什麼要告訴我這個故事呢，它讓我害怕，也太傷感。陸以可說：你不是疑惑我怎麼就住在西滂里嗎？伊娃一下子抱住了陸以可，腦袋搭在她的肩上，臉像烤著了一樣燙。

海若在前邊回過頭了，看著陸以可和伊娃，陸以可和伊娃就分開來，但海若並沒有說什麼，還是在接聽電話。接聽電話著，海若就高了聲：向其語，向其語，你不要給我狡辯！接著卻在柔和地叮嚀這樣又叮嚀那樣，說：記住了沒有？你給我重複一遍。陸以可悄聲說：向其語怎麼啦？伊娃問：向其語是誰？也是你們姊妹夥的？陸以可嗯了一下，卻說：我原籍是武漢，一歲時母親就死了，是父親把我帶大的。高中二年級，青春叛逆期，一心要擺脫父親，輟學就到社會上做生意，去過北京、上海，也去過深圳、成都，一直漂泊不定。來西京旅遊時經歷了那件事，才定居下來，生意也順當，有了自己的公司，後來就結識了海姐。

走到西門裡，那裡有個大的廣場，廣場南頭的三角地帶，大多是些飯館，門面都小，招牌卻非常大，其中就有一個是蝦塘。海若吩咐陸以可：你去給咱訂包間點菜，我和伊娃到前邊那間藝品店轉一下。陸以可說：那個小店鋪的，能有啥入眼的東西。海若說：上個月我去轉過，有一件臺灣來的廊魚，我給羿老師提說了，他有興趣，我拍個照片了讓他再看看。陸以可撇了撇嘴，說：那你們往快點兒。海若說：菜點好了給伊娃打電話。伊娃把手機號碼告訴了陸以可，蹦蹦跳跳地跟著海若去了。

進了藝品店，店老闆和一個人在說話，給她們點了一下頭後，話又繼續著。說的好像是關於西京的地理和風的走向：這麼大的城市竟然沒留出風通道，風不順暢，霧霾能不彌漫嗎？說著說著就不滿市政府了：專家們是規劃了三條大的風通道，只建成了一條，再建另外兩條時，是香港的房地產商人看中了風通道上的地盤，市政府便以發展經濟為由，把風通道的規劃否定了。媽的，他們在罵：城市發展已經使一代農民妻離子散，再還要以環境污染為代價嗎？！海若到處找也沒找到那件廊魚，問店老闆，回答是昨天賣了，問還有沒有，回答那是稀罕物件，只收到一件哪會有第二件？海若十分遺憾。出了店，伊娃說：小店老闆倒熱衷議論政府的事？海若說：涼粉攤上常有人為聯合國的什麼決議爭得面紅耳赤的哩！伊娃說：這個城市的人有趣。海若說：經濟不好的城市飯館多，混得艱難的男人關心政治麼。伊娃說：男人？女人就不關心政治？！海若怔了一下，說：在中國啥能沒政治？自個兒一笑，伊娃也笑了。伊娃說：藝品店怎麼賣魚了？海若說：不是吃的，柚木刻的魚，掛在寺廟走廊裡，來香客了，香客一敲篤篤響，殿裡的和尚就知道了。伊娃說：那為什麼敲木魚而不是敲鼓呢？海若倒一時回答不上來了。

接到陸以可的電話，海若和伊娃進了飯館，上樓，尋十一號包間。一推門，裡邊倒有一個男的，大高個，小腦袋，頭髮油膩，卻在後腦勺束了個小辮兒，一身白色的中式寬腿褲和對襟褂，都是土織布，皺皺巴巴的。海若忙把門拉閉了，往前又走。伊娃說：那人啥打扮？海若說：不是畫家就是音樂家吧，他們覺得這是藝術範兒。伊娃說：髒兮兮的。但身後門卻開了，陸以可說：是這兒，是這兒。陸以可旁邊就站著那男人。海若說：我以為進錯包間了。陸以可說：我剛才在洗手間。這是范伯生先生，市書畫研究會的，和羿老師熟，和馮迎也熟，我還是在馮迎家見過一面，正好在店裡碰著，就一塊兒吃飯吧。范伯生說：不好意思，聽說海若女士也來吃飯，我也想結識結識，海若女士果然驚若天人！海若說：這話怕不適合你的嘴吧！范先生笑了笑，一嘴的黑牙，說：是美女，大美女！海若說：我能有陸以可美嗎，能有這俄羅斯的伊娃美嗎？范先生說：都是美女，你更有骨相美！海若擺了擺手，想起馮迎了，說：你和馮迎熟？馮迎去菲律賓了你知道不？范先生說：那個訪問團就是我參與組織的，本來我也去的，老娘突然生病住院才未成行。海若說：訪問團還沒回來吧？范先生說：沒回來呀，他們原計劃要多待些日子的。海若說：胡說的，果然是胡說的！范先生說：我，我沒有打誑語呀？！海若說：哦哦，不是說你，我想到別的事啦。說罷，請范先生入座。並安排了伊娃挨著范先生坐，伊娃出去了一下，回來卻坐在了海若和陸以可中間。

海若說：這蝦塘還真是有名了，范先生也來吃呀。范先生說：我也是第一回，羿光老師託我來這看看前邊藝品店的一件木刻廊魚的，可人家已出售了，逢到飯口，過來吃飯就碰上了陸以可。海若笑了，說：我也是給羿老師去看看的，算他與廊魚沒緣。范先生說：啥都有個緣分，上月五號，浙江來了個大老闆，喜歡收藏，我特意推薦羿老師的書畫作品，人家也同意一次買二十張書法，我給羿老師打電話，他竟然去陝北高原採風了。肉片子送到口邊，吧嗒，又掉到地上了。海若說：你倒給他拉生意！范先生說：我每年讓他賺個五百萬吧。我認識的企業家多，咱市上的書畫家我差不多都給拉過。海若說：那書畫家回贈你的作品就多了！范先生說：是不少，但我一張都不賣。藝術作品麼，越往後越有價值，急著變現，肉價就成蘿蔔價啦！

海若覺得有些熱，脫了外套掛在衣架上，又到洗手間去補妝。伊娃也跟進來。海若說：我們說話你聽得懂？伊娃說：每句話都懂，但說的意思不懂。那人誇誇其談。海若說：風箱越是鼓脹，很快就空洞麼。開始補眉，說：一天不畫眉，就感覺沒長眉毛似的。伊娃說：是不是眉梢揚起來？海若說：我這臉形不宜那麼揚，揚起來就像陸以可了！兩人在洗手間嘻嘻哈哈，半天不出來。

陸以可說：你認識那麼多企業家，也給我介紹幾個麼。范先生說：陸以可呀，你是做什麼生意的？陸以可說：我在機場路上有塊廣告牌。范先生說：我好多朋友每年廣告費大啊！機場路上的位置好，怎麼只有一塊廣告牌？陸以可說：批准個廣告牌不容易呀。范先生說：工商局有個副局長是我鄉黨，我們常在一塊兒搓麻將，幾時再搓了，我喊你過來，慢慢就熟了，人麼，就是個感情動物！陸以可說：好啊好啊，我加你個微信。范先生打開手機，陸以可近前用自己手機照。她的手指又細又長，嫩若蔥管，指甲上並沒有染色，只是塗了油，倒顯得粉紅透亮。范先生說：真漂亮！陸以可說：你是說我手嗎？范先生說：你能去做手模啊，這是我見過最美的手！陸以可說：人常說美人總有一陋，我是醜人還有一美唄。坐回座位，菜就繼續上桌。陸以可喊：哎，哎，你兩個快出來，吃飯呀，還補什麼妝？

菜是先上了一盤小酥肉，一盤燉豆腐，一盤燒鵝，一盤炒百合，再就是十份大蝦，糖醋的，椒鹽的，麻辣的，燜、燉、蒸、煮，各是各顏色，各是各味道。只是范先生吃聲挺大，伊娃抬頭看了下海若，海若無聲笑笑，也不便說什麼。四個人把蝦全吃了，別的菜剩下不少。吃畢，范先生去結了賬。陸以可說是她請客的，范先生說：算你請客，我來埋單，和三個美女一塊兒吃飯我怎能不掏錢？羿老師說得好，熱愛婦女，能使男人高尚啊！

出了店門，風箏是停了，但天也暗下來許多。有人在廣場上放風箏，一隻巨大的紙蜈蚣在空中。伊娃興奮得去攆扯線人，叫道：讓我扯扯。扯線人見是老外，讓她扯，紙蜈蚣竟牽動了她跑，尖聲叫：我要飛呀！飛呀！范先生說：瞧這洋妞，我就想起馮迎了，那年我們在渭河灘放風箏，馮迎也是要扯線，喊叫著讓我飛，結果風箏把她帶到了水裡。海若便把伊娃叫過來，四人步行回到陸以可公司的樓下。因范先生要去羿老師家，和海若、伊娃同路，就搭了海若的車。陸以可向大家告別，雙手還放在半開的車窗玻璃上，對范伯生說：啊，謝謝你埋單呀，范先生！

四、羿光・拾雲堂

范伯生似乎聽到屋裡有人說話，按了一下門鈴，聲音卻立即沒了。再按了門鈴，越發沒有響動。范伯生咕噥一句：哦，你忙。乘電梯到樓下，坐在花壇沿上吸紙菸。

一群鴿子從對面樓上飛起來，滿空中像是撒開的紙屑。樓前有人從三輪車上往下卸水泥、沙子和瓷磚。又不時進來送郵件的、送外賣的，送外賣的搞不清三單元是從左邊往右數的第三個門洞，還是從右邊往左數的第三個門洞，但他是結巴，費了勁兒地詢問范伯生，范伯生卻不吭聲。結巴說：我、我們問、你話、呢你咋不、不說？范伯生說：我我，也、也是結巴。我說話、了你、你以為、為、我學你、你哩。還是不給說哪個門洞是三單元。有樓上的住戶下來遛狗，先是一隻斑點狗，再是一隻褐毛狗，褐毛狗一見斑點狗就興奮，跑過去聞屁股，斑點狗的主人忙站在了兩狗之間，厲聲呵斥。褐毛狗的主人並不生氣，或許知道他的狗是土狗，不能壞了人家的血統，就呼叫了回來，用雙腿緊緊夾住，倒注意起卸下來的水泥、沙子和瓷磚。於是發問：誰家裝修？斑點狗的主人發牢騷：這又得半個月叮叮咣咣地砸呀，樓道到處還得是垃圾和灰塵！褐毛狗主人說：我突然能理解國際上對中國環境污染的指責了！這就像裝修，發達國家是早裝修過了的人家，當然安安靜靜，也乾乾淨淨，咱國家正發展，就如同後來的入住戶在裝修麼，是不是？他為自己的理解而得意，但斑點狗的主人不接他的話，他便尋別的人，發現了花壇沿上的范伯生，不認識，就目光懷疑起來。范伯生從口袋取了墨鏡戴上，頭昂揚著，一語不發。

約莫過了一個小時，有一女子從樓道出來，二十出頭，長腿細腰，灰髮紅唇，神氣和步姿明顯是個模特。范伯生會心笑笑，還故意再證實一下，叫聲：羿老師！這女子並沒有看他，腳上的高跟鞋卻拐了一下，匆匆出院子去了。范伯生進了門道，按電梯，要再上樓，隨之有人喊：等等！一個小伙提了兩大捆書，踉踉蹌蹌也進了電梯。范伯生問：找羿老師簽書的？小伙說：你也找羿老師？范伯生遞上名片，小伙看了，說：我看你像藝術家，還真是！范伯生說：年輕人不錯，愛讀書啊！小伙說：做禮品的。范伯生說：送禮應該買羿老師的字畫作品麼。小伙說：簽名書送人比請吃一頓飯還能聯絡感情，小公司的，等求人辦大事了再來買字畫。

這次按門鈴，門很快開了，屋裡拉著窗簾，卻開著燈，羿光就站在門裡，沒有戴眼鏡，眼泡腫脹，似乎才洗罷臉，額上頭髮濕著。范伯生躲在小伙身後，羿光說：是來簽書嗎？應該先約個時間呀，簽這麼多！小伙說：都喜歡讀你的書啊！羿光轉身回到客廳，小伙也提了書進去，從背包裡取出一條香菸，放在茶几上，還在說：在出租車上司機一看見拿著你的書，就說是找羿作家簽書吧，我問你也知道羿作家？他說當然知道，羿作家是咱們市的一張名片麼！他也知道你就住在這一帶，好多次拉的客都是大包小包拿了書來簽名的。羿光戴上眼鏡，坐下來低頭就簽，嘟囔道：天天都有人來的，一看見誰提著書，我這頭就大了，哪有時間啊？！才一抬頭，見又進來了范伯生，說：是你把他領來的？范伯生說：我不認識他呀。我去藝品店，那件廊魚人家已經賣掉了，來給回復時在電梯裡遇到他。羿光說：哦，賣掉了？你坐吧。范伯生沒有坐，說：屋裡的東西又多了！

確實是多，除了靠著四面牆的櫃架上塞滿了書外，幾乎所有的桌上、案上、櫃架頂上、茶几和沙發旁都擺了古玩：陶制的磚、罐、瓦當、彩俑；石雕的獅、貔貅、麒麟；還有奇石、怪木、水晶、漆器；鏡框裡裝著的唐卡、繡件、剪紙、皮影。窗前竟然豎了一根盆粗的原木，光潔油亮，直挨著天花板。

小伙早看得目瞪口呆，這簡直是個博物館麼，卻不明白豎這麼高根木頭？范伯生說：通天柱，這是海南黃花梨木，看到上邊的雲紋嗎，青雲直上！小伙說：哇，海南黃花梨！街上一件海南黃花梨手串都兩三萬的，這麼粗的一棵樹呀，哦通天柱，得值多少錢啊？！范伯生說：還有十幾塊和田玉原石哩，臥室床上就有三塊。小伙說：和石頭睡覺？！羿光說：老范你來幫著，把簽過的書捆紮好。范伯生就不再說話，幫著捆紮起書來。

簽完了書，羿光打發了小伙，范伯生去拉窗簾，要讓光亮進來，沒想剛一拉開，竟衝出一隻蛾了來。而小伙又返回來說忘了照相，難得見名人的，一定要照個相呀。羿光就站起來，面無表情，照過了，小伙最後再握了握手，才笑嘻嘻走了。

羿光說：廊魚被賣掉了？年前得到了一個，只說這次來配對的，卻賣掉了！范伯生說：收藏哪有心想就事成的。羿光說：你不懂。你瞧那對石獅，幾乎大小都一樣吧，一個是去年八月得到的，到了十一月，另一隻就又得到了。一個吸引一個哩。范伯生說：倒不是它們一個吸引一個，是你的能量大，都往你這兒聚的。羿光嘿嘿著，撫摸那些石刻的獅虎麒麟，還有一隻腰身細長的羊和一隻扁平的龜，說：凡是一雕刻成，它們就都有靈性了。范伯生說：那你幹什麼它們就知道了？羿光定起眼睛，說：啥意思？范伯生便笑，說：你每天怎麼寫書成名呀，怎麼寫字發財呀，啊還有怎麼接見美女呀。羿光倒急了，說：哎，哎，你是給我介紹過一個姑娘還是介紹過婆娘？！范伯生說：前日一個女子想讓我帶她見你，啥都好，就是年輕輕的把頭髮染了個灰色，這不是胡作怪嗎，層次低，我沒讓她來。羿光說：你知道不，那叫奶奶灰，正時興哩！范伯生說：哦，那叫奶奶灰？長知識，長知識了！衝著羿光狡黠地笑。羿光說：你詭，知道啦？范伯生說：知道啥啦？！羿光拉了范伯生往臥室門口去，那裡有一對石雕，都是獅身上騎著一個童子，一個童子捂著耳，一個童子捂著嘴。羿光說：這叫天聾地啞，不該聽的不要聽，不該說的不要說。范伯生要進臥室，羿光擋住了，又有人在按門鈴。

這次來的是個胖子，滿頭大汗，說：對不起羿老師，路上車堵，有些遲了。羿光說：那就直接上樓！兩人就往樓上去，范伯生也跟著上了樓梯。樓梯的每層台階兩邊都擺著小石獅，梯口上方掛了張匾：拾雲堂。拾雲堂也就是十五平方米的小間，一張大案桌，一台大沙發，再就是四壁的字畫和隨地擺放的各類古陶。羿光站在案桌前，鋪了宣紙，開了硯台，毛筆蘸上墨汁了淋淋漓漓滴著，問：錢都帶了？胖子說：我帶了九萬。把一個紙袋子放在案桌上，又推到羿光跟前。羿光把筆放下了，說：那不行。已經給你說好的是一個整數的麼？你把錢收好。胖子頭上汗更多了一層，不斷地用手擦。范伯生說：羿老師的書法作品從來不和人討價還價的，你出這麼多汗。胖子說：窮汗富油麼，羿老師書法作品的價值我知道，不搞價我也知道。羿光蓋了硯台，從香菸盒抽出一支給胖子，說：以後再寫吧，你吸菸。胖子彆扭了一會兒，從口袋裡再掏出一萬元來，還拿在手裡，說：太貴了，你能再少點，我這是向三個親戚借著硬湊了十萬。羿光說：好吧好吧，就少兩千吧。胖子蘸著唾沫從一萬元裡數到兩千，抽出來了，將八千元放在九萬上。范伯生說：我來點點。羿光說：這倒不用了。拉開案桌抽斗，把錢丟了進去。重新開硯台，毛筆蘸了墨汁，說：貴是貴，你買了去都是辦升遷呀，攬工程呀，貸款呀的大事麼。胖子說：這倒是，人家點名只要你的。羿光說：那你吃肉我喝個湯麼。在紙上龍飛鳳舞地寫就了一首唐詩，按了印，說：好了！胖子說：咦呀，這麼快，印鈔票啊？！范伯生說：鈔票得印兩面，這只一面。羿光就看著范伯生說：那你來寫吧！范伯生趕緊笑。羿光說：這是上天給我的補償麼。胖子說：補償？羿光說：著書只是賺個名聲，稿酬養不活家啊。又去蓋硯台，范伯生趕緊拿過一張小紙，鋪在案桌了，說！動起筆了，你給我寫個小片片。羿光說：你幾時拿個冊頁來我寫。范伯生說：哎呀，應允的銀子不如現給個銅，就寫四個字。羿光沒動彈，范伯生說：兩個字，一個！羿光說：你就會占我便宜。范伯生說：電視上的《動物世界》裡，那些大象呀犀牛呀甚至鱷魚呀，身上都有小鳥在啄吃蟲子嘛，權當我是小鳥。羿光哈哈大笑：大動物身上都有附生物，你是附生物，是附生物，可我也是附生麼！笑著笑著，寫下一個福字，把筆扔到了窗外。

送別了胖子，羿光返回屋，范伯生倒已經自己給自己沏了一杯茶，說：晚上我請你吃羊吧，朱雀街有家陝北飯館，專門清燉羊肉。羿光說：不吃了，我正減肥，已經堅持了三天過午不食，最近市上有什麼新聞？范伯生說：南齊巷新開了歌廳，裡邊有漂亮女孩。羿光說：政治的。范伯生說：政治的？你認識市上那麼多領導，你啥不知道？！我倒請教一個問題，再大的藝術家為什麼都禁不住官的誘惑？羿光說：在中國，權力面前藝術都是雕蟲小技麼。范伯生說：你這麼說，我明白文聯換屆，組織上要王季做主席候選人，王季就同意了。羿光說：文聯這單位，主席人選歷來是要在專業上能扛旗的人，王季應該呀，他是大畫家啊。范伯生說：但你知道不，這消息一傳出，網上就有文章誹謗王季。羿光說：肯定是嫉妒麼！嫉妒是人性中最醜惡的東西，一旦發展到恨，那就什麼事情都能做得出來。你見到王季，告訴他別生氣，誰罵他那是替他消業的。范伯生說：你知道是誰寫的嗎？羿光說：誰？范伯生說：這事應是破壞換屆，組織上動用新技術查出來了，是焦效文。羿光說：果然是同行。范伯生說：我就想不通，即便王季當不成，八竿子也輪不到他呀？！羿光說：可憐人麼。范伯生說：我是可憐，竟然還讓他參加了代表團去菲律賓。羿光說：這不是說你，宵小卑微者可憐。范伯生說：瞧著吧，代表團一回來，組織上會有人尋他的。羿光說：代表團幾時回來？范伯生說：馮迎沒給你電話？羿光說：沒有。范伯生說：她怎麼能不給你電話，你不是和她好嗎？羿光說：我和那十姊妹都好！范伯生看著羿光，羿光聳聳肩，表演地笑了一下。

五、希立水·西明醫院

給夏自花輸入了血小板後，海若和陸以可一直待在醫院。第三天，通知希立水來值班。

希立水每天下午都在健身房，差不多一年了，身子明顯瘦下來，而且還有了馬甲線，接到電話，趕忙回家沖澡換衣化好妝，就匆匆趕了過來。醫院裡，海若和陸以可已經離開，還在陪伴夏自花的是她母親和孩子。孩子並不知道害怕，也沒愁苦，在病房裡待不久就叫喊著下樓玩，老太太便帶了到病房過道裡，他一會兒趴在這個病房門口往裡看，一會兒又趴在那個病房門口往裡看。病房裡醫生為病人檢查，被子揭開了，聽診器在肚子上來回按，說吸氣，鼓，呼氣。他也跟著吸，吸著鼻涕。病人家屬就把病房門關了。有的病人下床出來在過道走，他會跟著搖搖晃晃，等到人家進了公用的廁所，他才咚咚地跑過來。老太太只是腿疼，坐在過道的條椅上一邊搓膝蓋，一邊抹眼淚。護士不止一次對希立水說管好孩子不要亂跑，既影響病人休息，到處亂摸亂動也不衛生。希立水就說這裡有她伺候，打發老太太和孩子回家去。婆孫倆一走，希立水給夏自花沖了一碗藕粉吃了，又服藥，喝了兩次水，看著點滴打完了，再扶著在過道轉了轉，還去了趟過道盡頭的廁所。

廁所的窗外能看到舊城的東城牆，牆磚風化得厲害，坑坑窪窪地不平，一條裂縫，猛地看去像是躺著的一棵枯樹。但就在那牆垛下的磚縫裡，幾處都生出一撮草來，草竟然開了花，是米粒般的白花。有人在牆頭上吹塤，這種中國最古老的陶制樂器，吹土為聲，嗚嗚嘟嘟，時斷時續，希立水便感覺到了城牆的疼痛。

夏自花說：立水，真害累你！你也回家吃飯休息吧，我這裡還行。希立水說：我晚上不吃飯的，今夜都陪你，明早徐栖來換我了，我回去睡。夏自花背過身，流了一股眼淚。坐在了便器上了，夏自花讓希立水先出去，希立水不出去，拿著手紙就站在一旁。等起來時，夏自花一陣暈眩，希立水過去扶住，側了頭要看看大便的顏色，夏自花卻立即拉水沖掉，說聲：正常著的。突然氣不夠用，急喘起來。

回到病房歇了一會兒，喘漸漸平息，希立水便給夏自花梳頭，又掏了化妝盒給敷粉。夏自花說：是不是不成個樣子了？希立水說：瘦是瘦了，越發清秀哩。夏自花說：有什麼清秀？以前說氣血，只以為就是一個名詞，哪能知道氣是氣，血是血，這氣不好了血不暢，血不好了這氣都短。希立水說：我也這樣呀，胃不疼不曉得胃是啥，上個月扭了腰，現在明白腰在哪兒了。說完，還彎起身子，雙手拍著腰讓夏自花看，夏自花卻不說話，眼裡是一種奇怪的光芒。希立水說：我是不是又有些輕狂啦？夏自花說：立水，你好著哩，以前是我太生硬，姊妹們裡見了誰都要砸呱的，尤其對你和徐栖，你肯定有過埋怨，你要原諒我哩。希立水說：打著親罵著愛麼，上次吃了菜合子咱們去給海姐買生日蛋糕，我牙上沾著韭菜，店裡那麼多人一直和我說話，沒誰提醒，讓我丟醜，只有你來把我拉到一邊，訓斥我擦了牙。要說埋怨，倒埋怨你啥事都藏著掖著，就拿這病來說，如果早告訴大家，早來醫院治療，也不至於耽擱。夏自花笑了一下，笑得無聲，眼淚卻又流下來。希立水說：哭啥的，你笑著多好看！夏自花說：我不哭了。自己擦了眼淚，卻問道：生意最近還好吧？希立水說：汽車專賣店麼，好能好到哪兒去，壞也能壞到哪兒去，有經理在經管著，我也不大去。夏自花說：你活得瀟灑！和胡勝怎麼樣了？希立水說：刀割水洗，沒瓜葛呀。夏自花說：他曾經來找我給你勸話，我還沒來得及問你，這就病了。希立水說：他找過你？讓你勸我？夏自花說：他說他想復婚，他、他啥都可以改，希望，能、從頭再來，而你……希立水說：狗能改了吃屎？！見夏自花又氣短得說話不完整，臉色開始煞白，忙扶著讓躺下。夏自花還在說：能復婚了也好。希立水說：水都潑出去了收不回來麼，我現在才理解海姐、向其語、應麗后和馮迎為什麼都單身了！夏自花說：你也要單身啊？希立水倒笑了，說：我怕我熬不住。夏自花伸了手來戳希立水的臉，要羞她，卻咳嗽起來。希立水忙幫著拍後背，咳了幾次，咳出一點兒痰，夏自花已經是臉上有了汗。希立水說：咱不說這煩心事了，閉上眼歇著。夏自花閉上眼，說：你也趴在床沿眯一會兒。

希立水沒有眯，看見枕頭下壓著一本書，是羿光的散文集，說：我給你念一篇吧。翻開一頁，念起來，念著念著，夏自花就睡著了。希立水就坐在那裡靜靜地看起夏自花。夏自花枯瘦得腮幫下陷，顴骨顯得很高，但一雙丹鳳眼閉著了，扁平細長，角尾上挑，還是那麼好看。想著多年輕漂亮的人兒，平日身體不錯呀，又特別講究養生，不止一次地給她講授早晨起床後舌頭攪動牙齒，攪動得滿口唾液了要咽下，對胃有益對牙齒也有益，如何下蹲著再調節呼吸，可以保健婦科。可誰能料到她竟患了這麼不好的病。希立水在心裡感嘆：看來開車的技術好壞與出事故無關，身體的強弱與壽命無關。但立即就打自己嘴，夏自花命長著哩，做過了血小板治療病會好的。她站起來，走出病房，在過道伸懶腰。

各個病房的燈都熄了，值班的護士也坐在醫護台後垂了頭打盹兒。希立水站著發了半天呆，突然想起了什麼，拿手機去了過道盡頭，又下到樓梯拐角處，撥羿光電話。

電話撥通了，羿光正和人打麻將，還笑著說：呀，這麼晚了給我電話，是想我了？希立水說：我想你，你不想我麼！羿光說：昨晚我還夢到背了你們上山，第一個背的就是你。希立水說：為什麼就不單獨是我？！羿光說：你們是不拆伴啊。希立水說：那你十個人都背吧，看累死你！兩人都笑起來。希立水說：不鬧了，說正經事，方便不？羿光說：都是自己人，你說。電話裡有吵鬧聲，催促著出牌。希立水說：影響你玩了？羿光說：我一心能二用！希立水說：還是那事麼。羿光說：什麼事？希立水說：你把我的事從不放心上！上次聚會你帶的那個男的，大家都起哄要給我們撮合，你也說雙方願意了你來當媒人。羿光說：哦，王北星呀，不是聽說他對你蠻滿意的麼。希立水說：我是經過了兩個男人，對婚姻就得十分謹慎吧。我問問，他那麼大年紀了怎麼是單身？羿光說：他有過一段婚姻，僅僅是三個月，還算個準處男哩。希立水說：是因什麼離的婚，是女的看不上他了還是他看不上女的，是脾氣原因還是經濟問題還是身體的麻達？羿光說：為什麼要管那些呢，談戀愛要的是感覺，對上眼了就好，太理性那是買貨嗎？希立水說：我情況不一樣呀，不能出了坑又遇著崖。再者，他是啥學歷，在單位工作怎樣？知道他是拿死工資的不會有多少積蓄，可他有房嗎？是單獨有房住，還是和父母一塊兒住？羿光說：這些情況我得了解一下，我接觸他只覺得人不錯，不是見面熟的那種，言語短，但心裡有數。希立水說：我咋老碰著悶葫蘆！羿光說：世上有幾個像你伶牙俐齒的？！希立水笑著說：可我不是胡攪蠻纏呀！還有，你知道他的星座嗎？羿光說：還算命呀？我不懂星座，好像聽他說過生日是十二月二十幾號。希立水說：哦，摩羯座！你先忙吧，一會兒我給你電話。但這時候，希立水聽到了有牌友在說：這是誰呀，紀委審查幹部啊？有病！

有病？希立水掛了電話，直戳戳立在那裡。是有病，愛情確實是一種病，咋的啦？可誰有藥呢，找對象就是找有藥的人嘛！希立水抽動了一下臉上的皮肉，她感到了一種笑。

樓梯上沒有人上來，也沒有人下去，拐角處的頂燈不是很亮。醫院裡是死人的地方，你看不見的亡魂可能到處都有，深夜的這個時候，如果突然有人無聲地從樓梯上來，那一定就是鬼了。但希立水並不害怕，她自信身體健康，尤其在戀愛期，頭頂上陽氣冉冉，或許鬼看到了那是燃燒的火焰，就避而遠之。她開始翻手機，她的手機裡下載著一張星座用情圖，分別是在十二個人體上以心形標出用情的部位：白羊，一顆心形在右胸。金牛，三顆心形分散在中左胸。雙子，一顆心形在嘴。巨蟹，一顆心形在右胸。獅子，一顆心形在頭。處女，兩顆心形在右胸。天秤，四顆心形分布在頭。天蠍，一顆心形在下身。射手，一顆心形在正胸。雙魚，渾身佈滿心形。水瓶，沒有心形。摩羯，沒有心形，全身上下都沒有。希立水立時額上一層汗，又撥通了羿光的電話。

羿光說：你怎麼出的牌，這個時候還敢出餅嗎？！你說！啊就是給你說的，你說。希立水說：對不起，又耽擱你，我查了，摩羯座對愛情不用心。羿光說：不可能！王北星幹事挺投入的。希立水說：但這圖上他沒心。羿光說：你看什麼圖？希立水說：從網上下載的十二星座用情圖。羿光說：是那些玩測試的嗎，哪有什麼準頭？！希立水說：你是不是雙魚？羿光說：我是三月十五的生日。希立水說：你就是雙魚座！雙魚是渾身佈滿了心形，你正是這樣！你這麼準的，他就不準了？！羿光在那頭哈哈大笑，說：我渾身都是心形？有十顆心嗎，哪一顆是對應你的？希立水停下，沒有說話，隔了一會兒，說：哼，姊妹十個，你就對我不好！羿光又要笑，好像笑聲戛然而止。希立水就說：那你能再考察一下他嗎？羿光說：嗯。電話就斷了。

希立水腿有些軟，扶著過道的牆壁回到病房。夏自花還睡著，她就把燈熄了，坐在床沿上。姊妹們曾經議論過這世上的人，人可以分兩種，徐栖、司一楠認為是富人和窮人，嚴念初、馮迎認為是美人和醜人，希立水理解她們這麼說與她們的出身、境況有關聯，而她只認為就是男人和女人。現在她的腦海裡就閃出胡勝和王北星，兩相比對，卻總是拿了這個的長處比那個的短處，或拿了那個的長處比這個的短處，時而清晰，時而模糊，心神就不定得厲害，再去了樓梯拐角撥羿光電話。

但羿光的電話關機了。重回到病房，值班護士來查房，拉開，希立水呆呆坐著，過了一會兒才反應過來。護士說：你沒打個盹兒？希立水說：在打盹兒。護士說：你是打盹兒了還睜著眼？希立水支吾著。護士問病人有什麼情況，回說沒有，倒問起主治醫生、護士長和對方的名字，說是明天她回去了買些書，讓羿光簽名了送來感謝你們。護士說：啊，羿光，那是大名人呀，你能弄到他的簽名書？希立水說：我們是老朋友。護士說：那太好了！我上中學時課本上就有他的文章哩，聽說他書法作品也超好？希立水說：這我不敢應允，他書法作品貴呀。護士說：我聽說他認錢不認人的？希立水說：誰不愛錢呀，都是別人乾指頭蘸鹽地向他白要書法作品，白要不上了就詆毀他。護士還要說什麼，希立水手機鈴響，一看是羿光打過來的，說聲我接個電話，碎步又往樓梯拐角去了。

羿光在解釋剛才手機充電，現在他們休息一會兒吃泡麵哩，可以多說些話。就說：你讓我多了解他，你也得說說你，他若問起來我也好回答，你現在是徹底離婚了嗎？希立水說：離啦，自由身！羿光說：哈，這下你們姊妹們都成光棍啦！希立水說：陸以可、徐栖、司一楠可都是沒結婚的。羿光說：好女人的婚姻咋都不幸啊。希立水說：也不是不幸，是追求自己合適的啊。羿光說：那王北星也不一定就合適你呀。希立水說：談了不合適再找麼。羿光說：這好，女人總得有個家，也有個性的問題麼。希立水說：海姐她們已說好，將來一塊兒去老年公寓，相互在一起，直到死去。至於性嗎，嘻嘻，誰也不缺個男人。羿光大笑，說：那也是，過去性是傳宗接代的，現在是人的藝術了麼。希立水說：藝術？羿光說：我告訴你什麼是藝術，把實用的變成無用的過程就是藝術。比如書法，不就是寫文字嗎，為了記事才有了文字，那是實用的，如今書法並不看你所書寫的內容，主要看表達的情緒、氣韻、節奏、線條、整體結構和筆觸。性也如此，不為生孩子了，僅僅是一種慾望宣洩和身體的娛樂。希立水說：你說得好，我把這話要轉給海姐她們聽呀！羿光說：這話我給你海姐、陸姐和馮姐說過。希立水說：給她們說過就不給我說？！羿光說：這不也給你說嗎？諒解諒解。希立水說：不諒解！又接著說：但還是愛你吧，那你就多給我考察考察王北星啊！羿光說一定一定，掛電話前卻說了一句：唉，尋對象呀，尋來尋去，其實都是尋自己。

六、虞本温・火鍋店

虞本温清早一起來，蓬頭垢面的還坐在馬桶上，就打電話通知店員收拾打掃四樓上最大的包間：一定要支兩張餐桌，桌上都是鴛鴦鍋，更替碗盞杯碟，更換椅子，圍裙要全是新的。關於這次請客，海若先是不主張吃火鍋的，虞本温卻堅持，說好不容易輪到她請客了，她是開火鍋店的，難道是火鍋檔次不夠嗎？即便在一般人的意識裡吃火鍋便宜，那也看怎麼個吃法，她可以上各種海鮮呀！如果嫌火鍋店的環境不好，不能待過長時間，那就吃罷火鍋了，備最好的葡萄酒，一律拉菲吧，還有德國黑啤、冷盤、糕點、酸奶、可樂、水果，全拿著去茶莊再聚嘛。海若這才同意了，叮嚀通知所有的姊妹都到，還得請到吳老闆和羿老師，到茶莊再聚的時候她也讓伊娃參加。虞本温便一個一個地打電話，打通了陸以可、向其語、應麗后、嚴念初。馮迎是去了菲律賓不能來，夏自花住院不能來。輪到徐栖在醫院值班伺候夏自花也不能來，而司一楠卻答應，到時候她把老太太用車送去醫院了，她再和徐栖晚一會兒到。希立水的電話關機，便發去了短信。給吳老闆的助手打通了電話，助手說老闆在閉關，剛剛進入第二天，肯定出席不了。羿光是一接電話就樂了，說：真是想啥就有啥，我近日口寡，還說去吃火鍋或麻辣燙吧，你就請客了！是不是這次輪到你，你這個富婆兒可要露一手啊！虞本温說：輪了七個月了才輪到我，我是得好好表現的，可哪裡是富呀，也不至於是婆兒吧。羿光說：是姐兒。虞本温說：月初你給她們都寫扇面了？羿光說：陸以可過生日，加上她生意受挫，老是嘟囔這西京怕是待不成了，我在扇子上寫了四個字，沒想回來的司一楠、向其語、應麗后、嚴念初都要，我不能厚此薄彼呀。你不來麼。虞本温說：好，那我有空了就去。羿光說：你敢來啊？虞本温說：咋不敢？魚還怕上餐桌，魚的墳墓就是建在人的肚腹中嘛！自己先笑起來。羿光直誇這話說得好，他可以用在自己新作上呀。就又問：男的還叫了誰？虞本温說：吳老闆閉關了，就只你一個。羿光說：我成紅色娘子軍的黨代表哈！說罷卻解釋剛才接了市組織部部長通知，說是北京來了一個重要人，看過我的書很喜歡，部長晚上要宴請人家，須讓我也參加。虞本温說：哦，當官的讓你去你就去，我們請不動你啊！羿光說：我還在體制內麼，人家管著我，沒辦法呀。虞本温也是遺憾了半天，說：看來咱倆之所以走不近都是天意！那你參加我們酒會吧，飯後都在茶莊。羿光說：這就好！虞本温這才漱口刷牙，洗臉梳頭，精心收拾之後，穿了一身白筒裙，開車去了火鍋店。

到了晚上九點，羿光來到茶莊，還在小樓東邊的山牆外的小窗下，就聽得二層樓上嬌聲嫩語，笑聲不斷。剛轉過牆角，一輛三輪車叮叮噹噹急速過來，猛地停下，跳下一個小年輕叫道：羿老師好！羿光閃了一下身，還沒反應過來，小年輕說：電視報刊上有你的頭像，我見到活的啦！店裡出來小唐，厲聲斥責：你這啥話？！羿光倒笑了，說：前年我生病住院一個讀者來探視，見面就說他在路上還想著才子命短，說完便後悔了，啪啪打自己嘴巴。他說的倒是心裡話，這位是？小唐說：新來的小高，高文來，也會寫詩。羿光說：哦，詩在哪兒發表過？高文來卻進店取了條凳子，讓羿光坐。小唐說：迎進店呀，在外邊坐啥哩？！高文來打打自個兒腦袋，這才拉開門讓羿光進，說：我才學哩，還沒發表過。海老闆說我過來了可以接觸到你，我還有些不信。羿光說：我這自投羅網了！高文來說：不敢不敢，老師就住在後邊小區的樓上？羿光說：二號樓三單元的樓頂層。高文來高興地拍手，手卻拍不到一起，在空中搖。小唐說：羿老師忙得很，我們從來不去打擾的，你別動不動就去敲門！高文來說：這我懂。小唐就領著羿光上到二樓，高文來從三輪車上搬下四箱紅酒，抱起一箱噔噔噔地也上了樓。

二樓上新安了一張八仙桌，桌上擺滿了冷盤、糕點、酸奶、冰激凌、牛肉乾、水果。羅漢床上坐著海若、陸以可、虞本温、伊娃，正琢磨這一月虞本温請了客，下一個就輪到陸以可，檔次越來越高了，該到哪個大酒店呀。羿光突然進來，大家嗷地起身。海若說：看，來了吧，我說會來的，這不就來了，還西裝革履的！虞本温說：這才是咱們親愛的羿老師麼！陸以可就撇嘴：咦，恁肉麻的，人家就不去你店裡！虞本温就故意手掩了面，嗚嗚嗚地哭。陸以可說：往眼睛上蘸些唾沫！海若說：今日虞本温可出血了，上的都是三文魚呀，大龍蝦呀，海蟹，牡蠣，還有海參、海膽。羿光說：我實在是走不開呀，虞本温明知道我來不了偏給你們吃最好的東西！虞本温說：

我那海鮮都是從澳洲進的，你隨時來，由你挑著吃！羿光說：虞本温是最捨得，又最熱情的。趕不上吃火鍋，酒會肯定來的，這不，那邊吃完飯，部長又安排去喝茶，還叫了三個秦腔名角來清唱，我說謊說家裡有急事，就火急火急地來看你們了。海若說：你再不來，虞本温就徹底請客失敗了。大家一陣笑。羿光把海若拉在一邊，悄聲說：你沒請市委秘書長呀？海若說：虞本温請客，他和她們都不熟，我沒有請，聲老闆也沒請。羿光嗯了一下，高聲對虞本温說：怎麼只有你們幾個？虞本温說：我說你肯定參加酒會的，她們吃完火鍋就都先回家要再換衣服，很快就來了。咦，你是想見呀，牽掛誰沒來呀？羿光一時倒不好意思，用手摸臉，像貓兒一樣。陸以可說：羿老師還害羞哩。大家又瞧著羿光笑，伊娃一笑，還出了聲。海若說：他好就好在那種不經意間流露出的羞澀感，這才有魅力麼。羿光一定睛，卻盯著伊娃，說：嚯，還有國際友人？！

海若拉過來伊娃，給羿光介紹。高文來把酒全搬上來，立在一旁目不轉睛地看羿光。海若又介紹高文來，羿光說他們已在樓下見過了，就還給伊娃發笑。陸以可說：壞了！拉了伊娃耳語。羿光說：以可你給她說啥的？陸以可說：我給她講蛇和老鼠的故事。蛇要吃老鼠的時候，蛇只盯著老鼠，老鼠就不會逃跑了，反倒站起來一步步朝蛇走去。羿光說：啥意思，誰是老鼠誰是蛇？陸以可和伊娃同時爆發了笑，嘎嘎不已。海若說：羿老師在外邊可是人人敬畏的，咱們熟了就隨便了，可也太隨便了！

樓梯口，高文來開啟酒瓶，小唐把酒杯拿來，高文來說：網上流行一句話，人見人愛，花見花開，汽車見了爆胎，我現在是看到了。小唐說：別胡用詞，那話是說姑娘的。高文來說：大家都喜歡羿老師嘛。小唐說：是羿老師更喜歡大家。

海若徵詢羿光對室內布置的意見，看哪兒不合適？羿光就誇說桌子、椅子、櫃子、條案，甚至羅漢床都買得好，就是要這樣的仿明家具，方位也擺得非常舒服。室內裝飾和布置是講究風水的，而風水最基本的要求便是搭眼一看舒服。你抱過小孩進來過嗎？海若說：沒有。帶著狗進來過嗎？海若說：也沒有。你可以試試，小孩子進來不哭不鬧，狗進來不狂不叫，那就是宜居之室了。這條案是金絲楠木嗎？條案上的瓷佛像開臉多精緻，肯定是名家燒制的，有古意，神氣充滿。哦，放這麼多書籍，有文學的，經濟的，畫冊，字帖，還有關於茶道的，瓷器的，插花的，鑑定玉石珠寶的，啥都有麼。在這兒安放古琴好。海若說：我最得意的你倒視而不見，壁畫呢？羿光說：我偏要讓你顯擺未遂！說完便笑，看了一眼伊娃，伊娃正忙著擺碟盤。羿光說：是王季畫的？海若說：是王季先生畫的。羿光說：如此大的壁畫我在市裡別的地方從沒見過，也只有王季能畫！但這好像是洞穴裡的畫？海若說：你厲害！就是臨摹了西夏王朝白城子的一個地宮畫。羿光說：王季要這麼臨摹的？海若說：我要求的。羿光說：為什麼選用這畫呢，西夏是中國歷史上的小王朝，雖然輝煌過，但歷時短促，應該是曇花一現啊。海若說：不知怎麼，我第一次在書上見到這畫就特別有感覺，再是活佛從西藏來，畫裡環境挺合適的，才請王季先生臨摹在這裡。羿光哦哦著。陸以可說：羿老師和王季先生是市裡文藝界的兩個王啊，聽說王是一般不肯見王的？

羿光說：你的意思是我故意貶低這壁畫？我和王季是對手，更是朋友，惟大將不懼大將，亦惟大將能知大將。陸以可首先鼓掌，海若也跟著鼓掌。羿光問：活佛幾時來？海若說：吳老闆說就這一月裡吧，還沒個準確日子。羿光說：要說私心呀，我倒是有的。茶莊開業時認識你，這名字和牌匾也都是我起的寫的，外人常以為這是我的茶莊，或者說是我在茶莊有股份，都這麼熟了，沒見你給我收拾個房間搞寫作，或有個文學沙龍的去處，而活佛僅讓你接待幾天，就裝修了這麼大的房間，極盡高貴雅致！海若說：我是居士麼，活佛來了，還有以可她們四個也想認師父皈依呀。說著就笑起來：自己人有誰見面了還握手？你竟然吃醋了？！活佛走了，這裡可以是我沒事了來坐著發呆，更是供眾姊妹們來聚會呀，當然盼你來寫作和辦文學沙龍啊！

正說話，向其語就上了樓來，穿了紅色吊帶深領裙，心口上掛著一塊玉佩，袖子非常寬敞，百褶下擺，一雙黑色尖頭高跟鞋。她稍有些內八字，兩條腿前後叉著，在樓梯口站了個姿勢。虞本温說：你說回去換個衣服，竟穿成這樣？！向其語說：海姐把茶莊辦成了文化場所，更有羿老師在，我雖沒文化，可也得有富貴啊！海若說：富還可以，穿這一身就貴啦？向其語說：才學哩麼。

接著，應麗后來了，也穿了件吊帶裙，只是灰色的，吊帶在肩上綁成蝴蝶結，脖子上也掛塊玉佩，一手提兩個購物袋，另一隻手提著百搭小背包。向其語迎上去說：我是吊帶裙你也是吊帶裙，快撞衫了！啊，這小背包好。應麗后說：剛才路過商場，原本去買雙鞋的，沒想新到了這韓國的包，就買了。羿老師，這包好吧？羿光說：好啊！應麗后說：真的好？羿光說：你最適合這包的。應麗后眼珠圓潤，眼尾上揚著笑。向其語說：你這狐狸眼！羿老師欣賞，難怪應麗后從去年以來就能買四個名包！一個聲音說：女為悅己者容麼！眾人聞聲扭頭，樓梯口又上來了徐栖和司一楠，說話的正是徐栖。

徐栖長髮飄飄，佩戴了玉佩外還有一件苗族少女的那種銀項鏈，黑色襯衣，黑色短裙，配著黑長筒高跟鞋。司一楠好像才洗過頭，短髮上抹了髮膠，往上攏起很高，也是一身黑，黑襯衣，黑短褲，卻還外套了一件牛仔夾克，腳蹬了一雙棕色牛皮鞋，背著雙肩包，手裡拎著一個小包。徐栖上個樓梯就累了，說完就笑，在喘息中吟聲斷斷續續。司一楠把小包給了徐栖，徐栖卻轉身低聲說：你忘了戴玉呀？司一楠扯了下衣領，露出佩玉繫兒，說：在裡邊的。

羿光快活地叫道：呀，人是衣服馬是鞍，今日都穿得這麼鮮亮，既然是女為悅己者容，讓我來抱抱，我是抱衣服啊！他展開雙臂向她們走去，她們卻都像喜鵲一樣跑開。

後來嚴念初就來了，竟然戴著墨鏡，身穿白色衫，一件豹紋長袖外套，看不到下身穿的什麼，直溜溜兩條大長腿，左腳脖子處還文了一枝小花。她一進店，店員們就哇地叫了，說這一身潮啊，嚴姐什麼時候都是引領時尚的。等她一上樓，羿光就高聲叫道：驚若天人哈！嚴念初把墨鏡推到腦門上，說：謝謝！大家卻都沒了聲響，一時安靜了。海若便拍了拍手，說：還缺希立水吧，吃火鍋來得遲，現在還遲遲不到，咱不等她了！眾人圍上桌子。

圓桌不分主次，誰坐在哪兒都是主席。陸以可拉著伊娃在西邊先坐下。向其語靠著陸以可。嚴念初坐在南邊。司一楠、徐栖坐在東邊。應麗后要坐到司一楠和徐栖中間，司一楠拉徐栖過來，應麗后便挨徐栖坐了。然後虞本温坐下。羿光挨著向其語坐，向其語倒噘了嘴，說：你和嚴念初坐去！羿光說：我就和你坐，你這一噘嘴了性感。陸以可便哧哧笑。最後海若才尋空位坐下來。小唐過來問：海姐，沏什麼茶？是雲南滇紅還是月光美人？大家說：還有月光美人茶呀？小唐說：才進的新品種，之所以叫月光美人，是這種茶由美貌女子採摘，晾乾後存放於乾燥暗室，只有晚上才拿出室外，吸收月光精華，一連十個晚上才能完成。海若說：不要喝統一茶，這些人個性各異，口味難調，就不用壺了，把那批義大利水晶杯拿來，誰想喝什麼就沏什麼。向其語說：對對對，喝一樣的茶了，那只是一種人，而我們是每個自己。我就來一杯茉莉花茶。陸以可說：新品種還不知道味道怎麼樣，給我和伊娃沏雲南滇紅吧。虞本温說：我還是老基本，白茶，安吉產的。應麗后說：我要岩茶，水仙牌的。司一楠說：給我肉桂。徐栖：龍井。小唐問：馬肉還是牛肉？徐栖說：馬肉牛肉？小唐說：馬頭山的肉桂叫馬肉，牛家山的肉桂叫牛肉。司一楠說：馬肉。徐栖低了頭說：長知識啦，那我不要龍井了，和司一楠一樣的。小唐問嚴念初，嚴念初說：我來杯白水。小唐又問海若：海姐你呢？海若說：要先給羿老師！羿老師你喝啥？羿光說：常言秀色可餐，剛才火鍋沒吃上，現在是秀色可喝，不要茶了。海若說：要茶的。羿光說：那就月光美人！海若就說：給我一杯鐵觀音。小唐便一一按要求沏了茶，放在每人面前，又去樓梯口和高文來盛酒。

高文來一邊盛酒一邊卻拿眼睛瞅視小唐的胸，小唐手一抖，將酒杯中的一股子酒潑到高文來眼上，說：你往哪兒看？！高文來說：我看你的脖項。小唐說：我脖項上有花啦？高文來說：我看脖項上掛沒掛玉。小唐一時沒了話，用抽紙替高文來擦臉上的酒，才說：我哪兒會有玉？高文來說：她們都戴了一塊玉佩。小唐說：玉佩是海姐給她們的，十個人都有。高文來說：哦，我知道你為什麼沒有，小唐說：我不是老闆麼。高文來說：是你太兇！小唐扔了紙，不給擦了。

酒端上後，大家呼啦起身碰杯，說一堆感謝金主賜給了我們美食又賜給了美酒的話。虞本温說：我什麼金主呀，不要感謝我。咱每月都聚會的，我也吃請多少次了。之所以吃完飯又來茶莊，我們都是在這裡相互認識成了姊妹，姊妹們又認識了羿老師，一直走到了今天。可以說，如果延安是革命的聖地，茶莊就是我們走向新生活的聖地。現在海姐又擴大了二樓房間，海姐也有意思讓大家來看看裝修布置得怎樣。活佛來了，這裡是佛堂，活佛走了，這裡又是咱們今後相聚點。來呀，咱們感謝茶莊，感謝海姐，讓海姐給咱們致酒詞吧。海若說：你掏錢請客的，我致什麼酒詞？虞本温說：咱們姊妹們都是在你這兒抱團取暖，一把散沙你把它握成了一團，你不致誰致？羿光低頭給嚴念初說：一個個都是些刺蝟的，抱團取暖著倒也相互扎得疼，一把沙子能握嗎，越握越從指縫漏的。嚴念初說：你這麼看我們？羿光說：我在引申虞本温的話。海若看到羿光和嚴念初交頭接耳，但她沒聽見他們說的話，說：羿老師你來致吧。羿光說：我是嘉賓，帶來嘴只負貴吃喝。海若就對著虞本温說：我說啥呀？說你這次給大家吃得好，喝得好，把檔次猛地提上去了，使後邊再請客的人作難去？！虞本温直搖手，說：吃飯喝酒只是由頭，你就說這二層樓新房間，為什麼要迎接活佛，有了新聚會點，往後的作用和意義。海若說：那好，我說幾句。不管當今社會有什麼新名堂，新花樣，新科技，而釋迦牟尼要讓我們眾生解決的問題一直還在。我們不能去寺廟裡修行，打坐，念經，我們卻可以在日常生活中做禪修，去煩惱。當然，具體到咱們眾姊妹，現在都還不會。借著接待活佛，茶莊擴大了這間房，權當做個佛堂或禪室，以後就開始禮佛呀。今天我們大家坐在這裡，是什麼力量讓我們坐在一起？表面上是請客吃喝，其實這是我們過去業的緣故吧，也更是我們每個人有著想解決生活生命中的疑團的想法和力量才聚成的。

海若這麼一說，氣氛倒嚴肅了，都沒了聲，杯子不動，筷子不動。海若說：這話說得不是我的風格呀，你們不吃不喝著也不是你們的做派麼！大家這才恢復了真面目，說：海姐像政府領導講話，話說得好，咱們得吃好喝好！一時紅口白牙，狼吞虎嚥，推杯換盞，混亂不堪。樂得陸以可嚷道：哎哎，還得注意些形象啊，十釵們！

應麗后和嚴念初挨著坐，不小心把桌上筷子撞掉，低頭撿筷子，看到桌子下面全是些大長腿，待到陸以可說話，她摸了摸嚴念初臀，低聲說：你沒穿褲子？嚴念初說：我光屁股啊？！站起來，撩了撩外套。應麗后說了句：你敢穿裹襠褲？！便也端了酒杯，接著陸以可的話，說：咱姊妹麼，我覺得叫十釵不好，這是套用金陵十二釵，本來就俗了，何況那十二釵的命運都不好。應該叫十佳人。向其語說：也是舊話，俗！羿光說：說到佳人，我立馬腦子裡閃出兩句話來：才子正半老，佳人已徐娘。徐栖說：羿老師這是笑話我們都老了？虞本温說：徐栖當然還小，眾姊妹中除了徐栖和嚴念初，別的也都是徐娘了。羿光說：徐娘用化妝品收拾收拾還是光鮮照人的，只是過了半百的我滿臉枯皺了。話說得滄桑，大家就相互看著，整頭髮的整頭髮，補妝的補妝，卻也笑歲月是殺豬刀，帥哥終於也老了。海若就說：帥哥到底是帥哥，老了也有老的帥麼，是不是？咱們敬一下羿老師，感謝這麼多年了每次都參加我們聚會，用他的學識和智慧，影響我們，提高我們，親切我們！杯子全舉向羿光，碰得叮叮噹噹響。羿光說：向其語認為稱作佳人也俗，也確實落了俗套，我建議，既然你們每人都是佩戴了一塊玉，不如就稱為西京十塊玉。大家一愣，面面相覷，接著哄然歡呼：啊，這好，這好，咱們就是西京城的十塊玉！羿老師咋能想起這個比喻？羿光說：咱市裡有個姓馮的女作家，她的小說裡就把四個女子叫作四塊玉的。說著，眼睛倒盯著伊娃，伊娃一直沒說話，瞅著大家微笑。羿光說：哎呀，伊娃也應該是一塊玉嘛！海若說：噢噢，我倒忘了介紹伊娃了，伊娃是俄羅斯的，陸以可、虞本温、徐栖都認識，別的今天第一次見。就給伊娃說這是向其語，原有一塊地的，一轉手賺了上千萬的，現在與人合辦了康復醫院。這是應麗后，太能倒騰房子，有二十三間門面房出租著。這是嚴念初，先前做過電梯生意，現在做醫療器械，那可做得厲害。這是司一楠，全市最大的紅木家具店老闆。伊娃便一一叫姐。虞本温、應麗后、嚴念初、司一楠都說：伊娃長得乾淨，又性情安靜，我們喜歡，海姐是該給伊娃一塊玉的。並教唆伊娃：你咋不向海姐要呢？伊娃說：我瞧著你們都戴著玉，還納悶這是為什麼？原來是海姐送的，海姐，我也要啊！海若說：我已經準備好了，還沒來得及給你哩。去了羅漢床上，在那個裝著各種珠子和繫繩兒的筐裡翻，拿出一塊已拴了繫繩兒的白玉佩，就掛在伊娃脖子上。羿光說：伊娃，這一塊玉佩值幾萬人民幣的，可是我給你爭取的！伊娃給羿光作了個揖。大家舉了手機拍照，羿光又說：真是美女！大家說：我們就不是美女啦？！羿光說：都是美女，資深美女！

酒喝過了三巡，嚴念初就拿個糕點盤，點著香菸，站起來和伊娃去說話。別的人也都不坐了，端了酒各自走動，或兩人靠在窗前，或三人倚在羅漢床頭，高聲低語，隨意自在。

海若拉了虞本温到樓梯下，高文來在隔間燒水，煤氣灶的火旺，鋁壺裡就響聲很大。海若說：今天人多忙亂，小心水溢出來澆滅了火而漏煤氣。高文來說：開水不響，響水不開，我在這守著。虞本温突然說：哎呀，我倒忘了買香菸了，她們有幾個吸菸的。海若說：小高小高，你快去買一條香菸。給了五百元。高文來說：那你看著火。就出去了。虞本温說：讓你掏錢？海若沒理會，說：吳老闆沒有來，他助理怎麼說的？虞本温說：吳老闆閉關了，才是第二天。海若說：前五天我去他那裡取《楞嚴經大義》，沒聽說閉關呀。這閉關也不知是七天還是半月，看來活佛半月裡到不了啦？虞本温說：可能到不了。海若說：但咱們把接待行程制定好，到時肯定要去法門寺、廣仁寺的，你要早早備著一輛好車。虞本温說：大家都是好車，嚴念初和應麗后又是奔馳，我這樣想，咱陪的人多，如果坐一輛車就得是考斯特，你和市委秘書長熟，能不能派個接待上邊領導的帶著辦公桌的那種。海若說：政府的車靠不住，人家若恰好有接待任務了怎麼辦，還是弄個私企的吧。虞本温說：那翟老闆做房地產的，業大勢大。他那兒該有吧？海若說：他那兒有一輛房車，也有一輛商務車。虞本温說：房車更好呀，我倒沒想到，咱都用房車，我有個朋友就有一輛，我再弄來。海若說：那就這樣定了。看了一下窗外，夜已經深了，遠處的路燈依然通明，行人還是不少。突然有了一下極其尖銳的嘎啦聲。

店裡的人都側頭驚恐地往外看，小甄說：是打雷下雨呀？小蘇說：想得美，咋不說開始颳風呀，明天就該沒霧霾了？！高文來拿了一條香菸跑進來，衣服上一層濕點子，抹著臉說：媽呀，前邊路口一輛拉土渣車撞上人了！張嫂就問：出人命啦？高文來說：人趴在路沿上，我去的時候卻站了起來，好像是撞暈了，原地轉了個圈兒，司機下來見人沒事，把車又開走了，可丟起雨星子啦。小甄說：這不真就下雨啦？小蘇沒理她，說：現在拉土渣車是瘋了，看電視新聞這一季度已撞死了三個人，市政府不是已經對拉土渣車大檢查嗎，車咋還是開得那麼快？即便不撞了人，那車都是不蓋帆布，塵土飛揚，還嫌空氣污染不嚴重？！在店裡買茶葉的一個顧客說：不從根本上找原因，大檢查能起作用？高文來說：根本原因是啥？顧客說：這些拉土渣車都是私人承包的，承包人又雇用司機按趟數計費，為了多賺錢就比著看誰跑得快。明白吧？高文來說：還不明白。顧客說：不說了，我說了頂屁用，你就是明白了也頂屁用。高文來哼了一下，去隔間把香菸給了虞本温。

雨好像還越下越大了起來，雨點子在窗玻璃上嘭嘭響。海若對虞本温說：如果這雨能下一夜就好了，希立水怎麼還不到？你打電話催催。虞本温嗯著先上了樓。鋁壺裡的水也燒開了，關了煤氣，海若自己提了壺才往樓上走，店門口進來一個人，頭髮濕著，牽了一條狗，狗毛也濕著。海若還沒等說不要帶狗進店，高文來已去擋了那人，說：避雨嗎，前邊左手那兒有個亭子。那人說：買茶呀，不賣茶嗎？！高文來說：啊賣的，賣的，你進來，狗留在門外。那人說：這是我的狗。高文來說：我們這裡沒有狗的茶。海若一笑，提壺上了樓。

樓上煙霧騰騰，差不多的人都在吸香菸。羿光還在讚嘆美女們用兩個指頭夾菸支，吸一口了胳膊更高高舉直，瀟灑優美，態味十足。徐栖在問什麼是態味，羿光講起了女人的態狀如佛之光，火之焰，珠玉之寶氣，徐栖便神氣像薔薇，一會兒嫣然欲笑，一會兒則遇風雨，萎紅寥寂。羿光忍不住捏了一下她的鼻子，說：你這個小臉，好可愛喲。外邊街頭的霓虹燈透過玻璃進來，使許多吐出的煙圈五顏六色，四面牆上的壁畫也要活起來，若夢若幻，人就面目全非，皆在仙境。海若有些氣促，順手打開了一面窗，煙氣酒氣開始往外飄，而雨線更密了許多，但房間的人並沒理會。幾個人坐在了羅漢床上。陸以可、司一楠、徐栖、羿光又簇在條案左邊的屋角處說話。他們轉了話題說接待活佛的事，陸以可說：海姐的居士是前幾年吳老闆介紹在活佛名下皈依的，這次活佛再來，我和希立水要海姐介紹著也皈依呀。徐栖說：你和希姐皈依，那我也皈依呀，司一楠你呢？司一楠說：你皈依我就皈依。羿光說：你們把皈依當時髦呀，就是皈依，西京不是有寺院和和尚嗎，偏要在西藏的活佛名下？這就像去廟裡燒香，不一定在每尊佛前都燒，給一尊佛燒了就等於給所有尊都燒了。徐栖說：那不一樣吧，為什麼說佛爭一炷香呢？羿光說：你身上有三四個口袋，把錢裝在一個口袋和把錢分裝在所有口袋裡有啥區別？徐栖說：你說的也對。司一楠說：你以後說話要想好再說。徐栖噘了一下嘴，抬頭看羿光看她，趕緊一笑，再沒說話。羿光說：希立水還讓我給她尋對象的，她也皈依？陸以可說：尋找對象是尋找對象，皈依是皈依，這不衝突呀，活佛也都有家室的。西京是有寺院和和尚的，但這些年漢傳佛教讓人感覺不如藏傳佛教純粹了，何況這次要來的是活佛。羿光說：你知道啥是活佛？陸以可說：是轉世來的活著的佛。羿光說：活佛是藏傳佛教中最重要的宗教神職人員，咱們漢人習慣稱為活佛，其實準確應稱之為轉世尊者，也就是智者。陸以可說：羿老師就是知道多！羿光說：我不像你們海姐是禮佛人，我是作家，僅僅是為了寫作粗略了解了這方面一些知識。陸以可說：那你還知道佛些什麼？羿光說：比如佛教講緣生，說由於各種關係結合而產生各種現象，寫小說也是如此，寫出這種關係的現象，那就是日常生活，我現在的小說就是寫日常生活的。比如佛教中認為宇宙是由眾生的活動而形成的，凡夫眾生的存在便是生老病死怨憎會愛別離求不得的周而復始的苦惱，隨著對時間過程的善惡行為，而來感受種種環境和生命的果報，升降不已，浮沉無定。小說要寫的也就是這樣呀，小說的目的不是讓我們活得多好，多有意義，最後是如何擺脫痛苦，而關注這些痛苦。陸以可說：小說作法我不懂，你說到升降不已，浮沉無定，周而復始的苦惱？你能再說說嗎？羿光說：苦惱就是有了自我，有了分別，引起了不自在，不滿足，不完整，慾望之下造出的惡為，必然將接受未來的果報。徐栖一時臉色蒼白，說：哎呀這不是在說我吧？羿光說：不是在說你，每個人都是如此。司一楠說：那你呢，你也這樣嗎？羿光說：那當然，我最苦惱的就是求不得。徐栖說：你要名有名，要錢有錢，要地位有地位，要家庭有家庭，你還有什麼求不得的？羿光就笑了，說：這就能保證不變嗎，就能讓我滿足嗎？徐栖說：我這是不是燕雀不知鴻鵠之志？陸以可說：人心沒底，那不是苦惱又周而復始了？羿光說：所以我不去皈依。徐栖說：依你說的我也不皈依了？羿光說：你不是有你海姐嗎？

海若並沒有聽清他們在說什麼，走過去時倒聽到一句海姐，便說：背著我嚼我呀！羿光忙笑了說：這倒不敢，拿人的手短，吃人的嘴軟，正喝著你的香茶啊！羅漢床上的那幾個卻在大聲叫：陸以可、徐栖、司一楠，過來，要聽你們回答哩！司一楠說：啥事情要我們回答？三個人就去了。

羅漢床上的個個臉色漲紅，先還是以伊娃的年輕漂亮而怨恨時光無情，想當年自己臉是那樣緊緻，指頭一彈都要彈出水的，現在注射玻尿酸也不行，恐怕明年就得去醫院做拉皮手術了。然後人家就說起韓國的整容，還是整容好，馮迎算是十塊玉中年齡最大的吧，整過了一次真的比咱們幾個都顯得年輕。這時候應麗后就說：向其語呀，如果讓你現在回去二十年，你願意不？向其語說：願意，沒有了青春才知道了青春的好！應麗后說：虞本温你呢？虞本温說：你是說經濟上也回去二十年？應麗后說：當然，讓你還過以前的窮日子，但給你青春美貌。虞本温說：我好不容易奮鬥了二十年有了今天，我不回去，寧肯再老再醜也不過那沒錢的日子！向其語說：虞本温不回去，我回去，雖然我年輕時並不漂亮。還有誰肯回去，肯的舉手！過來的陸以可、司一楠也來興趣了，舉了手。司一楠說：如果再年輕二十年，我知道我該怎麼度過了。但徐栖手要往起舉，又放下了。應麗后說：徐栖你不願意？徐栖說：我不知道回去好還是不回去好。嚴念初沒舉手。她在吸香菸，仰面往空中吹煙圈兒，竟然一連串的煙圈兒，說：說回去就回去啦？如今都活得像這壁畫上的飛天了，還要跌落到地上？！向其語就給徐栖耳語：她是不是變化不大？徐栖說：咱姊妹裡她算是凍齡的。向其語：她當然無所謂，她美貌麼，有美貌就能改變一切的。司一楠說：你倆嘰咕啥的？向其語就不耳語了，端了酒杯還和司一楠碰了一下。

她們說得熱鬧，海若和羿光也走過來，羿光只是嘿嘿笑。嚴念初說：羿老師笑啥？羿光說：你們都是飛天啦？嚴念初說：難道不是嗎？羿光說：那我先給你們講講這是個什麼社會吧，這個社會說是婦女翻身，其實仍然是男性的社會。我舉一個小小的例子吧，從街道辦到市政府省政府，甚至中央開會，公布的會議人員名單中從來都是某某某，某某某，某某某括號女，男的為什麼後邊不加個括號標明是男呢？海若說：正是這個社會對女人不公，我們才要走出體制走出家庭麼。羿光說：走出來就做生意？海若說：經濟獨立呀，不經濟獨立怎麼精神獨立呢？羿光說：是要經濟獨立，可都是些小老闆呀，就像坐在窩裡孵蛋的雞，生下的蛋大蛋小，有的蛋還是軟的，有的蛋還是蛋皮上沾滿了糞便和血，卻都咯咯大叫。海若舉了拳頭就在羿光背上打，叫道：我們在你眼裡就是這形象啊！眾聲齊聲討，羿光抹了一下臉，說：比喻，比喻，一切比喻都是蹩腳的麼。當然，你們這十一塊玉，不，除了伊娃，是已經夠優秀的了，有貌有才，有一定經濟實力，想到哪就能到哪，想買啥就能買啥，不開會，不受人管，身無繫絆，但在這個社會就真的自由自在啦，精神獨立啦？你們升高了想著還要再升高，翅膀真的大嗎？地球沒有吸引力了嗎？還想要再升高本身就是慾望，越有慾望身子越重，腳上又帶著這樣那樣的泥坨，我才說你們不是飛天，飛不了天的。他問了海若：你覺得呢？

海若說：念初，給我一支菸。嚴念初給了海若一支香菸，用打火機點上了。海若吸了一口，慢慢往出吐，煙縷卻順著臉頰鑽進頭髮，像是在燃燒。海若說：所以才要迎接活佛呀。羿光又要再說，一個人叫道：這是在說我胖嗎？還是說淋了雨，我可是腳上沒泥坨啊！小唐噢了一聲：希姐到了！

果然，希立水雙手張開，像雞展開翅膀一樣從樓梯口跑過來，她穿了件牛仔褲，白襯衣，背著牛津布抽繩繫束口袋的雙肩包，全淋濕了，緊著說：對不起，我來遲了，倒酒倒酒，我先自罰三杯！

七、辛起・希立水家

希立水從火鍋店回家換了衣服，剛一開門，辛起就披頭散髮地站在那裡。希立水吃了一驚，說：你嚇死人了！咋站在這兒？辛起說：我來和你說說話，剛到，你就開門了。希立水說，那好，我帶你去茶莊，晚上我們那些姊妹又聚會，你也認識認識她們，如果有緣分了，常來往著，大家一塊兒玩。辛起卻嗚嗚地哭了。

希立水看不慣女人哭的，愛哭的女人不可怕，可怕的是男愁哭女愁唱。希立水當下說：又哭了又哭了，你這眼淚水子恁多！還是和田誠斌彆扭了？辛起說：我和他分居了。希立水說：你不是盼著能走出來嗎？我和胡勝一分開，人一下輕鬆了，幸福得不行，一個人在街上邊走邊笑的。你倒哭哭啼啼，心裡又捨不下他了？！辛起說：這倒不是。希立水說：那就跟我走，去喝幾杯酒，慶賀終於離開他了。辛起說：我不去，你們那些姊妹都過的是好日子，我去了還不是讓人瞧不起。等我活得體面了，去了才能和人家說上話。你去吧，我到樓下坐著等你。希立水倒為難了，說：你坐在樓下等我，那我成什麼朋友了？那邊的聚會你不去也罷，可我不去不行，這樣吧，你就在我家，我兩個小時就回來。於是，叮嚀著渴了自己去燒水，茶在冰櫃裡，咖啡在桌上瓶子裡。餓了廚房裡有掛麵和雞蛋，還有酸奶和麥片。要是睏了，就到床上睡一覺。辛起感動得又流眼淚。希立水拉開門出去，辛起說：你從外邊把門反鎖了。希立水說：我還怕你把我家東西拿走呀？！

希立水走到樓下了，突然覺得自己剛才的話沒有說好，因為辛起前不久確實有過把家裡的一台投影機、一台微波爐和三個青花瓷瓶拿來存放在她這兒的。她打了一下自己的嘴。

希立水是在辦第一個汽車專賣店時認識的辛起。那時辛起在專賣店旁邊的幼兒園上班，沒事了就來店裡看各類車，說著的普通話很硬卻又夾些港臺腔，總在問這輛是什麼型號，那輛是什麼名字，或者就站在那些車前擺弄著姿勢讓給她拍照。而對照片怎樣美顏怎樣修圖也都是希立水教給她的。辛起長著一張很洋氣的臉，希立水問過是不是漢族，辛起說是漢族。希立水奇怪漢族的人都是平面牆一樣的臉，你怎麼是牆角樣的，辛起說或許我奶奶的奶奶的奶奶被匈奴強暴過吧，說畢就笑。希立水雖然罵過辛起說這話該扯嘴，但她確實喜歡辛起的洋氣。後來交往多了，才知道辛起其實是陝西南部鄉下人，十六歲就來西京打工，日子過得也是緊巴。辛起曾向她借過幾次錢，有的是零零碎碎給還了，有的沒有還，她也當面說了不讓還了，但她發現辛起拿了這些錢總是先去買了衣服和鞋子。在穿戴上的花銷是吃喝上的十多倍，辛起的胃一直不好，尤其經期一來，肚子就疼得死去活來。希立水勸說：衣服是給別人看的，飯是吃給自己的。辛起說：我是鄉下人麼，必須表現為城市人啊。辛起五官和身材都好，長得時髦，又學會了普通話，比城市人還要像城市人了，就和城裡的田誠斌結了婚，田誠斌雖然有工作有房子，但畢竟是一個小公務員，工資低，人又死板，婚後爭吵打鬧，就把離婚二字掛在嘴邊。卻是一直要離婚，一直離不了。希立水的婚姻不好，辛起的婚姻也不好，惺惺惜惺惺，希立水就給辛起出主意分居，分居三年就可以去法院起訴。辛起真的就搬了出來，在別的地方租房住，但搬出來時又拿走了家裡好多東西。

打人不打臉，揭事不揭短，希立水後悔著自己說了不該說的話，怕傷害了辛起，還想是否上樓再說些別的話安慰安慰，天就開始下雨，便急急忙忙往茶莊去。

開車經過吉祥街，雨是越下越大，一隻刮雨器卻壞了，希立水把車停在一家修理店前，才交代著店員去更換，有人在她後肩上拍了一下，回頭竟然見是許少林。

許少林是希立水的中學同學，那時還曾經追求過她，她沒看上，因為許少林的個頭還沒她高，尤其就在他向她表白的那天，她低頭發現他的襪子上有一破洞，甚至透過破洞看到了腳後跟兒髒兮兮的，她就反感了，當場拒絕。後來兩人都上了大學，畢業後許少林分配在市城管局，她分配到市供電局後又辭職做生意，十幾年裡相互都知道些情況，卻再沒來往。沒想到在這下雨天的晚上卻在修理店碰上了，許少林瞧她的眼睛依然閃動著喜悅的光澤，她也就誇張地驚叫了。

希立水說：哇呀，是你啊，你怎麼也在這兒？！許少林說：我車子的輪胎漏氣了，天氣真是天意！希立水說：咋是天氣就是天意？許少林說：要不下雨咱們就碰不上嘛！希立水笑著說：都還好吧，喲，這車子不錯麼！許少林說：嘿嘿，單位配的。希立水說：哦，是聽說你當處長了，果然是！許少林說：小官小官。希立水說：娶了媳婦，生了兒子，又高升了，人生得意著還這麼低調呀？！許少林說：有得有失，職務上是進步了，家裡卻一團糟麼。希立水說：你也鬧離婚啦？許少林說：離婚倒沒離婚，兒子鬧心。希立水說：是兒子個頭也不高，學習也不好？那是遺傳呀，許少林！許少林笑了笑，說：我這個頭讓我自卑了幾十年，我總算找了個高個兒老婆，兒子現在比我高了，長得帥，學習還行，卻早戀了，講吃講穿。我罵他瀟灑啥哩，拿我錢去耍人？他卻說我花的是他的錢！我花他的錢？你聽狗東西咋說，說你就我一個兒吧，家裡的錢到底是不是我的，你現在是不是花我的錢？希立水就笑，說：這智商高啊，將來可能也是個領導。許少林說：唉，你就會戲謔我。希立水說：以後得巴結了，你是處長了，有什麼好事了別忘了我。許少林說：幾十年了啥時忘了你。哎，市上要在各條大街口辦幾十塊LED顯示屏，這事我管的，你有沒有興趣？希立水說：啊？這是大生意呀，讓我來幹！許少林說：你真的想幹？希立水說：幹呀！許少林說：你只要讓市上什麼領導給我局長說個話，我來給你操作。希立水說：許少林呀，你這是要嘴哩還是要我，我能找到市領導，我還用得著你嗎？！許少林說：那你等著，等我當局長了。希立水說：你當局長了，我早餓死了！

到了茶莊，希立水先自罰喝了三杯酒，大夥又嚷嚷著要她打個通關，她實在喝不了，伊娃主動替她喝，就越發喜歡伊娃了，還要讓伊娃教她幾句俄語。伊娃發出捲舌音，她就是學不來，嘟，嘟，嘟，怎麼也不是顫抖的味道，噴出來的唾沫星子反倒濺濕了司一楠的後脖。

希立水不學俄語了，和陸以可說話。相互詢問著生意上的事，希立水就說了幾十塊巨型廣告屏幕的事，問陸以可有沒有興趣。陸以可當然上心，反復強調要把這活兒一定拿到手，她會想辦法找市上領導，並讓希立水介紹儘快能見見那個許少林。希立水說：好麼，你和他見面時帶一張羿老師的書法作品。陸以可說：那一張十萬元呀！我可從來沒向羿老師開過口，希立水說：你辦大事哩麼，就開個口，他也不會收你的錢。陸以可說：他咋能不收我的錢？希立水說：我知道他欣賞你，從他每次看你的眼神我就能看出來。陸以可說：你胡說！卻從口袋掏出一小瓶日本產的眼藥水，給了希立水。希立水說：託我介紹，就這報酬？陸以可說：事成了會給你回扣的。希立水說：回扣不了，你讓羿老師寫字的時候也給我要上一個小片片。

約莫三個小時後，希立水回到了家，嚇了一跳：辛起整個身子窩蜷在沙發裡，一隻胳膊搭在扶手上，而頭又枕在胳膊上，是睡著了，那頭髮束成撮，又粗又長，就軟軟地從背上一直到屁股下拖著，像是隻狐狸。希立水站在沙發前了好一會兒，辛起還是沒有醒來，倒可憐了，取了一條毯子蓋在她身上。但這時辛起醒了，一下子跳起來，說：我咋睡著了！你幾時回來的？希立水說：真對不起，讓你等這麼久。辛起說：說對不起應該是我，這麼晚了讓你不安生。希立水說：今晚你也不要走了，我也不睡，咱就好好說些話。去燒水，給辛起沏了杯茶，自己沖了杯咖啡，端放在茶几上了，鞋一脫，也盤腿坐到沙發上。

希立水以為辛起還會再說鬧離婚的事，沒想讓她大驚失色的是辛起竟然和一家在西京的香港公司老闆相好上了。這家公司在西京很出名，希立水沒有接觸過那老闆，卻在電視上見過，是一個七十多歲的老頭。希立水說：今日奇怪，遇到這麼多事，你辛起相好了個大人物？！辛起說：我們在一搭已經一年了。希立水說：認識了他才和田誠斌要離婚？離了婚是和他結婚？！辛起說：我就是來給你說這事的。希立水這時倒有些小小的嫉妒了，說：哦……這也好麼，你總是沒錢，終於要成富婆了。辛起說：他是有錢，我從來沒見過像他那麼多錢的人，但他只給我個小錢。希立水說：凡二婚，是男是女，開始都是不放心對方麼，等結了婚就好了，他的錢還不是你的錢？辛起嘴一咧又哭了，眼淚鼻涕一起下來。希立水忙問到底咋回事，辛起才不哭了，臉兇起來，破口人罵港商是棺材瓤子，是老色鬼、大騙子。一邊罵著一邊說著她和港商的交往。

她說她不避諱，就是衝著他的錢去的，要不，她怎麼會和一個枯老頭子在一起，親嘴能把假牙都掉下來。她說她是做了縮陰手術冒充了處女，他也是偷偷吃了什麼成分的藥竟然比年輕人還剛猛，他們或許相互心知肚明卻不說破，在一起了就是喝酒，把自己喝醉，關了燈上床，高潮來了就大聲喊，喊我要死了我要死了，真的和死了一樣，只等著第二天早晨醒來。她說她知道他在香港有家室，他不肯娶她，她卻是和他在一起了才鬧著和田誠斌離婚，到頭來她就僅僅落得那一百平方米的房子嗎，那些衣服、包包、手鍒和項鍊嗎？

辛起說：希姐，我給你說這些，你不噁心我吧？希立水的心一直在怦怦地跳，說：這不是在做小三嗎？離婚誰都可以離婚，過不到一起了離婚天經地義，我離過婚，我的那些姊妹大多數現在都是離了婚的單身，可怎麼就做小三呢？辛起睜了圓眼，漂亮的臉蛋突然變形了，說：我不像你和你的那些姊妹都是老闆麼！

這話讓希立水有些生氣，甚至憤怒。她看著辛起，辛起的嘴略有點兒歪，以前還認為這有另一種美感，現在就看著不舒服。覺得怎麼就認識了辛起並能成為朋友？人常說婚姻要門當戶對，門當戶對了就能思維無異，意識相近，交朋友也是這樣嗎？與人初交一切尚好，時間久了，其出身、地位、文化水平、生存環境的不同，就必然各行其道了？希立水想要冷淡辛起，讓辛起意識到她的冷淡而自動告辭離去。但她又說不出冷淡的話和做不出冷淡的動作。她沉默了一會兒站起來重新去沖一杯咖啡，穿拖鞋時竟然穿反了，就在這時她又否認了自己：怎麼能以自己來要求家人，怎麼能以家人來要求朋友呢？羿光說找對象其實是找自己，交朋友不也是交自己嗎，辛起的優點當然是自己的優點，辛起的缺點、毛病就不是自己的缺點、毛病了？如果自己不是個老闆，眾姊妹們都沒有經濟獨立，那會是怎樣呢？她說：辛起，給你茶續些水？辛起說：我不要了。她穿著相反的拖鞋去新沖了咖啡，又穿著相反的拖鞋坐回了沙發。

希立水說：唉，這麼大的事，折騰這麼久了，你竟然不早給我說。辛起說：我想成功了給你驚喜，誰知道我活得這麼難！希立水說：那怎麼辦，和田誠斌重歸於好？辛起說：能重歸於好我還分居離家？！我來找你，就是想求你幫我。希立水說：不說求字，我能幫的哪裡會不幫？辛起說：你能不能陪我去一次香港？往返的機票、住店吃飯費用都由我出。希立水說：去香港？前兩個月我才去的港澳。辛起說：你才去過，意思是不想陪我去了，那你在香港的醫院裡有認識的人嗎？希立水說：去香港幹啥，看病？辛起說：老傢伙已經回香港了，估計再不來西京了。以前每次他都戴避孕套，現在才明白他是不想讓我懷孕的，這次去了香港，我要找個與醫院近的酒店，約他來了，一定要保留他的精液，儘快拿去醫院冷凍，然後回來做試管嬰兒。如果孩子能生下來，我就再去尋他，他不承認，那我就做親子鑑定，他不管我了總得管他的孩子吧？！希立水像電擊一樣，身子抖動著，眼睛就模糊起來，看辛起是雙影，那略歪的兩片嘴唇上下一開一合。

辛起說：姐，希姐。希立水這才聽見了辛起說話，應著：呃，呃呃。辛起說：希姐不肯幫我？希立水說：我不認識香港醫生，香港沒一個熟人呀。你覺得這可能嗎？辛起說：只要肯去做，我想不會沒可能的。希立水說：你是敢想敢做成了幾件事，就形成了一種思維模式，以為世上的事沒有不成功的，只是要敢想敢做。可是辛起，這世上確實有不成功的事，你想想，你去了香港約他，他能不能就肯見你？即使見了能不能保留下精液？就是保留下來了能不能及時冷凍？冷凍了能不能做成試管嬰兒？這一切都順利成功了，你抱上孩子去找他，那少不了是一場風波，涉及他和他的老婆孩子，也少不了是一場官司，官司可不是十天半月就有結果的，到時你……辛起說：我只能走這一步呀，希姐！希立水說：你這是鑽了牛角尖啊，回了頭能活的路多啊！辛起端起茶，走了一道，喝完了，又搖著杯子把茶葉也吃了，說：我不！希立水說：你是不是肚子餓了，我給你煮一碗麵？辛起說：我不餓，該走了。希立水說：不是說好就睡在我這兒嗎，這麼晚了。辛起說：離天亮還早，在這兒也影響你，我還是走了好。便開始穿鞋，收拾提兜，從茶几上拿了手機。希立水說：我拿不了你的事，這樣吧辛起，如果在西京做試管嬰兒，這我認識人，到時我帶你去。辛起站起來了，發現不對，把希立水的那個手機放下，再拿另一個手機看看，裝進口袋。

希立水取了一把傘，也給辛起一把，送著下了樓。外邊的雨瀝瀝淋淋還下，等來了一輛出租車，希立水把一百元扔給了司機，辛起也沒言傳，車子就開走了。

八、陸以可・建業街

雨下了三天放晴，霧霾消除，就有了白雲，而且站在茶莊的二樓可以望見遠遠的秦嶺。海若在店裡察看送來的包裝袋樣品，高文來便叫喊小唐快看快看，一條雲龍從秦嶺上過來。小唐說那不是龍，龍是飛的，它是在跑。高文來說：那就是恐龍！恐龍跑著跑著，卻瞬間散開，到商廈頂上了，只是一小疙瘩，樣子像個蜘蛛，趴在那裡。海若說：咋還沒給師傅沏茶？！小唐沏了茶過來，送樣品的師傅說：我不渴，不渴的。端起來還是喝了。茶莊前些天進貨了一批宜興茶壺和簡陽盞，聯繫二府街布行做包裝袋，送來的樣品有兩種，淺黃色的和褐紅色的，全是絲絨，上邊繡有龍鳳圖案，還印著暫坐茶莊字樣，袋口是個三角形，有紐，能交叉相扣。海若說統一都用黃色吧，黃要佛黃，龍鳳圖案太常見了，有些俗氣，能否換成一個飛天，而暫坐茶莊四字字號再往小，放在袋的左下角。正說著，陸以可提著個塑料袋，裡邊裝著一本書，晃悠晃悠進來。海若就讓陸以可看看包裝袋，陸以可認為袋口設計不好，能做成鬆緊拉繩嗎？海若說：你說得對，拉繩要粗，筷子粗吧。陸以可說：拉繩顏色呢，是赭褐色怎麼樣？海若說：說話就說肯定些！陸以可說：那就赭褐色。布行的師傅拿著樣品走了。海若說：你是咋搞的，人又黑瘦了？陸以可說：你知道我一瘦就黑呀。海若說：那出門就多抹些粉！陸以可說：我這個不會長，身上倒是白白的，偏偏脖子以上黑。素顏怎麼啦，是不是進了茶莊也得包裝？拿眼睛就盯著小甄、小蘇。茶莊的茶不是從茶市場進的成品貨，是每年都派人直接去福建、安徽、雲南產茶地收購散茶，回來自己裝盒裝袋貼了牌出售的。小甄小蘇也正在一邊過秤一邊往精美的紙筒裡裝散茶，小甄就說：陸姐，我們這可不是糊弄顧客呀，茶葉絕對是上品！陸以可做個鬼臉，說：我是氣你老闆的！海若說：你能氣了我？！陸以可說：咋能不黑瘦嗎，一夜一夜睡不著，業務不擴展，再這樣半死不活下去，公司不倒閉也得裁員啊。海若說：我就見不得哭窮，若哭窮就真窮啦。陸以可說：是真的窮。海若說：不是才弄下個廣告牌嗎？陸以可說：也就一個麼。海若說：噢，肯定是有事來求我了！陸以可就笑了，說：就是，你一定得幫我。海若說：我這兒可沒勞力供你用，也沒錢拆借你！陸以可說：就說一句話的事。便低聲告訴了LED顯示屏的事。說：激動吧？海若卻不激動，說：陸以可呀，我可提醒你，具體辦事的人會說你只要讓領導給我批個示我就辦，領導又會說你讓下邊打個報告我就批，都是在忽悠的。陸以可說：不批示，就讓市委秘書長給說句話就行，或許又成了呢？海若說：許少林讓秘書長給他說句話？陸以可說：是我覺得秘書長就可以的。海若說：你咋知道我和秘書長熟？陸以可說：反正我知道吧。海若不吭聲了，半天才說：我可從來沒給人家說過攬工程類的事，我給他說，但人家認不認我不敢保證。陸以可說：沒問題！門口進來了顧客，小唐迎著去問買茶嗎，海若倒把陸以可手提的塑料袋拿了去，說：你說你忙哩，倒有空閒逛書店了？陸以可說：哪兒是空閒了逛，去書店是正經麼。海若拿出書，卻是羿光十年前寫的一本舊書，翻開扉頁，上面還寫著贈好友林福才指正。陸以可才說：剛才她到露水市，市已經散了，只有個賣舊書的收拾攤子，發現了這本書，林福才既然是羿老師的好友，贈送的書竟然賣了，她買下來想送給羿老師。海若說：好呀，這書給羿老師了，他會是怎麼反應？陸以可說：要紅著臉破口大罵那個林福才了！海若說：這倒不一定，他會題寫上再贈好友林福才，給林福才寄去。兩人就笑了一通。

海若卻突然看著陸以可，說：不對呀，你平時都睡懶覺的，今日倒起得早，還逛露水市？陸以可說：早早來求你說事的麼。海若說：不至於吧，還去什麼地方了？陸以可就嘻嘻，說：求你就也得給你些好處麼，是去了一個朋友家。海若說：以後啥事別想瞞我！陸以可說：西京鼓樂被聯合國教科文組織列入了人類口頭和非物質文化遺產名錄了你知道不？海若說：我聽我古琴師父說了。西京鼓樂被譽為中國古樂的活化石，早應該入名錄了。陸以可說：但你不知道西京鼓樂有個慶祝演出吧？海若說：啥時候？陸以可說：今晚就在古都大劇院。海若說：弄到票了？陸以可說．朋友讓去他那兒取票，只有三張。海若說：哦，遺憾活佛沒早點來，西京鼓樂分為僧道俗三個流派，能讓他也聽聽多好麼。就三張票？那叫誰去呀？！陸以可說：你一張，我一張，徐栖家住在建業街離古都大劇院近，把她叫上。別的去不去無所謂，她們都不好這個。海若說：她們咋沒興趣，就是沒興趣讓她們聽聽也好麼。陸以可說：你以為這票好買嗎，我是纏著朋友硬要了這三張。海若說：好好好，我請你吃飯。陸以可說：不讓你請，吃她徐栖的。

下午，兩人去了建業街。建業街西端原是全市最高的一個坡梁，現在是新區，大劇院就在坡梁處，往東是一條綠化帶，奇花異木。葳蕤繁盛，風景十分優美。徐栖住在東段的一個小區裡。徐栖從市場上買了一筐茵陳，挑揀乾淨後，用開水燙了，捏成疙瘩存放在冰箱，還捨不得燙過的水，分裝了幾個保鮮袋。見是海若和陸以可來，又是送了演出票，喜歡地說：好得很！我現在就去買肉，晚上吃茵陳肉餡餃子！陸以可說：要吃貴的！徐栖說：貴的不一定就好，茵陳才上市，正嫩著，吃了滋肝潤肺，利尿通便哩。海若說：別聽以可咋呼，咱就吃餃子。徐栖說：海姐是吃家！就開始換衣服，梳頭抹粉，頭腳收拾了要去買肉。陸以可說：還是我去買，你給海姐說養生吧。開門下樓去了。

徐栖原是秦嶺東邊的華縣劇團演員，辭職到西京創業後，身體一直不好，就特別注重養生，也少不了給眾姊妹推薦些保健辦法。比如春天裡陽氣上升，容易肝火旺，要多吃苦瓜、芹菜和薯類。到了夏天，一般人都認為不能多吃熱量大的食物，其實冬天的病要在夏季來治，吃羊肉能逼走身體裡的濕氣。秋天裡一定要每個早晨吃一顆雞蛋啊，不放調料，也不要加糖，白水荷包蛋可以補氣的。而天一冷吃蘿蔔，熬上一鍋蘿蔔隨時吃，她就是一冬要吃二百斤蘿蔔的。大家不免嫌她囉唆。海若總是開脫她，說：你坐上車不繫安全帶，車當然要嘀嘀嘀地響著煩你。有著海若的認可，徐栖就強調得聽她的，她家是華縣的三世老中醫哩。就反復推薦大家早晚服六味地黃丸，還推薦澳大利亞的深海魚油好，日本的眼藥水好，泰國的清涼膏好。每次聚會，陸以可不願意和向其語、徐栖交談，向其語總是說股票，徐栖總是說養生。

現在陸以可去買肉了，海若剝蔥搗蒜，徐栖開始和麵。徐栖就說：海姐你臉上有青春痘啦！海若說：多大年紀了還有青春痘？這幾天有些上火。徐栖說：便秘不？海若說：這是老毛病了。徐栖說：我給你的青藏高原菊花沒泡著喝嗎？海若說：喝了一星期，效果不是多明顯。徐栖說：你的內火真大！我給你些日本產的通便藥吧，每次小小一粒，問題全解決啦。海若說：我服過，效果是好，只是有些肚子疼。徐栖說：是有些疼，那你就不要用了，服些檳榔四通丸，這是中成藥，啥感覺都沒有，早晨肯定上廁所。司一楠也是後脖上滿是些痘，服了三天拉空了肚子，就全好了。海若只是笑。徐栖說：你也不信了我。

和好了麵，海若在案板上揉，徐栖拿出已放進冰箱的茵陳來剁碎，說：茵陳確實是寶，走時我給你帶幾包，回去煮呀炒呀，涼拌著也行。哎，你的六味地黃丸服完了嗎？海若說：服了一星期，老記不起，就沒再服。徐栖說：要堅持的，我爺爺服了一輩子，九十六歲了，還騎自行車外出的。羿老師服了幾年，你瞧他那身體，哪像五十歲的人！服一個月兩個月似乎沒效果，可半年以後就知道它的神妙了。司一楠已經服了一年，每天早上我都提醒她，以後我也每天發信息提醒你。海若說：徐栖呀，你可以開個養生保健店啊！徐栖說：我有這個考慮。

陸以可買了肉回來，海若就讓陸以可剁肉餡，徐栖擀餃子皮，她卻洗了手要去陽台上坐一坐。陸以可說：是不是耳朵累了，要清靜清靜？

吃過了餃子，三人便步行往大劇院去。順著綠化帶走，都喜歡著那些樹木，感嘆從樹幹到枝葉你能感覺到一種勃勃生氣，卻又具體說不清怎麼個勃勃生氣。人也是這樣嗎，生活滋潤，精神充實，是不是頭上都有光焰，或者達到了一定境界，就像佛一樣有了光暈？海若指著一棵樹，她問陸以可這是什麼樹，葉子寬厚，像是鍍了一層蠟。陸以可說：是枇杷吧。徐栖說：哪裡是枇杷？柿樹。我們縣的柿樹最多，秋季裡滿山遍野柿子熟了，像掛著一樹一樹的小紅燈籠。柿樹是要嫁接的，不嫁接結的柿子小得像棗，叫軟棗，不能吃的。秋末冬初了把柿子摘下來，但樹梢上一定要留三四顆，那是留給老鴰的。陸以可說：老鴰是啥？徐栖說：就是烏鴉。陸以可說：叫那麼土的名字？手機響了，她和人通話，就落在了後邊，半天跟不上。徐栖說：你快呀，啥重要電話能打這麼久？！陸以可只是擺手。海若和徐栖就往前走。海若說：那是棵石榴？徐栖說：葉子像石榴，石榴樹卻沒有這麼高大，是槐樹。海若說：市場上賣的槐花就是從這種樹上摘的？槐花做成的焖飯好吃。徐栖說：做焖飯的是洋槐樹上的花，這是土槐，花不能吃的。徐栖又指點那是核桃樹，這是栗子樹，還有遠處那棵是皂莢樹。陸以可終於打完電話，攆了上來，指著一棵，說：我認得這是櫻桃樹。徐栖說：是桑樹。海若說：哦，我小時候養過蠶，記得我爹帶我去郊外采過桑葉，桑樹沒有這麼大呀。徐栖說：那是桑樹也沒長大麼。陸以可又指著一棵，說：這樹秋天裡結什麼果？徐栖說：結辣子。陸以可說：結辣子？你騙人吧？！徐栖就得了意地笑。陸以可又不停地問，徐栖就不停地回答。陸以可說：徐栖到底是從縣上來的，知道的這麼多！徐栖突然不說話了。陸以可往前跑著，大聲喊：這一棵呢，這一棵呢？徐栖說：不要問了，我也是西京城裡人，啥都不知道！

到了大劇院，院前的廣場上燈火通明，人頭攢動，很是熱鬧。三人去領了演出節目單，又買了爆米花和礦泉水，才要進去，陸以可手機又響了。陸以可說：真煩，上天入地都沒個躲身之處！但一看顯示，便讓海若和徐栖先進劇院，她跑到廣場邊去接電話。

電話是希立水打來的。希立水問陸以可在哪兒，陸以可不願說來和海若、徐栖看鼓樂演出了，編了個謊，說在家裡。希立水說那好呀，飯館離你不遠，讓你快過來。陸以可問啥事，緊天火炮的？希立水才說今晚許少林一夥在成都印象飯館吃飯，也把她邀去了，正好是個談事的機會。陸以可一下子頭大了，說了一個謊了，得用幾個謊來圓場啊。她說：這麼快的就能談事？希立水說：活該這事能成了！陸以可說：哎呀，別人給了一張票，讓去看戲哩，能不能和人家再約個時間？希立水說：戲有啥看的，戲有生意重要嗎？錯過了今晚啥時才能約到人家？！趕快！陸以可說：那好吧。

陸以可想回劇院裡給海若和徐栖說說，又覺得是自己邀了她們來看演出的，自己倒要離開，這樣不妥，不如先去成都印象飯館去見一下許少林。便搭了出租車去了。

二十分鐘到了飯館，給希立水打了電話，希立水出來接陸以可。陸以可說：有幾個人？希立水說：他們六個人，加上咱倆正好一桌。陸以可說：飯桌上能談這事嗎？希立水說：我已經給他說過了，說你就是做廣告的，業務上絕對可以保證。如果人多不好談，先認識一下，見機行事麼。陸以可說：我來埋單。希立水說：當然你埋單，那是幾十塊LED顯示屏啊！陸以可說：是不是把羿老師的書法作品也就給人家？希立水說：你拿到啦？！幾時拿到的？陸以可說：也就今早上。希立水說：你行啊，一說他就給寫了。陸以可說：我買的。希立水說：還哄我？！哼，給我討的小片片呢？陸以可說：我說了，他說你親自去了才給你寫。希立水說：他能說給我寫，那給你寫還能要錢啦？！她捏了一下陸以可的臉，陸以可只是笑。

兩人進了包間，許少林一夥在裡邊吃飯，桌上杯盞狼藉，人也喝多了歪三倒四。希立水作了介紹，說：是大美女吧，我的朋友不是大美女就不交，她可是萬人裡也就一個了。許少林說：女人看不準女人的！希立水說：你是說她沒有我美？許少林說：你倆都美，女人分皮相美和骨相美，你是皮相美，她是骨相美，骨相美耐看，越老越美。希立水說：你這話才說對了！就讓陸以可坐到許少林身邊，陸以可說：我得先給大家敬酒麼。就提了酒壺，從許少林開始，每人敬三杯，她也陪喝三杯，一圈下來，竟面不改色。然後坐下，卻說：這菜夠不夠呀，再加些菜吧！希立水便喊服務員再加了三個菜。許少林說：希立水呀，陸以可還真是個大氣人！希立水說：當然嘍，初次見面，陸以可還給你帶個禮物哩。就說：以可，這裡都是許處長的哥兒們，你把禮物拿出來。陸以可取出一幅四尺整張的書法作品，眾人見落款是羿光，哇啦就叫了：是羿光的作品呀，市面上可賣十萬元的！希立水說：你們知道價呀？眾人說：誰能不知道？市政府去北京辦事，也都是拿羿光的書法作品麼。許少林看了一眼，卻還在喝他的酒，說：我就不喜歡他的字。

此話一出，眾人都不言語了。希立水和陸以可也吃了一驚，希立水說：你不喜歡？許少林說：那不就是用毛筆寫的鋼筆字嗎？旁邊的人也就說：我也知道羿光臨帖少，書法功力欠缺，名人字畫嘛，字畫不貴，人貴。許少林說：我更是看不上他的人。市上領導好像重視他，他以為自己真了不起了，其實需要他時他就是金箔，不需要他時他就是玻璃。陸以可要往起站，希立水按了按她的肩，說：他是市政府的參事哩！許少林說：那還不是裝潢嗎？！他倒浮躁張狂，名士派頭，出門中式裝，大煙斗的，你看過他的名片嗎，什麼政協委員，什麼參事，什麼文化顧問，什麼作品獲過獎，什麼一級作家相當於教授，什麼政府津貼獲得者，政府利用他，他也會利用政府！一時，大家面面相覷，陸以可臉上一塊紅一塊白，希立水說：喝多了，喝多了吧，你要不喜歡那我就拿走呀！把書法作品疊起來，卻塞在了掛在椅背上的許少林的提兜裡。

吃畢飯，陸以可埋了單，和希立水送許少林一夥出來，許少林已經腳下拌了蒜。希立水還要拉許少林到一邊說話，許少林說：你說，就在這兒說。希立水說：LED顯示屏的事，我可要陸以可直接找你了。許少林說：行呀行呀，只要市上領導給我說一聲，這沒問題麼。送走了他們，陸以可說：他不收還是當著人面故意不收？希立水說：可能是故意的，我把書法作品裝在他提兜了。陸以可說：不管故意不故意，他怎麼能那樣詆毀羿老師？你要不攔我，我真會反駁他，或者站起來就走了！那是啥人呀，還追求過你，多虧你拒絕了他！希立水說：咱把咱的事辦了就是了，管他是啥哩。陸以可說：這能辦嗎，真不該先給了他書法作品。希立水說：給就給了，你也沒掏錢麼。陸以可還生著氣，就和希立水告辭離開了。

海若和徐栖見陸以可遲遲沒來，埋怨著她這是幹什麼去了，徐栖還到劇院門口找了一下，也沒有找到。演出就開始了。海若是熟悉西京鼓樂的，而徐栖是第一次觀看，海若便一邊看一邊給徐栖解說著節目的名稱。先是行樂《十六拍》的韻曲《繞仙堂》、耍曲《出鼓》、歌章《往東瞧》、銅鼓《步步嬌》，再就是尺調雙雲鑼八拍座樂全套：先《三股鞭》《雲鑼起》《雲鑼尾》《頭瑕起》《頭瑕》，接《奉金杯》《二瑕起》《二瑕》，再接《搖門栓》《三瑕起》，再後三瑕耍曲，清吹耍曲，金鼓。尺調雙雲鑼八拍座樂的上半部都演奏完了，陸以可仍未出現，到了下半部，海若和徐栖心就慌了，還未結束，就出來尋找。陸以可就蹲在廣場邊的道沿子上，縮頭抱肩，瓷呆得像塊石頭。

九、司一楠・登豐巷

司一楠在醫院裡照料了夏自花一天一夜，輪到嚴念初值班了，海若是和嚴念初一塊兒去的。夏自花輸入了血小板後，病情並沒有起色，甚至發了燒，咳嗽不已。這使眾姊妹又擔驚受怕，考慮是不是再打聽些中醫偏方，或者轉院。海若找主治醫生說了半天話，出來給司一楠和嚴念初講，以前採用中醫都沒有效果才耽誤了病，該醫院已經是城裡最好的醫院了，何況正發燒，病人不能再折騰了。嚴念初聽了，說：我聽說有些病就是前世的什麼業所致，今世就得償還，這如入獄坐牢一樣，該坐三年就坐三年，該坐五年就坐五年，三年五年的罪受過了就會好的。唉，只是夏自花可憐。便雙手合十，口裡念起阿彌陀佛。海若說：是真要佛保佑了。司一楠說：那活佛哪一天到呀？海若說：估約二十天之內吧，酒店還沒訂好嗎？司一楠說：就訂到香格里拉酒店吧，可以便宜，但還不知隨行有幾位，訂幾個套房？海若說：先訂下五個吧。三人進了病房，夏自花睡著了，一隻腳還露在被外，腫得明晃晃的，輕輕按了一下就一個坑兒，半會兒起不來。海若掖了掖被角，又給嚴念初低聲交代起來：病房裡一定要護士每天消毒兩次。夏自花要大小便了，不要攙扶著去公廁，就在床上用便器，免得再著風。吊針打得腳手都腫了，多切些土豆片敷著。來探視的儘量不讓進病房，進來了待一會兒就讓走。隔一個小時做一次病情記錄，一旦出現異常情況就找醫生，同時給她打電話，但不要告訴老太太。一切都叮嚀到，才和司一楠離開。

在一樓大廳，司一楠去收費處又交了一筆款，急著要上廁所，海若卻想著天氣尚好，中午開車陪老太太和孩子進一趟秦嶺散散心，問司一楠還有沒有精神頭一塊兒去。司一楠說三天三夜不睡也沒事的，只是昨晚家具店來電話，說是新購的一批貨到了，她得回廠去料理一下，還得儘快去香格里拉酒店預訂房間。海若走了，司一楠這才去廁所。

司一楠上完廁所剛出來，一個女的急急火火就要進，一看見司一楠，突然停住，說：這是男廁所？！司一楠說：女廁所呀。那女的又看了看司一楠，再仰頭看廁所門上的牌子，才進去了。司一楠知道那女的把她認作男的了，心裡有些不悅，說：啥眼神！

司一楠五官大方，高鼻梁，雙眼皮，只是脖子短，腰身粗壯，又喜歡留個短髮，中性穿著，經常被外人誤認為男的。但司一楠是眾姊妹中最厚道又最能吃苦耐勞的，海若但凡有了難事，第一個叫來的就是她，她也總能把交代的事搞定。司一楠原先開了一家具廠，也有一個門面，出售的家具都是自己的產品，也就是清式的那種八仙桌、靠背椅，桌面椅背上還嵌大理石，十分笨重。她曾要免費給茶莊送兩個桌子，海若不要，說和她的審美不同，也和茶莊的風格不大配合。三年前，新進了一張巴西黃花梨板材，寬一米三，長兩米，厚二十厘米，平著抬廠門進不去；豎著抬，兩邊六個人還抬不起來。後來再增加四人，兩邊各五人，抬著時候力量不均，板材倒了，壓住了左邊的那個大工匠，又一時挪不開，出了人命。還是海若出面，和亡者家屬調解，賠了一筆重金，從此再不辦廠開店了。又是海若安慰她，建議門面還要開，純做賣紅木家具的生意。茶莊的家具都是從福建廠家進的貨，海若人熟，就把關係給她，進了明式家具，買賣竟然比以前還好，不久還擴張了門面。司一楠在賣家具時認識了酒店的老總。平日眾姊妹誰有客來，都是她去酒店交涉，房間能訂到最低價。

離開了醫院，司一楠並沒有去家具店，也沒有去香格里拉酒店，倒是在超市裡買了魚，就往興隆街去。

興隆街是一條吃喝街，沿街都是小門面，有賣羊肉泡饃的，餛飩湯包的，扯麵拉條子的，蒸餃鍋貼的，葫蘆雞，粉蒸肉，甜醅子，兔頭，冒菜，臭豆腐，綠豆糕，醪糟，麻辣燙。西京把這條街變成了長桌，各地的名小吃都各顯其能地往上擺。人就慕名蜂擁而至。生意太好了，催生了新的行當，原先涼皮、燒餅都是店家自己製作，現在有了專做涼皮、燒餅的，統一配送，街上就多了三輪車，在各家店面門口叮叮噹噹鈴一響，店裡老闆就拿了籃子出來，清點了涼皮和燒餅，老闆總是要給發一支香菸，騎三輪車的卻並不抽，夾在耳朵上，嘻嘻哈哈地又騎走了。但騎得更快的是送外賣的小哥，這也是新行業，電動車會在人群裡不停地扭轉車頭，偶爾就摔倒了，自己起來不管胳膊腿蹭破了傷沒有，先看飯菜箱的飯菜是否倒出來，沒倒出來，扶起車子又騎上走了。常有挑了兩筐雞蛋的人在喊：撞！撞！他不怕撞著別人，怕別人撞了挑子。臘牛肉店門前又在排長隊了，賣主是個胖子，一邊數著一沓錢票，一邊問著來的熟人：來了！來的熟人回應：來了！又問：今天氣色好啊！又回應：不好，心臟病臉才紅的。再問：啊年紀大了，要把自己看重呀！再回應：是呀，老伴兒熬稀飯，老是稀飯，我為啥不吃肉呢？稱好了肉，賣主還在用紙包著，他倒伸手先撕下一疙瘩嚼起來。三鮮葫蘆頭店門口有棒棒肉，揭開鍋了，裡邊是醬色的豬的大腸小腸、心肝和豆腐乾。來點瘦的啊。賣主就用竹筴在裡邊翻來攪去，揀出一截小腸來，咚咚咚在案板上剁，眼睛卻盯著旁邊店前的乾果攤。乾果攤上盡是核桃、紅棗、花生、杏仁、巴旦木，有路人順手抓一個棗丟在口裡，若無其事地走過去了。他說：老三，李老三，你擺攤子不管攤子？！一個人從店裡出來，看著遠去的吃棗人，說：九牛一毛，沒事。他說：沒事就沒事吧，我多嘴！

司一楠買了滷雞翅、辣味鴨脖，還要去買棒棒肉，大包小包地提著，兩個手的全倒在一個手了，騰出左手給徐栖打電話：親愛的，在家嗎？徐栖說：我腳快疼死了！司一楠說：在家穿什麼高跟鞋？！徐栖說：我在商場給你選鞋哩。司一楠說：我鞋夠多了，買什麼鞋？徐栖說：出門得講究頭上腳上的，得把你打扮打扮啊！司一楠說：再打扮，我就不是我了！你看奔馳寶馬車，誰在車上再裝飾了，只有三四萬的車才噴圖案呀，寫調侃話呀。徐栖說：那就買名牌，阿迪達斯的！司一楠說：我不要，我不穿。我這會兒去你那兒，買了魚，咱做紅燒的吧。徐栖說：你從醫院回來了？司一楠說：嚴念初替換了我。我再去買棒棒肉。徐栖說：不買棒棒肉，燻腸吃了容易致癌的。司一楠說：那不買了，想吃柿子餅嗎？徐栖說：我要吃蜂蜜涼粽子。司一楠就跑去粽子店。店裡賣涼粽子的當場澆蜂蜜，她不讓澆，多了十元錢，另外買了一小罐蜂蜜，拿回去吃時再澆。

路過一家成人用品店，店面極小，而且店門前還有一根水泥路燈桿，稍不留意就被忽略了。司一楠四下看看，天氣晴朗，萬象更新，迎面過來個七八歲的小姑娘。小姑娘舉了串冰糖葫蘆，沒有吃，卻走一步伸出舌頭舔一下，竟撞著水泥路燈桿，好像沒撞疼，打了個趔趄就跑去了。司一楠笑了一下，閃進店裡買了一瓶神油，再買了洗潔劑，從挎包裡掏出衛生紙，極快包裹了再裝進包。出來時，微笑著，看到隔壁怪味鴨脖店門口的廣告牌，上邊的那個模特也在微笑，笑得有些羞赧。

這時候，手機響了，以為又是徐栖，看著卻是應麗后。一接通，應麗后幾乎是哭腔：司一楠你在哪兒了？你能來嗎？！你快來啊！司一楠嚇了一跳，忙問：怎麼啦，你怎麼啦？應麗后說：我撞人啦，你能來嗎？司一楠說：我就來，不要慌不要慌，你在哪兒？應麗后卻說不清了，說：這是哪兒，你知道城南酒店嗎，我從工藝坊出來，經過城南酒店向西拐了一個彎，斜對面是家電影院，噢，噢，是豐登路，豐登路西段。

司一楠以最快的速度開車。在眾姊妹中司一楠是車開得最快的，應麗后第一次坐她的車，說：你加的啥汽油？司一楠說：九十五號呀。應麗后說：咋覺得油裡有疙疙瘩瘩的東西，車一顛一顛的。司一楠說：你是笑話我技術不行嗎？我學車不是在駕校的，海姐有車，我問她怎麼啟動，怎麼加油和踩閘，她給我說了，我就直接把車開到街上去了。可能是我踩閘太急吧。應麗后讓她開慢點兒，她偏呼地衝了前去，又猛地一停，和前邊停著的車只隔一指遠。應麗后後來也買了車，司一楠要教，應麗后不讓教，老老實實去駕校學了三個月，學成後仍是小心翼翼，一上路就睜大眼睛，身子挺直，雙手緊緊握著方向盤。司一楠憐惜應麗后膽小，應麗后倒嘟囔司一楠太野。但是，多年來，司一楠沒發生過任何事故，而應麗后不是被別人剮蹭了，就是她追尾了別人。

司一楠趕到了豐登路。應麗后的車停在那裡，她卻被一個躺在地上的男的抱了腿，要甩開，怎麼也甩不開。應麗后說：你不是沒大礙嗎，你起來走走呀，走走讓我看傷了哪兒？男的說：你還嫌沒撞死我嗎？我起不來，我走不動！應麗后說：那你不能抱我腿呀！男的說：我不抱住，你跑呀，我能攆上車輪子？應麗后說：你哪兒傷了，咱們上醫院先給你治麼。男的說：我沒時間去醫院！你就不能私了嗎？應麗后說：啊私了，讓我賠償嗎，那我給你三百元吧。男的說：三百元你能說出口？！一千元，必須一千元！應麗后說：我身上只有五百元，就全給你吧。男的說：你穿得這麼好，開的卡宴，你能沒錢？！雙方一爭執，便圍觀上來一堆人，應麗后向圍觀人求公道，沒人肯出頭，那男的就開始嚎著疼。

司一楠走過去了，問咋回事，應麗后眼淚都出來了，說了經過，司一楠把墨鏡摘下來，看著那男的，胳膊上是有一道血，像爬著一條蚯蚓，俯下身用手一抹，皮膚上有一道傷口，突然爆了口：放開手！那男的哆嗦了一下，說：不放，撞了我就得賠錢！司一楠又吼了一下：你放不放？！那男的說：不放！司一楠猛地一推，那男的在地上滑出了一丈遠。爬起來了，腿腳好好的，說：把我撞出血了不給錢還打人？！司一楠說：就打了你，你來還手啊，恐怕你還手沒力氣吧？我告訴你，毒癮犯了要碰瓷弄錢，這碰瓷的技術也太差了麼！那男的愣住，聲音明顯軟了，說：大哥大哥，那我就要三百元。司一楠說：誰是你大哥？滾，一分錢都沒你的！那男的竟然嘟嘟囔囔，嘴裡像含了核桃，看著司一楠，司一楠再罵聲滾，那男的渾身土蛆蛆地走了。

應麗后鬆了一口氣，雙手在臉前搧風，說：他是抽大煙的？司一楠說：你瞧他那臉，兩腮無肉，灰暗得像土布袋摔過的。應麗后說：你咋知道他是碰瓷，我聽人說過碰瓷，他就是碰瓷的呀！司一楠說：我一抹那血，皮膚上是有個傷口，但不是撞破的，也不是被撞在地上蹭破的，光光的一道口子，分明是用刀片劃的。她拿眼在地上瞅，果然在車底下有個刮臉用的小刀片。應麗后丬哦了一聲。

司一楠問應麗后怎麼就到了豐登路的，應麗后卻說：她這幾天心情不好，倒霉的事就一件連一件。司一楠說：你還有什麼心情不好的？應麗后唉了一聲，欲言又止了，說：前幾日出來散心，在城南酒店後邊的工藝坊買了一把素文扇，拿去讓海姐繫一顆珍珠扇墜，海姐說：這扇子好，才正好進貨了一些一點紅的白瑪瑙，而且全加工成金剛杵，就讓她來多買些，都繫上金剛杵墜兒了給大家每人一把。但她來買時，小馬牙玉竹扇只剩下六把，別的都是排口大的秋扇，她說：一定都要小馬牙的，人家就要從別的店裡調，讓她過兩個小時再去取，她就出來想去逛逛商場，沒料卻被人碰瓷了。司一楠說：扇子就是扇子，咋還有什麼素文扇小馬牙扇？應麗后說：小馬牙扇也就是素文扇。文扇，它比一般秋扇短了兩寸，小骨也少了兩方，扇頭形狀像小馬的牙齒，看著小巧精緻，適合於女性用麼。司一楠說：你也學著海姐的文青範兒，那麼小的能搧出什麼風，你給她們買素文扇，給我就買秋扇吧，我拿去讓羿光老師在上面寫幾個字。應麗后說：哎呀，我倒沒想到這一點，海姐也沒想這一點，是該都繫了金剛杵墜兒了，再讓羿老師都寫上字。說了一陣話，司一楠就告辭要走，應麗后看看手錶，說取扇子還得一個多小時，她也不去商場了，要感謝司一楠，去咖啡店裡喝一杯。司一楠就說：她不喝了，要去香格里拉酒店給活佛他們預訂房間呀。應麗后說：等扇子拿到手了，她可以陪著一塊兒去麼。司一楠想了想，說也好，但她還得去辦一件事，那這樣吧，讓應麗后先去咖啡店，她辦完事就來。

司一楠火急火燎地開車去了徐栖家。一進門，徐栖就拿出買的鞋讓司一楠穿，司一楠一脫腳上的舊鞋，臭臭的，忙先去洗了腳。穿上新鞋後，在客廳裡來回走，徐栖說：合適不？司一楠說：我這是啥腳麼，穿這麼好的鞋？卻過來要親徐栖。徐栖說：刷牙去！司一楠刷了一遍，又刷一遍，出來時，徐栖卻去洗澡了。司一楠去廚房把涼粽子切好，澆上蜂蜜，放到餐桌上了，然後剖魚，魚都剖開清洗乾淨了，徐栖還沒有出來。司一楠就拿了神油和洗潔劑要放到臥室去，一進臥室，徐栖洗畢了，已平躺在了床上。

司一楠說：沒時間了，我過會兒還得去香格里拉酒店去給活佛他們預訂房間呀。徐栖說：你以為我沒事呀，我過會兒也要去稅務局的。司一楠就笑著爬上來。親熱了一會兒，徐栖說：海姐都打過玻尿酸了，我是不是也去瘦瘦臉？司一楠說：你臉夠小的了，別折騰。徐栖說：我這鼻子還是有些不挺。司一楠說：伊娃鼻子挺，那是外國人，你是中國傳統型的，鼻子太挺了，倒覺得怪了。徐栖說：什麼是中國傳統型的？司一楠說：村姑型的好。徐栖說：誰是村姑啦？！司一楠說：用詞不當，是小家碧玉。徐栖說：那大家閨秀呢，是嚴念初嗎，喜歡上嚴念初啦？！司一楠說：嚴念初不是我的菜，我也不是嚴念初的菜，她那高冷範兒都是做出來的。你發現了沒，她鼻子墊得太高，鼻尖老是紅的。徐栖爬起來往穿衣鏡中看自己，卻咚的一聲響。兩人都嚇了一跳，抬頭看時，是對面牆上掛著的那個鏡框掉下來，砸著了下邊的衣櫃，玻璃裂了幾道，把裡邊的畫弄破了。

鏡框裡裝著一幅花鳥畫，是馮迎的作品。徐栖曾經向馮迎學過繪畫，想也有個一技之長，馮迎不肯教她，說：你長得這麼漂亮就是最大的長，還學這雕蟲小技？倒給她畫了這幅小畫。

徐栖說：牆上的釘子好好的，怎麼就掉下來了？司一楠說：可能是掛繩打結處鬆了，掉下來就掉下來吧，不是有沉魚落雁嗎，你這麼美了，落框麼。徐栖說：那我每天都在的，咋沒見落框？司一楠說：我一來你才更美麼。

司一楠從床上趴下身去撿鏡框，但鏡框的掛繩打結處沒有鬆，而玻璃和畫不完整了，她並沒有重新掛上，說：讓馮迎再給你畫一張。徐栖仍抱著枕頭坐在床邊，說：馮迎幾時回來啊？司一楠說：可能十天半月回不來。你聽說嗎，代表團裡有個叫梁磊的，馮迎和他好哩。徐栖說：那個梁磊怎麼樣，能讓馮迎看上的人不容易哩。司一楠說：我也沒見過。就下床，穿上一隻鞋了，卻尋不到另一隻鞋，單腿蹦著，在床下找。

吃了涼粽子，司一楠和徐栖都要出門，徐栖新換了一件粉紅色包臀裙，在穿衣鏡前扭捏作態，說：怎麼樣，這件裙子顏色不豔不俗吧，遮肚子更顯瘦。司一楠坐在椅子上又看徐栖又看鏡子，卻建議還是穿那件運動型褲子好。徐栖說：為啥？司一楠說：你的臀屬於O形，雖然豐滿緊實，但翹得不突出。徐栖說：下月我報個瑜伽班去。又在鏡前照了照，把粉紅色包臀裙脫了，換上了H形的運動褲。但司一楠沒有穿新買的鞋，說：我不敢再帥了吧？徐栖直愣愣地看著司一楠，司一楠的眼白特別白，眼珠更顯得黑，放射著一種清冽的光。她還是把司一楠按坐在了沙發上，強行地把新鞋給穿上，舊鞋扔到了陽台去，說：虧你還講究是老西京人哩？！

十、應麗后．香格里拉飯店

司一楠去了咖啡店，應麗后坐在一張桌子前，桌子上的一杯咖啡冒著熱氣，她卻神情落寞地發著呆。司一楠趕緊道歉她返回來得晚了，應麗后說：倒不是嫌你晚了，只是想著剛才碰瓷的事。司一楠說：那點兒屁事還犯得著太想？應麗后說：我想不通的是我和那碰瓷的爭執，圍了那麼多人竟然沒一個幫我，還起哄我給的錢少。司一楠說：你是弱勢群體麼。應麗后說：我是進城打工的農民？是殘疾人？怎麼就弱勢了？！司一楠說：社會貧富差距大，你開的是高檔車，穿的是名牌，人又漂亮，在街上多少人在嫉恨你，還指望幫你？！應麗后不言語了，看著司一楠，說：我應該高傲？司一楠說：當然高傲呀！應麗后這才笑了，說她把扇子取回來了，便拿出十五把扇子來，果然是十四把素文扇，一把秋扇。把素文扇和秋扇一比較，素文扇真的精緻美好，司一楠就改變了主意，說她也要素文扇，讓羿光老師題寫扇面時，這把秋扇就送給他。應麗后說：我就說麼，你怎麼就不喜歡素文扇？！

兩人去了香格里拉飯店去見魏總，魏總在樓頂辦公區的一間房子裡打麻將。司一楠進去說了預訂房間的事，魏總說：沒問題，當下就打電話叫上來前台的服務員交代了預訂的間數和日期，價格打六折。服務員下去了，卻又進來了他的助理，給了一張名片，說：此人找，已安排在休息室，問見不見，不願見了就打發走。魏總還看著名片，說：哈，還是五個頭銜啊，前天不是聽人說他不是市文藝學會和國學研究會的副會長了嗎？拿了筆就在名片上畫掉了兩個頭銜，卻說：這要見的。牌友們就不耐煩了，嫌魏總事多，說好的要清清靜靜打一場麻將呀？！魏總說：沒辦法呀。讓司一楠替他支個腿子，就笑著出去了。桌對面的那個還在說：你以為你是國務院總理啊！

司一楠就坐到桌前，下家的那位說：這好這好，有男有女，幹活不累。司一楠說：我技術可不行啊。桌對面的說：就盼你不行！大家都笑了笑，應麗后就坐在司一楠身後，幫著看牌。打了一局，司一楠和了，再打了一局，司一楠還是和了，司一楠得意，說：我上大學的時候，校食堂都是份子飯，男生總和我們一塊兒吃，意思是女生飯量小會分給他們一些的，沒想我們倒比他們飯量大！桌對面的就有些躁，說：魏總不在，你也讓我們多贏些才是！司一楠說：我想讓，這牌不讓麼。抓起來一張，牌就又聽了。司一楠喜形於色。應麗后便說：我來打一會兒。聽的是兩個二餅和兩個四條。上家正好打出一個二餅，應麗后沒有和，轉過來自己抓了個四條，還是沒有和，就打出一個二餅。沒想轉圈過來抓了個一餅，隨手把二餅再打出去，把一餅拿起來按在額顱上，看著別人出牌。輪到上家出牌，出了個一餅，司一楠說：和了。桌對面的就訓斥，說：她把牌按在額顱上都印出一個餅了，你長眼睛了沒？！應麗后瞅了一眼司一楠，她就不打了。

三個男人都在吸紙菸，房間裡煙霧騰騰，應麗后說：吸紙菸有害健康，少吸著為好。桌對面說：大環境都污染了，還在乎吸紙菸？！應麗后咳嗽不止，出來在走廊裡走動。走廊的牆上掛了好幾張畫，都是山水內容：崖石巉巉，古木森森，白雲臥澗，瀑布高掛，其中水邊有橋，橋頭有屋，屋前有三兩女人或立或坐。應麗后看了一會兒，便想著這等山水在秦嶺裡哪兒見過，畫家都是將古人畫的局部放大而已，且房屋歪歪扭扭，女人又都腰長腿短，現實生活中畫家們都住房講究豪宅，迎娶要白富美，畫起畫了怎麼盡是陋屋醜女？醜陋就是藝術嗎？！忽聽見對面一間房裡魏總在和人說話，好像在說市上的一位什麼領導。那人說：你沒有粘上他就好！現在是不粘不行，粘得緊了也不行，你不知道誰就不出事，前邊的路都是黑的呀！門沒有關嚴，有一條縫兒，應麗后順便看了一下，和魏總說話的是個禿頂，可笑的後腦卻束一撮頭髮。那人又說：那咱還得再合作呀，我籌劃了一個文化活動，你擺個場子，我來組織書畫家，到時多少都給發個紅包，所有的作品就全留給你。魏總說：發多大紅包？那人說：管吃管喝了，每人五千吧。魏總說：那你能把羿光先生請到嗎？那人說：哎呀，請是能請到，你知道，他的字價高，發紅包怕不行，得按他的價位給他。魏總說：可以按他的價，如果寫上兩張，再送一張呢？那人說：這怕還不行。魏總說：那我讓茶莊的人去請吧。那人說：你說的是羿光住樓下的那個茶莊嗎？老闆叫海若，我也熟呵，她有個朋友叫陸以可，是不是？魏總說：她身邊聚了十多個朋友，個個不是剩女就是寡婦，卻都是大美女啊。那人說：都熟，都熟，我們常在一起吃飯喝茶的。應麗后撇了撇嘴，心裡說：真是胡說，我啥時見到你！魏總說：你們熟呀，那正好有兩位在這裡，我喊過來。應麗后想：這下露餡了！但那人說：事情咱未談妥，今日就不見了。屋裡有響動，是在挪凳子。應麗后擔心人家出來了相互尷尬，就輕腳輕步又返回麻將室。

似乎司一楠再沒有贏，原本面前的一厚摞錢下去了一半。司一楠說：魏總咋還不來？桌對面的說：和魏總打牌想著贏他，卻總是場場輸，趁他沒來，分給大家幾張。竟伸手過來從魏總面前的錢沓上取了幾張，給左右各分了兩張，還有三張，裝在自己口袋。司一楠說：這，這……桌對面的說：魏總有的是錢。走廊裡有了腳步聲，魏總穿的板兒布鞋，那個禿頂的可能在皮鞋底還釘了鐵片，腳步發出噹噹噹的響。魏總在說：你先聯絡著，過後咱倆再談。那個禿頂的說：不是再談，事情就這麼說好啊！隨後，噹噹噹聲音響遠，魏總推了門進來，說：天呀，這麼大的煙霧，熏豬呀？！

桌對面的問：誰呀，說這麼長時間！魏總說：告訴個天大的消息，老大出事啦！桌對面的說：哪個老大？魏總說：市上還有誰是老大？！上家的下家的都不打牌了，說：出事啦？魏總說：今上午市委開會，中紀委來人直接從會場上帶走的。桌對面的抓在手裡的牌掉下去，在地上跳了幾跳，他彎腰從地上撿起來了，臉上卻笑了，說：哦哦，風聲傳了幾個月了，還真就帶走了？！上家的說：他那人我接觸過幾次，俯仰無節，進退哪能有寬路。司一楠倒不解，問道：俯仰無節？上家的說：在地方當官仰上邊俯下邊這都正常，但一定要有氣節，北京來了人他腰躬著，眼睛瞅著，碎步子跑前跑後，就是一個哈巴狗樣子，面對於部下，他卻脾氣大得很，動不動就拍桌子罵人。魏總說：他工作不力，作風霸道，這還是次要的，重要的是他政治攀附。我知道有幾個老闆就是他的錢袋子，聽說一個花了幾千萬買了一張齊白石的畫，以他的名義送給北京某大人物的，某大人物倒了，在搜家時發現了那畫，畫裡還附著他的簡歷。桌對面的說：那些錢袋子都是誰？魏總說：這，我不說是非。桌對面的說：魏總不說是非，那你也是大老闆了，能在市中心建這麼大酒店，給他送了多少？魏總笑了，說：你這壞人啊！我拿這塊地可是正兒八經中了標的。我算什麼大老闆？大老闆要賭都是去澳門的，哪有和你們玩這小麻將？！下家的說：那好那好，老大被帶走了讓老大哭去吧，咱繼續打牌，哎，肚子餓了，你讓廚房送些飯吧。魏總說：是到吃飯的時候了，司一楠你倆也在這裡吃。司一楠看應麗后，應麗后說：這倒不用啦，謝謝魏總！司一楠說：香格里拉的烤鴨做得是全城最好的。應麗后還在擺手，桌對面的就說：誰說要吃烤鴨喝茅台啊？！那太貴了，太貴了！魏總就指著桌對面的，說：行呀行呀，咱就吃烤鴨喝茅台！上家的下家的就嘩嘩拍手。應麗后說：司一楠老是誇你們這兒飯菜好，魏總人大方好客，但我們飯吃得晚，而且還有事到東郊去，下次吧。魏總說：那好，下次吃，今日就餵餵他們。當下撥電話，安排飯菜，卻說：咱有這個條件咱就吃好喝好！我給你們再傳達個小細節吧，老大是老西京人，從小的早餐就是胡辣湯，當了大官，還好那一口，就是到北京開會，出國訪問，都帶上做胡辣湯的師傅。被紀委帶走，車在半路上了，看到街頭小吃攤上賣胡辣湯，想著以後再吃不上了，就請求能讓他下去吃一碗嗎？被允許後，他下去就站在小吃攤前一連吃了三碗。大家倒再沒說話，唏噓了半天。司一楠、應麗后趁機告辭。

在飯店大廳，應麗后突然低頭說：看見前邊那個人嗎？司一楠側頭看了，撲哧一笑，說：打扮得像藝術家的都不是藝術家！應麗后說：剛才就是這個人找的魏總，老大被帶走的消息也是他說的，他還說和茶莊人都熟，你認識嗎？司一楠說：沒見過。

等那人走了好久，司一楠和應麗后才出了飯店，飯店門外不遠處的街道邊，拉了一圈繩，下水井蓋揭在一旁，有工人在疏通下水道，掏出了那麼多的垃圾：泥沙，塑料袋，菜根樹葉，破布爛紙。一股子酸臭味。兩人捂了鼻子，司一楠已經繞過去了，應麗后的高跟鞋踩著什麼，滑了一下，差點摔倒。低頭見是掏出來的一些避孕套，趕緊跑過來，想吐，又吐不出來，彎腰乾嘔著。司一楠說：咋了？咋了？應麗后沒有說踩著了避孕套，說：下水道咋堵成那樣？這城裡一天要吃要喝多少東西啊！司一楠說：每人擤一下鼻涕，可能就是一個池塘吧。應麗后說：真髒！司一楠說：城市繁榮呀，物質越豐富垃圾越多麼。卻突然說：你臉咋黃黃的？應麗后說：是不是？你臉也褪色了。司一楠說：我就沒化妝呀。仰起頭來，天上卻是更黃，黃得像患了黃疸，兩人就笑了一下，罵起天氣，來時還晴朗著，說不行就不行了？應麗后站到了一塊報欄後開始補妝，司一楠還是不塗脂抹粉，說：你說我褪色了就褪色吧。卻由褪色大發議論：臨潼的兵馬俑原本是有色彩的，但一挖掘出來就褪色了。西京城春夏秋冬不分明了，該冷時不冷，該熱時不熱，到處是燈光，白天沒了怎麼的白，黑夜沒了怎麼的黑。人也在褪色啊，美麗容顏一日不復一日，對新鮮的事物不再驚奇，對醜惡的東西不再憎恨，幹活沒了熱情，包括對老人的尊敬，對小孩的愛護，當然包括愛情呀。是什麼讓我們褪色呢，是貪婪？是嫉妒？是對財富和權力的獲取與追求？應麗后說：咦，咦，你這是演說還是給我授課？！司一楠咴地一笑，說：我上中學時語文好。應麗后說：這些話你給海姐說去。

司一楠還得回一趟家具店，應麗后仍然要陪著，兩人各自開了車去舊城的二道巷。家具店裡果真新到了一批貨，原包裝堆放在那裡，司一楠就指揮著拆箱。先是三個條案，四個古董架，兩把圈椅，兩把交椅，再拆最後三個包箱，發現一個禪椅的一條腿斷了，就給廠家打電話。對方說：不會吧，包裹得挺好的呀，從沒有發生過損壞的事。司一楠氣咻咻的，說：我怎能騙你？這批貨我最看重的就是這件禪椅，偏偏就是它壞了！我拍個視頻給你看看。應麗后讓司一楠消氣，叫一個店員拍視頻。店員拍了，應麗后看後更上火了，說：這就是你拍的呀，讓你拍斷了的腿，你從上往下拍？！店員臉色通紅，蹲下身又拍。傳過去了視頻，廠家答應更換，司一楠就讓店員重新把損壞的椅子包裹起來，釘好木箱，限天黑前發往廠家，事畢，自己還一肚子氣，坐在那兒呼哧呼哧喘。應麗后說：好啦好啦，我餓了，咱吃飯去。

這條巷有十幾家小餐館，先進去一家，是賣餄餎的，只七八張桌子。而坐著六七個打工的，渾身的塵土和塗料點子，叼著紙菸，吆三喝五地劃著酒拳。應麗后拉了司一楠出來，司一楠說：

你不愛吃餄餎？應麗后說：我穿成這樣坐在那裡？後來連進了三家，決定還是西餐，在西餐館裡點了牛排和麵包，還點了兩杯咖啡。應麗后便給司一楠說：收銀台的那個女服務員長得像嚴念初，司一楠看了，覺得真像，就用手機偷拍了一下，給嚴念初傳了去，問是不是她有個姐姐或妹妹遺失過？兩人就笑了一回。

突然，司一楠說：你說嚴念初現在能有多少錢？應麗后說：你咋關心這事情？司一楠說：就是問問，大家都認為你錢多，我倒覺得嚴念初現在活成貴族了，開路虎，住別墅，前幾天和幾個大老闆去打高爾夫球，還叫我，我沒去。應麗后說：開名車住別墅打高爾夫球就是貴族？！咱姊妹裡如果還有些貴族氣的，我看只有馮迎。司一楠說：馮迎行，能賺錢，還會花錢。應麗后說：你是說你嗎？你就是個胡花！我給你算算，先是說下圍棋呀，又是買楠木棋盤和雲子，又是設宴拜師父的，半年過後卻興趣了打保齡球，車後備廂裡各型號的球就放了五個。沒一兩個月又熱衷跆拳道，還有搖滾樂，那一堆樂器扔在屋裡咋不敲了？！司一楠說：多興趣多轉移麼，海姐不也是這樣？話未落，風從門縫裡進來，忽地把門扇彈開，像是在哼了一聲。應麗后說：你跟海姐比？門都鄙視你哩！你手大是錢從指頭縫全漏了，海姐手大是她大氣捨得。司一楠說：在你嘴裡，海姐就沒毛病！應麗后說：她和陸以可都長得挺好的，就是不打扮。司一楠說：這又和我一樣了麼！這時候，咖啡送來了，應麗后說：以前海姐穿衣服不是白就是黑，我說過她，她現在全變了，你要留長髮穿裙子也變秀氣的。司一楠說：我要是那樣，能一下子鎮住那碰瓷的？寺廟裡有菩薩也有力士，我給你們護法麼。應麗后說：哦哦，今日你幫了我，過會兒埋單你別和我爭啊，來，用咖啡先敬你。卻埋怨起了服務員：那拉花呢，你們店門口不是寫著咖啡拉花嗎？怎麼沒有？

十一、海若·筒子樓

海若換了身白襯衣和牛仔褲，在去夏自花娘住處的半路上，經過銀行，給兒子海童匯錢，沒想就遇到吳小琳的娘和一個女的也給吳小琳匯錢。吳小琳的娘尖錐錐地喊叫：哎呀，你沒穿長褂我差點沒認出來啊！兩人就拉拉手，笑著說：以後再來匯了，咱就約著一塊兒麼。吳小琳的娘有了很多白頭髮，這使海若吃了一驚。吳小琳的娘介紹那女的是她的姐姐，海若有些不相信，說：親姐姐？吳小琳的娘說：一個娘的奶頭叼下來的呀！是不是覺得我比她還老？我這頭髮沒有染。吳小琳娘的姐姐說：如果全白，那就不染了也好看，你這是說黑不黑說白不白的，就顯得老。吳小琳的娘說：我操的什麼心呀，能不老？這把年紀了，沒人愛的，也沒人愛了，還染啥哩，不染了。吳小琳娘的姐姐說：就你供個留學生？海童他娘多精神的，這要臉有臉，要身材有身材！吳小琳的娘說：人家是老闆，錢上沒壓力啊！海若說：哪裡，哪裡。我要比你小四五歲的，我也有白頭髮了，發現了就拔，拔了又有了嘛。吳小琳娘的姐姐就還真在海若的頭上拔下來了一根。

三人出了銀行，在大門外停車場上還熱乎說話。海若就問候吳小琳的娘最近都忙活什麼，吳小琳的娘說：我姐姐剛才來找我，討論著做個什麼生意好，你是生意場上的人，就給我們出出主意。你說開個布店哩還是開飯館？我姐姐說開個布店專門做窗簾，我覺得開飯館，要麼賣小龍蝦，要麼賣麵。吳小琳娘的姐姐說：又是賣麵，賣麵，前年你就說開麵館！吳小琳的娘說：還不是你說開個家裝店，當時你說得激情滿懷，我都同意了，你又說不行。海若說：你們幾年前就商議做生意？吳小琳的娘說：可不，總得尋個賺錢的事呀，我看還是開麵館實際。海若說：開麵館是太勞累。吳小琳娘的姐姐說：勞累不要緊，只是一碗麵賣不上錢啊。吳小琳的娘說：但吃的人多呀！再不賺錢，一年還不落四五十萬？咱平分，供小琳留學的錢也就夠了。海若說：二十多萬怕不夠吧。吳小琳的娘說：夠了。你給海童一年匯多少錢？海若說：哦，海童花銷大，也夠。吳小琳的娘說：海童有女朋友了，給女朋友也得花錢。海童回來了，你告訴我，我讓他給小琳帶去個手機，小琳的手機壞了。海若說：春節後走的，這時候咋能回來？吳小琳的娘說：我聽小琳講，他不是回上海了嗎？海若說：回上海？吳小琳的娘說：小琳講他女朋友在上海出差，他們在上海約會的呀。唉，海童長得帥，情商又高，都有女朋友了，我那小琳還情竇不開，他們兩人一塊兒出去的，倒沒擦出個火花。海若說：哦，這哦。吳小琳娘的姐姐在接一個電話，接過了，說：那邊來電話了，說有三間門面房可以便宜出租，讓咱去看看。海若說：啊，那你們快去。吳小琳的娘要走呀，還說：咱多聯繫啊，記著下次匯錢就叫上我。

海若目送著吳小琳的娘和她姐姐走了，心裡一陣不舒服，乾脆把車就放在停車場，步行著前往。難得的一個好天氣，太陽出來，亮得晃眼，遠處的筒子樓頂飛起了一群鴿子，咕咕地叫，聽著像是咒語。

每個房子都有死角，每個人都有隱秘處，海若何嘗不也如此？離婚後，兒子由她撫養，心想著自己絕對能把一隻雞養成大鶴的，但兒子從十二歲時就開始叛逆，不用功學習，又常常作惡；天越冷越洗冷水澡，天熱偏要吃火鍋，穿那襠能掉到腿彎的褲子，永遠是一雙運動鞋，跳起來要把腳印踹在高高的白牆上，一不高興，就進了他的臥室，嘭地把門關得山響。也是她不滿意國內的高考制度，更是想著兒子能換個環境或許會好起來，當一些同學鬧著要出國留學，有的去了歐洲，有的去了美國，她便同意了兒子和同班的吳小琳去了澳大利亞。而她始料不及的是兒子沒有了她的管束，越發放任自流，考雅思三次都不及格，倒處了個女朋友。海若就說了狠話：考不上大學就別給我回來！又大大縮減兒子的每月費用，由三萬元變成一萬八千三百元，多一分都不給。現在，兒子竟然瞞著她在上海與女朋友約會！人生在什麼階段就該做什麼事情，當學生就好好學習，怎麼就處女朋友？既然處了女朋友那就正常處吧，又怎麼可以逃學？！海若百思不解自己和眾姊妹都是剛學會了走就跑想來還要追求著再飛翔的人生，兒子卻不上進，在墜落，像石頭滾坡一樣墜落，墜落得還那麼快樂？！

海若氣堵在心口，給海童撥電話。可一連撥了三次，海童的電話都是關機狀態。海童在大白天裡從來不關機的，她看看錶，或許是已經回校了，因為這時候正是澳大利亞的晚上。海若也就慢慢平靜下來，一邊走著，一邊嘟囔著：我怎麼就有了這樣的一個兒子呢？她自己說著給自己聽。人行道上，人很多，有走過來的，有走過去的，一個老太太推著個嬰兒車，車裡的嬰兒還不滿一歲吧，瘦瘦的，皮膚發紅，像是個猴子，而又有一個中年人牽著一隻狗，狗的模樣和主人酷似得如兄弟。海若想起了一句老話：看兒女便知其父母，看父母便知其兒女。便嘆息著自己沒有教育好孩子，海童的毛病是他父親的毛病嗎，是她的毛病嗎，或許是她和他的父親組合起來的毛病嗎？

她默默地走，偶爾一回頭，身後的地上就拖著她的影子，覺得是在複印。

到了夏自花娘的住處，海若搓了搓臉，還跺了跺腳，才進了樓洞。她不願意把自己的情緒帶給老太太。這幢樓可能有四十多年的歷史了，西京的變化都是在不停地拆遷不停地製造新的建築，為什麼這樣的樓還依然存在？樓面被雨水淋得汙髒不堪，牆皮大片大片脫落，而那突出來的窗台都安裝了鐵條護欄，像是掛著鏽跡斑斑的小籠子，裡邊塞著亂七八糟的雜物，還有伸出來的木棍或竹竿上，晾曬了被子、褲子、襪子和胸罩。樓裡雖然有電梯，海若偏走樓梯，她要在艱難的攀登中出出汗，同時也體會體會越是往上攀登那地球的引力是多大。胳膊終究不是翅膀啊，上到九層，她已經雙腿酸困，如果誰只要稍稍用指頭戳一下腿彎就會倒下去，而且內衣早被汗濕透了。

敲了半天門，屋裡好像有了動靜，是撲騰撲騰，間隔時間很長的腳步，門才開了，老太太靠著門扇站著。海若微笑著，還故意耍調皮地把手指放在嘴上，說：姨，我來了！老太太也是擠著皺紋地微笑，說：你來了好！海若說：霧霾了好多天，人心裡都長了草，趁陽光燦爛，咱到秦嶺裡去逛逛。老太太說：進來，快進來，你那麼忙的還來看我。讓海若坐下了，再說：病又犯了，這腿硬得像木棍，疼得走不了路啊。海若看著老太太，面色灰暗，腰身佝僂，又是獨自才哭過，眼睛紅腫得像爛桃一般，心裡不禁一陣苦酸，說：那我讓茶莊人罩些蜜蜂過來給你治治。老太太說：不用了海若，我昨日夢著一大群蜜蜂向我飛來，這些蜜蜂全長著人臉，把我嚇醒了，我就作想，這偏方用了這麼多年，蜜蜂蜇一次就死掉的，我的病沒怎麼好，倒是害了那麼多的小生命。海若登地一驚，悶了半會兒，說：姨，這是你想多了，蜜蜂身上是有毒的，它釀蜜是遺毒，為你治病也是遺毒的。老太太說：那我身上是不是也有毒啊，聽人說父母的歲數大了勢必會壓制了兒女，我要是早些死了，自花的病就該好了。海若抱住了老太太，老太太瘦得像柴火，她把一顆眼淚滴在了老太太的後背上，說：姨呀，我知道你苦愁，可再大的苦愁再大的難，還有我們哩，你要剛剛強強地給咱長壽著，自花的病也一定會好起來。夏磊呢？老太太說：和我鬧騰了大半天，累了，睡著了。海若還是給小蘇打了電話，便進臥室去看夏磊。

一進門，一雙小紅鞋，一隻鞋頭向著牆角，一隻側在那堆積木裡。看到小紅皮鞋，海若就想起自己兒子的過去，那時候海童也是這麼小，也穿過這樣的小紅皮鞋，她是每次回來一開門，一排大人的鞋中間有一雙小紅皮鞋，心裡就忽地泛上熱流，無限的親切、溫暖和幸福。她撿起地上的小紅皮鞋，坐在床沿上，夏磊睡在那裡微微呼吸，像隻小狗似的，一條腿蹬開了被單，她輕輕握住那一隻腳，覺得像握了一團棉花，越握越小。

後來，聽到客廳門響，進來了人，海若從臥室出來，見是小蘇提著裝了蜜蜂的小紗盒，竟然還有向其語，向其語提了一袋子大米。海若問：你倆怎麼一起？向其語說：朋友寄來的東北五常米，蒸出來不用菜都吃著香，我給姨拿來一袋，沒想在樓下遇到了小蘇。老太太聽了，又是頭不停地點，連聲感謝。

小蘇開始幫著老太太用蜜蜂治療腿，海若和向其語在一邊看著，老太太就要和她們說這說那的，小蘇拿蜜蜂總是蜇不好。海若說：你靜靜治。拉了向其語到廚房裡說話。

海若說：其語呀，今年以來海童沒和你聯繫吧？向其語說：聯繫不多，以前都是我給他電話，今年倒是他打過來兩次，還給我傳過來他的照片，多帥的小伙子！海若說：他沒向你借過錢吧？向其語說：沒呀，他怎麼會向我借錢，有什麼事嗎？海若說：事倒沒事，我今年給他匯的錢少，怕他向你們誰借錢的，又慣出他的壞毛病。向其語說：你怎麼突然少匯了錢？孩子在異國他鄉，舉目無親，一動彈啥都需要錢，可不敢讓他受作難的。海若說：女孩富養，男孩要窮養的。向其語說：這我當然知道，你每月給匯多少？海若說：一萬八千三百元。向其語說：還有零頭？是少了，也太少了。海若說：不少了，當學生麼，就是花個租房錢，吃飯錢，學習材料錢，再就是偶爾買件衣服什麼的。如果他向你借錢，你記住，一分錢也不能答應他啊。向其語點了頭，卻半天沒說話，拿眼睛看著海若。海若說：你看我啥的？向其語說：我看你眉宇間的表情哩，你給我說這些，其實心裡又怕委屈了海童，之所以說給我，想讓我附和了你，心裡就坦然了。你呀，也就是個蚌，越是有硬的外殼，身子越柔軟。海若就笑了笑，說：蚌體內常鑽沙子啊！向其語說：那就多磨出些珍珠麼。海若說：這次我一定要狠些，要不他會學壞的。向其語說：海童已經不錯的了，你海姐的孩子他能差嗎，就是差，能差到哪兒去？！海若說：五穀當然比稊稗好，可五穀不熟時，還不如稊稗哩。

臥室裡，夏磊醒了，叫著姥姥，叫了一聲沒見回應，就哨子一樣長聲叫喊。海若和向其語先去了臥室，夏磊已光溜溜地站在床上。海若要給他穿衣服，他不讓穿。老太太不治腿了進來，說句別感冒了，在夏磊頭上摸摸，後背拍拍，就給他穿衣服。他還那麼站著，穿了上衣，再就讓抬左腳套上一個褲腿，再讓抬右腳套上一個褲腿，像個木偶。他說：尿呀！雙腿叉開來，老太太從床下取了個舊茶缸，那麼接著。向其語和海若對視了一下，海若說：他也三歲了，應該讓他到廁所去尿。老太太說：他習慣了。就問：磊磊，肚子餓了沒，想吃些啥？向其語說：咱們出去吃吧，炒幾個菜吃些米飯，永寧路上的那家徽菜館臭鱖魚不錯的。夏磊卻說：我要吃炒疙瘩。老太太說：你真會想著吃！姥姥給你蒸雞蛋羹，雞蛋羹有營養。夏磊說：我不，不麼，我就要吃炒疙瘩！海若說：要吃炒疙瘩就做炒疙瘩，我可拿手的。老太太說：那好，其語、小蘇都不要走呀，一塊兒吃。

炒疙瘩是把麵粉和軟揉筋，搓成麻什，把麻什煮熟撈出來，再把西葫蘆、芹菜、木耳、黃花、豆腐、紅蘿蔔切丁後，同熟麻什一塊兒炒。海若和麵搓麻什，小蘇已把水燒開，待把麻什煮著，向其語洗好切碎了菜，然後海若炒起來。兩個小時後，炒疙瘩端上了桌，夏磊就要去吃，老太太說：先別，先別。把筷子平架在碗上了，低頭合掌口裡念叨：饕餮，饕餮，你先吃。念過五遍，把飯碗遞給了夏磊。向其語說：姨，你這是念啥的？老太太說：磊磊能吃，吃了肚子又脹，就常常嘔吐，你讓他少吃點兒他又不行。徐栖來過說磊磊肚子裡有饕餮，吃飯前念幾遍饕餮饕餮你先吃，饕餮吃過了，磊磊就不暴食了。海若說：哦，徐栖說得對，讓饕餮先吃。

大家吃起來，老太太竟又撥通了電話，和夏自花視頻，讓夏自花看看海若、向其語、小蘇來給他們做的飯，讓看看磊磊吃飯的樣子。夏自花躺在病床上無聲地笑，笑著笑著淚流了滿面。

飯後，海若、向其語、小蘇告辭了下樓，向其語說：海姐，徐栖搞養生走火入魔了，讓吃飯前念什麼饕餮，迷信能起作用啦？！你竟然還說徐栖說得對！海若說：這個時候老太太沒了主見，只要能安穩她的心，說啥幹啥都行。向其語說：我看老太太安穩著哩，倒是她徐栖不正常。海若看了向其語一眼，但沒有再說話。

十二、高文來·茶莊

范伯生離開香格里拉飯店，去了芙蓉路羿光的書房，敲了半天門沒動靜，又以老辦法坐在樓下花壇沿上等。但這次他失算了，等了兩個小時門道裡沒有女的出來，說：真的沒在，就步子一顛一顛閃著到茶莊來。

高文來迎在門口，說：你好！范伯生說：你老闆呢？高文來頭癢，撓了撓，說：不在店裡。范伯生說：啥日子呀，誰都不在？！那我喝口茶。就往裡進。高文來的手還在頭上，一時來不及，伸了腿攔住，說：這裡只賣茶葉，前邊拐個彎過去有個茶館專門喝茶打麻將的。范伯生說：賣茶的咋不能喝茶？高文來說：賣茶不賣水。范伯生說：我就要喝茶！高文來大字形地擋了路。范伯生說：你是幹啥的？高文來說：店員。范伯生說：你還知道你是店員啊？！啪地搧了高文來一個耳光。

高文來在店門口和人起了高聲，店裡的人都沒在意，平日裡有好多人以為茶莊能喝茶，進來了告知是賣茶葉的，就都走了。范伯生突然打了高文來耳光，高文來也撲上去要還手，小唐趕緊過來把兩人分開，說：小高小高，他是客人，他要進來就讓進來。高文來口角流血，唾了一口，說：他是來尋釁的！范伯生已坐在條桌前，還氣洶洶，說：暫坐茶莊不是很有名嗎，咋能有你這樣的店員？好狗都不擋路！小唐就說：先生你消消氣，小高初來乍到，得罪你啦！小高，給客人沏杯茶去！范伯生說：這怎麼就能喝茶啦？

高文來黑著臉，取了一個杯子，撮了點茶葉進去，到隔間裡倒水。壺裡的熱水完了，打開煤氣罐再燒，水半天不開，他就站在那裡，胸口起伏不定。小窗口鑽進一隻蒼蠅，揮了手在空中去抓，沒抓住，氣得從櫃子下取了蠅拍，三拍兩拍也沒拍到，最後是蒼蠅還站在了蠅拍上。等水燒得咕咕嘟嘟響，他嘴裡也皮皮囊囊地罵，把水倒進杯子了，往裡呸了一口。

范先生坐在那裡，架著二郎腿搖，問：你叫啥？小唐說：唐茵茵，就叫小唐。范伯生說：你知道我是誰嗎？小唐說：啊抱歉，我還不知道你尊姓大名。范伯生說：你老闆和我熟。遞上一張名片。小唐說：是范先生呀，失敬失敬，老闆今日有事，一早就沒來店裡。范伯生說：生意要好，老闆得坐鎮啊！你聽說過羿光嗎？小唐說：你是羿老師的朋友？范伯生說：豈止是朋友？！給你說件事吧，你知道他的書法有名吧，值錢吧，可我家他的書法作品多得當褥子鋪的。小唐說．唔，那你發大財呀！范伯生說：那不是錢的事，是友誼啊！二郎腿搖得更歡，挑在腳尖的鞋就掉了。小唐說：哦哦，范先生，我們這裡確實只賣茶葉，不賣茶水的，可你來了，怎麼也得破例麼。接著叫：小高，茶沏好嗎？

高文來見范伯生起身去廁所的當兒，才出來，他不願意再看到那張老皮臉，茶杯往桌子上一瞰，一些水濺出來。小唐說：小高，你把架子上那個瓷罐拿下來。高文來搭凳子拿下了瓷罐。小唐說：送水的來了，小高，去扛純淨水！高文來跑出店，門口送純淨水的三輪車正卸桶，他一手提一桶進來放好，又去提第三桶第四桶，就來了四個人進了門。其中三個男的都扛著書捆，另一個小姑娘拿著一束花，全是紫紅色。男的說是找羿老師簽名的，羿老師不在家，電話聯繫了，羿老師讓把書存放在茶莊，並留下電話，他得空來簽了，茶莊會通知再取的。高文來讓來人把書放下，也收過了小姑娘的花，說：這是送羿老師的嗎？小姑娘點著頭，高文來說：送人玫瑰，手有餘香。來人說：啊你還能說出這話，真是近墨者黑，近朱者赤，羿老師常到茶莊來，店員也斯文！高文來說：瞧把你們熱的，喝茶嗎？那人說：茶不喝了，坐著歇一會兒就行，書是寶啊，一捆書特別重。高文來說：好紙是木材打成漿做的，那一捆書就是一截木頭麼。那人說：我們在路上還議論，羿老師這一輩子，不知用了多少木材。高文來說：羿老師出了那麼多書，每本書都發行幾十萬冊，又寫了那麼多書法作品，各類紙算起來，恐怕砍伐了幾座山林，一河灣的蘆葦，麥草垛也不少百十個啦！小唐在圓桌上記賬，回過頭來說：你是說羿老師成生態破壞者啦？！小高就笑了，來人也笑了。那人說：我是別人介紹來的，還沒見過羿老師的面，我以為羿老師住的是別墅，門口有人站崗的，剛才去了才知道他也住在高樓上，門口啥都沒有，才過完春節一兩個月，也沒貼對聯。小唐說：那能寫對聯嗎，一貼上還不讓別人揭去收藏了？那人說：也是！羿老師是不是西裝革履，相貌堂堂，和凡人不搭話的？小唐哧哧笑，說：他和你一樣，還沒你個頭高，你還是西服，他常年就穿個夾克，也會蹲在路邊攤吃炒涼粉的。那人說：不會吧？高文來說：我以前沒見羿老師前，也想像他就是神，不拉屎，也不放屁……小唐說：打嘴打嘴，用的啥詞？！高文來說：我真這麼想過。就打嘴，卻過去問小姑娘：你讀過羿老師的書？小姑娘說：我還小，沒讀過。高文來說：羿老師忙得很，簽這麼多書，應該給老師補養補養。那人聽了，立即說：應該應該，本來想請他吃飯的。高文來說：他人不在就買些茶麼，羿老師最愛喝的是白茶。一旁的小甄和張嫂就笑，說：小高你這是推銷茶啦！高文來說：這是尊重羿老師麼。那人就掏腰包，說：尊重尊重，買一筒白茶！高文來趕緊問：是什麼白茶？白茶有兩種，一種是清炒的，一種是發酵的。清炒的有安吉白茶、雅安白茶、陽羨白茶、千島湖白茶、商南白茶。發酵的就是茶餅，最有名的是福鼎白茶，這種茶耐儲存，一年是茶兩年是藥三年是寶，四年以後貴重得不得了。那人說：買最貴的吧。

包裹了茶餅，放在了書捆上，那人付了錢，高文來把人家送出店外。門口又來了四五個中老年婦女，仰頭看著茶莊的匾額，又都歪了頭往裡窺視。高文來說：今日事多呵。迎了過去。其中一個老年的問：這是那個寫書的羿光的茶莊嗎？高文來說：不是的，茶莊法人代表姓海。又問：店名就是羿光寫的呀！高文來說：是羿老師墨寶，但不是他的茶莊。老年的說：他的字貴呀，能題寫店名，他在茶莊有股份？高文來說：沒有。老年的說：聽人說這茶莊是他開的，常見他在裡邊坐著，我們來瞧瞧是啥模樣，恁有本事的！高文來說：他是常來這兒的，但今天沒有。

范伯生從廁所出來，端了茶杯要喝，發現茶湯上有什麼東西，看了看，說：這是啥茶，裡邊有唾沫？小唐過來看了，果然有不乾淨的東西，趕忙說：咋能有唾沫？這哪有唾沫？！這小高咋沏了陳茶，陳茶起沫子，我給你沏新茶！將茶端到門口向外潑了，回頭剜了高文來一眼。范伯生卻勃然大怒：咋不是唾沫，你小子給我茶裡吐唾沫是不是？！抓起了桌上的一個茶盤就砸向了高文來。高文來機靈，身子一側，茶盤飄過去，砸到身後的小板櫃上，櫃蓋上放著三個盞，一個盞就掉在地上了。小唐、小甄和張嫂同時尖叫起來，忙去地上撿，那個盞已碎成三片，說：呀呀，就這三個盞的成色好，又是大師做的，這三千元啊！范伯生是聽到了，並沒回頭，卻撲向了高文來。高文來大聲喊：這你得賠！范伯生踢了一腳，但踢空了，而高文來趁機向范伯生戳了兩拳。速度極快，誰也沒看見，恢復原狀，說：你再打我一下試試！范伯生有些岔氣，斜著拉了拉身子，罵道：媽的×，我就打你！抓了桌上的一個竹制的如意向高文來打來，高文來抓住了手腕，硬彎過方向，竹如意倒連連打在范伯生的頭上，范伯生便把竹如意掉了，一隻手拽高文來的頭髮。小唐就急身插在他們中間，叫道：這是要砸店呀！是不是要打110報警呀？！然後罵高文來：你聲那麼大幹啥，跟狗學的能狂吠啦？！

一樓裡一吵鬧，二樓的樓梯上就一聲輕一聲重地跑下來了伊娃。

伊娃和嚴念初一直在二樓上。嚴念初原本在醫院照料夏自花，午飯時接到芙蓉路口腔醫院的王院長電話，要她三點去一下他的辦公室。嚴念初就給病區打掃衛生的工人塞了一百元，讓能陪護夏自花，她限天黑就趕過來。嚴念初想著見院長不能空手，先前已給買過毛衣和襯衣，也買過海參和燕窩，這次能不能買些茶，就給小唐打了電話，詢問海姐在不在。小唐說海姐不在，她便趕了過來買了一萬元的特級龍井和一隻銀制的茶壺。小唐還說：這是送誰呀，這麼重的禮？她說：千萬不給海姐說我來過，要麼她又不肯收錢的。把茶和銀壺全裝好了，看著時間還早，小唐便安排她到樓上去喝茶。而伊娃受海若的交代，上午在書店裡買了一批書，又在花卉市場買了一大抱花，回來到二樓用剪刀修整著往各個花瓶裡插。嚴念初就一邊喝著茶一邊和伊娃說話。

嚴念初說：伊娃你有多高？伊娃說：淨高一米七四。嚴念初說：我也是一米七四，但你顯得比我高了許多！伊娃說：我可能比你能瘦些。嚴念初說：你怎麼減肥的，瘦是瘦卻該有的都有。我這要是一減肥，身子瘦了，胸和臀也瘦下來。你用的什麼減肥藥？伊娃說：我沒有減肥。嚴念初說：不可能吧，能這麼漂亮？！伊娃說：你才漂亮！嚴念初說：中國的醫療器械比不了洋貨，中國的人種也比不了洋種。就問起俄羅斯是斯拉夫人種嗎，以及斯拉夫人的歷史、地理、物產、氣候以及飲食習慣。伊娃就把她知道的東西一一告訴了嚴念初。嚴念初倒感慨：你生活在那麼好的地方，卻偏要來中國！伊娃說：來中國學中文麼，中國也好哇，不是就認識了你們這麼好的朋友！嚴念初笑了笑，就又看中了伊娃腳上的短皮靴，問什麼牌子，在哪兒買的？伊娃說：這是聖彼得堡買的，如果喜歡，她給那裡的朋友打個電話，很快讓他們買一雙郵過來，說：你穿多大碼？嚴念初說：三十八碼。伊娃說：我也三十八碼，你穿了試試。當下脫鞋。

樓下在吵鬧，張嫂上來打掃插花剪下的枝葉，伊娃說：誰和誰吵架了？張嫂說：來了一個人，說認識老闆，我們從沒見過，怕是他胡吹冒撂，沒接待，他倒和小高吵鬧了。嚴念初說：認識海姐？！那還在店裡吵鬧，我看看是誰？站在樓梯口往下一望，又反身回去。伊娃已經脫下一隻短靴，說：啥人？嚴念初說：不認識。伊娃說：你不認識，海姐肯定也不認識，是醉漢嗎，他鬧什麼鬧？！就光著一隻腳，一高一低從樓上下來，卻叫了一聲：這不是范先生嗎！

范伯生氣呼呼地揚起了手，看見伊娃，並沒理會，手掌就落下來啪地拍在桌上，還要再拍，便醒悟過來，回頭說：咱倆見過的，你是老外……伊娃說：我叫伊娃，我同海姐、陸姐一塊兒和你吃過飯。范伯生就對小唐說：聽見了吧，我是不是你老闆的朋友？我卻在這兒受狗東西的氣？！伊娃說：你怎麼罵他是狗呢，你醉了撒酒瘋？范伯生說：我沒喝酒，他就是狗，瞎狗！伊娃說：他即便是狗，打狗看主人哩！在這兒耍流氓！范伯生說：誰是流氓？伊娃說：在公共場所要橫就是流氓！范伯生哼了一聲，伊娃更是哼哼了兩聲。小唐也勸：你消消火，我給你重沏一杯茶。范伯生說：喝什麼茶，氣都氣飽了！就從門裡走出去。

范伯生走遠了，高文來還呸了一口，說：你能行你走啥的？小唐說：還呸哩，他是不對，你怎麼能在茶水裡吐唾沫？！你有一千個理這也沒理了！要不是伊娃來，那姓范的肯定還會鬧著不走的。高文來說：謝謝伊娃。伊娃說：我沒給你做什麼呀。小唐說：小高，也讓你受委屈了，我要是個男的，那姓范的也不敢搧你耳光。高文來說：店裡都是女的，他才成心鬧事，我也是想保護你們的。小唐說：誰讓你保護，你沒來前，誰在店裡吵鬧過？！小甄說：從沒摔破過東西呀，這盞咋辦，三千元的，誰賠？小唐說：這事我會說給海姐的。高文來說：哎哎哎，這事千萬不給海姐說，你給海姐說了，我這月的工資就沒了。好姐姐，我給你寫一首詩。小唐說：誰要你那順口溜？！伊娃便咯咯地笑。

這時候嚴念初從樓上下來，將一隻短靴給了伊娃，說：時間不早了，她得去醫院呀。高文來立即幫她提了裝了茶葉和茶壺的大紙袋，屁顛屁顛地送到了停車場。

十三、應麗后・泡饃館

王院長把茶葉包隨手塞進了冰箱，倒是仔細察看著茶壺，說：我眼拙，是銀制的？嚴念初說：你識金銀貨，可你認茶葉卻走眼，那可是上萬元的龍井，你一定自己喝！王院長就笑起來，說：我喝茶不講究，人常說吃飯不在乎吃什麼在乎和誰吃，泡茶不在乎泡什麼在乎用什麼壺泡。上個月我在衛生局劉局長那兒見到他用的是銀壺，還尋思幾時我也買一把，沒想這就有了哈！嚴念初說：這就叫心想事成。銀壺是我從日本買回來的，一直壓在箱底。王院長說：你咋就捨得了？嚴念初這才把墨鏡往上一推，架在了頭頂上，說：孔子說，己所不欲，勿施於人麼。王院長笑得像是哼哼，就又坐回他的那把椅子上，身子一仰，點著了一支香菸。嚴念初也便在桌子前的凳子上坐下來，凳子比桌子矮了一半，她就仰視著王院長的喉兒骨，喉兒骨像是在脖子裡有個三腳鐵架，隨時要把皮撐破似的。王院長說：合約起草好啦？嚴念初說：我已經打印了三份。她絞著長腿，裙子就顯得很短，便把脖子上的紗巾取下來搭在了腿面。王院長說：好，好，噢你也吸菸的，這我倒忘了。把一支香菸扔過來，嚴念初接了，王院長卻說：你把紗巾拿掉，紗巾蓋住了裙子，別人進來看見了，還以為你就沒穿褲子！嚴念初說：沒穿又咋啦？王院長不是那種人！說完就笑，笑聲裡問：哎，那進設備的事你們研究了吧？王院長說：你把門關上。嚴念初起身去關門，過來時看到屋角一盆文竹，在一根棍子的支撐下，嫋嫋浮浮地竟發展成一人來高，說了句：你會養花啊。王院長說：我和書記、副院長的辦公室裡都有一盆文竹，我整天吸菸，從不經意管它，倒長得比他們的都好！他再吸了幾口菸，吐出來，煙霧便把自己罩了，說：就是為這事上午開了院委會，決定公開招標。嚴念初哦了一下，伸了一下身子，把凳子移近了桌子，一雙手搭在桌沿上。十個指頭都美甲了，一個指甲上還做著鑽石造型。王院長說：是真鑽石？嚴念初說：好看嗎？王院長說：好看。嚴念初說：等我賺到錢了，鑲真鑽石專門給你看！不是說好在會上過一下就行了，怎麼還要招標？王院長說：你知道市委書記出事了嗎？現在形勢緊張，新的還是招標著好，按程序走，每一步都存下記錄，這對誰都好。嚴念初說：市委書記還真被抓了？王院長說：不光他被抓了，他老婆也抓了，家也抄了，聽說黃金就三百公斤。哎，你有幾個世界名牌包包？嚴念初說：十幾個吧。王院長說：人家的女兒就三百多個。嚴念初說：那麼多啊！肯定都是別人給送的，咱賺一分錢都得辛苦呀，王院長，做醫療器械的那麼多，我能中標？我可是反反復復地把應麗后說通了才見你的，你得幫我啊！王院長說：這多年了啥時沒在幫你！我有時在想，這是前世欠了你的今世來還的？嚴念初鼓著嘴唇，說：就是欠了我的。王院長把頭伸過來，盯著嚴念初，低聲說：我把標底告訴你，你把你的價格放低，肯定中標的。嚴念初說：標底是多少？

王院長一隻手過來，要揸指頭的時候卻抓住了嚴念初的手指頭。嚴念初讓他握著，笑了說：聽說農村人搞價時捏碼子，你也會呀？王院長說：我父親就是農民麼。嚴念初說：哎呀，那就白白少了幾十萬，我還說給你買一輛車呢。抽回了手，身子坐直了。王院長又在吸著香菸了，說：我不要你的車，我有公車的，你就是送了，我也不會開，放還沒地方，應麗后的事能抹平就燒高香了！合約她看了嗎？嚴念初說：這事咱倆一塊兒麼。你定個時間，是咱去她家還是讓她來這兒？王院長說：你給她打電話，能不能現在一塊兒去吃飯，飯桌上好說。嚴念初就給應麗后打了電話。

應麗后仍是情緒低落，男人發悶了就喝酒，用酒來糟蹋腸胃，女人發悶了則把錢不當錢，到街上胡亂買東西。應麗后沒開車，徒步到了金花商場掃視貨品。先買了一雙義大利logo皮鞋，一條愛馬仕頭巾，一隻小熏爐，再到化妝品櫃台買了紀梵希唇膏，又去買蘭蔻面霜和肌底液。嚴念初的電話打了過來，說：親愛的咱和王院長一塊兒吃個飯吧，定在了西城河岸的閱江樓吃羊肉泡。一聽到和王院長一塊兒吃飯，應麗后氣就上來了，但她深呼吸了兩下，還是緩著聲調說：她出來沒開車，閱江樓又那麼遠，就免了。嚴念初說：你一定來，咱還要把那事好好給他說哩。應麗后也就應允下來，搭乘了一輛出租車。一路上司機很興奮，叫著她美女，問這樣問那樣，應麗后嗯嗯著應了幾句，心裡說：把我當一般小姑娘搭訕啊？！就不再理睬。到了西城河岸下車，車價是十八元，掏出二十元一張票子，司機還在那裡找零錢，她說：不用了，頭揚得很高，直接開門就下去了。等到了閱江樓下，才發覺裝了鞋和頭巾、熏爐、唇膏、面霜、肌底液的大塑料袋沒有拿，回頭看看街道，出租車早跑得沒了蹤影。自己倒恨自己：出來是幹啥來了，竟然能忘了？！

坐在了閱江樓上，嚴念初和王院長都笑臉待她，說天氣，說股票，說被紀委留置了的市委書記。後來王院長用手摸索著下巴拔鬍子，嚴念初又誇說應麗后的西裝是藏藍色的好，大方穩重，又問是什麼面料，是買的成品還是定做的，剪裁得筆直利落，肩線硬朗。他們並沒有談到該談的事，應麗后應付了幾句，說：還這熱的。開了窗看外邊的風景。暮色將近，城河水面仍是玻璃狀，輕風掃過，就破碎不堪，而折射到城牆上，卻呈現了銀灰色和煙青色，交替變幻著各種奇異圖案。城牆頭上有人騎自行車，是那種三人同騎著的自行車。如果繞城牆騎一圈兒那是需要四個小時的，而他們不是在鍛鍊，嬉鬧玩耍，後來就不騎了，在那裡拍照，時不時將腦袋從牆垛處探出來，大呼小叫。他們這樣做為的是讓城河岸上的行人駐足觀看，但留意他們的沒有幾個，而頭影倒映在河裡，釣魚的人倒覺無數的腦袋在城牆上掛著。好多孩子在爬城牆，那是一層一層磚砌上去的，突出的磚棱僅僅三指寬，這簡直是比賽著鋌而走險，常常便爬到一米兩米了掉下來，掉下來再爬，最高的已經到了四米。有老人從樹下的草徑緩緩走過，走到了樓前，他的嘴在動著，沒有鬍鬚，窩進去像嬰兒屁眼兒，咕噥著，不知說些什麼。草徑邊的草很淺，開一種小花，如同夜裡落下的繁星，發著一種藍光。走過樓前又去了那邊一片樹林子，有人在那裡安靜地坐著，盯著河面漣漪，不為河對岸車的嘈雜和人的喧鬧所動。遠處飄來唱聲，在那個八角亭裡，一群人在唱秦腔自樂。每日這些人都在這裡定時不定時地唱，或者退休的演員，或者票友，唱慣了幾十年而不唱就不舒服，要生病，但在家裡唱煩家人和鄰居，便不約而同地來這裡過癮。一唱開了，必然會有人席地而坐了聽，凡是唱得好的便掛彩，掛一個彩十元錢。那個羅圈腿的老漢就去收錢，然後去告訴唱家，唱家又出場鞠個躬了，再唱一段。樹上蟬鳴，今年的蟬似乎比往年出現得早，人一唱它們就歇了，唱聲稍一停頓，又鳴，鳴得越來越高，此起彼伏。後來起風了，圍觀的開始散去，唱家還在唱，風颳進口，噎了一下，節奏就亂了。一個聽者還坐在那裡，頭一直垂在胸前，天就完全地黑下來，收錢的老漢已看不清了羅圈腿，卻在說：咦呀，你能在風裡瞌睡啊？！

應麗后沒有像往常那樣一開口說話就笑，但也沒有吊臉，只是眼睛好像怕光，半瞇著，一眨一眨地難受。飥飥饃端上來後，把碗放在腿面上，雙手掰著，還不時扭頭望望包間的窗外。王院長便問起了話：大美女，我問你個問題。應麗后說：我不是大美女。王院長說：怎麼不是大美女？如果強調長相甜的，大眼睛呀，櫻桃口呀，削肩彎眉，或者強調豐乳肥臀，那都是為了生育的審美，是農民的意識。瞧你，這五官搭配的，這是高級臉啊！你和嚴念初一樣高，我發現你從來不穿高跟鞋，這寬肩呀，長脖呀，這大長腿呀，就是個衣服架子麼。應麗后說：只是個衣服架子，沒腦子。王院長噎住了，看著嚴念初，嘿嘿嘿著不知所措。嚴念初說：應姐從來都心直口快。王院長說：我就喜歡直爽人麼。就又說：大美女，你知道戰國時期咱們秦國為什麼就能打敗八國嗎？應麗后說：不知道。王院長說：一是秦國的戰馬好，二是飲食好。出征時，拿上羊肉和飥飥饃，在野外把羊肉煮好泡上饃吃了，熱乎又耐饑，等殺到敵營了，那些敵人才費時費力地淘米呀，洗菜呀，蒸飯炒菜呀，還沒吃到口，當然就潰不成軍了。應麗后說：哦。嚴念初說：應姐，你把飥飥饃掰大了，要這麼掰。先把饃一分為二，為四，用指甲掐，掐出綠豆顆大，而且每粒要保留饃皮哩。應麗后說：吃個泡饃這麼細法！掰大就掰大了，我也是吃過了晚飯，陪你們吃幾口就是。王院長說：吃多吃少都要細法的。老西京上了年紀的人，來吃泡饃要兩份，第一份掰好拿去煮，再開始慢慢掰第二份，吃完飯後將掰出的第二份用紗布包了帶回去，隔天再來，把頭一天掰好的交給廚房去煮，又開始掰另一份，這樣每天來吃一頓，掰的饃就輪換著。應麗后也就把掰好的饃再揀大塊的掰了一遍。終於掰好了，店員拿去了廚房，應麗后掏出一支香菸吸。王院長說：你也吸菸呀？應麗后說：心情不好麼。王院長說：你心情不好，我心情更不好啊，這多天了，夜夜盜汗失眠。這突如其來的禍躲不過啊！應麗后說：這話不說了，我已經同意了嚴念初，利息不要了，權當是我借出了錢。今日咱們吃飯肯定要談這事的，我只是問你，這本金能怎麼個還我？王院長站了起來，又坐下來，挪了挪椅子，說：應麗后，話說到這兒，那我就謝謝你啊！胡老闆這一跑路，我一直盯著，他要一回來，我肯定讓他把本金一個子兒不少地還你。他若半年一年或者七年八年沒蹤影，就是他死了，你放心，本金我來還，我是擔保人麼，我不能甩手不管！但你知道，我手頭也緊張啊，一下子拿不出一千萬，還望你體諒包涵。我給嚴念初說了，嚴念初也可能給你說過了，那就是第一年我還一百萬，第二年還二百萬，第三年還三百萬，第四年還四百萬。應麗后說：這得四年呀，一頭牛用勺子炒著吃了。嚴念初說：應姐，確實時間是長了點，可實在是沒辦法的辦法了。你以前也收過一百五十萬的利息，將這一百五十萬作為一千萬的四年利息，也比你存在銀行的利息高了，咱就權當是把錢存在了銀行啦。應麗后說：唉，我還能再說啥，那行吧。王院長說：那你把以前的合約拿來了嗎？應麗后說：這多天都在身上帶著。王院長說：我和嚴念初也拿來了，咱就三人當面把舊合約撕了，重新簽個新合約。三份舊合約收起來，王院長就用打火機點著燒了，還用腳踩了踩紙灰。嚴念初掏出了三份新合約，讓應麗后看。應麗后看了，說：剛才王院長說的都在上邊了。嚴念初說：王院長說的也就是我和你說過的，都寫明在了上邊。你看沒意見了，咱就簽個字，每人各拿一份。應麗后又看了一遍，簽了名。接著嚴念初簽名。嚴念初把筆最後給了王院長，王院長簽完，說：我上個洗手間。洗手間裡，王院長掏襠就尿，一邊尿著一邊吁氣，像是尿出了個長江黃河。出來，便把筆從窗子裡扔了。

氣氛畢竟是好了，王院長仰身坐在椅子上吸香菸，發給了應麗后一支，也發給了嚴念初一支。嚴念初說：我不吸粗的。掏出自己的細支香菸。王院長說：細的不過癮，我吸粗的，粗的好。嚴念初說：還是細好。兩人互不相讓，一會兒高聲，一會兒笑語，各說各的好。應麗后想什麼是好？商人說利潤好，官員說權力好，狗也說骨頭好。但她沒有接應，腦袋還沉沉的，坐在那裡吸上幾口了，就撣菸支，菸頭上已經沒菸灰了，還在不停地撣，似乎這樣撣著，所有的晦暗也就沒有了。

三碗泡饃端了上來，王院長很殷勤，從店員手裡先接過一碗，放在了應麗后面前，催促店員：糖蒜，醬辣子，香菜，快上啊！啊餐巾紙，來一包餐巾紙！應麗后拿筷子抄起一口來吃，沒料到太燙，一時舌頭亂動，還是吐了出來。王院長說：要吹一吹，吹吹。應麗后有些不好意思，俯身用紙將地上的吐物擦了，筷子在碗裡攪，要把熱氣散開。王院長說：不能攪呀，攪著就淩湯了，從碗邊刨著吃。應麗后嘴還張著，慢慢平息著嘴唇、舌頭、喉嚨和胃的燒。

十四、海若・茶莊

閱江樓分了手，應麗后回到家裡睡了一覺。醒來正是第二天中午。醒來了，卻懶得起來，還賴在床上想心事。年輕的時候，早晨一睜開眼，首先想到著一個男人，那是她在戀愛了，而現在她最不願意想到那份合約，可偏偏滿腦子裡都是合約的事。她知道再這樣就可能要抑鬱了，便立即要岔開，就像看電視調台一樣，就故意去想今天的天氣怎麼樣，還有霧霾嗎，是輕度還是重度？起床後吃些什麼呢，是熬些綠豆薏米稀飯呀還是煎雞蛋沖杯牛奶？而出門穿那件白色T恤配深藍色半裙吧，不，半裙上有印花，顯得有些土了，要麼T恤配涼涼褲，要麼薄荷綠色裙，那麼，鞋一定得是小白鞋啊。小白鞋就是最初的合約簽了後和嚴念初一塊兒在京貿大廈買的。怎麼就又是合約呀？忘了它吧。可怎麼忘呢？不思量！能不思量嗎？門上有豆大的窟窿，擠進來是笸籮大的風，一點墨滴在水盆裡，那是一盆水的黑呀。應麗后就一身虛汗，氣又上來，一疙瘩堵在心口：原本把錢貸出去要賺個高利息的，甚至籌劃著拿利息就可以再去買一間門面房子，而如今不但沒了利息，本金也得四年後才能收回，這是多窩囊的事！又給誰說去？！應麗后便睡不住了，起來洗澡。洗著洗著，又想，王院長的朋友跑了路，王院長真的肯在四年裡還清本金嗎，能還得了嗎？上一份合約簽得好好的，王院長和他的朋友拍了腔子，海誓山盟，結果出了不測，那麼，現在簽的合約會不會將來再出意外呢？心裡又慌起來。多少年裡，應麗后凡是心慌意亂的時候都要去拜佛的，只有給佛焚香磕頭，祈禱一通了，才能靈魂安妥。可法門寺太遠，龍興寺也在城東，應麗后便想到茶莊的二樓上給那裡的佛燒燒香。

於是應麗后給海若打電話，問在哪兒，海若說在店裡。應麗后說你沒有出去呀，海若有些莫名其妙，說你是希望我在店裡還是希望我不在店裡？應麗后支吾著，她心裡是不希望海若在店裡，擔心自己控制不住把合約的事說給了海若丟人，但海若這麼一問，她倒不能再說她不去店裡了，便說那你等我啊，我把素文扇買到了，我送了來。就開了車去了茶莊。

茶莊在這個早上很熱鬧，開門不久希立水領著一個男的來了，當著小唐、小甄、小蘇的面，跟海若說這就是羿老師給她介紹的男朋友。還沒等海若說話，大家就驚叫了，說：快樂的希姐永遠都給我們帶來快樂！啪啪啪的一片掌聲。那男的說：希立水總說暫坐茶莊好，說老闆和眾姊妹們好，說店員們好，我就來看看大家！希立水說：不是你來看看大家，是讓大家來看看你。歡迎各位評頭論足啊！那男的算不上帥，國字臉，腰粗腹大，還在站著微笑，說他在市體育局工作，他們那兒有網球館、羽毛球館、游泳館、乒乓球館，盼望大家去鍛鍊。高文來卻問：是免費嗎，還是能打折？那男的說：是收費的。希立水就說：哈你是處長，我的朋友去了還收費？！小唐、小甄、小蘇又驚叫：哇，還是處長呀！希立水揸開了五指，說：小拇指頭，小拇指頭！那男的說：我不能壞了制度，但我掏腰包給買票麼，還可以再買一杯熱飲。大家又是哇哇叫好，倒打趣希立水：啊哈，希姐這下砸到你手裡了！那男的說：希立水優秀啊。海若拉了那男的坐下，讓小唐快沏茶來，說：人家是政府裡的人，咱這些體制外的平日戲耍慣了，別嚇住了他！希立水說：你起來，你起來！讓那男的從門口走到茶櫃前，再從茶櫃前走到門口。然後說：好了，這模樣，這步態，三百六十度無死角都展示了，你快去上班吧，我留下來還要說說話。海若趕緊叫小唐取兩盒陝南毛尖送上。那男的要付錢，希立水說：別做作了，海姐送的就拿上。那男的也笑著說：我比老闆大得多的。海若說：年齡再大，立水叫我姐，你也得叫我姐！倒拍拍那男的後背，送出了門。那男的一走，希立水問：能審查過不？大家又起哄，有的說：好像不是處長吧，政府官員都是強勢的，怎麼你讓他走幾步他就走幾步，遛狗呀？有的說：男人出門看一頭一腳，頭梳得光，腳上皮鞋也擦得亮，不錯！但怎麼那麼黑呢，你一直得意是眾姊妹中最白的，偏偏就給個黑的，真是報應。有的說：嗯，身體好！希立水說：嫉妒了，嫉妒了，我找個男的，都這樣糟踐我，我要說不要了，你們就一哄而上去搶吧？說完抱住小唐就笑。大家也都在笑，說：咦，咦！

海若最後把希立水叫上二樓。海若說：婚姻大事，你咋這麼不正經？希立水說：正經呀，領了他來讓大家看看，這就如政府的幹部任免要公示一樣麼。海若說：瞧你那說話，又是調侃，又是戲謔，人家若不適應，該怎麼看你！希立水說：如果他看問題不看本質，那談不成就拉倒吧，世上還有的是好男人。海若說：咱這姊妹裡我看就你心裡不安分，五花六花擰麻花的。既然對上眼了，就認認真真和人家談。羿老師介紹的？希立水說：嗯。海若說：羿老師倒關心你！給他買媒人鞋了？希立水說：今天領來讓你看，你認可他了你也算個媒人，給羿老師買鞋的時候也要給你買一雙！

希立水走了後，海若正收拾著那些瑪瑙金剛杵兒，應麗后就來了電話，也真是巧，要把素文玉竹扇拿來。應麗后來後，海若說：你多是忙完一天了，晚上才到我這兒喝茶的，今日上午倒有閒了？應麗后說：想你了麼。海若說：好好說話！別人說你情商低不會說話，倒花言巧語了！應麗后就笑了，說：也是送扇子呀！把扇子從挎包裡取出來。海若說：還有！應麗后說：沒了。海若領著上了二樓，裡邊的擺設好像又有了些變化，北邊的條案上，靠左是一座水晶做的小佛塔，靠右是一摞線裝的經書，中間一尊佛坐像。條案前的一張矮桌上，東邊擺著一束花，一盞燈，一碗淨水，西邊擺著一碗淨水，一盞燈，一束花，再前是個香爐。應麗后就急切地去點了一支香插在香爐裡，跪在桌前的那塊方形蒲團上，一邊雙手合十往上看著，一邊嘴裡嘟嘟嘟地念叨。海若就沏了一杯茶，說：這是咋啦，一來就拜佛了！應麗后說：求佛保佑我。念叨完了，起來坐在海若身邊。海若遞給了一支香菸。

海若說：焚香禮佛，吸菸自敬，你先吸支香菸吧。應麗后把香菸點著。海若說：有了事才來求佛，佛不會滿足你的慾望的，求佛只能求自己。應麗后說：我自己求不了自己麼。狠狠地吸起來，菸頭紅亮，卻不冒一絲煙縷，一口一口，很快就燃了一半。海若說：哪有你這樣吸菸的！出啥事啦？應麗后說：唉，也沒事，只是心裡空。海若再沒言語，把那些素文扇攤在羅漢床上，又去翻那些書，摘錄四字詞語，以備羿老師題寫時用。摘錄出的詞語有：境界現前，染淨不二，阿鞞跋致，清風在握，曠野無塵，逸翮獨翔，高尚其事，鳴鶴在陰，被褐懷玉，澹然無極，格物致知，解衣般礴，得大自在，有孚盈缶，幽閒貞靜。牆角裡有了嚁嚁的聲音。應麗后說：現在有蛐蛐？海若說：你都能吃到四季菜，咋就沒各種蟲子？！應麗后說：在屋裡？海若說：外邊窗台上的吧。應麗后說：二樓這麼高的，蛐蛐也能上來？兩人又都不說話了，海若在翻著書頁，唰啦唰啦響。應麗后把一支香菸吸完了，說：你不聽我說什麼？海若說：你不是不願說嗎？應麗后就笑了一下，笑得很短，剛一出聲就沒了，她說：那你不翻書了，聽我說。

應麗后就說了嚴念初和芙蓉口腔醫院的王院長熟，王院長的一個朋友姓胡，姓胡的是個大老闆，有樓盤還開辦了一個培訓學校。嚴念初給她說王院長是好人，胡老闆是好人，都極其優秀，非常有經濟實力，他們在一起十多年了，給過她很多幫助。而胡老闆的樓盤沒有賣出，又要擴建培訓學校，資金上一時轉不開，能不能貸給他一千萬元，利息每月五十萬。她就通過嚴念初和王院長貸給了胡老闆一千萬。確實是前三個月都按時給了利息，到第四個月就沒有了，後來胡老闆的資金鏈斷了，外借的錢多，整天都有討債的，胡老闆就跑路了。

海若先還一邊翻書一邊聽，見應麗后哭腔下來，就不翻了，說：啊啊，這麼大的事，你咋不和大家商量一下，這類事情社會上發生了好多，沒想你也這樣？！應麗后說：我一是貪心了那高利息，二是嚴念初介紹的。海若說：那現在咋處理的？應麗后說：嚴念初給我說事情發生了，已經無法指望了利息，當然本金要拿回來，王院長是願意替朋友還本金的，但王院長本人並沒多少錢，他可以分四年給我還清。海若閉了嘴，長長地從鼻孔裡出氣，後來自己也點著一支香菸，說：你現在是擔心這本金還能要回來要不回來？應麗后說：我一想起這事就五臟六腑火一樣燒，海姐，你得給我出主意！海若說：賺錢的時候就沒你海姐啦？！應麗后說：要不我咋就恨死了我！她拿拳頭砸自己腦袋。海若說：不砸了，白痴腦袋越砸越白痴啦！你們沒什麼合約？應麗后說：當時和嚴念初、王院長、胡老闆簽了個合約。現在情況變了，又簽了個新的合約。海若說：帶合約了嗎？應麗后就掏出了合約給了海若。

海若把合約逐句逐字地看，口裡喃喃說道：這麼高的利息你也不想想可能嗎，天上真是下餡餅呀？又問：當時借貸，王院長是直接擔保人？應麗后說：王院長和嚴念初都是直接擔保人。海若說：這合約上王院長是直接擔保人，而嚴念初是連帶擔保人呀。應麗后說：啥？她是連帶擔保人？！俯過身自己看了，果然嚴念初名字前寫著連帶擔保人。應麗后臉色都白了。海若說：這合約是誰起草的？應麗后說：嚴念初，是她嚴念初。海若說：你咋不看看就簽了字？應麗后說：我看了，胡老闆一跑路，我那幾天就急壞了，只想著如何拿回本金，新合約上我注意的只是每一年返還多少錢。說罷就憤怒了，罵道：嚴念初怎麼能這樣？不是她，我認識王院長是誰，認識胡老闆是誰？我是信得過她才同意借貸的，她竟然這時候要脫身？！海姐，海姐，她怎麼這樣？出了事變，我認的還是和她的情感，才同意只收回本金，又同意四年收回，她竟這樣待我？！海姐，海姐！就泣不成聲了。

應麗后一哭，海若並沒有安慰，連著吸了三支香菸。應麗后哭了罵，罵了哭，足足半個小時過去，突然拿起桌上的手機，站起來。海若說：你幹啥？應麗后說：我找嚴念初去，我這就去找她嚴念初！海若說：你把手機拿錯了。應麗后看著手裡的手機，才發現她拿的是海若的。海若說：你現在找她幹啥，罵她，打她，殺了她？殺了她錢就回來啦？！應麗后又哭起來，拿手打自己臉，說：海姐，我咋這麼傻啊，我這是被人賣了還幫人家數錢麼！海姐，你要幫我，我就積蓄了這些錢，他們這麼使手段設套子呀，到時候說沒錢不給還，那我就活不了啊！眾姊妹裡，我對誰不是實心？對她嚴念初啥時候不是要襖就還給褲子？她把我引到崖上了，看著我掉了溝，她擰身就走，還用樹枝掃沒了她的腳印？！海若說：嚴念初也不至於要坑你害你，她退縮是一種本能，自我保護麼。這我要給她談談，這個時候了，她無論如何都要維護你的利益，催促王院長還錢。應麗后說：那要不還呢？海若說：該相信友情。應麗后說：你讓我相信友情？海若說：讓嚴念初相信。應麗后哽咽著，慢慢靜下來。

一個小時後，海若送應麗后回去，分手時應麗后還說：海姐，那你一定找嚴念初呀，我急得很。海若說：我比你還急！這不光是一千萬的事，咱姊妹總不能從此少了一個人啊。應麗后抱住了海若，海若說：好了好了，回去在家裡正對門的牆上掛一面鏡子。應麗后說：是不是掛了就能鎮邪消災？海若說：讓你多照照自己。

十五、伊娃・拾雲堂

一上班，海若接了個電話，臉上表情豐富，語氣也柔和，還時不時顫著笑。高文來和小唐、小甄、小蘇都不敢弄出響動，電話打得時間長，就在一旁看著，有一句能聽見是在說謝謝，有一句好像又在問候什麼，聽不清楚。高文來悄悄說：這是誰的電話？小唐說：你特務呀？！高文來說：我看海姐頭上放光哩，是不是有好事？小唐說：當然有好事。果然海若接完電話，告訴了市上又要召開招商大會，需要二百筒猴魁茶。高文來叫道：哇，一筆大生意！小唐說：趕快備貨！大家一陣忙亂，一包一包的猴魁茶裝進精緻的紙制筒裡，小甄貼了私房茶的標籤，伊娃又按了暫坐的印章，然後盛成四大箱。海若讓全搬到她的車上了，把鑰匙交給小唐，讓送到招商大會的海青飯店去。小唐低聲說：是齊老闆給聯繫的？海若說：不是。小唐說：市委書記不是出事了嗎，怎麼還開招商大會？海若說：你咋知道市委書記出事啦？小唐說：我是聽顧客講的，還說問問你，證實一下哩。海若說：嗯。小唐說：不會牽涉齊老闆吧？海若說：我給齊老闆打電話，沒有打通，不會牽涉到他的。這次招商大會是市政府辦的。交給了小唐一張卡。小唐說：還是給甯秘書長？海若說：他一直照顧咱的。小唐說：還是那個數？這次也就二百筒麼。那是不是咱把每筒提些價？海若說：不用。就戳了小唐一指頭，說：你真會摳！叫了高文來也一塊兒去，又叮嚀多帶些，回來經過吳老闆那兒了也送上幾筒，不知吳老闆閉關結束了沒，打問打問活佛來的情況。

小唐和高文來跑動了大半天，回來竟帶來了十小瓶豆瓣醬，一袋子蒸饃。海若也是從外面回來不久，正翻著手機給大家看她拍的照片。照片是拍攝了陽光將路邊的一排老松投射在圍牆上的影子。高文來也湊過來看，說：照這影子幹啥？海若說：你沒注意到影子把樹枝的交錯結構、明暗關係都表達得清清楚楚嗎？高文來說：呃。小唐就告訴了海若，吳老闆閉關還沒有結束，活佛什麼時候來也沒準頭，但公司的人卻送了他們秦嶺農業園產的豆瓣醬和酵麵做的蒸饃。高文來說：酵麵蒸饃裡邊有小孔，又虛又筋道的，夾上豆瓣醬香得很！海若就把蒸饃發給大家，掰開了夾豆瓣醬，果然十分好吃。都吃著了，高文來沒吃，卻在問海若：海姐，你怎麼就能想著拍樹影子？海若笑了說：我學著畫畫，即便對著樹寫生老是畫得不像，看到那影子倒覺得照影子畫著好。小唐說：海姐上廁所，廁所地板鋪著大理石，她總是能在大理石的紋理上看出各種人的圖像哩。高文來說：這是對的，文學藝術都是建立在觀象和想像上。海若說：噫，不錯呀！那我倒要問問你，你去過東城河沿那片槐樹林子沒有？高文來說：去過一次，那裡談戀愛的人多，再沒去過。海若說：如果在那裡看到地上有許多草沒了莖，而旁邊的土裡卻長了三四棵向日葵秧子，你會怎麼想？高文來說：我沒看見過，就是看到了這能想到什麼呢，草被羊啃過？誰種了向日葵子？海若說：唉，你沒談過戀愛。高文來說：我談過，人家要房要車我沒有，就吹了。小唐伊娃她們就嘿嘿笑。海若說：你想想，這一定是坐過一對初戀人，那男的不知說些什麼，女的害羞，側了身下意識地去掐草，那些草就被掐得沒了莖。而他們一直在嗑著葵花子，這時來了風雨，就急急起身走了，雨把那些葵花子沖在了土裡，葵花子中有些沒嗑的，又恰好三四顆並沒有炒，過後就生長了幾棵秧子來。高文來說：姐，海姐，你一定搞過寫作！海若說：我沒寫作過，只是愛讀些書。高文來說：你有寫作的才能哩！一臉的佩服相。海若就說：不要把蒸饃吃完啊，留下兩個和一瓶豆瓣醬，伊娃你給羿老師送去。伊娃說好。

伊娃知道羿老師的書房就在後邊小區中的一棟樓上，但不知道具體的樓號和房門號。高文來說：二號樓三單元1501室。海若說：你咋曉得？高文來說：那天來簽書的人說的，我記住了。海若說：噢，還有這心！那你也領伊娃去吧。去了很快回來，別影響人家寫作。

高文來和范伯生吵鬧過後，海若是嚴厲批評了他，但並沒有懲罰，也沒有讓賠償那隻大師手繪的盞，只是不讓他接待顧客，負責一切雜活，比如拖地、提水、搬運貨物、打掃廁所、清理垃圾，店前有顧客開著車來了，安排停車。海若同意了他也去羿老師的書房，得意了，又得寸進尺，從挎包裡取了新寫的一首詩稿揣在懷裡，領伊娃去了小區，尋到二號樓三單元，坐電梯直到了樓頂。

羿光在洗手間馬桶上哼哼著，便秘得拉不出，聽見門鈴響，嘟囔了一句：不出來就不出來吧。起來開了門，見是伊娃，喜出望外，把伊娃抱住了，一邊說：怎麼是你來了！歡迎歡迎！一邊雙手在伊娃的後背上拍，卻看到門旁邊還站著高文來。高文來提著個塑料袋子，說：羿老師好！羿光說：哦，還帶個保鏢？！伊娃說：別人給海姐送了豆瓣醬和蒸饃，海姐讓我給你送些小高帶的路。羿光說：好啊，給我送好吃的了！讓兩人進了屋。屋裡客廳不大，窗簾緊拉，有些黑暗，就開了燈。高文來說：羿老師，這像朝聖一樣，感謝你能讓我進家看看。羿光說：這不是我的家，是書房，一般情況下每天早上從家裡過來，晚上再回去。這你不感謝我，得感謝伊娃呀！伊娃你還真的在茶莊當店員了？伊娃說：在茶莊能和海姐多待些時間，也好好學些茶的知識。羿光說：是不是學習了要在聖彼得堡也開個茶莊呀？伊娃說：這倒沒想過。羿光說：我倒希望你在西京開個西餐館，現在好多中國人都喜歡西餐，我可以幫你找門面房，到時候還會天天帶一撥人去消費的。伊娃說：啊，啊，羿老師也喜歡西餐？羿光說：喜歡呀，也喜歡洋酒和咖啡。高文來一時插不上話，便東張西望屋裡的擺設，說：開眼了，開眼了，在這麼個環境裡，寫出了那麼多大作！羿光說：我寫作是在裡邊那個房間，你去參觀參觀。高文來進了裡邊的房間，大呼小叫起來：啊，啊呀羿老師，我能拍拍照嗎？伊娃看著客廳的東面櫃子，櫃子的玻璃門鎖著，裡邊放滿了書，書前又是各種各樣的小件古董、奇石、雕塑。看完了，回過身，靠著櫃子，又看著西面的櫃子。羿光就站在了她的旁邊，說：可以呀，你隨便照。一條胳膊也順勢撐在了櫃子上。伊娃還看著對面櫃子裡的古董，說：你這麼愛你的民族的文化，怎麼能喜歡西餐？羿光說：這不矛盾呀，你真漂亮！伊娃說了聲謝謝，目光回到羿光臉上，羿光的眼睛裡好像有水。她說：其實我不漂亮，有雀斑，你看見了嗎？羿光說：這雀斑也好看麼，中國古代的美女，常常還要在臉上故意畫個痣的。羿光好像要用手去摸鼻梁上的雀斑時，卻一下子把伊娃推靠在櫃面上，吻住了嘴。伊娃冷不防被吻住，氣出不來，睜大了驚恐的眼睛，臉都憋得通紅。約莫一分鐘，身子分開了，伊娃還在那裡喘氣，說：羿老師，我是把你叫老師的，你怎麼會這樣？羿光說：這有什麼呀，難道就沒人吻過你？伊娃說：那也得我同意呀，你突如其來，不容分說！羿光說：這詞用得好，我喜歡你呀，這就像看見了一朵花。伊娃說：這花不是你家的呀，老師！羿光說：可我看到了美麗，聞到了香氣啊！伊娃說：是不是你們文人好色？羿光哈哈笑起來，卻喊道：高文來，你來給我們拍個照啊！高文來從裡間屋出來，說：羿老師，我以為你的寫作桌是個大案子，沒想到那麼小的。羿光說：你一生吃那麼多東西，嘴不就那麼小嗎？伊娃，過來照個相。伊娃臉色依然通紅，說：我有些熱，去下洗手間。羿光說：熱了臉色才好看哩。但伊娃還是去了洗手間，心裡怦怦跳，低聲說：壞蛋，壞蛋，壞蛋。她的口紅模糊，嘴唇顯得很厚，忙擦擦洗洗，重新化妝。出來了，和羿光照相。高文來一邊照，一邊說：羿老師，我想不通的是，你書中那麼多人物，那麼多情節，竟然有條不紊，層次分明，生動有趣！你是怎麼寫的？羿光說：那有什麼呀，眼睛一閉，面前就什麼都出現了，按著出現的場面往下寫就是了。你照相，注意構圖。高文來往前往後，一會兒蹲下一會兒蹺腳站好，拍著，又說：哎呀，你這話可把多少作家能氣死啊！伊娃說：

照好了吧，咱不耽誤羿老師時間了，該回吧。羿光說：你還沒參觀寫作間的，那裡得留下你的氣息。領了伊娃去了寫作間，一一介紹了每一件古董的年代，其文物價值和藝術價值，以及他收購來的故事。又引領著到小閣樓上。高文來說：樓上還有啊？！上到了閣樓，閣樓是玻璃頂，能看到天空，正有一朵雲。高文來激動了，長聲啊了一下。羿光說：小高還有詩人勁兒。高文來說：我就寫詩的。從懷裡掏出一沓紙，說：羿老師能給我指導指導，看我是不是寫作的料？羿光說：是不是寫作的料，你應該有感覺。高文來說：怎麼個感覺？羿光說：你到生人家做客，一碗飯端上來，能吃完吃不完你能估摸吧，總不會吃不完卻端起來吃，結果給人家剩下一半。高文來說：也是的。但他還是把詩稿給了羿光。羿光說：你沒讓伊娃看看。伊娃說：看過，覺得我在沼澤地裡走，很累。高文來說：哪呀哪呀！伊娃就對那個大畫案來了興趣，把案上的毛筆、鎮尺、竹刀、印章和每一種顏料盒都拿起來端詳，後來彎腰看那個盛滿清水的瓷盆。羿光把詩稿順手放在架子上，說：那叫筆洗。伊娃說：筆洗？羿光說：就是涮筆的缸盆。伊娃又拿起硯台邊的一隻小瓷蛙，小瓷蛙蹲臥狀，有著長舌頭。羿光說：那是肚子裡落了水從嘴裡出來，調墨用的，叫滴水。伊娃卻說：這麼長個舌頭，醜！羿光說：啊，啊伊娃，你第一次到我這裡來，我給你寫個扇面吧。就在桌下取出一把團扇。伊娃說：我不要的。高文來說：你不要？羿老師的書法可值錢了，四尺整張是十多萬，扇面也二三萬的！羿光說：四萬。伊娃說：是嗎？這麼貴呀，那我更不要了。羿光說：呵呵，你不肯要我倒偏要送你的。取筆蘸墨，便在團扇上寫了一行小字：桃花氣中美人來。伊娃說：這是什麼意思？羿光說：你知道柳如是嗎？伊娃說：是人嗎？高文來說：我知道，古代的一個歌伎。羿光瞪了他一眼，說：這是形容美人春天裡從桃花林裡走過，或者是美人來了，桃花就全開了。伊娃說：這是形容我嗎？羿光說：正是。伊娃拿過了團扇，讓高文來給她拍了照。

三人再往客廳，下樓梯的時候，高文來在前邊走，伊娃在中間，羿光跟在後邊。伊娃還看著團扇，回過頭，說：謝謝你的禮品。羿光就勢俯身又吻，但伊娃已下了一階，沒有吻上。

要離開了，羿光用報紙包了團扇，又找了個紙袋子裝了，說：伊娃，這團扇可不要在茶莊讓人看呀。伊娃說：為啥？讓大家也分享我的收穫呀！羿光說：那她們會怨恨我，我可沒給她們寫過的。伊娃說：給海姐也沒寫過？羿光說：初認識時寫過。伊娃說：初認識？就像我今天一樣嗎？羿光說：想什麼啊？！高文來卻說：寫了什麼詩句？我想該是「鳳棲常近日，鶴夢不離雲」，還是「白日曜青春，時雨靜飛塵」。羿光說：你背誦的古詩還不少麼！是「才子正半老，佳人已徐娘」。高文來鼓掌道：這好啊！誰的詩句？羿光說：我的。伊娃說：這又是啥意思？羿光笑而不答。

臨出門，羿光對伊娃說：伊娃，我想索要你個東西，不知肯不肯？伊娃一臉疑惑，說：我今天空手呀，羿光說：你自帶的，我要你一根頭髮。伊娃說：頭髮？羿光說：留個紀念。伊娃就把頭髮攏到面前，挑了一根拔下來。羿光把頭髮對著空中看了看，在指頭上繞成圈兒，裝進了一個小陶瓶裡，又打開櫃門，放進去。下了樓後，高文來說：羿老師好浪漫喲！伊娃沒有言語。高文來又說：多溫婉的男人！伊娃還是沒言語。

十六、海若・茶莊

晚上，海若在小區對面的那所中醫館做了艾灸，回來上床前想著明日星期天不營業，可以睡個懶覺了，就關了手機。不料淩晨四點半就醒了，怎麼也睡不著，瞪大眼睛盯著玻璃窗。窗子上沿的燕子窩裡，燕子還沒有動靜。發現燕子是前年的事，那時才在壘窩，城市裡能有燕子，而且是這麼大的霧霾裡燕子來了還壘窩，海若是驚喜了好長時間。古書上講，家有吉兆，莫過於燕子壘窩梁上生花。她是把屋頂所有有木頭的地方都看了沒見到靈花，便擔心燕子會隨時停止工作，而重選別處的窩址呢，所以十多天沒敢打開那面窗子。好的是窩在窗子上沿壘好後，燕子年年都來，今年還提前了十二天。海若看著燕窩，再次想起燕處超然這四字古語：燕子是親近人的，卻並不像貓呀狗呀的和人日常廝混，它總是在門楣、屋梁和窗沿上，與人若即若離。海若就起床梳洗，沖了一杯奶粉，加進去些麥片，吃過了，自嘆活得不如個燕子，又到茶莊去。

起得這麼早，街上也有了許多人，車輛更是往來不絕。與其說塵世的新的一天又開始了，不如說塵世就連軸轉著沒有斷過。海若突發奇想，上千萬人的城市裡，人都是住在哪裡，好像從沒聽說過誰進錯了家門。望著遠遠近近的高樓，無數的窗口已經亮燈，感嘆著這些還黑黝黝的水泥大山，山原來是空的，空空山。

到了茶莊門口，天還模糊，海若並沒有進店，卻去了後邊的露水市。吳老闆的佛堂裡有著一隻磬，聽吳老闆說那是在露水市淘來的。難得這麼早來，海若想著茶莊的二樓上也該有一隻磬著好。露水市被稱作鬼市一點不假，所有賣者和買者形象都不甚分明，咕咕湧湧，低聲嘈嘈。海若在那裡轉悠了幾圈兒，沒有發現有磬，倒淘得一面銅鑼。賣者自稱這鑼是明朝，從一個祖上打更的人家裡收購來的，海若不管年代真假，覺得打更的鑼好哇，打更的人起得早，又給人報平安，就提著轉回茶莊來。

茶莊的門竟然開了，小唐和高文來在卷竹簾，擦玻璃窗，一問，原來是社區辦在五點鐘給小唐打了電話，問她是不是暫坐茶莊的老闆，她說她不是，老闆是海若，她是店員唐茵茵，有什麼事嗎？社區辦的人就抱怨，說茶莊留給他們的兩個手機號，一個關機了，就打這個手機，管你是不是老闆，很緊急通知一件事。然後便口氣堅定地指示：今天上午市長要來檢查環境衛生，轄區裡所有的單位和私人店鋪六點左右必須要打掃，尤其茶莊得保證店前路面和廣場上不能有一點兒垃圾，廣場邊的椅子上不能有灰塵，冬青木綠化叢裡不能有廢紙塑料袋和枯枝敗葉。小唐說：天呀，這麼要求我們，咋不要求霧霾呢？！社區辦的人說：你說啥，說啥？！小唐趕緊掛了電話，起床就給海若打手機，海若的手機真的是關著，便聯繫了高文來。

小唐說：市長要檢查就檢查吧，社區辦興師動眾地提前打掃衛生，這不是作假嗎？海若說：打掃吧，打掃完了你們早些回去休息。自己倒進店上了二樓。

海若把鑼掛在樓梯口，屋裡還有些暗，一切家具、擺件似乎也都睡著，便咣咣咣敲了三下。忽然就笑了：鑼一響，家具、擺件就該蘇醒了，相互震動著，就有了靈性，又都作用起來形成一個氣場吧。她決意每日來二樓，都要先敲三下鑼呀。

聽見鑼響，小唐跑上來說：店前來了賣花車，有發財樹，有綠蘿，有蘭花和馬蹄蓮，咱買不買？海若說：咱店裡那盆發財樹活得不精神，就換一盆，馬蹄蓮有多少？小唐說：有兩大抱的。海若說：都買了！我正好沒事，修剪了插上幾瓶。小唐就出去和賣花人說以舊的發財樹換新的發財樹，如果同意，可以把所有的馬蹄蓮全買了。一番討價還價，兩人就抬回一盆發財樹，又抬出去一盆發財樹，然後把兩大抱馬蹄蓮拿到了二樓。海若付了錢，小唐打發賣花人一走，高興地說：今日也算沒白來，給咱換了盆新發財樹！海若說：咱這茶莊就你這耙耙子有齒！小唐說：耙耙子就算有齒，匣匣子沒底呀！海若說：你是嫌我不會過日子？小唐說：就是。咱茶莊雖然能賺，但你也確實能花，是胡花！海若都逗笑了，說：要不我咋離不得你嘛！小唐嘿嘿了一陣，說要去燒水沏茶，海若說：不燒了，我不喝的。小唐說：你不喝，茶神還喝哩。

在一樓的隔間裡燒了水，先沏了一杯茶供在陸羽像前，彎腰拜了三拜。再沏一杯茶端到樓上，海若已開始修剪起馬蹄蓮，小唐放下茶杯就下樓去抹桌子擦地了。

高文來抱了笤帚掃過了店外的台階，又去掃小廣場，天就亮了，是睜開眼的那種亮，豁然然地太陽光就染紅了茶莊後邊的高樓的頂。沒有多少霧，但手機上的空氣質量報告，PM2.5的指標仍很高，正疑惑：哎呀，那這以後什麼才算是好天氣呢？就看見從茶莊樓的側牆後走過來了幾個人。高文來當然能分辨出什麼人是顧客，什麼人是市裡各種管理機構的公幹。這幾個人走路雙腿分得很開，胳膊甩著，臉面嚴肅，就知道不是收稅金的便是抓安全和衛生的。高文來裝著認不得，一邊安排著新來的顧客停車，一邊拿眼看著那些人進了店。倒，倒，再倒！他指揮著倒車，咚的一下，車尾碰到了台階，開車的人在罵：你胡喊啥哩？！高文來再不吱聲，擔心那些人進了店到底幹啥。也就放了笤帚進店來。

店裡，海若在說：市長來過了？那些人中有個夾皮包的，說：市長已經來過了。高文來說：我一直在店外，沒有見到市長呀！夾皮包的說：你能認識市長？！高文來說：不認識，但市長出來肯定前呼後擁的。夾皮包的不理會了他，給海若說：市長喜歡突擊性的檢查，他是坐著一輛車，隨時就停下來走走轉轉，經過咱這區域沒有停車，也沒有下來，那就是表示滿意了。海若說：既然是突擊性檢查，你們倒能事先知道？夾皮包的說：咱有內線呀。海若說：那以後你們的通知儘量提前，昨晚要是打掃了，就不至於今早這麼緊張。夾皮包的說：這次已經夠及時的啦！我們也是昨晚一點才得到消息的。市長是個工作狂，常常是三更半夜有了什麼決定，就打電話召集手下人。高文來又插了一句：他就不睡覺？！夾皮包的還是只給海若說：沒好身體當不了大領導啊！海若說：可權力又能使人健康啊！

給來人各裝了一盒茶，他們走了，高文來鼻子裡哼哼著，說：忙了半天，還沒有見市長的面兒，這就檢查完了？小唐說：你是不是還想再打掃？！海若掏出二百元來，一人給一百，讓趕快回去再補一覺。小唐不要，高文來見小唐不要，他也不要。海若說：別人沒來，你們兩個來了就算加班，怎能不要？拿上！然後推他們出門，自己把店關了，再上了二樓。

太陽普照，小樹林旁有了十幾人跳廣場舞，那些大媽都腰繫了紅綢帶，拿著彩扇，扭扭捏捏地反復做著一套動作。吸鴉片上癮，跳那樣的舞也上癮？可想想，什麼不上癮呢，飲酒上癮，吃飯上癮，喝茶也上癮呀！而更多在櫻樹下遛狗的，是些從鄉下來打工的年輕姑娘，她們自己還沒有結婚，卻相互為狗尋找配偶。當然什麼品種的狗要配什麼品種的狗，一定得保障純正。狗在那裡交配著，她們就於一旁談論著從公司跳槽，談論著股市，談論著房租漲價。在城裡生活啥都要錢啊，現在更多了買純淨水的錢，空氣淨化器的錢！她們就商量起如果辭了工作能做電商呢，還是做網紅？但商量沒個結果，末了就竊竊私議坐在廣場邊長條椅上的那個老頭。是科學家呀，那麼大歲數了聽說還沒退休，在什麼核研究所工作。核是什麼樣的核呢，是原子彈嗎？一時都驚奇地看著，敬佩不已，卻說：呃，世上凡是太好的東西都是不用的。

海若在二樓上把馬蹄蓮修剪完了，一大堆的梗莖碎葉。站起來活動了一下筋骨，就給嚴念初打電話，想著趁現在茶莊清靜，能叫來促膝談談。但嚴念初的電話關機。待把梗碎葉都收拾完了，又重新擺放了那幾個花瓶，已經過去了半小時，再撥一遍電話，嚴念初還是關機。七八年來，自己是偶爾在晚上睡前關一下手機，而嚴念初一直自詡她的電話二十四小時暢通，怎麼就大白天的關機呢？海若說：你惹下多大的麻煩了，你還關機？！心裡就躁起來。把古琴拿來，要穩定一下情緒，彈一曲《漁舟唱晚》吧。這個曲子可以說她是熟悉的，可怎麼一時無法把握住節奏，原本是風清月白之下划著小船的意境，彈出來划水的聲音自己都覺得難聽，那不是在划水，是船在石頭浪裡顛簸。她就不彈了，去桌上翻那本《芥子園畫譜》，翻了幾頁，也覺得無趣，又坐到羅漢床上要擺弄那些珠子和素文扇。一時倒哼地笑了一下，覺得自己越來越沉不住了，焦慮、慌張，有一點兒生氣就上火，是更年期快到了要變態嗎？羿光曾經說過，好女人是長得乾淨，性情安靜，而自己已經很難安靜了。可事情實在是又多又雜，她無法安靜啊，太多的精神追求和太多的生活輜重實在難以調和，就像腎臟不好卻又要減肥一樣，治療腎臟就得用激素，用了激素身體就肥胖。她不知道自己是撿了西瓜漏了芝麻，還是撿了芝麻漏了西瓜。正是要在這種困境中掙脫出，她才想起佛來，皈依後常去吳老闆那兒的佛堂與眾居士聚會，又承諾了活佛到來由她接待。但這些天，活佛一直沒個到來的準確日期，而兒子的不成器，夏自花的病情不好轉，應麗后又向她控訴嚴念初變更合約，更有無法言明的壓力就是市委書記被帶走，會不會還牽連出齊老闆呢？她深悉自己能量太小，力量太弱，像是一口井了，撲哩撲咚地往下掉東西，井都要堵實了。

海若把一掬珠子拿出來，挑來選去，看中了十顆，繩線卻怎麼也穿不進珠子的眼兒，去取放大鏡時，胳膊又撞了裝珠子的盒子，盒子掉在地上，嘩嘩啦啦，所有的珠子都在地板上跳躍滾動。而窗縫裡這時又擠進來了兩三隻蜜蜂，製造著小噪音。海若坐下了，再不去撿珠子，也不拍打蜜蜂，摸出一支香菸點著了吸。

吸過一半，海若還是撥通向其語的電話。向其語在醫院伺候夏自花。向其語說：咦，這麼早打電話？海若說：情況怎麼樣？向其語說：你是問夏自花吧，也不關心我夜裡睡了沒，今早吃了沒。海若說：聽你這口氣，夏自花的情況還好。向其語聲音低下來，說：不好，似乎比前幾天還差，扶起來坐也不想坐，只是躺著。海若說：唉，還是一陣清醒一陣迷糊嗎？向其語說：是呀，昨天傍晚醒過來了，見夏磊沒在，就又流眼淚。海若說：老太太沒帶孩子去？向其語說：昨天下午來過，來了她迷糊著，老太太就是哭，我打發他們走了，她卻醒了過來，說是要吃泡麵。海若說：怎麼能吃泡麵？向其語說：我也覺得不能吃，她說她想吃，特別想吃，我泡了一碗，卻僅僅喝了幾口湯。海若說：你把這些沒告訴醫生嗎？醫生怎麼說？向其語說：醫生說他們盡了最大的努力，用的也是國內目前最好的藥，只能再觀察，等待有奇蹟出現。海若就沉默了。

海若掛了電話，她想喝酒，不知怎麼就想喝酒。從二樓跑到一樓，從櫃子裡取了一瓶紅西鳳，再上到二樓喝起來。店裡沒有菜，只有茶點和一些乾果，但她懶得再下樓去拿了，就舉著瓶子，一口一口地喝。很快，一瓶就下去了一半。海若頭重起來，眼睛發黏，臉上的肌肉卻似乎有些僵硬，後來便一歪身，倒臥在了羅漢床上。酒瓶子趁勢溜脫了手，掉下去，但沒有掉在地上，仍還在床上，反靠著床頭板，往外流淌。海若癡眼看著，那酒瓶子也醉了，流淌出來的不是酒，是透明的血。

所有的人在喝醉之後都喜歡給親朋好友打電話，海若也是這樣。她緊緊地抓著手機，手機是她唯一能抓住的東西，好像落水後的稻草。

她第一個給表弟打，表弟是齊老闆的部下，十多天前去了福建考察那裡的一個房地產項目，走時還主動提出可以順便為茶莊收購些茶葉。表弟回話說他還在福建，今年四大名樅產量不高，但質量倒比往年好，已經收購到三十斤白雞冠，三十斤水金龜，五十斤鐵羅漢，還有一百斤大紅袍，都裝包託運了，估計三天後就能收到。海若卻在問：你老闆呢，老闆呢，這麼多天都聯繫不上，手機一直關著。表弟才告訴說：齊老闆在他來福建的頭一天去了澳門，齊老闆習慣一出去就不用舊手機了。海若知道齊老闆在澳門賭過幾次，每次都是輸，怎麼不汲取教訓又去了呢？海若說：你肯定他還在澳門？表弟說：我昨天和公司的人通過電話，齊老闆是在澳門。海若說：你想辦法通知他趕快回來！表弟說：有什麼事嗎？海若說：有事。她重新拾起酒瓶，喝了一下，嗆了口，原本是感嘆號的語氣，便變得沙啞無力。

打過了表弟的電話，海若從羅漢床上站起來，突然看到窗子裡射過來的光柱裡滿是些活著的蟲子，往起一跳著要抓，身子竟感覺要飛起來。太神奇了，這種感覺她是從來都沒有體驗過的。

海若立即想要把這種感覺告訴給眾姊妹，便胡亂地按手機號碼，而手指頭卻有些不聽指揮，常常就按空了，或者一下子按了兩個號碼，手機發出嘀嘀的噪音。她就在罵希立水，在罵陸以可，在罵虞本温，在罵向其語、應麗后、馮迎、嚴念初、司一楠、徐栖，還有伊娃，為什麼不接電話，為什麼都不接電話？！這時候，她激靈了一下，把手機幾乎貼在了臉前，睜大著眼睛認真地一下一下按號碼，嘴裡說：你們不理我，我給羿光電話，羿光會給我說話的。

海若是常常有煩心的事就想給羿光說，尤其在喝多了酒，羿光能接納她，陪她說話，能說兩三個小時，有幾次最後竟然就醉臥在他家的沙發上不省人事。多少年了，海若面對著自己身體去解釋女人這個詞，除了晚上在家裡的床上，洗澡間，穿衣鏡前和化妝台上，再就是坐在羿光面前了，聽他說話，笑，或者揶揄，那是完全的慵懶甚至柔軟，像一隻小貓，眉眼迷離著，是融化了的糖稀，拿不起來，又粘在手上甩不掉。但是，羿光卻從來沒有對她做過過分的動作，沒有，沒有擁抱，沒有接吻，甚至在認識之後連見面握手都沒有。海若也疑惑過，羿光結識的女人是太多，她也和一些小女生相好，一個比一個漂亮，是羿光並不愛她嗎？她細細觀察和感受著，她相信自己的觀察和感受能力，羿光是愛著自己的。羿光說過，男女有了一次性愛，要麼就越來越親，要麼就再不往來，形同路人。羿光或許是對她，以及對她的眾姊妹們，喜歡著，卻不願意有了那一種事情而使這種感情難以持久。

海若給羿光撥電話，電話是撥通了，卻一直沒人接。今天是怎麼啦，打誰的電話不是關機，便是通了又沒人接。為什麼沒有接呢？他這時候要麼是從家裡已經去了書房，要麼在外開會或參加什麼活動，可再忙也能接個電話呀。是不是書房裡又有了那些小姑娘？海若這麼想著，心裡無名地緊迫，就使起性子，又撥了一次，再撥一次。他煩了吧，就是讓他煩！她甚至在羅漢床下尋鞋，要跟上了直接就去小區樓頂的書房去。這時候手機響了一下，是菜倒進油鍋裡的尖叫，手機在桌上顫動著打轉，上面顯示了號碼，是羿光的。海若像抓魚一樣把手機抓起來，竟然再一次滑脫。但羿光的口氣低緩，在解釋說：手機一直靜音，剛才來電沒聽見。海若說：這我不信，你在搪塞我。以前是你多給我電話，後來是我不給你電話你不給我電話，現在你已經連我的電話也不接了，我真是悲催！你幹什麼事了，把手機靜音？羿光好像在笑，聲音更低緩了，又解釋說：在打麻將，從昨天晚上打到了現在。海若說：打麻將？你不是惜時如金嗎，能這麼久打麻將？和誰在打麻將？！羿光還是解釋，是和三個男的，其中就有市委秘書長。海若說：真的？那你讓秘書長接電話。羿光還是解釋，秘書長輸了，他一輸就把麻將牌嘩啦推了，生氣地上班去了。而另外兩個朋友一個上廁所一個洗臉，而他也是輸了，他正在復盤。海若聽出羿光是實話，那秘書長雖然聰明能幹，也最能幫她，但脾氣是急躁衝動，心性是不如羿光，羿光輸了還復盤，厲害人就厲害在這裡。她說：哦，那我能來嗎，你給秘書長說過陸以可的事了嗎？羿光仍在解釋不要來了，他們三個還要繼續打麻將，你來了不好。已經給秘書長說了，但人家現在很為難，老大一出事，他們都是驚弓之鳥，這時候沒人肯辦這些事了。海若的酒勁兒似乎慢慢退去，還要說些什麼，羿光說了一句：我正復盤哩那就這樣吧，電話就斷了。海若這才吁了一口氣，仍多少有些遺憾通話的時間太短，她還有好多話要給他說，她多想聽聽他那解釋的聲音呀。電話又一次唱著音樂響起來了，她拿起來看也不看，就說：你不是復盤嗎還打回電話？！電話那頭卻是：你在怨恨誰了？海若一驚，酒醉完全清醒了，才看清是希立水的號碼。

希立水說：海姐，海姐，我有一肚子煩惱，我得給你說！海若說：我是你垃圾桶啊？！希立水說：那我說給誰呢，這麼大個城裡，人似乎都沒長耳朵，說給誰呢？你讓我憋死呀？！海若坐直了身子，哼了一聲，說：煩惱了在家裡喝酒，或者出去轉轉。希立水說：已經轉出來了，就在茶莊外，茶莊今日不營業嗎？海若說：我就在二樓。希立水說：啊呀，你活該是我姐，我需要你的時候你總會出現。海若說：我命苦！咋就有你們這些姊妹？希立水說：那才幾個人呀，皇帝養活一國人哩！

海若頭重腳輕，走下樓梯時，樓梯台階就是棉花做的。開了店，果然希立水的車就停在門前。希立水說：把門鎖了，上車來！海若竟然就鎖上店門，一上到車上，卻罵：你有病啦是不是？希立水說：你是藥麼！車開動了，希立水說：你喝酒了？一個人喝酒，也不叫上我！海若說：你一喝多就是哭，眼淚鼻涕的往下流，肯定不叫你。希立水說：好好好，你吃獨食吧。可上了我的車就像是肉到了我的案板上，切呀剁呀今日就由我啦！希立水開了車卻不去商場買貨也不去飯館吃東西，竟毫無目的地在街上轉，出了這條巷進入那條街，進了這條街又去了那條巷。海若說：這是到哪兒？希立水說：車輪子到哪就哪兒！

希立水並沒有說她的婚姻，她把辛起的事複述了一遍。海若說：瞧你認識的人，多聰明的！希立水說：她是聰明。海若說：怯懦是聰明，凶殘也是聰明。希立水說：你說我去不去香港？海若說：啥事你都去呀？！稍不留神，車的前輪上了路沿，忙打方向盤，輪子再從路沿上下來，車子顛簸了兩下，海若從座位上彈起來，說：你咋開的車？我在你車上，拉的不是土豆！希立水笑了一下，說：你柔和些，車都嫌你說話硬哩。我想我是去不成的，肯定不去。海若說：你告訴她，她也不要去！希立水說：她原先日子過得苦，誰知道她做事這麼狠的，我都後悔交了她這樣的朋友。想和她不來往吧，可她黏我，給我哭訴，又覺得她孿可憐。海姐，人常說誰誰有爛桃花運，我偏遇上這種人，真不知該怎麼待她了。海若說：既然是你的朋友了，她黏你是你還能讓她黏麼。希立水說：就像我黏你一樣？海若說：你是來給我訴煩惱的還是來戲鬧的？不正經！希立水說：正經，正經。你說。海若說：我給你說個例子吧。我以前認識一個人，他學校畢業後找不到工作，臨時在曲湖的一個景點當講解員，不知聽誰說我和曲湖新區主任認識，就三天兩頭來讓我給主任推薦他，我推薦了，主任把他招為合同工。幹了一年，他又認識了一位副市長，又是不停地找副市長，他就從景點調到了市旅遊局。他從此認為只要鍥而不捨地找領導，什麼事情都能成功。他是後來當了科長，當了副處長，還要當辦公室主任，就又找旅遊局長，一邊給局長行賄，一邊寫匿名信誣告競爭對手。結果局長因腐敗被抓了，他被調查出來，開除了公職。你這位朋友，那樣做可能是為了生存，為了生存可以給那香港老頭使手段，但若養成這種思維，做什麼事情都要不顧一切，那就可怕了。如果啥事只顧自己，其實自己就是弱者，而且一輩子也發達不起來。希立水說：是呀是呀，我也這麼想的，卻說不出你這話，能不能幾時我帶了她來見見你和大家，你跟她說說。海若說：行麼。你見過那香港老頭？希立水說：沒見過。海若說：見過她丈夫？希立水說：這倒見過一次，人倒還帥，沒本事脾氣暴，她說他有家暴。海若說：還有家暴？希立水說：幾次我看到她鼻青臉腫的。海若說：唉，這咋和馮迎一樣的命。希立水說：我倒是同意她和那男的離婚，她現在分居了，卻總要從家裡拉走些東西，還讓我幫她。哎，她如果真要拉東西，你這邊能否找一輛卡車，尋幾個有力氣的人。你們小區那兒能租到一個放東西的小房子嗎？海若說：不用再找房子，放到司一楠家具店的庫房就是了，拉的時候我給派人派車。卻說：你認識不認識什麼討債公司的人？希立水說：我不認識，誰欠賬不還了？海若說：不認識就算了。

兩人差不多轉到十二點，在一個小飯館吃了拉麵，希立水把海若送去醫院。那時，什麼地方發生了火災，消防車曳著長聲吼叫。

十七、向其語·能量艙館

向其語從醫院回來後，下午沒事，接了夏自花的娘和孩子到曲湖遊玩。曲湖占地上萬畝，四周濃桃豔李，櫻花正繁。老太太腿腳不好，就在湖邊亭子裡坐了，她和夏磊在草坪上追逐蝴蝶。一隻蜻蜓飛來站在石頭上，向其語表演著說：蜻蜓你歇，我捉蝴蝶呀，不捉你。蜻蜓果然不動，她一下子捉住了，讓夏磊拿了去玩，自己便望起湖水。湖水在風裡起波，像煮沸了似的，一時想到許多不如意的事，眉頭又皺起來。眾姊妹中，向其語的皮膚是最白的，鼻子也秀溜，缺陷是嘴唇太薄，愛皺眉。嘴唇做了填充後又總是塗著麗紅的唇膏，顯得豔乍，但就是改不了皺眉，一皺，眉心便像爬了條小蟲子。海若曾說：心事太多啊，都成了疾病啦！向其語就有意地搓搓眼睛，不再看湖水，做起健身操來。一回頭，卻見夏磊拔下了蜻蜓的一隻翅膀，讓蜻蜓飛，蜻蜓掉在地上，他又要拔另一隻翅膀。向其語就一下子生氣了，訓斥了幾句，心裡不愛憐了這孩子。這當兒工商局的老申來電話，問她在不在館裡，她說她在外邊，老申便抱怨他帶了幾個人來，你竟然不在。她說你讓經理先安排客人，她立即趕過去。便把老太太和孩子送回筒子樓。一路上孩子不理她，她也不理孩子，只和老太太說話。

自和人合夥辦的塑料加工廠因污染嚴重被政府關閉後，向其語就一直幹啥都不順當，費了多大的難纏爭取到了資格證，開了家藥店，而選址不理想，店面規模還小，收入並沒有預想的好。去年冬天貸款再開了家太赫茲能量艙館，顧客是少，雖然知道新館要煨熱得一年兩年的，但貸款利息的壓力卻讓她難以輕鬆。這期間，老申就來過幾次，並不斷地給他們拉客人。向其語到了館裡，老申帶來的客人都已進了艙理療，而他卻在休息室喝茶。向其語說：哎呀，你沒去做呀？老申說：我不做，只全心全意給館裡拉生意。向其語說：為啥我敬重你，你沒私心麼。老申說：就是來看看你。向其語說：噫，十年前你這麼說，我信的。老申說：這世上千變萬化，但有一樣一直不變，就是人與人的感情。十年前我愛慕你，十年後依然如此麼，我說的可是真話。向其語說：那我就當真話聽了！今日該不會帶來的是什麼女士吧？老申說：啥時候見過我帶過女的來？來的是三個朋友，請他們領導哩。向其語說：這就對了，多帶領導來，領導體驗過了能影響更多人來。便讓經理重新換茶。經理新沏了一蓋碗特級龍井，說：請申先生包涵，這是向總自己的茶，她不在我不敢動用。向其語說：以後就直接叫申哥！申哥帶人來了，一律上好茶，申哥一個人來，一切免費。老申喝了特級龍井，順口說了一段話：一碗喉吻潤，二碗破孤悶，三碗搜枯腸，惟有文字五千卷，四碗發輕汗，平生不平事，盡向毛孔散，五碗肌骨清，六碗通仙靈，七碗吃不得也，只覺兩腋習習清風生。向其語說：哪呀，哪呀，你有這好的文采？老申說：我愛讀些雜書，古人說的。向其語說：我記下，轉給暫坐茶莊的老闆，讓她抄了掛在店裡，這是多好的廣告！老申說：你也認識那裡老闆？向其語說：我們好得是姊妹。老申說：聽說那裡能買到全市最好的茶。向其語說：那當然。起身給茶碗續水，就勢拉開窗簾。窗外正是小區院子的東南角，大約三畝左右，高高低低長著松、柳、櫻、海棠、丁香、榆、槐、桃，其中夾雜著玫瑰、芍藥、美人蕉，月季在院牆頭上蓬蓬勃勃了一堆。老申說：你這館選的地方好！向其語說：咋個好？老申說：樹長得這麼多，樹最懂得生長環境的。向其語說：是不是？老申說：樹一站那裡，就不動了，但都是想飛，你看許多葉子都是羽狀的。向其語說：你是說我哩還是說你哩？老申嘿嘿笑。向其語說：以前真沒看出你懂得這麼多！老申說：略曉得些草木知識。平常不願多說的，見了你倒話多了，不嫌我在賣弄吧？向其語說：我喜歡你賣弄。老申就誇誇其談了，向其語也配合得緊，取了筆紙，說：你說慢點，我記下了，也可向別人炫耀。

於是，老申再講：櫻是樹中最不正經的，特立獨行，開花在前，生葉在後，是未婚先孕。柳是有情思的樹，古人遠行相送，都是贈個柳枝，你看它初綠時就是一樹輕煙。槐樹也作謊，常開些謊花。香椿為樹上熟菜。石榴樹性感呀，果實熟時裂殼露籽的，就像美女故意要穿低領。核桃有大年小年的，為了能年年掛果，需用刀剖樹皮一圈。柿樹不嫁接，結果只有棗大，俗稱軟棗。瞧那片菟絲子嗎，爬上了那棵松樹，它會依附，卻顯得多纏綿啊。那一堆白石頭，幾時能長上苔蘚呢？聽說過寧夏的枸杞嗎，最能結果，一株結成千上萬，但根幾丈長，從沒人完整地挖起過。

還有鎖陽，數九寒天仍在地下長，地面上方圓一尺內都不會結冰。哦，陝南很多地方產牡丹，水燒開了像牡丹綻放，當地人把白開水就叫牡丹花水。

老申興致還高，做理療的三人出了艙，洗澡換衣，也來到休息室，老申就不講了，起身給向其語一一介紹。向其語也便知道了那個耳後絡腮的是位領導，兩個瘦子，一個是領導的部下，一個是領導部下的朋友。領導掏出香菸吸，向其語忙抱歉她不會吸也總是忘了備香菸，忙讓經理出去買，自己倒親自去沏茶。偏偏是壺裡沒了熱水，插了電爐再燒，待燒好端了茶來，老申好像剛說過領導的氣色好，領導正說：才在艙裡蒸過呀，氣色可能會好些，其實身體不行，這些年太忙太累，心理壓力又大，血脂、血糖、血壓都高了。老申說：當領導是辛苦啊。一個瘦子說：可你想像不來領導有多辛苦！就說這次接待北京來的巡視組吧，開會，約談，滙報，寫材料，陪同去十個單位檢查，白日黑夜連軸轉著十多天，我都累得趴下了。領導一直笑著喝茶，把茶碗放下了，說：這兒沒外人，我給你說，做人難，仕途上做人更難，對上要仰，對下要俯，百暖百寒，乍陰乍陽，人間多少惡趣都得嘗的。老申說：可多少人都在想嘗這惡趣啊！四個人就笑起來。

笑過了，卻一時都沒了話。向其語趁機給各人茶碗裡續水，老申便伸手摸了一個瘦子褲帶上掛著的玉，說：向老闆脖子上掛玉，你也掛玉呀，這玉不錯麼。瘦子說：和田籽料，雕了個貔貅。老申說：你這做商人的就該佩戴貔貅，貔貅是隻吃不屙的神獸啊。瘦子連聲哼哼，對另一個瘦子說：你把你的給老申看看。那個瘦子掀了一下衣角，褲帶上也掛著一塊玉。老申說：呀，仿漢的剛卯？領導說：剛卯是啥？老申說：剛卯是在玉上刻了一種咒語，咒語頭兩個字是剛卯，就把這種刻咒語的玉稱為剛卯，是漢代官人們的佩飾，講究避邪護身，又彰顯對權力的嚮往和追求。那瘦子一下子臉紅，看了一下領導，說：剛卯應該配領導的。便要從褲帶上往下解。領導說：我不要的，漢代是漢代，現在是現在，何況我也無法戴的。老申說：可以裝在口袋麼。你這剛卯是青海料，我替你送領導一個好的，我認識闞教授，從他那兒弄一個白玉籽料了讓人雕刻。領導說：闞教授？當教授的能有玉？老申說：他在大學裡教授物理，卻是個玉痴，幾十年來收藏的玉擺滿了兩間房子，自題的齋號就叫玉樓。一個瘦子說：西京還有這樣的奇人？老申說：他的奇處多了。一是他收藏的全是和田籽料原石，從來不賣，估價有上億元的家產，日子卻過得十分拮据。領導說：那這是看守人。老申說：二是一直單身，只說今生要孤寡了，五十五歲上卻和一個女子結婚。那女的年輕、漂亮，又十分時尚。一個瘦子說：老夫少妻呀？那肯定是女子看中那些玉了！婚後是不是打打鬧鬧過不到一塊兒？老申說：是過不到一塊兒，卻生了個女兒。這就是他的奇處之三。領導說：家家都有難念的經麼。我讀過一本古書，上邊就寫著，我輩只為有了妻子，便惹許多閒事，撇之不得，傍之可厭，如衣敗絮行荊棘中，步步牽掛。老申說：之四是女兒一歲半時兩人卻離婚了。一個瘦子說：看看看，果然不長久，那女的分了一半的玉？老申說：分了多少玉我不知道，女兒倒是判給了闞教授。我在街上遇見過幾次，他懷裡抱著孩子，手裡提著奶瓶和尿不濕，看著卻讓人恓惶。他倒淡定，說我女兒長得好看吧，以後我們相依為命。那女兒是長得好看，但不像他。一個瘦子說：讓我算算，五十五結婚，孩子一歲半，那孩子二十歲時他就七十七八了，他能享孩子多少福？！領導說：這又是看守人。老申說：更奇的是這女兒大家都說不像他，說得多了，他也覺得疑惑，去做了個親子鑑定，果然孩子與他沒有血緣關係。就在前幾天，把孩子送回給了那女的。一個瘦子說：啊這夠悲慘！大家就罵那女的。一個瘦子說：找媳婦不能太年輕，更不能太漂亮，太年輕漂亮的都是壞人。老申說：這不能一概而論，如房子，房子蓋得周正，就向陽通風耐用，房子若蓋得歪歪扭扭，陰暗潮濕閉塞隨時都會倒塌的。向其語始終沒插嘴，聽他們說得熱鬧，這時卻問：那女的叫什麼名字？老申說：姓嚴，叫念初。向其語嚇了一跳，說：嚴念初？長得啥模樣？老申說：個子比你高，挺瘦，看著蠻洋氣的，走路頭仰著，戴個墨鏡，和凡人不搭話。向其語說：哦，哦。老申說：你認識？向其語說：不認識。

送走了客人，向其語像打雞血似的安寧不下來，她也說不清是憤怒是同情是幸災樂禍，反正如地下的熔漿在奔衝，要尋著出口噴發出來。拿起了手機，從能量艙館的大門口還沒回到辦公室，就給陸以可打電話。電話是通了，但一通就被掛斷，連打了三次都斷了。是陸以可的手機出了毛病，還是陸以可故意不接？如果不是手機出了毛病，陸以可不可能不接呀！在處理急事，處理什麼急事，有她的急嗎？！索性就開車到陸以可公司去，嘴裡還怨恨：我得給你說呀，雞有蛋不讓下憋死雞啊？！

陸以可是在公司，但心情鬱悶，關了門一個人在辦公室裡用撲克算卦哩，當海若告訴了秘書長不肯也不便給許少林的領導說話，LED顯示屏的生意就無望了。已經很長很長的時間了，公司經營一直半死不活，自爭取到了機場路上的一塊廣告牌後，希立水又透露了LED顯示屏的消息，她請希立水吃飯，還說一個人的霉運消退，好運將至，經常是有三個兆頭的。一是有人幫你，希立水就是，按說希立水是無法幫她的，偏就是遇上了許少林。二是有人來指明方向，海若就是，海若提出找市上領導給許少林的局長打電話。三是自己的胃竟然不疼了，以前稍吃得不對付便疼，而現在冰啤喝了也沒事。可秘書長的回話，使她有了極大的挫敗感。也就在上午，她的一個小叔來了電話，小叔在成都也辦了一家設計公司，生意好，規模擴大，希望她能去公司做個管理的副總經理。她就心在動搖了。但是去著好，還是不去著好，她沒主意，便拿撲克來算卦。用撲克算卦，眾姊妹都會這種遊戲，以前都是在一起了算婚姻愛情的，現在她鄭重地要來算她的去留。把撲克攤在桌上，反復地搭配組合，算一次是走著好，卻說：真的要走啊？再算一次又留著好。又再算，並心裡默想：無論去與留，凡是那種一連三次都一個答案，那就認命而決定了。正算著，放在身邊的手機就響了，罵一句：誰煩人？！看也不看就摁斷了，電話連響了幾遍，幾遍她都摁斷了。但是，連著算了六七次，去留沒有出現哪一種一連三次都一樣的，就說：爹，爹呀，我該咋辦？你能再化身出現出現嗎，你若化身出現，那我就不走了，爹，爹！然後就呆坐在那裡。

這時候，向其語到了公司。向其語見一桌撲克，說：噢，我急著尋你，你卻在算卦，又算你的婚姻愛情了？那壓根不準麼，我就不再算，這輩子永遠不信婚姻愛情了！陸以可說：今日咋到我這兒來了？向其語說：我給你電話你不接，我怕你遭啥事麼。陸以可說：能出啥事？向其語說：要麼發大財了在數票子哩，要麼被哪個帥小伙劫持了。陸以可笑了，說：哪有這樣的好事？！說，有啥事？向其語說：你這一兩天見嚴念初了沒？陸以可說：她一直關機，海姐找她也聯繫不上。向其語說：這可能就是真的了。陸以可說：什麼真的假的？向其語說：我不知該給你說不說。陸以可說：你那嘴能憋住？向其語就把聽來的話複述了一遍，說：她咋能是這樣？想嫁誰就嫁誰，咱都支持，過活不成了想離婚就離婚，咱也都支持，可孩子不是她丈夫的就是道德底線問題啊！陸以可說：沒見到嚴念初，不敢下結論的。向其語說：你聽了這消息不激動？嚴念初是咱姊妹啊！陸以可說：真相沒核實，你激動啥呀！向其語說：老中我熟悉，他根本不了解我和嚴念初的關係，他不可能妄語。陸以可說：就算是真的，這事就此打住，給誰都不要說！向其語說：給誰說呀？我還嫌丟人！

十八、嚴念初．甜醅店

天又陰了。是陰了就有霧霾，還是有了霧霾天才陰的？海若去了醫院，伺候夏自花的是徐栖。徐栖昨天值班，今天還值班，海若問：咋回事？徐栖說：本該輪到虞本温了，而虞本温來電話說嚴念初主動提出要替虞本温，但今早上嚴念初沒來，她又問虞本温，虞本温在外縣採購辣椒化椒，嚴念初手機關著，又聯繫不上，她就繼續留下來了。

海若說：嚴念初主動要來的，咋能不來，手機也關了。徐栖說：是呀，有了啥子事？海若說：這幾天你沒見到她？徐栖說：前天一大早她是來我這兒，託我從老家的農村給她找個保姆。海若說：找保姆，她一個人整天在外不沾家的，找什麼保姆？徐栖說：我說我離開縣城太久了，找不來呀，後來她就走了。是不是給老娘找的，她老娘七八十歲了，又單獨過活的。海若說：那也不至於就關機？！

夏自花仍在昏睡，海若俯在床前叫了幾聲，眼睛是睜開了卻不動，也不知是認清了還是沒有認清，又閉上了。海若眉頭挽了個疙瘩，和徐栖相對無語。悶坐了一會兒，突然向其語進來。向其語說她要去稅務局，時間還早，過來看看夏自花。她提著一袋子吃喝，裡邊有麵包、火龍果、葡萄乾、可樂、酸奶，說：我有個親戚昨晚從青海來帶了箱犛牛酸奶，營養價值非常高的。徐栖說：你沒聽說人昏迷著，倒帶這麼多吃的？向其語說：我想如果病情太嚴重了要送重症監護室的，還沒進重症監護室就是神志有點不清而已，一旦清醒過來，要吃要喝，手邊一時又沒有。徐栖說：昨天晚上醒來了，要吃炒涼粉，我跑去夜市買了一盒回來，吃了一口，又吐了出來。這些肯定是不吃的。向其語說：她若不能吃，你和海姐吃。就往出掏麵包和酸奶，又要去問護士有刀子沒有，有刀子了切火龍果。徐栖說：你要吃你就吃！瞧你穿的啥衣服？！向其語穿了一件米黃色闊腿褲，卻配了件白色吊帶緊身衫，乳溝露出很多。向其語說：這有啥呀，你這麼瞪我！徐栖說：我哪裡瞪你了，我這眼睛大。向其語說：那我這也是胸大麼。徐栖也沒再說話，提了保溫瓶到病區東頭的燒水爐接開水。

向其語給海若說：她倒慫我！海姐你知道不知道她和司一楠的事？海若拿了一瓶酸奶，插了吸管吸起來，嘴佔著，用眼看向其語。向其語說：你沒看出來？海若吸了幾口，說：看出啥了？向其語說：你覺得她倆正常嗎？咱每次聚會，她倆都是同來同走，相互間的眼神，膩歪歪的，我都起一身雞皮疙瘩！海若說：你咋那麼多的覺得？這話我不想聽！向其語呃了一下，說：你不想聽？那我給你說個想聽的。聽陸以可說，你找嚴念初，她失聯啦？海若說：陸以可給你說的？啥事就不能讓你知道。向其語頭伸過來，肥厚而豔紅的嘴唇噘得很長，口氣低沉，說：她關了手機，她不能不關了手機！就把老申的話全複述了一番。海若一直在吸酸奶，已經吸光了，發出斷斷響，她還在吸著。

徐栖接了開水，故意不回來，估摸著向其語該離開了才進病房，向其語卻還在，一眼一眼看著海若，海若只是呆坐著。向其語說：你生氣啦？這事誰聽誰都生氣的。失聯就失聯吧，她沒臉見人，咱也權當就不認識她。海若說：你去稅務局吧。向其語看了一下錶，哎喲著收拾提兜，走到門口了，回頭又說：海姐，咱不生氣，不生她的氣。

海若站起來又撥了一次嚴念初的電話，手機竟然就通了。通話中，海若並沒有突然聽到嚴念初聲音的驚喜，也沒有對嚴念初幾天幾夜不開手機的埋怨，好像什麼都不曾發生過，得知嚴念初正在中大國際商廈裡買東西，就說：她也想買個包的，讓嚴念初在商廈二樓電梯口等著。打完電話，徐栖說：是嚴念初吧，能在中大國際商廈購物的，咱姊妹中只有嚴念初！你要買包嗎，她還不送你一個？你知道不，她有一間屋子全是高檔貨，各種高跟鞋擺了三個架子，名包也一百多個哩。海若說：嫉妒啦？徐栖說：我不嫉妒。各人有各人的生活態度，她把錢都花在穿上，我把錢都花在吃上，穿是給別人看的，吃是給自己吃的。海若說：你吃就吃得這麼瘦？！徐栖嘻嘻地笑，說：吃也不能是瞎吃麼，我該瘦的地方是瘦，不該瘦的地方並不瘦呀！說話間，海若已出了病房。

車開到了中大國際商廈樓前，那裡並排停放了兩輛車，海若一眼就認得那輛路虎是嚴念初的，而旁邊蹲著一個人在吸香菸，覺得眼熟，記起是那次來傳馮迎話的嚴念初的表弟。她沒有走近去，倒拐到廣場的一邊給羿光打了電話。羿光好像才睡醒，口齒還含糊，問你在哪兒，海若說：在醫院，羿光就問起夏自花的病，要來探視，海若就說：不用了，夏自花一陣昏迷一陣清醒，等過些日子，有了好轉再來吧。羿光在電話裡唏噓了好久，問還需要他幹啥事就給他吩咐。海若感激了一番，說：我問你一句話，你是不是欠著馮迎的錢了？羿光說：是欠了十五萬，這事你咋知道的，馮迎給你說了？海若說：還真有這事！你手頭若不緊了，就把十五萬還給夏自花，因為馮迎又欠著夏自花二十萬，夏自花那個情況正用錢呢。羿光說：那這事得馮迎跟我說呀，她不是去了菲律賓嗎？海若說：馮迎恐怕是走時給人留的話讓我轉達的。羿光說：馮迎跟別人說過？她怎麼不直接跟我說？這就不對了麼，好像我不還她似的。海若說：這我不知道原因。羿光有些生氣，說：這樣吧，這幾天我籌好了款，交給你，你再給夏自花，你給我打個收條就是。海若證實了羿光果真欠馮迎十五萬，嚴念初的表弟並不是虛話，卻一時覺得怪怪的。但她還是沒再過去和嚴念初的表弟打招呼，這種人的長相、穿著、神色都不對她的口味。直接進了商廈，在二樓電梯口，嚴念初就在那裡等著她，戴著棒球帽戴著墨鏡，穿了件褐色風衣，提著大包小袋，旁邊還站著一個老太太。

海若在誇這件風衣好，滿商廈裡都顯眼。嚴念初說這是她剛買的就穿上了，又掏出一件月白色有腰帶的長裙，還有大象灰的七寸褲。海若說：這是不是流行的極簡風啊？嚴念初說：哇，你也知道極簡風？海若說：你以為你年輕我就老了？！兩人說著笑著，老太太一直看著海若。問嚴念初，原來老太太是嚴念初的老姑，今年八十了，二十三過壽，表弟要為母親來買首飾，把嚴念初叫來參謀，嚴念初就給老姑買了一副金鐲子，一對金耳環，還有個金戒指。海若低聲說：都是金子啊！嚴念初說：我這老姑一直在鄉下，這十年才跟我表弟住到城裡，她別的啥都不要，就稀罕金子，說小時候見過地主家的老婆是穿金戴銀的，她老了也要過幾天地主家的日子。說罷，又笑了，說：前年春節我去看她，問她需要什麼我給買，她說你要買就買一個金條吧。我買了一個價值三千元的金條，她到現在還壓在枕頭底下。她就是知道金子貴重！海若說：你這麼說呀，別讓她聽到。嚴念初說：她耳朵聾了，聽不到的。便過去附在老太太耳邊大聲說：這是我的朋友，叫海若！老太太也是聲音很大，說：唔，這閨女長得親麼，銀盆大臉，是個福相，哪像你不好好吃飯，瘦得螞蚱一樣！海若和嚴念初都哈哈笑起來。嚴念初把手裡新提的三個紙袋交給海若，讓在這兒等著，她去送老姑。海若從玻璃窗看到樓前，老太太上了那表弟的車，車就開走了，嚴念初再順著電梯往上來。在嚴念初前面也有一個男的，一直回過頭看嚴念初，嚴念初仰著頭，不作理會，電梯到頭了，那男的突然一摔，仰八叉倒在地上。

嚴念初說：你喜歡哪個？海若說：嗯？嚴念初說：你沒有看紙袋呀，裡邊我買了兩個包，一個是法國的，一個是義大利的，挑一個了我送你。海若從紙袋裡取出兩個包來，果然都是名牌，說：都喜歡，但我不要你送我，是多少錢就多少錢，不給勞務費，你選一個另一個歸我。嚴念初說：好，那我以後到你茶莊喝茶，我也掏茶錢。當下在兩個紙袋上分別寫了法和義，揉成蛋兒，在身後手裡握了，伸出來，說：聽天意的。海若指了一下右手，右手展開，紙蛋兒上是法字。便翻出法國包裡的發票看給了嚴念初錢，錢是有整有零。嚴念初不收零錢，海若說：一分錢都不能少！她還說了個故事，這故事是羿光告訴她的。一個大學的教授七十六歲了，有一次參加一個會議，來時是搭出租車來的，回去是搭便車回去的，回到家了，記起沒有在會議上報銷出租車費十五元，就又反身搭出租車去了會上。旁人說你這算的什麼賬呀，來回三十元去報銷那十五元？他說那十五元應該報銷呀，花多少錢去報銷那是我願意的。嚴念初說：這不是個笑話嗎？海若說：這不是笑話。把零錢給了嚴念初說：咱得找個地方餵餵肚子吧。嚴念初說：前邊小巷裡有家清真飯館，吃羊雜湯咋樣？海若說：吃羊雜湯的肯定人多，你這身打扮去招搖呀？嚴念初說：羊雜湯不吃了，那裡還有家賣甜醅子的，倒是清靜。

兩人去了店裡。甜醅子就是青稞做的酒釀，冰凍了，確實又甜又涼還有一種酒味。嚴念初買了兩份甜醅子，兩份雞爪和雞翅，還是去隔壁飯店買了兩碗羊雜湯端了來。海若說：鳳凰是喝山泉吃竹果的，看來咱不是鳳凰，只喜歡吃些動物下水。嚴念初說：咱不是鳳凰，可這雞爪雞翅是跪的飛的，也是「貴妃」呀！海若看著嚴念初先把羊雜湯唏唏嚕嚕地吃喝完，額頭上沁出一層汗，突然說：你是要找個保姆？嚴念初一下子變了臉色，說：徐栖給你說的？海若說：徐栖離開縣城那麼久了，她能找到保姆？就是在那裡找一個，沒經過培訓，哪能做得好？！你知道我家以前的保姆好，雖然離開六七年了，但她還在城裡，又保持著聯繫，你可以給我說呀，我聯繫一下，她能來便好，來不了她可以推薦個可靠的。嚴念初說：唉，我是不想害擾你麼。海若說：你還少害擾我啦，這次倒自覺！是給你老娘找的？嚴念初說：嗯。頭抬起來，卻看著窗外，窗外街道上，有人拿著一隻氣球，氣球在空中一躍一躍的，但還是被線牽著，人和氣球就經過窗子了。嚴念初突然說：妞妞回來了。海若說：啊妞妞回來了，是妞妞回來了？！嚴念初說：我把妞妞從他那裡要回來了。她爸年紀大了，一個男人帶不好孩子的。海若說：當初我就主張你要孩子的撫養權，擔心你不從小帶著，將來母女就容易疏遠感情。現在孩子回來了就好。嚴念初說：她回來了我還是沒時間帶她，就放在我娘那兒，婆孫倆一老一小的得有個保姆，保姆又一時找不到合適的，這就心煩意亂，又不願意把這情緒影響給別人，便把手機都關了。海若說：是關了幾天幾夜了！可你也不想想，你把眼睛一閉，看不到別人了，別人也看不到你了？嚴念初把墨鏡卸下來，要說什麼，嘴張開了又沒說。海若說：做盆子、罐子時如果有了裂縫，勢必以後就會漏水。嚴念初說：唉，我這婚姻真是失敗。海若說：咱這姊妹誰的婚姻好過？蒜剝了皮都光光潔潔的，咬嚼了只有自己知道又辛又臭麼。這些道理誰都懂，真正遇上了誰又都是慌張無措。保姆的事我給你聯繫，咱就不再說啦。我倒要問問你和應麗后的事，應麗后把情況跟我說了，當然她是她的說法，事情到底怎樣，我還想聽聽你說。嚴念初唧唧哼哼了一會兒，抬頭看著海若，說：海姐不是來買包的，來挑膿包的。海若說：膿不挑出來瘡不好麼。

嚴念初說：這就像逃犯逃了那麼久，總是惶惶不安，等到被警察抓捕了，也算是解脫了。嚴念初就把事情原原本本講了一遍，最後攤了手，說：這事我倒一肚子委屈，本來也想跟你說哩，又怕你無故生氣，沒想她先跟你說了！我這是一片好意要讓她獲些利的，她也是前三個月得了那麼多利息，還請我吃飯，送了我一套韓國化妝品。天有不測風雲，我哪裡能料到有後邊的變故？海若說：不是應麗后主動給我說的，是她人一下子瘦了，頭上白髮多了許多也不去染，我問她怎麼啦，她才給我說了這事。她也感激你當初的好意，也正是這樣，她才同意不再要利息，能還本金就可以。可她生氣的是你們重新訂的合約，上邊你的直接擔保人換成了間接擔保人，認為你是自保就全然不顧及她的利益了。咱們這麼多年，難得感情親近，這件事她當然是想賺便宜的，世上的事想賺便宜必然就少不了風險，但她確實是單純沒心機的人，當她發覺新合約由直接擔保變成間接擔保，是誰誰都心裡不高興。嚴念初說：海姐，我過後也想了，或許我有些自私，有些害怕，不該耍小聰明。我給她打電話，她躁得很，罵我，把電話就掛了，再不見我。海若說：不管是直接擔保還是間接擔保，你都要保的，你就是保不了，大家都起來想辦法保，那錢不是個小數目，不能讓它白白就沒了。嚴念初說：應麗后的錢沒了，我能心安嗎，為這事失去一個朋友，我能不難受嗎？海若說：這就好，也就是為這一點我才找你的。嚴念初說：我給王院長一再說，這錢一定要還，他是答應了的。海若說：他是把錢借給了他的朋友？嚴念初說：應麗后把錢借給他，他再借給他朋友。海若說：他借給了他朋友，他朋友跑路了，你想想，應麗后能不懷疑王院長不還嗎？嚴念初說：他不還不行，利息裡他是抽成的。海若說：他原來是用應麗后的錢掙錢啊！嚴念初一時無語。海若說：那你給我說實話，你從中分成了沒？嚴念初說：我沒有。我要是從中賺一分錢，我出門讓車撞死！海若說：你介紹應麗后和王院長認識，就是巴結王院長了能多買些你的醫療器械？！那我再問你。嚴念初說：海姐，我在你心中的形象崩坍了，你審問我！海若說：要是崩坍了我也再不會見你。也不是審問，我只是把事情弄明白。王院長是國營醫院的院長，他拿的是工資，他說還款，怎麼個還？嚴念初說：他手裡應該有錢，何況還有個店，專賣建材的，他老婆在經營。海若說：哦。如果是我逢上這事，我就先賣了店也要給人家一次性把賬還了。咱掙著錢，讓人家無故地損失著？嚴念初說：他之所以不賣店，一是他要活著，二也是在掙著錢了還應麗后的賬。海若說：他要是言而無信不還呢，或者自己生意不好還不了呢？嚴念初又是不吭聲了。海若說：既然老合約都沒起作用，也不要太信新合約，還得抓緊要。嚴念初說：這我會催他的。海若說：我是相信你會催他的，但正因為連你對他還賬也信心不足，所以才有了把自己直接擔保人變更為間接擔保人，是不是？嚴念初臉色通紅，鼻梁上有了汗珠，說：服務員！服務員過來，她說：有拉菲嗎？服務員說：沒有拉菲。嚴念初說：開店哩怎麼沒有拉菲？還有什麼葡萄酒？服務員說：有「長城」「安森曼」。嚴念初說：「安森曼」是哪兒的？服務員說：咱省裡的。嚴念初說：來兩杯吧。

酒端上來，嚴念初說：海姐，那你說咋辦？海若說：這事給他施點壓力。現在是欠賬的數目越大越不想還，靠你和應麗后那是難要回來的。你認識什麼討債公司的人嗎？嚴念初說：那得以應麗后的名義找。海若說：這當然。嚴念初說：既然這樣，我表弟就和人辦了個討債公司，我提供電話號碼讓應麗后與人家聯繫。海若說：你把號碼給我，我來聯繫。嚴念初說：海姐，這又把你牽涉進來了。海若說：咱姊妹們的事，好了都好，不好了都不好麼。嚴念初就把她表弟的電話號碼給了海若。

埋單的時候，海若掏錢，嚴念初堅決不幹，兩人在那裡爭著。海若說：拉扯著讓人笑話，能有幾個錢呀？以後吃大餐了你掏。嚴念初說：咱倆吃飯啥時又吃過大餐？海若已經把錢給了服務員。嚴念初要去幫海若拿裝包的紙袋，不料竟撞翻了一隻茶碗，半碗剩茶全倒在了風衣上。

十九、辛起・茶莊

第二天早上，海若到了茶莊就和嚴念初的表弟聯繫上，那章懷很快到了，小唐安排先在二樓上坐了喝茶。而海若又給應麗后電話，剛說完請了討債公司要她立即過來，手機竟從手裡滑脫，咣嘡掉在地板上，屏面右下角就裂了破紋。撿起來一邊撫摸，一邊說：嫌我用你用得狠嗎？上到二樓。

章懷正和來續水的伊娃說話。章懷來時在路邊店吃了辣子蘸羊血，說話出氣味道很大，伊娃身了越往後退，他的腦袋越是伸近來。見海若進來，章懷說：老闆，你這是國際茶莊啊，多少錢雇了洋妞？海若說：伊娃不是雇的，是我的俄羅斯朋友，來西京玩幾天。章懷說：哦朋友？那老闆是東北人嘍。海若說：為啥說是東北人，我有東北口音？章懷說：你說的是普通話，聽不出來是哪兒人，但這妮娃，是叫妮娃吧？伊娃說：不是妮，是伊，伊朗、伊犁的伊。章懷說：中國話這麼順溜！是中俄邊界上的？現在好多妓女都是中俄邊界上的人冒充俄羅斯人。海若說：伊娃是聖彼得堡的！你知道不知道聖彼得堡？！章懷說：還真有純俄羅斯人！你給我和俄羅斯美女合個影吧。就遞過來他的手機。海若為他們拍照，章懷一隻手摟住了伊娃的肩。海若說：要拍照就拍個正兒八經的，你把手取下來，站直，朝我這兒看！照畢，章懷拿過手機回看照片，海若給伊娃使眼色，伊娃就下了樓。海若再請章懷喝茶，說：可不要發微信啊！章懷說：不發不發，她真是漂亮！海若說：是漂亮，聖彼得堡滿街都是漂亮女孩，幾時我再去，把你也叫上。章懷說：一言為定啊！海若說：一言為定，但你得把這件事辦好了咱就去。

這當兒，樓下有了喧嘩，接著應麗后滿頭大汗跑上樓。海若說：你幾天不來了，樓下吵鬧著是見了你稀罕了！應麗后說：哪裡是見我稀罕，是新進的茶葉到了，都忙著卸貨拆包哩。小甄也走上樓來說：今天本來要把蜜蜂送去老太太那兒，老太太卻說夏磊鬧著要出去玩，唐姐就讓小高接了婆孫倆，他們到茶莊了。海若說：你們招呼著，我有個事，你下去注意些，誰也不讓上來。

海若把章懷和應麗后相互做了介紹，就直接說起要章懷幫應麗后討賬的事，應麗后也將事情原原本本講了一遍，掏出一張照片一個字條。照片是王院長的頭像，字條上寫明王院長的手機號和他家建材店的名字和地址。接著商談酬金。反復地討價還價，最後達成一致：若討回債款，按討回的金額付酬百分之十。章懷說：兩個姐姐，這沒問題，你們等著好消息吧，不是討回的金額，我是一次性討回全部資金！應麗后激動了，說：那太好了，如果一次性討回，我按百分之十給你外，再加二十萬。海若說：那你怎麼個討法？章懷說：我有我的手段，這你就不管了。海若說：我可鄭重告訴你，不能出人命，也不能打人家，更不能拘禁和致殘。應麗后說：就是就是，咱只想要回咱的款就是，這你要保證。章懷說：這些老賴，你不×他娘，他不會叫你爹的！海若說：這什麼話？！章懷說：嫌我話糙？話糙理不糙啊。海若說：我再說一遍，咱只要賬，別的事咱不幹，你是你表姐嚴念初介紹過來的，嚴念初也給我有個保證的。章懷說：好吧好吧。應麗后就從包裡取出五萬五千元給了章懷，表示先預付五萬，這五千元原本要請章懷吃飯的，不一塊兒吃了，讓章懷自己去花吧。章懷收了錢，站起來欲走，又端起杯子喝了幾口，才下樓了。海若和應麗后也送到店門外。

應麗后說：這個章懷是嚴念初的表弟？海若說：你不理她，她也很痛苦，主動提出讓她表弟的討債公司出面擺平這件事，你要諒解她哩。應麗后說：你知道不知道她前夫把孩子退給她的事？她前夫給孩子做了親子鑑定，竟然沒有血緣關係！海若說：誰給你說的？應麗后說：向其語給我說的。海若說：向其語嘴咋這麼臭！應麗后說：這事情能暴露真是報應！海若說：你就高興啦？！誰走路能保證不踩上狗屎了？她是錯得有些出格，可那是過去的事了，又是她心上的疤，為啥還要血淋淋地揭呢？向其語也不長腦子，圖著嘴快，也不想想張揚出去，嚴念初還做不做姊妹，還活不活人？應麗后說：這事我不會再給別人說的，我想，她是那樣的人，那她表弟靠得住靠不住？海若說：他既然開辦的是討債公司，不會訛人的，你倒那麼急著先付他五萬元。應麗后說：我想把他拉緊，他就會積極些。

回到店裡，海若在隔間見了夏自花的娘，老太太在用蜜蜂蜇腿關節，說了一陣話，又逗了逗夏磊，讓高文來領著去商廈買個玩具什麼的，就和應麗后上了樓，喊伊娃重新沏兩杯茶來。伊娃端茶上來，說：那個土豆不再來了？海若說：什麼土豆？伊娃說：就是剛才那男的，個子矮，凸凸臉，頭又那麼圓，像不像個大土豆？海若就笑。伊娃說：他問我的手機號，我說我沒有手機，他嘴裡的氣味可難聞！應麗后也笑，說：現在的人要麼變得更善，要麼就變得更惡，小心別讓他黏上你！伊娃說：不怕，他不敢撞海姐，也就不敢撞我了。做著鬼臉下樓去了。應麗后伸了個懶腰，也要走，說她好幾天失眠的，這下心鬆下來，回去睡他個兩天兩夜。海若說：先去把你那頭髮洗洗。應麗后說：是不是窩囊得看不過眼了？海若說：就是，以後再這模樣就別進我茶莊。喊了小唐，讓領應麗后到茶莊右邊的理髮店去，那裡有她的卡。

小唐和應麗后剛進了理髮店，卻見店裡的休息椅上坐著希立水，伸了手看染成霧霾藍的指甲。小唐說：希姐不去茶莊喝茶，要理髮嗎？希立水說：哎呀，我帶了個朋友就要去茶莊的，她卻先要做做頭髮。嘴朝裡努了努。裡邊的鏡台前坐著一個女的在補妝，一襲卡其色的長裙，一雙同樣顏色的高跟鞋，頭髮大波浪似的披了一肩。鏡子裡肯定有了希立水和應麗后、小唐說話的圖影，但她似乎全沒覺察，只面對了另一個自己，擠眉弄眼，塗脂抹粉。應麗后說：蠻漂亮嘛！希立水說：不漂亮我能帶到茶莊去？！海姐在不？應麗后說：在的。希立水喊辛起辛起，辛起過來，讓辛起叫應麗后姐，叫小唐姐。小唐說：不敢叫我姐的。我只是茶莊員工。希立水說：海姐是大掌櫃，你就是二掌櫃。辛起甜甜地都叫了姐。小唐便安排應麗后洗頭染髮，希立水和辛起搖搖擺擺去了茶莊。

辛起初次見海若，在二樓的凳子上坐了，兩條腿斜著合併一起，雙手搭在膝蓋上，身子僵硬，小嘴一會兒張了，一會兒就抿著。海若說：辛起好溫潤啊，看到你，我馬上想到羿光給他收藏的那根黃花梨木和那塊和田籽起的名，一個叫軟玉，一個叫溫雪，這兩個名倒適合你一人用！你等等，我要送你個見面禮的，絕對你喜歡！就起身去了一樓。辛起一下子輕鬆了，說：我好緊張，手心都出汗了。希立水說：你看到了吧，海姐是寬博大方人，你也不要拘謹。辛起說：理髮店見到的應麗后就是你們姊妹中之一吧。希立水說：就是。辛起說：給咱沏茶的那位呢？希立水說：那是小蘇。辛起說：不是眾姊妹中的？希立水說：她和小唐一樣。辛起說：一樓還有個長得像外國人？希立水說：那就是外國人，海姐的俄羅斯朋友。辛起說：哦，都是美女！希姐呀，你們眾姊妹中誰最漂亮啦？希立水說：誰最漂亮我說不準，但最醜的也就是我了吧。辛起笑著，掏出小圓鏡又照著要補妝，卻說：剛才海姐說羿光有軟玉、溫雪，羿光是誰？希立水說：你不知道羿光呀？！辛起說：是幹啥的？海若就上了樓，聽見辛起的話，高興地笑起來，說：哈哈，總有人不知道羿光啊，這話應該讓羿光來聽聽！希立水說：羿光是大作家，城裡的名人，就在後邊的高樓上住著，和我們都熟。辛起一臉羞紅。海若說：你這麼漂亮，不認識他也好。手從身後亮出一把小小團扇，竹眉兒精細，紗面兒平整，上面畫著一樹垂柳，柳枝上趴了一隻蟬。蟬畫得雙翅銀白透亮，蟬頭緊縮，蟬尾翹起，似乎都能聽見嘶鳴。海若說：這是馮迎給我兒子出國時的禮物，你這身材、模樣、氣質，活該相配的。辛起雙手接了，說：我好喜歡呀，謝謝海總！海若說：什麼總不總的！希立水說：馮迎送你兒子的禮物你倒轉手送辛起，可惜辛起比你兒子大十多歲，要不這是要認兒媳婦嘛！辛起又羞了，一時眼睛撲忽撲忽地閃。海若說：希立水這口裡啥時能吐出象牙啊！又對辛起說：只要你喜歡，以後常來，就叫我海姐。辛起說：海姐海姐，那我以後真的常來啊。聽希姐常提說你們眾姊妹，我只怕辱沒了你們，不敢來的。希立水說：海姐都同意了，你就來吧，我們這眾姊妹關係可好啦，沒有對手，只有能照你的鏡子，活得自在快樂啊！海姐我說得對不對？海若說：也別把咱眾姊妹說得多好，只是一夥氣味相投地聚在一起。但想活得自在快樂，就像是撞上網的飛蟲，越要擺脫，越是自己更黏上去，就像站在太陽底下曬不乾汗水一樣。大家在一起相處，我常常說，大家都是土地，大家又都各自是一條河水，誰也不要想著改變誰，而河水擇地而流，流著就在清洗著土地，滋養著土地，也不知不覺地該改變的都慢慢改變了。希立水說：辛起你聽到了吧，為什麼海姐是海姐！辛起說：我在聽著。希立水說：我們眾姊妹跟著海姐，跟啥人學啥人，我不能說就改變了多少，但我起碼學會了知道自己身份，學會了要富裕、自在、體面，那麼自己所做的一切，比如心存遠志，踏實做事，待人忠誠良善，肯幫助人，即使僅僅給人一個笑臉，一句客氣話，那都是有意義的。辛起說：這我倒想起我哥了。小時候有一次家裡只有一個燒餅，說好我們一人吃一半，而我哥先吃，他用手指在燒餅上隔一道線，他是一邊吃一邊手指往下移，吃下了多半，最後還再咬一大口，把拿燒餅的手指頭都咬破了。希立水說：這就是窮困使人貪婪和殘忍。辛起就不言語了，喝茶，茶燙了嘴，又吐出來，不好意思地看了海若。海若窩了希立水一眼，說：你是哪裡人，不是西京老住戶吧。辛起說：讓你見笑了，我老家在陝西東部，農村的。海若說：那有什麼見笑的？農村來的好，嚴念初是郊區的，司一楠和徐栖都是縣城來的，城裡沒季節，但徐栖有，她總能告訴大家二十四節氣了，就穿什麼衣服，啥東西不能再吃。辛起說：我倒不知道這些，我來西京已十多年了。海若說：你今年二十二三？辛起說：哪裡呀，快三十啦，老啦。海若說：不到三十就說老了，那讓我和希立水怎麼活？辛起說：你們都是老闆啊，我還一事無成的。海若說：什麼老闆不老闆的，僅僅都有個小生意罷了，大家抱團兒相互幫扶著，就如羿光老師所說的是一窩蛇，彼此都不安分，跑出來尋些吃的。希立水說：羿光老師是不是認為咱們都是些美女蛇？！三人都笑了。海若就喊伊娃。伊娃剛剛引了夏磊回來，一塊兒上來，夏磊懷裡抱著一個棕色小熊。海若說：喲，這小熊好！夏磊卻把小熊拿起來往海若身上戳，說：咬，咬你！海若故意閃了身子，說：好疼，好疼。對伊娃說：你再去買些水果。掏出二百元，伊娃沒接，跑下樓了，夏磊也噔噔噔撵了去。

伊娃在菜場買了一竹籃草莓，回到二樓的時候，辛起卻在那裡嚶嚶地哭，海若和希立水一旁勸說。海若洗了草莓，遞給辛起一顆，說：到現在了還有家暴，這我們會給你出頭的，咱就按計劃辦，什麼時候搬東西，你提前說一聲，我這兒出人出車。辛起不哭了，接了草莓吃。海若和希立水下了樓，留下伊娃陪著。

辛起突然對伊娃親熱起來，誇著伊娃漂亮，中國話還說得這麼好。伊娃說：越不是中國人才越要像中國人麼。辛起說：也是，我從鄉下來城裡，咋也都不是城裡人。說完撲哧笑了一下。伊娃說：你笑了，笑了好。辛起倒坐近了伊娃，摟了她的肩，說：不知咋的，才見到你就覺得你怪親的，或許你前世真是中國人，是我的鄉黨。伊娃說：我也見你親切，或許你前世還是俄羅斯人哩。

待海若和希立水再上樓來，見兩人說得熱火，海若說：你倆能說在一起！希立水，她倆的臉形還有些像哩？希立水說：漂亮人都差不多，只有我和司一楠這些醜人，各有各的醜。海若說：那不是醜，每個女人都是女人花，姹紫嫣紅！

二十、小唐．曲湖

早上起來，習慣了首先拉開窗簾看天，天還是灰濛濛的，知道霧霾還重，這一天的心情都不會開朗。海若懶得再換新衣，買來的那隻迪奧也不挎了。開車到了茶莊，店員們都已在打掃衛生，高文來站在凳子上擦門窗，一直咳嗽，每個咳嗽的結尾，還帶了很長的哼哼聲。小蘇說：你咳嗽就咳嗽，用得著拉那麼長的哼哼？高文來說：我這是罵天哩！小唐說：我得罵你！你遲早都不戴口罩，能不咳嗽？！高文來說：戴口罩我氣憋麼。小甄說：聽說中小學都放假了。小唐說：啥意思，嫌咱沒放假？小甄說：你看海姐在這裡，故意黑我！小唐笑著說：放假有什麼用，在家待著就不呼吸啦？海若看那些花瓶裡的花有落瓣的，下意識地看看店外，並沒有賣花的三輪車出現，她就上了二樓，想著今日天氣不好，哪兒都不去了，就在羅漢床上翻開一本書讀。

書是一個叫魯米的外國人寫的，讀到其中幾頁便覺得好，還後悔羿光送這本書來自己竟沒有及時讀，便把「人在真理路上的七個階段」用紅鉛筆勾了圈圈：一、墮落的自我。人都是靈魂受困在物慾追求上，為了滿足自我的需求而掙扎受苦，又一直將自己長期的不快樂歸咎於他人。

二、責難的自我。當知道了自己的卑微與貶抑，不再怪罪別人，而怪罪自己，甚或自我否定。三、啟發的自我。當體會到屈服真諦，必然有充分表現出的耐心、堅毅、智慧與謙卑，那麼世界就充滿了啟示，而美麗喜悅。四、寧靜的自我。認知自我，不管生活中有什麼困苦，都能感受到慷慨、感恩與永不動搖的滿足。五、歡喜的自我。不論在任何環境中，都感到喜悅，世俗的一切都沒有了差別。六、賜福的自我。這個人成了一盞明燈，散發出能量給任何有需要的人，甚至所到之處，都能讓其他人的生命產生劇烈的變革。七、淨化的自我。完人，只有極少數人達到，達到了他們也不說。海若想，說得都好，但自己現在還處在第一階段呢，還是第二階段？正要抄錄下來，屋子裡突然暗下來，越來越暗，像是夜幕降臨。海若以為自己眼睛有了眼屎，揉了揉，書上的文字都模糊不清。她走下二樓，問：這是怎麼啦？小唐說：外邊的霧霾快罩實啦！從店門望出去，確實天混沌不清，如同噩夢裡的情景，街道上的公交車還在駛過去，沒有車輪，行人又都沒有了頭，而小區門房的那個老頭，模樣還認得，他在那垃圾桶裡掏塑料瓶，然後在和書報亭的女的說什麼，指手畫腳，手和腳一會兒是融化了，一會兒又生出來。海若說：開燈吧，把燈都打開。剛開了燈，座機的電話鈴就響起來，尖銳得像空中砍了一刀，小唐拿起話筒，卻又遞給了海若。海若說：找我的，誰呀？小唐說：馬老闆。海若說：他又冒出來了？！

馬老闆是做煤炭生意的，以前是茶莊的常客。接了電話，馬老闆是想託海若去買三張羿光的書法作品。海若說：你和羿光熟呀，用得著我去？馬老闆說：熟和熟不一樣，你去能便宜呀！海若說：十萬元一張，我去最多也只是少個萬把元，你那麼大的老闆了還在乎一萬元！馬老闆說：一萬也是錢呀！你買了讓人給我送到開元飯店，我在這兒中午請個重要的人吃飯，飯局上送的。我把錢現在就打到你的卡裡。海若的卡上很快打進來了二十七萬，但她並沒有去羿光那兒，和小唐上了樓，從櫃子裡取羿光曾贈給她的那些書法作品。

七年前，這個城市擴張，拆舊村，修大道，建高樓，築廣場，到處都是工地，奇蹟不停發生，似乎正是經濟繁榮時期，卻也是所有人為著錢發瘋發狂。當官的以權力發財，從商的以投機發財，有資源的以資源發財，有手藝的以手藝發財。那時候，茶莊門前從早到晚停滿了高檔車，來的老闆所談的都是哪個飯館的魚翅、燕窩做得好，哪個酒店的總統間設施和服務好，誰又拿到了一塊黃金地段的地，誰誰當上了省政協委員。馬老闆就是其中一個。凡是他一到，別的老闆就說：老黑來了！笑他是煤老闆，永遠尿的是黑水。他說：門口咋就沒停車的地方了？大家朝店外看，那裡停了一輛悍馬，兩個輪子跨在台階上。大家說：噢又換車了！他說：你們換老婆我換車。車好買，牌號不好買。他的車牌號是五個八的老豹子。有一次酒喝多了來茶莊，叫囂著手下人去羿光那兒買字，揀字寫得多的買。海若就打趣：也揀墨黑的買！他就笑，問什麼茶貴，最貴的買兩箱送人呀。小唐趕緊就裝茶，給了賬號讓轉錢，怕他酒醒了反悔。他說：茶能值幾個錢，反悔？！卻問海若：你呀，你說什麼數字最難突破？海若說：我不明白你的意思。他舉了兩個指頭，又舉了三個指頭，說：二到三是個瓶頸，你老哥這幾年終於突破了。海若當然知道他是億萬富翁，說：三個億了？他說：你再加個零，加個零。但是，經濟蕭條了，煤價不停地往下跌，跌到賣出一噸就要賠幾千元，再加上一個煤礦發生了瓦斯爆炸，死傷了二十人，巨額賠償，到後來又清除污染，政府關閉了他的所有小煤窯，他就很少在茶莊露面了。

從櫃子裡尋出了五張，選了三張，小唐說：他是大老闆呀，咱不能給他這麼便宜。海若說：他現在不是以前了。小唐說：他也是太張狂了，活該！海若瞪了一眼，說：你送去開元酒店的路上了，到商場給他買件襯衣。人家多年都照顧咱的生意，現在情況不好，他是餓死的駱駝比馬大，以後還得依靠的。小唐說：他沒有齊老闆對咱好，買什麼襯衣呀，送罐茶就行了。海若笑了笑，也就依了小唐。

小唐去了開元酒店，馬老闆在房間裡獨自喝酒，人瘦了一圈兒，滿頭白髮。小唐說：呀，你樣子變了？馬老闆說：是不是沒大肚腩啦？減肥麼。馬老闆文化不高，收了書法作品還得問哪一張適合送正在任上的領導，祝福人家更有進步，哪一張適合給退休了的老領導，祝福人家晚年吉祥。小唐選定了，馬老闆便在書法袋上各做了暗記。小唐送上茶葉，熱乎著詢問生意怎樣，馬老闆笑著表示還好還好。小唐就說：海姐還說幾時請你吃個飯的。馬老闆說：吃飯那得我請啊，原本這親自去拿字的時候要請你們的，只是身上濕氣大，約了酒店按摩師來拔火罐，就讓你跑跑腿。小唐說：馬老闆現在這麼客氣的！有濕氣呀，拔火罐只能解除局部病灶，要祛全身濕氣，我倒推薦去向其語那兒，她新開了個太赫茲能量艙，進去蒸那麼一個小時，肯定身輕氣爽的。馬老闆說：向其語是誰？小唐說：你不認識呀，是海姐她們眾姊妹中的一個。馬老闆說：恐怕見過，人與名對不上號了。這好呀，去蒸一個小時，回來趕得及飯局。小唐說：哎呀，出來急，身上沒帶錢呀。馬老闆說：打我臉啊？！咋能讓你出錢！小唐也就領著去了。

到了能量館，小唐和向其語低語了一陣，讓馬老闆進了一個艙，她自己也進了另一個艙。密封的艙裡通電加了熱後，溫度極速上升，小唐脫了衣，喝了一兩特製的藥酒，爬了進去，艙門一關，她第一感覺像是進了棺材一樣，而幾分鐘後，炙熱難耐，渾身成了篩子，每個窟窿都往外流汗，身下鋪的床單全濕，手裡拿著的擦汗毛巾也能握出水來。一個小時後，從艙裡出來，沖了涼水澡，只覺得七竅通暢，膚色白皙，目光清亮，從頭到腳從來沒有過地輕鬆。過一會兒，馬老闆也出艙了，向其語說：怎麼樣？馬老闆說：好啊好啊！這不是蒸肉而是蒸骨，把乏勁兒蒸沒了，連煩惱也蒸沒了！向其語說：那就多來蒸幾次。馬老闆說：要來的，要來的，我還要多帶些老闆來！向其語就和馬老闆互留了手機號。

小唐和馬老闆分手後，開車返回，車在路上一個輪子卻癟了氣。到一家修理棚，車在充氣，她坐在一邊看街對面。一隻蜘蛛從棚檐垂下來，絲細得一時辨不清，蜘蛛像是在空中散步。街對面有人在裝廣告牌，已經不僅僅是玻璃裡貼一張印刷品了，而有了新的設備，電光聲色，不斷地變幻圖案，一個擠眉弄眼的女人在鼓吹著酸梅湯是如何解渴，又能養生。街道在前邊是個丁字口，拐彎處的那家店面又在裝修了。小唐上下班經過這條街，注意到這兩年內是第四次裝修，幾個月是賣珍珠餃子的，幾個月是江源燉魚，又有幾個月門頭上的匾額換上「蒸碗十三花」。修理棚的人在議論，那條左邊的街道是直衝著店門的，風水不好，做啥啥不成，奇怪的是有店家生意死了走，偏又有店家來，來了生意死了再走。小唐倒覺得那店面疼，不停地被砸牆砸地板地裝修。一個女的出現在那裡了，年紀不大，卻抱了個孩子，和一個男的吵。女的說：你不去醫院也不給錢，孩子是我一個生的嗎？你×娃不養娃？！男的說：×你娘喲，我有錢我不給你？我有什麼錢，沒錢！女的說：你沒錢我有錢啦，你給過我一分錢啦？那就讓孩子燒吧，燒得渾身像火炭啦，再燒吧。男的就掏出三元錢。女的說：就這點？能夠掛號費？！男的掉頭走了，女的立在那裡立不住，蹲下去，又立起來，嗚嗚咽咽抱著孩子又去了街頭小診所。遠處傳來一陣鼓響，小唐知道那是這條街上的民間鼓樂隊的人又在活動了。市上的幾個唐古樂班有了名後，這條街上也有了好事者起來模仿，一有空就集中了人敲，誰也聽不懂那些鼓點，但他們就是敲打，樂此不疲。這時候，走來了一個五短身材的人，稍沒注意，不知道他是從東頭過來的，還是從西頭過來的，一手提著一根棍，另一隻手提著一隻龜，龜比他的臉大了幾倍。走到修理棚前，竟然站住，拿眼睛往棚裡看，臉上似笑非笑，極其詭異。小唐驀然想起，昨晚看電視裡的《動物世界》，捕食到了一隻螳螂的變色龍，表情就是這樣。而那人卻把木棍撐在地上，棍頭上吊了龜，龜尾朝上，龜頭朝下，龜頭伸出來足足一拃長。

小唐說：喂，把龜那麼吊著，會吊死的。那人說：死不了，兩千元賣哩。小唐說：龜是靈物，你為了錢就這麼折磨它？那人說：是靈物，人吃了會增加靈性的。小唐恨了一聲，說：一千元我買了。那人說：一千五。小唐說：一千。那人說：便宜你吧，現在一斤豬肉都五十元哩，這三十斤的。小唐讓他把龜放下來，掏出一千元買了。

帶著龜回到茶莊，海若嚇了一跳。趕忙拿盆子裝上水，把龜放進去，幾乎放不下，便騰出一個大瓷缸，問是哪兒來的，這麼大的龜，她還從來沒見過。小唐講了經過，說：那人口音蠻蠻的，怕是南方人。高文來說：我們老家的龜碗大，這龜篩子大呀，要燉多少湯！小唐說：燉了你！海若說：這得放生。給了小唐一千元。小唐不要，海若說：你能有幾個錢？！把一千元塞進小唐口袋了，卻端著上了二樓。

到了二樓，海若讓小唐在微信群裡給眾姊妹通知：晚上在曲湖放生，誰要感興趣，八點鐘趕到茶莊集合。發過了，小唐說：這龜不是人，要是人呀，這會兒在缸裡笑哩。海若卻說：笑的該笑，哭的該哭。小唐說：誰給哭啦？是希立水又領著那個辛起來了嗎？只說徐栖是個眼淚水兒多的人，沒想辛起才是個劉備！海若說：你就知道來茶莊的這些人！小唐說：那我難道是書記、市長關心整個城啊？！海若說：我說的就是書記。小唐說：書記不是被雙規了嗎？海若說：剛才吳老闆助理來過，說紀委大前天帶走了兩個老闆，昨天又帶走了一個老闆，拔出蘿蔔帶出泥，我尋思還是給你說了好，咱也有個思想準備。小唐說：咱有個思想準備？咱在電視上見過書記，書記能認識咱是誰，他雙規了和咱有毛關係？海若說：齊老闆和他有關係，咱和齊老闆有關係。小唐說：把齊老闆也帶走了啦？海若說：齊老闆人現在澳門，他要一回來肯定就會帶去的。我估摸行賄的老闆被審查落實了一些問題後還會放回來，是十天半月還是半年一年這都說不定，但齊老闆進去了會不會再供出咱們。小唐緊張了，說：咱們只是跟齊老闆走得近點兒，他來高價買個茶麼。海若說：你知道讓你給齊老闆的人民幣買成的二百公斤黃金嗎，那是書記讓齊老闆辦的。小唐急了，高聲說：那是書記的錢啊，我只是替齊老闆跑個腿的！海若說：別聲那麼高！跑腿的當然沒事，這事給齊老闆說明白，免得他被帶去了胡說亂咬，我給他公司的人打電話了，儘快催他回來。小唐說：叫回來，這不是自投羅網嗎？海若說：若真的有事，你往哪兒跑，能跑了嗎？就是最後還牽扯出了你我，咱一五一十給說清了，跑腿的，還能有什麼？小唐蔫下來，頭勾在胸前，不再吭聲。海若說：不給你說吧，過後你埋怨我不給你說，給你說了你又這個樣子！你今日早早回家去睡一覺吧，有啥事了我再通知你。小唐說：你出去不要讓誰再上樓，我就在這兒睡一會兒。說罷，身子就倒在羅漢床上。

海若整個下午就在一樓裡分揀裝包新寄回來的茶葉，虞本温、向其語、嚴念初、司一楠和徐栖分別都來電話，問今天空氣這麼差，怎麼就想著要放生呀，還是在曲湖，是魚是鱉還是蛇呀，是龜啊，這龜是從哪兒來的，是一隻嗎，三隻四隻嗎，還有那麼大的龜啊！陸以可還問晚上八點在茶莊集中，那吃飯是自個解決，還是去了茶莊請大家吃大餐？海若說：想得倒美，吃了再來！最後是應麗后來了電話，問晚上去放生有沒有嚴念初？海若說：有。應麗后說：那我就不去了。

海若說：不是已經和好了嗎，你咋不見她，難道永遠不見了？應麗后說：回來我氣還是不順，這彎一時扭不過來，我又是心裡有啥全表現在臉上，去了反倒尷尬，還是暫不想見她。今天司一楠在醫院值班，我晚上替換她。海若說：那好吧，但我給你說，這事你知我知嚴念初知，要守口如瓶。

伊娃原本嚷嚷著她也要去放生，她還沒見過放生的，但快下班的時候，手機上來了羿光的短信，問晚上能否到拾雲堂去，他想給她畫畫像。伊娃激動著羿光能給她發邀請，而且還要為自己畫像，但遲疑羿光上次強吻了她，會不會還要對她圖謀不軌？想過了，便又想：作家、藝術家都浪漫，吻一下能有什麼呢，即便他還會有過分的要求和舉動，你不願意他還能拿刀子威逼嗎？伊娃便回短信答應了。羿光又來短信，說太好了，那他就等著，但畫像的事不能給海若說，任何人都不說，因為她們一直要他的字畫，都沒給過。伊娃當然也答應了。既然全答應了，伊娃就給海若謊報是房東大媽來電話說頭暈得不行，她不能一塊兒去放生了，得趕回去照看。

晚飯後，眾姊妹先後到來，像要赴節慶宴會似的，個個濃妝豔抹，奇裝異服。茶莊也提前關門，高文來用麻袋裝了龜，大家分別坐了五輛車就去了曲湖。

白天霧霾陰暗，晚上的湖邊華燈齊上，萬象反倒清明。看不見了霧霾就權當沒有了霧霾，湖邊的人真的不少，也都不戴口罩。一夥一簇的可能是外地的遊客，他們聽說了曲湖美景，來了果然是好：水面開闊，光怪陸離，樓台亭榭，高低錯落，樹間鳥聞人聲一近就亂飛，道邊閒花寂草，潮了露珠，如繁星點點又明滅不已。而更多的是曲湖周邊的居民，在搖晃著身子散步的，光著膀子奔跑的，尤其那些有著單槓、雙槓、滑梯、鞦韆的健身處，聚集了婦女和兒童，喊聲笑聲吆喝聲一片。海若她們尋了幾處都不甚滿意，後來上了一道臥橋，到了湖心的那個島上。島上有一個小亭，亭前的幾塊大石頭在水波的撲閃中忽隱忽現，海若說：就在這兒吧。先點燃了一炷香，對著湖面拜了拜，插在地上。希立水和陸以可早從麻袋倒出了龜，再是三四個人抬了，一齊用力，說：一二三，走你！撲通投到水中。龜抬著的時候一動不動，投下去還背朝著水，可它立即四爪亂划，翻過了身，出溜，就鑽了進去。向其語站在後邊，才擠到跟前，湖面已經平靜，說：這麼急啊，也沒拍個視頻！陸以可卻說：聽說放生時天都是下雨的，怎不見一丁點兒？話剛畢，臉上就落了一顆，海若、徐栖、向其語臉上都有點濕，同時湖面上也似乎有，像一些釘子在躍動。覺得神奇，才要歡呼，而十米外，龜突然又冒了出來，並且是回過身，頭仰得高高的，點了三點。大家一時都被驚住，啞口無聲，等到龜再次鑽入水中，沒了蹤影，雨點子也消失了，希立水叫起來：呀呀，它向咱們致謝哩？！所有人哄然大喊。

放生有如此奇妙，於是大家決定，以後凡是誰再在街上遇見賣龜的，不論便宜貴賤都要買下來，買下來就來這裡放生。在亭子裡說說笑笑了很久，誰也不說急著回去，陸以可說：龜是喝上水了，咱口卻是渴了。司一楠說：我到景區門口的商店買去。轉身便走，徐栖便也跟著。

向其語說：咦，她倆倒是不拆伴兒。說完看著眾人，誰也沒有接話。海若說：這龜不知游到哪裡去了。大家又往湖面上看，遠處的燈光全倒映在湖裡邊，是一片一片的紅和黃。虞本温說：肯定是先尋吃的了。希立水說：賣飯的就知道個吃！虞本温就笑了，說：哎哎，聲明一下啊，本店才進了一些青海的鰉魚，明日我請吃鰉魚火鍋，願意去吃的舉手！陸以可說：咱來放生的，你卻說吃魚火鍋？！我已經吃素了，以後再不吃活的東西了！但除了她，七八個人都舉了手。希立水說：向其語你不是嚷嚷著要皈依嗎，你也去吃？向其語說：趁活佛沒來前，我先吃一頓，活佛來了皈依了就忌口呀。希立水說：海姐海姐，這種人就不應該皈依吧。海若說：皈依有三戒，一是不殺生，二是不偷盜，三是不妄語。只要自己不殺生，什麼都還可以吃。虞本温說：這就對了麼。向其語說：這三戒中什麼是妄語？海若說：凡是罵人、說謊、詆毀、誹謗、刻薄、奉迎等等都是妄語。向其語說：哦，皈依後這些我會做到的。嚴念初說：不可能吧，做生意的哪能不說虛話？海姐，虛話不該是妄語吧。海若說：那要看怎麼個虛話？嚴念初說：比如廣告呢，廣告都是誇大其詞的，若算妄語，陸姐的公司就幹不成了。陸以可說：是幹不成了！嚴念初說：陸姐陸姐，我只是舉個例子，可沒有要說你壞話的意思呀。陸以可卻不回應，起身要往水邊去，海若扯了一下她衣襟，低聲說：你咋啦，情緒不對？陸以可說：我確實是廣告公司幹不成了。海若說：不就是LED顯示屏不做了麼，能有那麼大的打擊？！

司一楠和徐栖跑了來，除了每人一瓶可樂，一罐冰激凌，還大包小袋地提了香蕉、開心果、瓊鍋糖、瓜子，另拿了兩盒香菸。海若先拆開一盒，抽出一支給了嚴念初，一支自己吸起來。向其語說：徐栖今日大方！徐栖說：錢是司一楠掏的。向其語說：這得謝你！要不是你呀，司一楠最多是給每人買一瓶礦泉水的。司一楠說：給你吃了喝了倒不落好。向其語說：我這可不是安語，也不是虛言。再問一個俗套話，如果在座的都掉到這曲湖了，你先救誰？徐栖剝了一個香蕉要給向其語估住嘴，卻不給了，自己咬了一口，岔了話說：今晚遺憾羿光老師沒來，否則可以有一篇美文了。便喊：小高，小高！高文來在收拾麻袋，說：在的。徐栖說：你要給咱寫哩。高文來說：我寫首詩。倒過來給每人發散了一張餐巾紙，叮嚀果殼和瓜子皮都包起來啊。司一楠就在說她剛才去買東西，景區管理處的人得知咱們放生了一隻龜，問是多大的龜，她說篩子大，管理處的竟嚴肅地說不能隨便放生，要放生得在他們那兒買魚和鱉。她就看到屋子裡有一個大水缸，裡邊全是各種魚鱉，魚是十元錢一條，鱉是十五元一隻。陸以可說：我怎麼突然有了一種預感，會不會是那些人夜裡撈釣了魚和鱉，白天賣給遊人放生，又夜裡撈釣了白天再賣？一句話說得大家都面面相覷。這時候湖面上有了潑刺聲，遠遠的另一個小島前，好像影影綽綽地有著船和人。

真的是管理處的人開始撈釣嗎？陸以可說：唉，我初到西京時，那時多好的，現在是天變得霧霾越來越重，人也變壞了。大家還是沒有作聲，湖面上又恢復了平靜，倒有了幾許恐懼。

二十一、伊娃·拾雲堂

伊娃一進來，羿光直接就帶她上了閣樓。畫案上已經鋪好了宣紙，旁邊整整齊齊地擺了一排調著各種顏料的瓷碟。畫案前的小方桌還亮著一支大紅蠟燭，有水果、點心、葡萄酒，還有一盒小小的蛋糕。伊娃莫名其妙，才要聳聳肩，攤開手，做一個鬼臉，羿光卻鼓掌了，說：祝你生日快樂！伊娃驚叫：今天是二十一號？羿光說：二十一號啊！伊娃知道自己的生日，卻沒想到竟然就在今天，而且是在中國，羿光要給她如此的慶賀！就在上樓的電梯裡，她還想像了再到拾雲堂可能出現的各種情況，甚至都有了許多應付的預案，但現在腦子裡轟的一下，像嚴冬裡口鼻噴出的白氣瞬間就消失，她看著那支蠟燭光焰上跳，蠟油下流，那麼稀軟，那麼順溜，自己的眼睛就也濕了，說：啊，啊你怎麼知道我的生日？！羿光說：那日在茶莊聚會，我問你在俄羅斯的哪個城市，你拿出護照讓我看，上面有你出生的年月日。伊娃上前吻了一下羿光的腮。羿光笑起來，並沒有順勢擁抱伊娃，也沒有回吻，卻也不拭擦留在腮上的口紅。伊娃說：你真厲害，看一眼護照就記住我生日了！羿光說：我喜歡的女人，她的什麼我都在意。伊娃說：你喜歡我啦？真的喜歡我啦？！羿光說：喜歡！伊娃說：我不明白，你喜歡暫短逗留在西京的一個老外？羿光說：對呀！世人貴似是而非者，如醴泉，水似醴，天下莫不飲醴，而獨恨不得飲醴泉。伊娃說：你說的是古文嗎？我沒理解。羿光說：沒理解，也不用理解，意思也就是喜歡你。來吧，今日給你過生日，祝你在中國幸福快樂！伊娃連聲謝謝。她是在中國見識過別人過生日的風俗，就學著在蛋糕上插了三根小蠟燭，點亮後，在羿光哼著的《生日歌》裡，雙手合十默許心願，然後噗的一下吹滅蠟燭。羿光便分切蛋糕，取杯倒酒，兩人喝起來。

伊娃並不理會是什麼牌子的葡萄酒，味道怪怪的，但她和羿光碰著杯，喝了一瓶後又喝了一瓶，不覺臉耳緋紅，雙目迷離，看桌子上的蠟燭，芯光似乎在燭頭上，又似乎與燭頭分開，若即若離，忽大忽小。她拍拍額頭，說：我有些暈了！便側身臥在桌後的沙發上。羿光說：好，不動，不動，這樣子太美了！就去了畫案，提筆蘸墨，對著伊娃畫起來。伊娃也就乖著沒再動，固定了姿勢，直愣愣地看定羿光。

差不多六七分鐘，伊娃說：累死我了。羿光說：勾勒出了大的輪廓，現在你可以放鬆，喝酒吸菸。伊娃說：說著話行嗎？羿光說：行呀。哎，往前邊屋角方向看，對，你的眼睛真有味道！伊娃說：漢語真有意思，說眼睛能說話，又說眼睛有味道。羿光說：中國人麼，什麼東西好不好，吃了才知道。伊娃說：哦，你們常說誰是誰的菜，也是這個意思？羿光說：是呀。伊娃說：那我是你的菜了？羿光說：你說呢？伊娃說：你的菜太多了，我才不再當你的菜！羿光笑著，手舉起來抹了一下臉。伊娃說：我發現了你一個秘密。羿光說：哦？伊娃說：你除了巨大的才華外，你那麼大年紀了還說話風趣，並且更有一種羞澀，你在和海姐她們說話時常有些不好意思了就抹抹臉，像貓一樣。你知道有羞澀感是男人的一種特殊魅力嗎？羿光說：是嗎？我可不是故意的。伊娃說：就是這種無意識的流露，你才成了她們的菜麼。羿光說：嘿嘿，她們那麼多人，這菜該夠誰吃呀？！伊娃說：你讓我想到聖彼得堡的一位詩人了。他也是情種，有許多情人，這些情人他是不讓她們相互見面的，總是分頭幽會。可到了星期天，他知道她們都會要約他的，他為了不冷落她們，也是為了不露餡，一早起來就喝酒，把自己喝個酩酊大醉。羿光就笑起來，說：哈這是個好辦法！就拿過來了畫紙，剛說句：像不像？手機便響了，掏出來一看，忙噓了一聲，放下畫紙到窗前去接電話了。

伊娃也再沒有說話，一邊看著紙上的畫，一邊聽羿光打電話。啊啊領導呀，你好，這麼晚還沒有休息啊！好著的，好著的。還在寫呀，除了寫文章就是字畫麼。噢，最近是沒賣過了。啊我知道了。你說，就我一個人，你說。這我知道啦，他罪有應得麼。問題那麼嚴重啊？！噢，噢。書的是她臥在沙發上的形象，是很像也很美，尤其那側面的鬢角、腮幫的線條，還有那後頸、後腰，以及那垂下來的手臂，原來自己還真是美麼。嗯，嗯。我聽著的。我和他是熟的，也僅僅是給他匯報過工作的熟，他也是以示關心作作秀麼，當然要劃清界限。呃。呃。是明天的會嗎？這我且不宜參加？哎呀，約好了醫生去看病的，能不能不參加呢？嗯，嗯。那好吧。我聽你的，那就參加。還必須有個表態發言？這該說什麼呢？好吧，好吧。伊娃倒覺得羿光像變了個人似的，聲音一驚一乍，表情也極其豐富，她忍不住要說你這是在表演嗎，但看著羿光的臉色，卻沒有敢開口。

電話結束了，羿光發了蔫地走過來，也坐在了沙發上，無可奈何地嘆息。伊娃說：誰的電話，說什麼了？羿光說：秘書長的電話，還在說市委書記被雙規的事。伊娃說：雙規是什麼意思？羿光說：被抓起來了，留置了，接受審查了！伊娃說：哦？！羿光說：明天有個會，本不該我參加的，卻要我參加。伊娃說：為什麼，牽連到你了嗎？羿光說：他腐敗是他的事，能牽連我什麼？！伊娃說：那明天還去開會嗎？羿光說：不說這些了，畫你看了嗎，像不像？伊娃說：像呀像呀！我就奇怪了，你是作家，書畫竟然能這麼好？羿光說：寫作和書畫的境界都是一樣的。只是各有各的表達語言麼。伊娃說：那境界是什麼呢，怎麼就能達到境界？羿光這會兒倒不作聲了。伊娃說：我問得可笑啦？羿光說：不是你問得可笑，是我不知道該怎麼給你回答。其實當今的作家、書畫家算什麼呀，世上的道和理，古人都已講透講完了，後人僅僅是變著法兒解釋罷了。我現在能做什麼呢，無非是避免著中於機辟，死於罔罟，安時處順地寫寫文章，再作些書畫，純粹是以己養養鳥也，非以鳥養養鳥也。但往往還不行。羿光的腦袋又耷拉下來。伊娃認真地聽著，知道他又在說古文了，聽得似是而非。看著羿光的樣子，突然感到了他的可憐，就說：但你是天才呀，絕對是天才，你能不能教教我，讓我也天才一下嘛。羿光看著伊娃，刮了她一下鼻子，說：女人要什麼天才？長得好就是天才。伊娃說：我長得不好，你瞧這雙腳太大了。我小時候穿姐姐退下來的衣服，但我長得快，褲子總是短，尤其是鞋小，就把腳夾壞了，到今右大腳趾的關節凸一個疙瘩。羿光說：這我早看到了，剛才畫的時候，之所以讓你把一條腿屈起來，就是為了藏住右腳，但你沒完全藏好。伊娃再看看畫紙，拉一條毛巾蓋住了腳，又側臥在了沙發上，說：你再畫，你再畫！羿光還真的走回了案前。

羿光說：畫像要畫得好，其實得裸體。伊娃說：讓我裸體？這裡不是專業畫室，我又不是專門雇來做模特的。羿光說：我沒有別的意思啊。伊娃說：你能說沒有別的意思，那就是心裡已有過意思。羿光微笑著，說：上次你來我還吻了你，今天我可是連擁抱都沒有的。伊娃看著羿光，說：你一定是給我使套路！卻自己又去拿酒瓶倒了一杯，仰脖子喝了，重新在沙發上擺姿勢。羿光說：藝術品。伊娃說：你說什麼？羿光說：你就是藝術品。走過來擺動著她的頭，又托了托她的腰讓挺直，再是讓她收腹，往外挪一下臀。每動一下，伊娃就抽搐一下，羿光說放鬆放鬆。伊娃說：一個杯子要是藝術品了那就不能實用，得束之高閣地珍藏的。羿光說：那當然。伊娃卻咯地笑了一下，說：我這樣子，你是讓做出茶莊壁畫上飛天的姿態嗎？羿光說：是呀是呀。伊娃說：人家是飛翔的，我這是不是墜落了？羿光說：墜落也是一種飛翔麼。伊娃說：你這是在引誘我了！羿光說：這是哲學家說的。伊娃說：呃？羿光再沒吭聲。

羿光又回到了畫案前，重新鋪了紙，就畫起來。他明顯地不在狀態了，畫得很慢，觀察上好大一會兒才畫上一筆，又還是畫壞了，就把紙撕了重來。如此連撕了三張紙，伊娃說：還想著剛才電話的事？我還替代不了那個電話嗎？！羿光說：哪裡呀。伊娃，你知道不，給你畫像其實對我是多麼折磨的，尤其現在。伊娃說：折磨你？羿光說：讓我深呼吸一下。就真的長長地一呼一吸著。伊娃說：我都放鬆了，你倒緊張？看來你是第一次給女人畫像了。羿光說：是的，是的，你這樣的身材我在中國還從未見過的。伊娃說：種族不一樣吧。羿光說：聽說你們那兒的女人年輕時長得是美，可一上年紀就發福了。伊娃說：那倒不一定，我姐姐生了三個孩子還和我一樣，我想我會保持下去的。羿光說：嗯嗯，你是不會發胖變形的，世上應該有永遠的東西。這時候手機又響了一下，羿光忙看了，是一條廣告信息。他再畫起了她的那隻手臂，手指頭卻怎麼也畫不準。說：你把手往前挪一點。但伊娃沒有動，也沒回聲。羿光再看時，她頭枕在了沙發扶手上，已經睡著了。

羿光再叫了幾下，伊娃還是沒醒來。羿光就走到了沙發前，近距離地看著伊娃。夜很靜，突然嘎的一聲，是靠牆的那個櫃子在響嗎？櫃子時常會熱脹冷縮著發出響聲，羿光要再次證實這響聲是櫃子發出的，站在那裡聽著，但幾分鐘過去了，再沒有響動，只是窗外時不時傳來汽車駛過的唰唰聲，而伊娃的身子，尤其臉和脖子在燈下發白發亮，微微散布著一種帶著熱氣的體香。羿光看了一下錶，時針指向一點。他說：你睡著了，你竟然就能睡著了？！

其實伊娃並沒有睡著，她只是睏得厲害時閉上了眼，而羿光說你睡著了，她就乾脆睡著。

她知道羿光在看著她，而且就坐在了她身邊近距離地看她，能感覺到目光有腳一樣走過了她的頭髮、額顱、鼻子、嘴巴，一直從胸部到了腳，她也就像打開的一本書，讓他仔仔細細讀著，同時自己默默地體會著身體的變化。但羿光的頭沒有俯下來，手沒有移動。一時又覺得奇怪，為什麼會這樣呢，是羿光並不渴求她，這不可能啊，他讚美她的時候，那眼睛，那嘴唇，那臉上和手上的肌肉都充滿了一種慾望，她是完全感覺到的。可這是為什麼呢，是還為電話的事影響了他的情緒，或許他真的一心一意地要畫像，專注了要做的事，如掃地、抹桌子，風把窗子吹開了去把窗子關上，她睡著就等著她睡醒，或許他不願在她醉睡時有所企圖而顯得下作，還是他是個君子？

羿光這時候取了酒瓶又在杯子裡倒酒，然後喝起來，他喝得很急，似乎還噎了一下。屋子裡一切都是靜的，什麼在鑿窗，起風嗎，還有老鼠在什麼地方咬噬，這麼高的樓上會有老鼠？伊娃微微地睜開眼，小桌上燃著的那支蠟燭，已經全燃完了，一堆蠟油上的芯子還忽閃著光焰，像是最後燒死自己。而旁邊有茶壺、茶碗、茶碟在乾渴著。伊娃趕緊又閉上了眼，她聽到羿光喝完了酒把杯子放在了小桌上，還在說：你睡著了？她要來個裝睡著了使羿光叫不醒。而就在羿光的一條胳膊終於過來撐在了沙發背上，頭距她很近，呼吸的氣息毛茸茸地就爬上了她的臉，伊娃竟一下子雙手摟住了羿光的脖子，上半個身子就吊在空中。羿光說：你沒有睡著？伊娃說：你把我勾引起來了，你卻不理我！羿光說：我，我。他的口被伊娃的口嚴嚴地堵住了，兩人同時唔唔著糾纏著一起，接著就在喘息和掙扎中相互解著衣扣，有的扣子就崩脫了，彈在小桌上，然後就是酒瓶在響，茶壺在響，小桌子哐啷被撞翻了，沙發竟如船一樣向窗下滑去了一尺遠，掉轉了方面。這時候手機在沙發上又響了，羿光怔了一下，伸手去要拿，伊娃說：死電話！用腳把手機踹到地板上。手機在地板上打著轉兒，閃著光亮，羿光還是伸手抓住了，卻也說：死去！一下子甩到了牆角，手機分離成兩塊，真的再不響動地死了。但是，該要做的事都要做，如何地迫不及待，如何地渾身大汗，偏就做不成。羿光在不停地嘟囔：這從來沒這樣呀！沒這樣呀？！還要做，還是做不成。羿光只有在伊娃的身上親吻，從頭吻到腳，從腳吻到頭，最後像狗一樣趴在那裡舔起來，不再起身，不再抬頭。伊娃突然抱住了他的頭，她看到了他一臉的水，不知道那是汗水那是津液那是眼淚。

二十二、應麗后・咖啡吧

陸以可接了老太太和夏磊在芙蓉路商貿大廈買衣服，當場試穿了就沒有再脫，又在大廈裡吃了飯，隨後到茶莊來。小唐正接待三四個顧客，顧客買了茶葉還想買煮茶的壺，才在介紹著各種樣式的鋁壺、瓷壺、玻璃壺和鑄造鐵壺，見老太太走進來，一邊招呼了，搬過凳子，還拿出糕點，一邊叮嚀小蘇把顧客買的茶葉裝上罐了再套上提袋，又喊叫小甄讓從櫃子裡取出那三隻日本進口來的手工打制的銀壺。老太太有些不好意思，說：不管我，你們都忙，我來坐一會兒就是。海若聞聲從隔間出來，問候了，說：哎呀，今天這一身衣服好！老太太扶著桌沿站起來，轉了個身，展示著，說：陸以可領我和磊磊新買的，她眼力好，選上了這一身，穿上剛合適！海若說：上年紀了要穿豔點。既然過來了，那就治治腿，小高，小高！高文來也還在隔間裡換煤氣罐，出來說：裝好了。海若說：你搬折疊梯去捉蜜蜂。老太太擋住，說：前天才治過，今日就不治了，歇一下腳就得回去，磊磊也是大半天地跑累了，該回家睡一覺。陸以可和夏磊也進了店，夏磊說：我不累。海若就笑了說：不累不累，小高你領著到那報刊亭買連環畫吧。自己便親自沏了杯茶，讓老太太坐到裡邊的桌上去喝。而高文來牽了夏磊的手出了店門，下台階時夏磊卻要高文來抱他，高文來把他一横，攬在一隻胳膊下，夏磊倒樂得嘎嘎笑。陸以可說：我給他買這身衣服怎麼樣？海若說：你把他打扮成女孩啊！陸以可說：我老家那兒是男孩子要打扮成女孩子了就好養。海若說：那就好！唉，幾時才能長大啊。陸以可說：每看到他婆孫倆就忍不住要流淚。兩人嘆息了一番，陸以可說：她家裡一個窗子關不嚴，馬桶下水也不利，我已經聯繫好了工人，明日一早去修。一會兒送他們回去，再到超市買些吃的喝的和日常用品。海若說：虞本温讓人從鄉下收了些土雞蛋，今早給我拿了一箱，就在二樓上，一會兒走時你記著也給帶上。陸以可說：今日誰在醫院？海若說：是應麗后。陸以可突然想起來了什麼，拉著海若上到二樓去。

二樓的桌上，擺滿了素文扇，有的繫上了瑪瑙金剛杵墜兒，有的還沒繫上，陸以可說句又給大家送小禮了，不等海若回答，就又說：是不是應麗后一大筆錢被人坑了？海若愣了一下。陸以可再說：是不是你和應麗后委託討債公司了？海若臉上了土色，說：都不守口，是公雞呀，非報曉打鳴不可？！陸以可說：我是聽范先生說的。海若嘴唇動了動，好像又罵了一下，但沒有聲，就把事情原原本本講了一遍，說：這事咋傳到他了？陸以可說：他是一大早到我公司來拉贊助，我說豬都餓得哼哼哩還有祟的糧？他就顯擺他如何地幫著你和應麗后。海若說：說話不怕牙硌了舌頭，他幫什麼了？！陸以可說：他說是他入股了一個綠化公司，這幾年市政府打造森林城市，公司就從陝南、陝北收購採挖了大量的古松古槐，銀杏樹和桂花樹，移栽了來，發了些財。

海若說：他還在綠化公司入了股？我最不滿意把那些古樹移栽過來，城市是美化了，可鄉下被破壞了，而且移栽來的樹三分之一都死了。陸以可說：他入股的那個公司不但挖樹移樹，還給人討債，他也就知道了你和應麗后委託的事。海若默了一會兒，說：他沒說討債討得怎麼樣了？陸以可說：他說雇了幾十個鄉下進城打工的農民，每人每天發三百元，連續打了橫幅在人家的商店前高呼口號，進行示威。海若說：這倒弄得滿城風雨了！陸以可說：風雨就風雨吧，那也沒啥，只是那些打工的農民都是窮極了的人，被他們一煽呼，擔心債討不回來，還會出別的事。你不是和齊老闆熟了，他認識那麼多市上領導，讓給說說，還管不了那個醫院院長？海若說：讓秘書長給說個話他都難場，現在哪個領導還肯出頭？陸以可說：若不行，那真不如走法律程序了。海若說：應麗后急啊，想很快拿到本金麼，打官司就得半年一年的，況且她還不願讓人知道這事。

陸以可開車去送老太太和夏磊後，海若在二樓上繼續給素文扇繫墜兒，腦子裡突然記起一句老話：心有猛虎，細嗅薔薇。便恨自己不能雌雄同體。腦子一時很亂，墜兒就編得不好，思謀著給應麗后電話，問問章懷是否和她聯繫，討債進展得如何，但又取消了念頭，喊起小甄。

小甄上來，海若說：你去街對過的中醫館看人多不多，人不多了，我去按摩呀。小甄說：好的。卻又說：門口來了一輛大卡車，說是你訂好了的。海若哦了一聲，就下了樓，果然門前停著一輛大卡車，車上有兩個小伙。司機見了海若說他們是司一楠派來的。海若就讓三人進店喝茶，對高文來說：一會兒希立水和辛起就來，你和她們一塊兒去幫忙拉些東西。交代畢，她改變了主意，沒去中醫館按摩，開車去醫院了。

夏自花在頭一天夜裡被送進了重症監護室。病人一旦進了重症監護室，家屬就不能再在床邊陪伴，但隨時都可能有事情要辦，一旦醫生、護士叫到誰，誰就得在，家屬們不敢離開。這些人有男的女的，老的少的，全在走廊裡站著，蹴著，甚至順地而坐，面如土色，嘁嘁啾啾低語，又都心不在焉，稍有動靜，眼睛就看過去，眼裡除了眼屎更是焦慮。海若在那堆人中發現了應麗后，應麗后是坐在監護室右邊的地方，屁股下墊著手帕，手裡拿著一瓶礦泉水，身子蜷著，垂下腦袋，頭髮全撲撒在面前，好像是睡著了。海若沒有叫她，默默站在旁邊。有個男的一直在走，走過來，走過去，像行屍走肉，走得讓更多的人心慌。有個女的就再次扶著監護室的門，把眼睛貼上門縫往裡看，一個眼睛看累了，換另一個眼睛看，眉毛都要磨蹭掉了，什麼都不曾看見，後來就嚶嚶地哭。她一哭，差不多的人都在哭，不哭的也在掉眼淚。有人就響聲很大地撲過去，趴在了走廊盡頭的窗台沿，窗子半開著，他如同晾在了沙灘上的魚，張口透氣。突然監護室的門開了，只是一道縫，露出護士的半個身子，在喊：張民生家屬！誰是張民生家屬？所有人都仰了臉，並且站起來，立即有人跑前去，說：在，在！護士說：去補交費用！七八個人就都在說著自己的病人名字，詢問情況怎樣，能不能進去看一眼。但護士再沒說話，門就又關上了。應麗后這才發覺海若就在身邊，低聲說：你幾時來的，你咋來了，晚上換我的不是向其語嗎？海若說：我過來看看。你還是沒有見到人？應麗后說：不讓進麼。我覺得咱還是把她轉出來，人病重著，旁邊沒個親人，總有些淒涼。海若說：還是聽醫生的。應麗后說：剛才我打盹，倒做了一夢，夢怪不好的。旁邊就有人看她們，眼裡咕嚕咕嚕流淚。海若就拉了應麗后到樓梯拐彎處說話。

海若說：夢都是反的。應麗后說：在夢裡我好像也知道我在做了夢，也還給自己說夢是反的。海若說：再不好的夢說破也就沒事了，別往心上去。你還沒吃飯吧，我出去給你買些。應麗后說：等向其語來了，我再出去吃吧。老太太情況還好？海若說：還行，我沒告訴她這裡更多的事，讓她這些天和孩子就不要到醫院來，下午陸以可陪他們在商廈還買了衣服。應麗后說：哦，陸以可這人好。海若說：大家都好。應麗后說：平常的時候你好我好都好的，遇到事了才能看出一個人的本質，她嚴念初就不好。海若說：你咋還這麼恨她？應麗后說：不恨，不恨了，只是這心裡沒她了。海若說：這幾天章懷沒和你聯繫吧？應麗后說：你不來，我還要給你電話呀。就在兩小時前，王院長給我了電話，說你還讓人來威脅我啊？！我給他說那筆錢也是我的命呀，錢拿不到手，我活不成呀！王院長說討債公司的人天天在店前鬧，店裡生意沒法做，他老婆也跑了，不在西京。那公司的人竟然給他發恐嚇信，說再不還錢，一是到醫院來鬧；二是把孩子綁架走，連孩子叫什麼名字年紀多大在哪個學校全說得清清楚楚。他這樣說給我，我倒害怕了。海若說：陸以可下午告訴我范伯生也知道了這事。咱一再叮嚀章懷保密，而范伯生都知道了，討債公司那些人做事就不正經，我也擔心出事。唉，也怪我，竟把這事委託了他們。應麗后說：海姐，不要說這話，你也是幫我。他們說綁架人家孩子，會不會只是嚇唬嚇唬？海若說：那要急了呢？應麗后說：我也是越想越有些害怕。就又罵起了嚴念初。海若說：罵她也沒用呀，陸以可建議咱走法律程序，咱當時腦子一熱，只想著能一下子要回錢來。應麗后說：那咱就不讓討債了？海若說：我是有這個想法，來和你溝通一下，你若同意，等我找嚴念初談談了再定吧。

海若的電話就不停地響，接了，不是司一楠在給她說辛起的家具正在搬，就是陸以可在說她從老太太家出來後順路也去看了王院長家的建材店，店是關門了，而討債人卻在隔壁一家飯館裡打鬧。原因是那些人連續幾天進了飯館就佔了四張桌子，只吃米飯，不點菜，店裡人把他們往出趕，雙方就起了拳腳。海若說：我知道了。應麗后說：電話這麼多？！手機又嘟的一聲來了短信，海若擺了一下手，應麗后不吭氣了。短信是海童發來的，上面什麼話都沒有，只是一個賬單：月房租三千，伙食兩千，學習材料一千，加油一千二，買鞋五百，修電腦五百，物業一千五，丟失錢包內有二千，眼鏡腿子斷了重配兩千，扭傷腳治療八百，貓食四百，手機費一千，牙膏、沐浴液、衛生紙、抽紙三百，電費五百，水費六百，咖啡機壞了重買五百。海若腦子轟的一下，復了信去：啥意思，哭窮呀還是抗議呀？！海童回：你兒子要去中餐館打工洗盤呀！海若復：去呀，你早該去打工體驗一下錢來之不易！海童回：媽呀，你這麼狠心，你如果不想要我了就送人吧，送給香港李嘉誠吧，或者給馬雲。海若復：海童，我告訴你，別給我在那邊玩瀟灑！你瀟灑什麼？拿我的錢瀟灑？！海童回：我在花我的錢呀！海若復：你花你的錢？！海童回：我是不是你唯一的兒子？家裡的一切是不是最後都是我的？你現在花的都是我的錢啊，老媽！海若又氣又笑，罵了一句：這狗東西！應麗后說：誰的信息，該不是嚴念初吧？海若說：不是。應麗后說：我算瞎了眼了，交這樣的朋友！海若說：你罵她也是在罵我麼，嚴念初是我當初介紹你認識的。應麗后再哭起來，抱住了海若，說：只有你對我好。

等到向其語來輪換，向其語見應麗后眼睛紅腫，還以為是為夏自花而哭的，她也抹了一把眼淚，又安慰了幾句，讓快回家歇息。海若就和應麗后離開了，去醫院前面的巷裡尋飯館。

巷裡滿是些小門面的飯館，賣些麵條、包子、餛飩、餃子，再就是花店，水果店，花圈店，壽衣店。應麗后就埋怨醫院前不該開花圈店和壽衣店的，病人是來治病的，看見了心裡是啥滋味。海若說：人最後都是去世在醫院的。應麗后說：人死了是不是都不知道自己死了？這就像人瞌睡一樣，知道睏了就躺到床上去，但什麼時候睡著的，都不知道。海若說：也許吧。兩人進了餛飩店，嫌地方窄狹，就退出來又去包子稀飯店。裡邊的三張桌子有兩張桌子都坐了人，一桌上有女的在低聲哭泣，旁邊人在勸，一邊勸著，一邊咳嗽，咳嗽得厲害，不停地把痰唾到桌下的垃圾簍裡。另一桌上是兩個男的，只喝著粥，響聲很大，而一個男的手背上還貼著打完點滴的止血膠布。海若拉了應麗后再往前走，說：那裡有病人，誰知道是些什麼病。應麗后說：到哪兒吃呀？卻見斜對面一家花店前，三四人指點著大的小的花籃，和店家討價還價，後來卻離開了，嘟囔著咱又不是探視領導哩，還是實惠了好，在隔壁店買了一小紙箱的牛奶。而壽衣店門口的牌子上寫著男壽衣一件套兩件套三件套多少錢，女壽衣一件套兩件套三件套多少錢。壽衣店和醫院一樣，是不能搞價的，有老頭就看了三件套的女壽衣，又要把三件套的男壽衣拿來看看。店主說：到底要男的還是女的？老頭說：都要的。醫生說老伴快不行啦，得準備後事，一塊兒也就給我也買了。店主說：啊，啊，你給你買？！老頭說：誰不死呀，都是遲早的事。老頭買了男女壽衣各三件套，站在那裡看著了海若和應麗后，卻好像在給自己說：人一死還有壽嗎，咋就叫壽衣？應麗后往兩邊的小飯館再瞅了瞅，說：那就不吃了吧，回去了煮碗掛麵。海若說：也好。兩人就此分手。海若說：路上開車不要分心啊。

應麗后怎能不分心呢，自己被坑了騙了，又已經使好多人都知道自己被坑了騙了，臉面丟到這個份上，若再為此鬧出些傷人要命的事來，必然會牽涉進去，那就人財兩空了。越想越忐忑不安，路上幾次險些和人碰蹭。到了自家樓下進單元門，一時找不見了開門的鑰匙，身上的口袋裡沒有，翻手提包，包裡沒有，就懷疑是遺在了醫院。要給向其語打電話，卻也沒見了手機。急得一身汗，跑著去小區門口找保安，借保安的手機給向其語打。保安說：你手裡不是拿著手機嗎？才發覺自己左手上就拿著手機，恨得拿手機打自己腦袋，腦袋被什麼物件刮著疼，鑰匙不知什麼時候就掛在手腕上。

再跑近單元門前，開了門，說：冷靜，冷靜。便撥打了章懷的電話。她故意放慢節奏，聲音也柔和著，告訴著不要再討債了。章懷在電話裡叫起來：不討債了？我雇了那麼多人，費了多大的勁兒，不討債了？！應麗后說：好兄弟，這些我都清楚。咱現在不討債了，但我不會虧了你們的。章懷說：怎麼個不虧了我們？花銷了一河灘，公司的信譽又受損，這弄的是啥事呀，小孩過家家呀，吃進去了怎麼吐出來，吐出來這傷不傷胃？這不能不討，咱是有合約的！應麗后一下子沒話了，越發證明章懷是個混子，自己不讓再討債的決定是對的。她又深呼吸了幾口，說：兄弟，你聽我說，是這樣吧，我給你付三十萬，這事就算了，不討債了。章懷說：給三十萬？咱合約上寫的是百分之十啊！應麗后說：那是以一次性追回了債算的。兄弟，現在不是一分錢都沒拿到手嗎？章懷那邊沒了聲。應麗后就說：兄弟，兄弟！章懷說：我從沒遇到過你這樣的人！那行吧。應麗后立即說：那你現在有時間嗎，你能到康寧路興化巷口咖啡店裡，我把錢就交給你，咱們當面把原先的合約撕毀就是。章懷同意了。康寧路興化巷口咖啡店距應麗后的住宅樓隔了兩條街，應麗后不想讓章懷到家裡來，也不讓知道她家在哪兒。到家裡就收拾了三十萬，裝在一個紙袋裡，提著要去咖啡店。出門時，卻想到已預付過了五萬，便從三十萬中取出五萬，放下了。放下了又擔心章懷如果還不行怎麼辦？再把五萬元裝在自己衣服口袋裡。自己倒嘲自己：現在倒精明了，當初借款時幹啥去了？！

早早到了咖啡店，買了一杯咖啡喝著。喝下半杯，章懷來了，給章懷也買了一杯咖啡，章懷說：再加一把火牛頭就煮爛了，你卻要抽柴？應麗后說：唉，都是朋友，不想鬧到仇人似的。章懷說：他不還錢就是仇人！應麗后說：他不可能不還，只是慢點，那就慢慢還吧。章懷說：姐真有錢！清點錢時，卻說：怎麼少了五萬？應麗后說：預付了五萬呀。章懷說：姐，姐呀，五萬你是讓我吃飯喝酒籌劃方案的，這話是你說過的呀！應麗后說：我說過？章懷把二十五萬的袋子提在了手裡，突然眼睜得很大，白多黑少，說：你說過！沒有掏出合約來。應麗后說：好啦，那我再給你五萬吧，一頭牛都沒了，我也不在乎牛韁繩。從口袋掏出五萬元給了章懷，章懷也就把那份合約拿出來。兩人把兩份合約一塊兒撕毀了，應麗后又讓章懷寫了三十萬的收條，並注明不再委託討債的字樣。章懷一邊寫著，一邊問債字怎麼寫，連寫了幾遍，筆在紙上還戳了三個窟窿。應麗后說：你上過幾年學？章懷說：小學沒畢業就跟我叔來西京了，姐不會笑話我吧？應麗后說：哪會呀，你現在不也是老闆麼！

章懷客客氣氣拿著錢走了，應麗后喝著咖啡，想著剛才那五萬元是不該給他的。他說我說過，我怎麼不強調我沒說過，如果我說我把當時說話錄了音的，來嚇唬，他可能就軟了。應麗后後悔著自己不能急中生智。可當再買了一杯咖啡時，卻又有些惆悵：這小伙或許還不是壞人吧，我就不讓他討債了？

二十三、辛起・家屬院

伊娃這一夜就睡在了拾雲堂的沙發上，一覺醒來，閣樓上並沒有羿光，下來到客廳，裡間屋，都沒有羿光。重新回坐到閣樓上，才發現小桌上有張字條：我去開會了，你離開時把門記著碰上。伊娃一仰身又躺倒在了沙發上。

她想再睡去，一直昏睡不起，直到天黑。但翻過來，翻過去，儘量地尋找著能放妥胳膊腿的姿勢，胳膊腿是合適了，腦子裡怎麼也不能安靜。回憶昨晚的事情，有些是清楚的，有些是不清楚，清楚和不清楚的似乎全都如夢如幻。她扭頭看著閣樓，樓頂的玻璃上，兩隻鴿子正站在那裡，而鴿子把陽光分散，像是射進來一簇亂箭，就扎在地板上。地板上有四五個揉皺的紙團。她並沒有去摸那個地方，也沒有體會到有什麼疼痛和不適。她比較著羿光和她曾經的男友，羿光確實是有點老了，大腹便便，脖頸上的皮肉已經開始鬆弛，但他才華出眾，談吐風趣，是這個城市的名人啊，並不覺得自己吃虧委屈。可這樣的事怎麼就發生了呢？當她再次到來還有過那麼多防範的預案，原來所築的籬笆如此不結實，一推即倒。伊娃的眼前一一閃現了海若和海若的眾姊妹，便揣摩起羿光和她們有沒有這種關係呢，從他對待自己的行為來看，或許是有吧，可從她們平日與他交往的眼神裡，或許又沒有。那麼，羿光偏偏與一個外來的，認識時間並不長的她就有了，伊娃畢竟有些疑惑，有些惶恐，也有了那麼一絲兒的得意。

伊娃爬起來沖澡，把下水口聚成一團的落髮撿起來，扔進了馬桶，又在馬桶上直坐過一個小時。身子是排泄了污垢、汗、糞便和亂七八糟的想法，她是再也不糾結昨晚的事了。整整一個上午，伊娃沒有出門，先是給海若發了個短信，說房東大媽身體還不見好，她要陪著，包一頓餃子，可能會晚些去上班。然後就開始打掃房間，清理那些殘剩的蛋糕、酒瓶、瓜子殼、果皮、杯具、髒紙。最後精心地收拾妝容，一個人唱起來，唱給自己的耳朵。

羿光一直沒有回來。當在廚房裡發現了掛麵、雞蛋和一把青菜、蒜苗，便燒水煮了一碗雞蛋麵吃。伊娃下得樓來，差不多都黃昏了。

有風在吹霧霾。多少天了，手機上發布的天氣預報總說將有風來，可沒有見風，而風來了，風竟然是從新疆沙漠上來的，吹散了霧霾，卻颳來了沙塵。漫空裡仍是灰濛濛的。沙粒土塵很快就髒了衣服，髒了頭髮和臉。

她側身縮脖地來到了茶莊，茶莊門口停著一輛小車，一輛卡車，卡車已經發動了，或者是開來後就沒有熄火，顫著響，像是發脾氣，嘰嘰嘟嘟地罵人。希立水、辛起、小唐、高文來正從店裡出來，高文來又返回店拿了一雙手套。辛起一見，就叫道：伊娃，伊娃，他們說你沒上班，你倒來了！伊娃一張嘴，風沙進來，吐了一下，說：房東大媽有些事，我來晚了。因為說謊，她的眼睛看著車，又說：啊要走呀嗎？希立水說：我們去給辛起拉些東西，你去呀不？高文來說：伊娃個頭大，有力，去的去的！小唐就招呼：多個人手好！上車上車！伊娃糊糊塗塗就上了希立水和辛起的小車，小唐、高文來上了卡車，兩輛車一前一後便開走了。

小車是希立水開的，辛起和伊娃坐在後座，希立水不停在說伊娃的臉，滿滿的膠原蛋白的，瓷光瓷光啊。辛起還拿手來在伊娃臉上摸，說：就是，這眉毛都長得好！伊娃說：是畫了的，眉毛長得散。希立水說：那正常麼，女人沒結婚眉毛是粘在一塊兒的，婚後就都散的。伊娃心裡撲通撲通跳，低了頭繫鞋帶。辛起說：人家伊娃還沒結婚哩！希立水說：沒結婚？回頭來看了一下。辛起說：你看路，希姐，看路！希立水有些尷尬了，說：哦，哦，這話不適合老外，伊娃你們民族是斯什麼夫？伊娃說：斯拉夫。辛起說：不結婚就不能有男人？現在二十出頭的姑娘哪個眉毛還粘在一塊兒的？！就摟了伊娃腰，說：你細皮嫩肉的，真不該讓你也來幫我搬家。伊娃順勢就說：換新房子啦？辛起說：搬出些家具。車突然顛簸起來，似乎是咚的一下輪子碾上了路沿，又咚地落下來。辛起的頭撞在了椅背上，說：希姐，希姐！希立水說：你倆只圖說哩，也不理我？點一支菸！辛起趕緊掏出香菸，一支點著遞給希立水，一支自己吸起來。伊娃說：你也吸菸？辛起說：才學會的。伊娃說：吸菸對身體有害。辛起說：害去，我煩我這身子！

不知穿過了幾條街幾條巷，遠近的燈光已經亮了，車子開進一個小院，辛起說：到了。伊娃從車窗看去，院子很小，院子裡也就是一座六層高的樓。樓旁有一棵楊樹，分了兩岔股，一股高出樓頂，一股伸在院子空中，風裡的葉子翻綠翻白，啪啪地響，像鬼拍手。而整個樓面卻爬滿了青藤，在風裡蠕動，如地震了一般，連露出的那一個個小窗口和小窗口裡的燈光，也恍惚不定。伊娃說：這是什麼小區？辛起說：算啥小區呀，家屬院。伊娃說：家屬院？辛起沒有回答，提個垃圾袋下車去招呼卡車上的人了。希立水說：家屬院就是上世紀八十年代各單位蓋的職工宿舍樓，磚混結構，進去是過道，兩邊房間，每一層就一個公用的廁所和水房。希立水就悄聲地說著辛起的婚姻和這次來拉家具的原因，伊娃哦哦著，一時不知說什麼好。卡車上的人都下來了，拿著麻袋片和繩索，辛起從垃圾袋中取出了好多雙鞋套，叮嚀著都套上，儘量不要弄出聲響，再跑過來讓伊娃就在樓下看著車，他們就上了樓。

夜差不多黑實，樓裡的住戶該吃晚飯的在吃晚飯，或許已經吃過了，刷牙泡腳在看電視裡的那些言情劇了。沙塵更大，院牆頭上的幾盞燈只有亮沒有光，牆裡的十幾棵垂柳，像剛吵完架、背過身去的披頭散髮的女人。一隻貓悄然走出，拉長了身子，樣子像餓虎。伊娃先嚇了一跳，打去個口哨，那貓竟然不理，皮肉鬆弛著走向牆根的垃圾箱。這裡和所有居民小區一樣，狗被人寵著，有吃有喝和人住在家裡，而貓流浪著。

為什麼中國人喜歡狗而不喜歡貓呢？理由是，狗忠誠，貓是餵不熟的。其實狗的忠誠是狗懂得自己的角色和現狀，它就能看主人的眼色，能聽主人的調遣，碎步如奴，搖尾若妓。而貓恰恰缺失這些，只能淪為流浪漢的命運吧。伊娃自作聰明地解釋著，竟然得寸進尺地想，狗貓的生存狀態何嘗不是人的生存狀態呢，那麼，她自己呢，以及她在聖彼得堡或在西京所認識的朋友中，誰更能在社會關係中尋準自己的身份和位置，誰又是被無形的東西支配著成為奴隸和玩物，誰又是心冷如冰也有著自己的硬度，心碎如玻璃了也要惡意去軋車輪放氣？

伊娃還立在風沙的院子裡發呆，東西就陸續從樓上搬下來了，先是一個櫃子，又是一個櫃子，接著是椅子、箱子、桌子、洗衣機、冰箱、電視、兩個沙發，還有床墊、床架、床頭櫃。每次辛起都跟著下來，那三個男的覺得床頭櫃的抽屜已經關不上了，建議扔掉，辛起不同意，還是裝上了車。然後六個人再次上樓，說是把小零碎都裝紙箱了再抬下來，伊娃依然在車前等著。

這時候一個老太太突然出現，像幽靈一樣嚇得伊娃差點叫起來。老太太是端著半碗剩飯吧，往垃圾箱前走，人瘦得像紙折的，在風裡趔趄，三隻流浪貓立即跑過來。伊娃故意咳嗽了一下，老太太抬頭看見了她，也看見了堆滿了家具的卡車，說：唔搬家呀？伊娃說：拉些家具。老太太說：唔這麼高的個子，頭髮是染的嗎，還是燈光照的，唔黃的？伊娃說：自己長的。老太太走近來，瞅了一會兒，貓就跳起來把碗抓掉了，剩飯倒在了地上。老太太說：急死啊？！伊娃把碗從地上拾起來，那不是碗，是塑料盆。老太太說：你是外國人？伊娃說：對嘍，一個洋妞。老太太說．你嚇死我了，外國人能說中國話！伊娃覺得有趣，還要再說什麼，小唐從門洞裡出來，她才看了一眼，轉過身，老太太卻去了樓的另一個門洞，不見了。

小唐是提了一個麻袋，累得氣喘吁吁，伊娃忙去幫著抬到車前。麻袋大，兩人放不到車上去，小唐就從麻袋裡往出掏，有一個鋁鍋，一個炒瓢，一個燒水壺，一個小馬紮，一個竹籃子，還有鏟子、鉗子、錘子、電插板、充電器、一卷塑料地墊。伊娃說：這都是什麼東西呀！小唐撇了撇嘴，說：我不讓拿這些破爛，她偏要拿。伊娃說：啥都拿走了，那男的還生活不？小唐說：我先前還覺得辛起人好，這一搬家我倒看不起她了。伊娃說：你是說她窮？小唐說：這不是窮不窮的事，就是窮，都是有原因的。說完，小唐再沒上樓去。

終於三個男的最後把三個巨大的紙箱搬了下來，希立水提著一袋米，高文來扛著個煤氣罐，辛起一手端了個盆，盆裡放著一摞碟子和碗，一手提了個小木桶。伊娃迎上去，說：這木桶是盛米飯的嗎？她見過一些飯館裡有木桶米飯。辛起說：泡腳的。伊娃就沒敢再說。東西全裝在卡車上，卡車就開走了。伊娃上了希立水和辛起的車上，也快速離開。

辛起說：希姐，我請你和伊娃吃飯。希立水說：伊娃你吃不吃，你要吃我把你和辛起送到子午路張記肉夾饃館，那裡肉夾饃有名，還有涼皮、餛飩、湯圓和粉絲丸子湯。我減肥，晚上不吃的。伊娃說：我吃飯不要管，在前邊有個超市停一下，買個麵包就行。辛起說：希姐不吃了，改日我中午請，伊娃你怎麼就買個麵包？希立水說：客什麼氣呀？！伊娃你是回茶莊還是回住處？伊娃說：這麼晚了，我回住處吧。希立水說：那好，咱先送辛起後送你。

車往東開過一條街，又向前走了二十分鐘，在一個城中村模樣的巷口，辛起下車，然後車要再到舊城去。伊娃說：辛起家搬到這裡啦？希立水說：是的。伊娃說：卡車早來啦？這巷道窄，能進去？希立水說：東西不搬在這裡。伊娃瞧見前邊有一家小超市，進去買了兩個麵包，又買了三根香腸。

二十四、向其語・庵前

陸以可聯繫到了一家房地產廣告，送來的內容卻用詞不當，太過誇張，什麼「帝豪定義」「高端匠締」「墅質奢享」「金礬爆耀」，讀起來舌頭都捋不順。陸以可建議修改，對方的老闆就要她去他的公司商議。陸以可當然得去，想著不能空手，得到茶莊買些茶帶上。開車經過廣維路，前邊的路口因舉辦馬拉松賽而封閉了，問幾時可以通行，警察說兩小時吧。很多車都掉頭繞道，陸以可乾脆開車拐進左邊的一個小區，從九號樓四單元坐電梯去了二十五層的向其語家。

保姆開的門，認出是陸以可，說：還睡哩。陸以可說：啥時候了還睡？保姆說：她要一回來，就上床躺著，像手機充電一樣。陸以可就笑，說：叫她起來。保姆去了臥室。向其語是在睡著，她是從醫院一回來，扳倒頭便睡了。保姆推醒她，她說：啥時候了？保姆說：十二點四十五分。向其語說：不到一點？！翻個身又睡。保姆說：陸以可來了。向其語就起來，從抽屜裡取了三粒冬蟲夏草膠囊吃了，出來說：哎呀，你怎麼來啦？！是路過這裡歇歇腳，還是喝茶吃飯呀？陸以可說：要說歇腳，上這麼高的樓是歇腳嗎？想吃飯哩，就看你給不給吃！向其語說：你要吃我身上肉我都割哩！阿芳，陸老闆能來吃飯是咱的光榮，人家吃飯講究，不圖多，要精，你去買一條石斑魚，再買些香菇、牛肝菌、百合、山藥和苦瓜。陸以可說：還算大方！不吃了，就是想你了，正好路過上來的。向其語說：想我了是假話，但我當真的聽，不吃也得吃，要麼你在眾姊妹裡嚼我，說到飯時了不給你吃飯。還是讓保姆下樓去了。

兩人說了一陣兒閒話，向其語發現陸以可臉上有一塊斑，問幾時長的，就拿了自己的祛斑霜給抹了，還要讓把這盒祛斑霜也帶上。陸以可不要，說：我從來就皮膚不好，一旦幾天睡眠不好就容易長斑。向其語說：女人的毛病都是內分泌有問題引起的。你近期是不是覺得注意力不集中，渾身無力，做什麼都興趣不大？陸以可說：是呀，我都覺得有了抑鬱症了。向其語說：可別胡說，你咋會有抑鬱症？我這兒有好東西，給你拿些，喝了肯定對身體好哩。陸以可說：啥神丹妙藥？向其語說：虎骨酒！陸以可說：虎骨酒？現在哪裡還會有虎骨，該不是狗骨吧。向其語說：我同學在動物園當領導，去年臘月園裡老死了一隻老虎，給我了四十克泡成的酒，你一定要喝喝。說著去櫃子裡抱出一個罈子，罈子上還貼了一張紙，上面寫著：十斤酒，四十克骨，三十克木瓜，十五克川芎，三十克牛藤，十克當歸，十五克天麻，二十克藏紅花，十克茄根，十五克五加皮，十二克玉竹，十五克防風，三十克桑枝。陸以可說：用這麼多中藥材泡的！倒出來一盅，喝了。向其語說：怎麼樣？陸以可張牙舞爪了，說：渾身來勁兒，離遠點，我想打人啊！向其語拍手說：好，你這話可以做這罈酒的廣告語了！陸以可卻一下子蔫了，擰身坐到沙發上，黑了臉。

向其語收拾了酒罈，仍倒了兩盅酒過來，也坐在了沙發上，說：你一直都是理性很強的人麼，咋也小姑娘似的臉上陰晴不定，是生意上不如意了？陸以可緩過來，笑了一下，說：生意好著的，今日還要去一家公司談業務呀。向其語說：這就好麼！你生意好了，還得照顧照顧我呀，把你的客戶給我介紹些，我不會虧你，給你百分之三十的回扣。陸以可說：我不是給你介紹過范先生嗎，他認識的不是大領導就是大老闆。向其語說：你說是留小辮的范先生？大男人家的卻裝女人，他真要是女人，八輩子都嫁不出去！陸以可說：嘴上留德些，咱都不是沒再嫁出去嗎？向其語說：咱是不想嫁，就是要個高貴優雅地老去！他倒是到我這兒來過，卻不是給我拉客戶而是想在我這兒拉贊助！說是我給他的一個活動出資二十萬，他除了活動冊上掛我的名外，還給回報書法家曾世存的兩張書法作品。曾世存你知道不？陸以可說：沒聽說過，恐怕是沒出名的。向其語說：我要他的字糊牆嗎？我說你給我兩張羿光的書法，我會考慮，他氣呼呼走了。陸以可不知怎麼回應，便說：哎，好些日子沒見到羿老師，前年是猴年他給咱們每人寫了個猴字，去年給每人寫了個雞字，今年狗年，海姐說不讓寫狗字，她讓給大家寫個扇子，我倒還沒見到，給你寫了嗎？向其語說：你沒有我哪能有？他對你和海姐是最好的。陸以可說：他對海姐好，他們認識得早呀，海姐也是對他好，生活上的瑣碎事都是茶莊人替他料理的。向其語說：這我知道。聽說羿老師給希立水介紹對象了？陸以可說：是介紹了一個。向其語說：聽說是政府的一個處長，去年死的老婆。一個才離了婚，一個才死了老婆，就這麼猴急啊？！陸以可說：能撮合也好麼，要不咱們真成了楊門女將了。向其語說：楊門女將？陸以可說：都是寡婦麼。向其語說：你說他們能成不？陸以可說：聽希立水說她愛他，他也愛她。向其語說：得了吧，什麼你愛我呀我愛你呀，兩個人都餓著就是了。陸以可說：你這說得難聽！向其語說：我是說她比那男的還大幾歲哩。陸以可說：她倒顯得年輕。向其語說：也就能穿會打扮！說完，竟然拉了陸以可到臥室，打開了衣櫃，取出一件金絲絨壓花長袖連衣裙，又取出一件藕粉色短裙，再取出一件一字肩開衩黑禮服裙，再又取出一件牛仔褲，一件白色T恤百搭的百褶裙，一件駝色風衣。說：這都是我最近買的。還有件純白色的兩式套裝，我穿了你看看。陸以可說：向其語呀，你這是搞時裝秀呀還是給我炫富？不就是來吃你一頓麼，倒要我誇你這衣服好？！向其語說：我以前就和你一樣，都不愛穿的，可現在這臉，膠原蛋白消失，蘋果肌下垂，皺紋增多，再加上淚溝黑眼圈，色氣暗沉，就顯得不乾淨，老是疲態。咱也學學希立水，掙著掙著往年輕麼，陸以可說：你穿吧，你穿吧，看能穿出個十八歲來不！向其語就把衣服收了櫃，兩人又坐回沙發上吃水果。

保姆買了一大堆食材回來，在廚房裡清洗。向其語喊：阿芳，你把茶几收拾一下！保姆過來把茶几上的東西拿走了，又用抹布擦拭。剛進了廚房，向其語再喊：阿芳，你先燒些水呀，我們只圖說話，還沒喝上茶哩！保姆應了聲，一陣水響。陸以可說：你表演，再表演呀！向其語說：你是說我使喚保姆？陸以可說：如果不是給我表演，那你就這樣用人家？向其語說：我家保姆勤快。陸以可說：她是哪裡人？向其語說：陝南的。陝南人聰明秀氣，心靈手巧，幹活踏實，不像關中平原上的人身子沉，脾氣又生冷硬倔，以前我雇過兩個，都幹不了一個月就走了。陸以可說：看她能不能介紹個鄉黨。向其語說：你沒有雇保姆？陸以可說：我不雇，就是雇，我也不會支使人。我想給夏自花雇個保姆。向其語說：咱們不是輪換著去醫院嗎？她現在在重症監護室，雇了人也伺候不了她，白花錢的。陸以可說：是給她娘雇的，老太太年紀大了，腿腳不好，夏磊又太皮了，這段時間你沒見老太太衰老了一截嗎？向其語就又喊：阿芳！阿芳！

保姆來了，端了兩杯茶遞給了陸以可和向其語，說：剛才出門買菜時就該先給你們燒水沏上茶的。向其語說：陸老闆也需要個保姆，你能不能介紹個鄉黨？保姆說：不知陸老闆家裡是啥情況，是有老人或是有病人，還是有小孩，小孩是嬰兒呢，能走能跑呢？陸以可說：有老人和孩子，孩子三歲了，老人一直帶著，只是幫幫下手。保姆說：那我想想，得找個合適的。向其語指頭搓著，叭地一響，說：事情就這麼定了，你去做飯吧！保姆去了廚房。向其語說：夏自花的病我總覺得有些蹊蹺，她怎麼就得了這種病呢？陸以可說：吃五穀得百病麼，有啥蹊蹺的？向其語說：有些病是中醫、西醫治不了的，得用些怪辦法治，比如氣功，比如求佛，比如請些作法的人驅驅鬼神。陸以可說：用氣功治過，海姐哪一日不在佛前禱告過，道教的術士現在還有嗎，在哪兒能請到？向其語說：聽說秦嶺裡有。陸以可說：你說話只圖嘴快！聽說？那只是聽說。秦嶺裡有？秦嶺深得像海一樣！她站起來去了廁所。

從廁所出來，陸以可就勢站在了陽台上。風似乎小了，沙塵還沒散。她說了一句：天恁髒的，也該下雨了吧。向其語跟著過來伸懶腰，說：如果你也覺得要驅鬼神，秦嶺再大，我都可以打聽著找。前年有個顧客在我那裡理療，閒談中他說現在有相當多的人並不是人。陸以可說：是鬼神？向其語說：他說，你看有人像狼一樣跑來，那人其實就是狼，有人像鬼一樣在那裡哭，那人其實就是鬼。陸以可說：那是比喻，羿老師的書裡也常這麼寫哩。向其語說：他說一般人死了靈魂都是六道輪迴，但也有的靈魂不願離開人間，也有的是因各種原因離開不了的。就像從西京到北京要乘飛機，有的突然不想去了，有的去了機場，沒趕上時間，飛機起飛了。這些靈魂就在世上遊蕩，然後想辦法附身。被附的人如果能量還可以，它就和被附的人共生共存，需要被附的人出現，那是正常人的言行，需要它出馬，那就是非人類的思維和舉動。被附的人如果能量太弱，那就完全被控制了。現實生活中我們常常會看到一些人詭異，舉止行為出格，不可理喻，或者莫名其妙地有了一些技能、預測、透視，以某個亡人的聲調說話，變幻著亡人的模樣出現。陸以可聽得一愣一愣的，就想到自己遇到的那人像父親的事，她說：變幻著亡人的模樣？向其語說：是呀，他說這些都是附了身的。陸以可又滿腦子都是父親的回憶了。遇到了像父親的人，才使她堅定地留在這個城市的，也充足了信心做自己的事業，她是不是去成都的小叔單位也一直在猶豫不定，還說如果能再見到一次像父親的人了她就留下來，若一個月內沒有再見到像父親的人了她就離開，她是把一切都認定是父親的在天之靈在關注著，護佑著她，怎麼能是一種作祟的邪惡呢？陸以可臉漲紅起來，說：胡說了，迷信，封建迷信！向其語說：他說現在的科學正在解釋著所謂的迷信，那不是迷信，是暗物質。陸以可說：我現在倒懷疑你是被附了體的，是非人類！

說這話的時候，樓前有成群的烏鴉在盤旋，而且對面最近的一幢樓頂沿上就也落著許多烏鴉，糞便稀淋在那牆上，白花花的像塗了石灰漿。向其語說：嘿嘿，我倒盼我能被附了體，是非人類。我要是被附了體，是非人類，那咱們眾姊妹也都是被附了體的，是非人類，也包括你。陸以可不願意再說這個話題了，說：這裡咋會有這麼多的烏鴉？向其語說：以前這裡叫庵前，就是後邊曾經有個庵，庵裡全住著道姑，庵四周有幾十棵楊樹，一到天黑老是落烏鴉，似乎全城的烏鴉都來了。後來庵拆了，蓋成高樓，可烏鴉還是來，估計烏鴉和人一樣有記憶。人是胃有記憶的，小時候吃過的東西一輩子都喜歡吃，烏鴉的鼻子有記憶，以前待過的地方一聞見味也一直來待。陸以可說：照說你住的地方，醫院和廟庵周圍都不宜居住的，重在別的地方買個房吧。向其語說：你借我錢呀？！陸以可說：你缺錢啦？向其語說：就是有錢，我也不搬。我就住這兒，也活該住在這裡，活佛來了，我皈依個居士，權當這房子還是個庵。陸以可說：皈依的是佛教，庵是道教的！向其語哈哈地笑，說：佛道一家，佛道一家。

在向其語家吃畢了飯，又拿了一小瓶虎骨酒，陸以可便去了茶莊。一推店門，小甄向她點點頭，說聲：陸姐來了。卻忙著和小蘇、小方把靠在東邊牆根的那個大櫃子搬移到北邊牆根兒，又把一張桌子挪到玻璃窗前。陸以可說：這是重新擺設呀？小甄說：嗯。陸以可說：這樣擺設了好，把櫃子放在東牆根是覺得彆扭。小甄說：陸姐也懂風水？陸以可說：整體懂，具體不懂，但最基本的一點是，室內風水好不好，就看一進門感覺舒服不舒服。小甄、小蘇就看著她，臉色凝重，都沒有說話。小蘇在搬移過來的立櫃上安放了一尊檀木關公像，供上了香，彎腰九十度拜了三拜。陸以可說：小蘇，這幾時請的武財神？小蘇說：早請來了，一直存在櫃子裡，才找出來敬的。陸以可說：你這拜得虔誠！小蘇說：我還不知道拜的動作對不對，讓陸姐見笑。陸以可說：對著的。你們一直敬陸羽，那可以保障茶的質量，敬武財神了，茶莊生意興隆麼！小蘇說：謝陸姐吉言。陸以可說：那我再給茶莊貢獻一下，稱二斤最好的龍井。多少錢？小甄接了話說：不收你錢。陸以可說：怎麼不收錢！關係好是關係好，做生意是做生意，朋友們買茶葉不收錢，茶莊要關門呀得是？！小甄突然頭低下去，吸了幾下鼻子。高文來從樓梯下來，也僅點了一下頭，拿了拖把要去東牆根擦地板。陸以可說：老闆呢？她故意不說海姐，說老闆。高文來說：在樓上，我領你上去。陸以可拉了一把椅子，說：我就坐這兒，你們老闆肯定臉難看了。高文來說：陸姐你知道了？陸以可說：這還用知道嗎，你老闆是性情人，她高興了，你們個個眉裡眼裡都活泛，她不高興了，你們也都霜打了一樣發呆發瓷。瞧麼，我來了也沒人給倒一杯水。小蘇趕緊說：哦，哦，我給你沏茶，你還喝白茶嗎？陸以可笑了說：老闆臉難看，但茶好喝啊！小蘇沏了茶過來，小聲說：小唐被叫走了。陸以可聽岔了：調走了，調到哪兒去了？小蘇眼淚滴下來，說：讓紀委叫走了。

二十五、海若．麻將室

海若告訴陸以可：早上小唐來茶莊開了門，接著到的是小蘇、小甄、高文來，後來的是小方和張嫂。張嫂在街上買了五個粗糧煎餅，便給了小唐、小甄、小蘇、小方各一個。高文來說：也不問一下我吃不吃？張嫂說：誰知道你今天來得早？是這樣吧，你把我這個吃了。高文來說：有你這話，我就感到溫暖了。你們吃，我給你們燒水了沏茶喝。就打開煤氣灶，坐上了水壺，讓燒著，自己去收拾垃圾桶。這時候店門外駛過來一輛麵包車，緊靠著台階停下，三個人就進了店，說：這裡是暫坐茶莊？高文來提了垃圾袋要出去，說：哎，有多麼大的場子，把車擋在門口？！來人說：站著別動！高文來說：咋啦，打劫啊？這裡可是有監控攝像頭的！來人掏出一個什麼證件，就那麼一晃，說：這裡有個叫唐茵茵的？小唐嘴裡還吃著煎餅，一時說不成話，唔唔著，就走過來。來人說：把嘴裡東西吐了，說話！小唐沒有吐，強咽了，說：我是。來人說：跟我們走一趟。小唐說：跟你們走？你們是幹啥的？來人說：紀委！小唐看了一下高文來，說：去紀委嗎，為什麼去紀委？來人說：祁家元的案子。高文來說：祁家元？是落馬的市委書記嗎？！來人說：她心裡明白。小唐已經臉發白了，說：我不認得祁書記啊。來人說：是祁家元！小唐說：哦是祁家元，我不認得祁家元，祁家元也認不得我。來人就抓住了小唐的胳膊。小唐說：我還穿著店服，穿著店服。來人遲疑了一下，同意她去換上自己的衣服。小唐去了隔間，壺裡的水燒得咕嘟咕嘟響，她換了自己的衣服，便嚶嚶地哭，出來的時候，對小甄、小蘇、高文來、小方、張嫂說：給海姐說一聲，讓來救我，水開啦。來人就前邊一個，後邊兩個，夾著小唐出了店。隔間門裡往外冒白氣，小甄進去關了火，發現衣架上還掛著小唐的紗巾，拿著跑出來，來人已經把小唐拖上了車，用一個布袋子往她頭上套。小甄還拍著車喊，車噴了一股黑煙，開走了。

海若告訴陸以可：她是接著小蘇的電話趕到了茶莊，茶莊停止了營業，門關著，玻璃窗上也拉嚴了竹簾，小蘇、小甄、小方、張嫂和高文來都在店裡坐著，戰戰兢兢。她問了情況，渾身的肉就跳起來，確實是肉跳，跳得似乎要一塊兒一塊兒往下掉。祁家元一倒臺，她就預想著還會有許多事發生，這就像一顆石頭丟在湖裡了，水面上必有漣漪，可齊老闆還在澳門沒回來，小唐竟然被叫走了，她一下子亂了方寸。她畢竟是茶莊的老闆，大家都在看著她啊，她雙腿稀軟地在椅子上坐了一會兒，就讓大家不要哭，把眼淚擦了，做深呼吸，恢復情緒了，去把店門打開，竹簾拉開，照常營業，誰也不要再說這事，接待顧客面帶笑容。而她拿了手機就上樓給羿光打電話。女人再剛強還是女人麼，關鍵時刻得有個依靠，即便是誰也依靠不上，但能有人聽你訴說，或者給你一句兩句安慰話，那都太需要啊。她是把情況說給了羿光，說的時候她不知怎麼就哽咽不已，委屈得像被欺負了的孩子。羿光也是吃驚不小，半天都沒吭聲，最後答應著他了解了解。整個上午，她都在等待著羿光反饋的消息，而遲遲未有回音。這是她最焦慮的四個小時，她給佛上香，跪在那裡默默祈禱，她也翻閱著書籍，尋找著能安妥自己心神的字句。她雖然知道有出太陽的日子也有下雨下雪下冰雹的日子，但真的遇上雨雪和冰雹了，還是那樣地慌亂和無奈。也深深體會到了為什麼任何寺廟，一進大門左右兩邊都塑著護法天王。而羿光是她的護法者嗎？她不停地念叨著羿光會幫她的，也有能力幫她，同時也翻櫃子找出了那尊檀木關公像，安位供奉，再是突發奇想把店裡的櫃子、架子、桌子重新擺放了方位。

海若告訴陸以可：做完了這一切，她能真切地感受到茶莊的樓上樓下諸神充滿，都在給她加持，給她能量。果然就在二十分鐘前，羿光的電話來了。羿光沒有向市裡的幾個領導詢問，因為祁家元的倒臺使他們都諱莫如深，噤若寒蟬。但他託付了范伯生去打探，范伯生是如灰塵一樣無處不鑽的人物，打探來的是紀委辦案點設在某一學院的賓館裡，那幾個房間裡的窗子是釘死的，牆全部軟面，床頭、桌角也都用棉布包裹，以防被審查人自殺。負責看守的是雇請的人，竟然是馮迎的一個同事的老爹。老爹二十四小時和另外一人輪流坐在房間門口，不能進去和被審查人交談，一旦有事就立刻報告另外房間的辦案人，而至於如何在審查，審查的是什麼內容，一概不知。但有一點可以肯定，那就是叫去那些行過賄的老闆，在老實地交代了行賄的金額、次數、時間、地點和方式後便釋放了。羿光也就告訴她，祁家元的案子牽涉到了齊老闆，而小唐的事不會很大，她把她的事說清楚了就會很快回來的，她算什麼呀，沒事的，應該沒事的。

陸以可說：那小唐是什麼事呢？怎麼就能把小唐叫去？海若說：這麼多年，齊老闆是茶莊的常客，他凡是買茶都是一次就買好幾萬，和我熟了，和小唐、小甄她們也都熟。平日他要給一些領導送名牌手錶、珠寶玉器、高檔衣服什麼的，但他又不甚懂，總是託我去買，買了又都是小唐去送貨。我也想，可能是小唐去兌換了一次黃金。陸以可說：兌換黃金？海若說：是一次齊老闆來說，祁書記的夫人想將一些錢兌換成黃金，而具體去辦理的是小唐。陸以可說：那也僅是個跑小腳路麼。海若說：就是跑個小腳路。陸以可說：還可能有什麼事？海若說：再沒有了。小唐忠實可靠又精明能幹，我啥事都讓她去，沒想倒是害了她！陸以可說：就那麼點毛事，小唐去說清楚了就會回來的。海若說：可幾時能回來呢？陸以可說：或許三天五天，或許明天吧，你不要急。海若苦笑了一下，說：唉，以前都是我勸人的，現在倒成被人勸了。陸以可也笑了，說：看來你不是聖賢。海若卻睜圓了杏眼，說：我是你姐！

兩人就商量著下來要做的事情：一是明天再找羿光，讓他再打探小唐去了辦案處的情況；二是通知小唐家人說茶莊派小唐去福建收茶了，如果家裡有什麼要幹的活，就及時來電話，茶莊會全力以赴。籌劃畢，陸以可說：好了，你鬆口氣。海若是長長出了一口氣，叫喊小蘇重新沏兩杯白茶來，卻又說：以可呀，上午一個人坐在這裡，倒還想這麼一件事，我開茶莊第一個認識的是你，怎麼現在竟有十多個姊妹了？陸以可說：啥意思呀，得意你是領袖？海若說：我不是領袖，領子和袖子是衣服最容易髒的部分。陸以可說：那你是磁鐵，慢慢把塵土裡的鐵絲、鋼片子、螺絲帽、釘子都吸到一塊了！這是物以類聚，人以群分麼。海若說：是物以類聚人以群分，可咱眾姊妹不求在政治上多貴，經濟上多富，婚姻上多完整，也僅僅要活個體面點兒，自在點兒，就這麼難？小時候我娘罵我是小姐身子丫鬟命，而現在了又是有一顆鶴的心，卻長了雞的翅膀？陸以可說：你是說，咱出了問題還是咱生活的環境出了問題？海若說：我問你哩你倒問我。陸以可說：我也想起我小時候了，有一年夏天特別熱，我渾身出了汗就站在太陽底下去曬，想著能把汗曬乾，沒料越曬汗越多，後來就中暑了。海若吸起了香菸，沒再吭聲。陸以可說：不說這些了，咱打麻將吧，麻將一打，啥事都忘了。海若說：那打吧。陸以可說：你這兒沒有麻將，我給應麗后打個電話，她有個麻將室，就到她家去。

一打電話，應麗后高興地說：來吧來吧，我這麻將室還沒使用過哩，把錢帶多些呀！兩人就出門開車，十五分鐘後到了應麗后家，竟然希立水、辛起、伊娃都在。伊娃見了海若有些窘，說：海姐，我給你道歉。咱茶莊隔間的小窗竹簾壞了，昨下午小唐讓我今上午到府佑街買新的，買了去茶莊的路上正好碰著希姐和辛起，一塊兒來應姐家了。陸以可說：海姐不會怪你，你不是正式員工。海若卻嚴肅了臉，說：那得扣工資。辛起就急了，說：哎呀，這都怪我，是我硬把伊娃拉來的，扣她的工資錢我出。海若說：那好呀，你拿一萬元來。辛起說：天神，我哪有那麼多錢？！海若說：沒有錢，那我就罰你必須對伊娃要好！辛起一下子抱了伊娃，說：我倆好著的，好著的！還故意用自己頭去碰伊娃的頭，咚地都起了響聲。大家都笑，希立水說：茶莊也是神奇，咱們十個人在茶莊認識了成了姊妹，辛起和伊娃也是在茶莊一認識，倒比和我還熱乎！辛起忙說：不是，不是，我認你是姐哩麼！應麗后說：辛起能認你姐就不錯啦，這十幾年有多少人來茶莊找海姐時，相互認識了反倒不理了海姐。當初多窮酸的，靠海姐的人脈關係，人家發展成大老闆了，海姐仍還是小買賣。陸以可說：往往是能燃燒的東西自己感不到溫暖麼。海若說：哎，哎，這是誇讚我哩還是埋汰我？！應麗后說：我看不慣眼的就是那些土鱉成了大老闆後，再到茶莊去神氣都變了。海若說：這你是嫉妒了。

應麗后家是年初才搬進來的新房，陸以可來過，海若還是第一次來。這是全市最貴的精裝修豪宅，海若一一看了客廳、廚房、衛生間、大小臥室、衣帽間，說：應麗后給咱眾姊妹長臉了，也能住這麼好的房子！應麗后說：現在也就只落了這套房子。海若沒接她的話，說：那麻將室呢，你竟然奢侈到有專門的麻將室？！應麗后就領著到另一個房間，果然放著一台香港產的電自動麻將桌。應麗后說：哪裡是奢侈呀，是寂寞。平日咱沒有人陪著看電影呀，喝咖啡呀，泡雙人浴，只能叫些人來打麻將麼。辛起說：還有雙人浴呀？應麗后說：有呀。辛起說：希姐你泡過沒？希立水說：我沒有，不知道是夫妻泡、情人泡還是和朋友泡？富人之所以富是人家的想法富，咱之所以窮是咱的想法窮。應麗后說：希立水，你給我裝可憐啊！海若說：你倆真俗！便想起伊娃，說：你和辛起是說好了的還是心有靈犀，怎麼都是一個牌子的運動裝？伊娃說：不光是撞衫，我這後脖子長著一顆痣，辛起後脖子上也長著一顆痣。希立水說：讓我瞧瞧。後脖上長痣那是有說法的，托生時過陰陽界，孟婆要讓喝忘情湯，喝了就忘記前世的一切。但有的人就是拒絕喝，拒絕喝的那要經過刀山火海的。凡是寧肯上刀山火海也不願忘前情的人就後脖上長痣的。伊娃說：長痣的好不好？希立水說：不存在好與不好，只是今生感情上的事累。辛起說：就是就是。希立水說：真的也怪，伊娃和辛起的痣長得一個位置，一樣的大小和顏色，伊娃前世就是中國人？辛起說：或許我該是俄羅斯人？應麗后說：老外哪裡講究這些！聽說漢人的小拇腳指甲是一大一小兩半的，沒有了就不是。辛起就脫鞋要看，伊娃也脫鞋，陸以可說：腳臭烘烘的有啥看的，打麻將，打麻將！大家便都挪著凳子圍了麻將桌坐下來。

六個人先上四個人，陸以可和海若迎面坐了。辛起說：希姐、應姐你們上，我和伊娃坐後邊幫著看牌。伊娃說：我看不來牌，我當服務員給你們沏茶，最後給我發個小費就是了！陸以可說：要是我贏了，我給你雙份小費！應麗后說：這樣吧，在場的人都上，輪流打鍋，每一鍋五百元，錢都擺在桌面，誰先輸光了誰下，後邊的遞補。辛起說：你們坐下了，你們先來。陸以可說：辛起，你到廚房裡看看有啥吃的，我和海姐還沒吃午飯哩。應麗后就站起來，說：還沒吃午飯？那咋不早說？！辛起你來打，我給做飯去。辛起替了應麗后。陸以可說：做什麼飯，有饃嗎，夾些辣子鹹菜就可以了。海姐你吃啥？海若說：我不餓，啥都不要。應麗后說：一個不要，一個要饃，這不是侮辱我嗎？我冰箱裡沒有山珍海味，可還有些臘牛肉、變蛋和黃瓜的，弄上三個涼盤，再煮兩碗菠菜蔥花龍鬚麵吧。

應麗后身手麻利，就在廚房裡忙活起來。伊娃給每人沏了茶，又把香菸拆開，一一發散，後去了廚房幫著剝蔥搗蒜。很快，飯菜都端上來。陸以可先抓了塊牛肉吃了，又一邊出牌一邊吸吸溜溜吃麵，熱氣蒙了眼鏡，便把眼鏡摘了，卻見海若沒有吃，坐著發愣。希立水說：出牌呀，出牌呀！海若才打出一張牌來。陸以可說：你來一碗吧，香著哩。海若說：不知她中午給吃不？應麗后說：就是給你做的，不給吃？！陸以可在桌下蹬了海若一下腿，海若看著陸以可，陸以可使眼色，海若吃了一塊牛肉，但還是把一碗龍鬚麵讓伊娃端了去吃。

伊娃坐在沙發上吃麵，應麗后也坐過去，伊娃吃著倒問這沙發在哪兒買的，多少錢？這窗簾是法國貨嗎，東西在哪個商店買的？又問門上的把手，廚房裡的抽油煙機、水龍頭，還有鞋櫃上放的鞋提子，都是瑞典產品嗎，比一般貨能貴幾倍價？再又問客廳的吊燈，臥室裡的那一對床頭燈，廁所裡的馬桶和壁燈。她說好多話了，應麗后都是幾個字回答著，後來就說：伊娃你這是紀委來審查啊！海若就又發瓷了，輪到她出牌，半會兒都不動。陸以可說：伊娃，你倆嘟嘟的話恁多，聽得我都出錯牌了！要說你們到臥室去說。伊娃笑了笑，起身去了廚房洗碗。

牌打過三圈兒，海若只和過一次，很快就把面前的錢輸得剩下一百元。海若說：應麗后，你來打。應麗后說：你知道我近期霉著，手氣能好？！伊娃你去幫海姐看牌。伊娃說：我真的不懂。應麗后說：海姐給你教著，一會兒就懂了。伊娃就附在海若身後，也學著摸牌，組合，出牌，海若說：你懂麼。但這一圈兒海若還是輸了，就站起讓應麗后遞補，應麗后卻要伊娃上，伊娃推辭，應麗后從口袋掏出五百元拍在桌上，說：你去，贏了是你的，輸了算我的，我和海姐說說話。陸以可說：就是嫌話說得多了心煩才來打麻將的，還說什麼呀？！應麗后說：你不了解情況。把海若拉進了臥室。

一進臥室，應麗后就把門關了，從床頭櫃取出一瓶酒來，說：你喝一口？海若不喝，她揭起瓶子喝了一大口，說：我在沙發旁、廚房裡、洗澡間都放有酒，做飯，拖地，或去看電視，順手都能拿到酒喝。喝得不多，也就一兩口。海若說：你就是乾喝？應麗后說：小時候奶奶去世了，我父親就這麼乾喝的，我現在才理解了我父親，把痛苦煩惱當下酒菜！海若說：想喝了就喝吧。近日事太多，我忙得還沒見到嚴念初。應麗后說：不用見她了，海姐，我把討債公司退了。海若一下子急起來，說：退了？咋退的？應麗后說了經過，海若還在生氣，說：討債公司是我找的，你要退也不和我說一聲？應麗后說：我害怕麼，如果萬一出了事，還牽連到你，那我就活不成了！海若說：你腦子咋這麼簡單，處理事又這麼衝動！我真懷疑你那些錢是怎麼個掙來的？！應麗后眼淚又流下來。海若說：好了，事情既然做過了，就不提了，那下來怎麼個要債？應麗后苦愁個臉，竟嗚嗚地哭了。海若說：哭什麼哭，讓她們聽到了是同情你還是嘲笑你？應麗后說：海姐，你說咋辦？海若沉吟半天，說：明日我擺一桌飯，你和我，再把嚴念初和王院長都叫來，我看王院長怎麼說。如果他是個有良心的人，有對不起你的意思，肯保障還款，那我和嚴念初就督促他還。如果他蠻不講理，想耍賴，我可以想辦法找能管住他的有關領導。若還不行，那就起訴告他。應麗后點著頭，卻又說：我已經和王院長、嚴念初撕破臉了，能坐到一起？海若說：他欠了咱的債，做了對不起咱的事，咱倒理虧了？坐不到一起也得坐呀！應麗后說：我喝酒。又揭起瓶子喝了一下。客廳裡，希立水尖錐錐叫著：海姐，我死了，快來替我！

海若說：我出去再打一會兒，你收拾一下臉，眼淚把粉沖得五馬六道的。應麗后坐到鏡台前，卻拉了抽屜，說：我這兒有零錢。海若已經出去了。

麻將直打到第二天早上七點，大家都面有菜色，舉了手看，手像雞爪子，不明白這一夜肉都跑哪兒去了。六個人五個都輸了，就應麗后贏著，希立水說錢是世上最勢利的，哪兒錢越多越往哪兒去！辛起在清點她剩下的錢，全是零票子，數了一遍是三百，又數了一遍是二百八十元，說：呀呀，這把我一件衣服沒了！又數起了第三遍。應麗后說：這是啥天意，牛跑了又給我一根牛毛？苦笑了一下，掏出三百元塞給了辛起。倒先下樓去超市買蒸饃、鹹菜、豆腐乳。急速回來，一個鍋裡餾饃，一個鍋裡煎了十二個雞蛋，再沖了六杯牛奶，招呼說：將就吃一下，改日請各位吃大餐！辛起說：哎呀，一早我可吃不下蒸饃，有沒有剩下的小米粥，熱一下也行。牛奶我一喝肚子就疼。應麗后說：那我熬小米粥啊！辛起說：就我一個人喝？那算了。應麗后說：你這麼瘦，早餐一定得吃的。熬起來快，電飯煲一會兒就好了。

飯吃畢，鳥獸散，海若對應麗后說：你把屋子收拾了就好好睡一覺，我也得回去睡呀。下午把人和地點聯繫好了，通知你。應麗后看著海若的黑眼圈，拉開冰箱，取了個小瓶子裝進海若兜裡，悄聲說：你嘴裡含幾片，起作用哩。海若掏出來一看，是一小瓶西洋參，當下倒出三片塞在口了，讓每一個人張嘴張嘴，也各塞了三片。

陸以可把海若送回茶莊，自己也回家了。希立水送辛起和伊娃，半路上經過一個大商場，伊娃說她下車去買東西。希立水說：你不睏呀，還逛商場？伊娃說：我不睏。希立水說：你讓我想起我十年前了，我是連打過兩天一夜麻將哩。停了車，辛起卻說：我也去。希立水說：你這小身板兒，跟徐栖一樣的，你也去？辛起已經跳下了車。

伊娃和辛起到了商場，先在一樓的金銀首飾櫃台前轉悠了一圈兒，對那些項鏈、戒指、耳環又是問價，又是讓取了某一款來戴上，在鏡前觀看，再要拿手機拍照，結果一樣也沒買，上樓去看衣服。伊娃說：這個商場我還是第一次來，果然都是高檔貨！辛起說：我來過兩次，好貨真的是不便宜。伊娃說：咱翻來覆去問價，試戴了，卻沒買人家的。辛起說：試戴了就算戴過了麼。兩人就笑。二樓三樓都是衣服，幾乎世界上有名的品牌都有，兩人又是從頭到尾一家一家看。伊娃想買條牛仔褲，在二樓一家櫃區試著穿了，也覺得合適，辛起卻不讓買，讓貨比三家，再轉轉，或許還有更好的。又上三樓試了幾家的，卻看到有賣皮褲的，也試穿了，問辛起：怎麼樣？辛起說：好像有些緊。伊娃說：是緊了，你穿了我看看。辛起穿上，伊娃說：合身喲。辛起說：

挺舒服的。就往下脫。伊娃說：不用脫了，就穿上，我掏錢，算送你的。辛起說：這不行，這怎麼行呢？伊娃就去了開票處開票。辛起就不再脫了，將舊褲子塞進包，也去了開票處。

二十六、夏自花・醫院

天氣預報有雨，卻也就那幾滴，響聲蠻大，砸在地上濺出銅錢般大的濕。像是故意著來摔死。還似乎有了太陽，但就是不露面，而霧霾開始發亮，越來越亮，使人能看到一種橘黃的空氣。街道上依然堵車，交通規則裡是不准鳴笛，可仍有笛鳴，一個鳴了，如同哈欠傳染，十幾個笛都在鳴，一聲緊似一聲。原因是前面一座高架橋，上橋的路口太擁擠，可以行三排車的，現在變成了五排車，全在那裡爭先恐後，一輛紅色車稍一遲疑，別的車插進來了，而緊挨著一輛又一輛，它就走不動了，招來後邊的笛聲一片。終於後邊的車擠進了車流，扭頭看那紅色車還停在那裡，開車的是一位女子，就認作哪個土豪才送給了她的車吧，鄙夷地唾一口唾沫。又一輛車擠過來了，後窗打開，伸出來的是一顆狗頭，沙皮狗的頭。狗的脾氣不好，但它沒成為路怒族，休閒地望著橋頭的路燈桿，路燈桿上掛著牌子。司機這才發現這條街上的路燈桿上都掛著牌子，是市上又要召開經貿洽談會的廣告。年年在這個時候都開經貿洽談會，報紙上電視上總是宣傳著這次簽訂了幾百億的合同。哼，如果真是那樣，十幾年來人民幣早把西京能埋沒了，也不至於公共設施這麼差，交通嚴重堵塞。

海若再去銀行給海童匯了幾千元後，和應麗后、嚴念初、王院長在一家日本料理店吃飯，事情剛剛談完，接司一楠電話，說夏自花不行了。海若、應麗后、嚴念初放下筷子，就都開了車往醫院趕。先還是三輛車前後廝跟著，在車流裡鑽來拐去，後來就走散了。又遇上了嚴重堵塞，應麗后和嚴念初陷在其中不能動彈，海若及時倒回，繞到另一條巷裡。還沒出巷，車突然熄火，發動了幾次發動不起，海若就罵：破車，破車，你死呀？！這輛奧迪已經開過了十年，是該換了，海若也曾給希立水說過幾次要重買一輛。這輛舊車雖小毛病不斷，並沒有發生過大的故障，卻不該出麻煩的時候偏出了麻煩，海若急得眼裡都冒金星。她吁了一口氣，讓自己冷靜，想著不能罵車的，要給車說好話，便輕輕拍著方向盤，說：哎，哎，你是為我出了力的，我知道你年紀大了，但我會給你看病的，而不會拋棄你。再努努勁兒，咱得快去醫院呀，夏自花在等著的。再一發動，竟然就發動起來了。海若便一路上念叨著車好，承諾過後去檢修一次，還要讓希立水的店裡給美容美容。車開到了醫院，應麗后和嚴念初還都沒有來。

醫院裡，司一楠在過道上緊緊抱著老太太。老太太見了海若，起了哭聲。司一楠告訴說，她是來替換徐栖的，來時不知怎麼還特意接了老太太和夏磊。奇怪的還有，是夏磊一直哭鬧，誰哄也哄不了，徐栖就說我陪你去看電影吧，夏磊才不哭鬧了，跟著徐栖去了。他們一走，醫生就通知夏自花不行了，已經腦死亡，現在雖還有呼吸，是插著氧氣管，徵詢家屬幾時拔管子？老太太當下暈倒，掐了半天人中才蘇醒。海若嗯嗯著，就去見醫生，過了好久，灰沓沓從醫護辦出來，給司一楠悄聲說：咱們是得商量什麼時候拔管子了。就用手機通知眾姊妹。

這時候應麗后和嚴念初才到，海若說了情況，應麗后就哇哇地哭起來。她這一哭，老太太又是喉嚨裡咯咯地響，身子往下溜，司一楠抱也抱不起，忙喊護士開了間空著的病房，抬進去讓躺下。嚴念初去敲重症監護室的門，門開了縫，裡邊的護士見是家屬要進去看望病人，立即把門又關上。嚴念初過來，陸以可、希立水、向其語、虞本温也都到了，早已淚流滿面。嚴念初說：人都成這樣了，也不讓見面，這還有人道主義嗎？！海若制止了她，說：管子沒拔，還是他們的病人。就問：都到齊了？陸以可說：徐栖呢？司一楠說：我是來輪換她的，她陪夏磊出去啦。陸以可說：海姐，是不是給羿老師說？茶莊的小甄、小蘇、小方、小高他們也得來一下。海若說：你給他們都打電話。

海若就安排起來：希立水和嚴念初去購置壽衣、壽褥、壽被、壽枕。陸以可和虞本温陪老太太回去布置靈堂。向其語和司一楠去殯儀館聯繫火化事宜。而她和應麗后守在醫院。正好徐栖來了電話，問她是不是再來醫院接老太太回家，還是她帶夏磊到醫院？海若談了這邊情況，徐栖在電話那頭就哭。海若改變了主意，把虞本温留下，讓徐栖帶夏磊直接回夏自花家。安排畢，陸以可陪老太太先走，海若叮嚀回去後選一張夏自花最好的照片放大做遺像，輓幛、花籃、水果、燒紙、香燭一樣都不能少。陸以可說：我知道。向其語和司一楠要去殯儀館了，海若又讓虞本温換替了司一楠。希立水身上沒帶現金，問嚴念初帶著沒，嚴念初說她有銀行卡，卻問海若：買幾身的壽衣？希立水說：肯定是三件套的。嚴念初說：三身衣服穿上那像什麼樣子？希立水說：這是要讓她去了那邊了有衣服穿，而不是圖漂亮。嚴念初說：咋能不圖漂亮？希立水說：壽衣店裡人家會搭配的。嚴念初說：去壽衣店？那裡的衣服都是清朝的樣式，夏自花時尚了一輩子你讓她穿那些長袍短褂？海若說：按現代的買，裡邊是內衣，外邊是裙裝，再是大衣，你們就選最時尚的最昂貴的買吧。希立水說：那鞋呢，是高跟皮鞋嗎，聽說不能有皮革的，有皮革了將來托生牲畜的。嚴念初說：胡說的！衣服那麼高貴華麗了，腳上穿雙平底布鞋？！海若說：聽嚴念初的。這當兒陸以可攙扶著老太太要下樓，希立水和嚴念初就也一塊兒去了。

半個小時後，陸續來了小甄、小蘇、小方和高文來，四人趴在重病監護室門上往裡看，也是什麼都看不見，小蘇就撲沓在地上哭。小蘇一哭，小甄、小方、高文來都哭。海若忙把他拉到樓梯拐彎處，高文來還在說：我沒救活她，我沒救活她！捶胸頓足。海若就勸他說：治病治不了命，不管怎樣，夏自花生前感激你，在陰間也感激你。高文來安靜下來，靠著牆再不說話，待到羿光也來了，海若和小甄、小蘇、小方都迎了來，高文來沒動，還是呆若木雞。

羿光聽海若說了情況，低了頭垂淚，責備他太自信了，以為病很快會好的，還沒有來醫院探望啊，夏自花就走了，這麼快地走了！接著便反復嘮叨一句話：我還有些話要給她說的呀！海若見羿光傷感，一時不知怎麼寬慰，再次不讓小甄、小蘇、小方哭泣，而把醫生的話轉達給羿光，說：我就等著你來了，商量著選個什麼時間拔管子為好。羿光說：夏自花的生辰年月日是……海若說：說起來我心就痛，明天就是她四十歲生日。老太太五天前還給我說，到明天要麼給醫院說一下接她回家待半天，要麼讓我們眾姊妹在醫院為她慶祝，也算沖喜，誰知……羿光說：明日的生日？知道時辰不？海若說：應該是零時吧，夏自花曾經有一次得意地說她是在二十四下鐘聲中來到人世的。羿光說：那就定在今晚零時吧，囫囫圇圇四十年，不少待一時，不多待一時。海若聽了，渾身的肉都顫，要說些什麼，樓梯拐彎處卻有了高聲，高文來和人吵架了。

高文來靠在牆上發呆，旁邊就有了兩個人，也都是病人家屬，在重症監護室外站得久了，過來偷偷吸起香菸。高文來想制止，忍了忍沒有說話，把身子往牆角挪了挪。那兩個人先有一句沒一句地說些他們單位上的事，突然一個說：哎，那邊說話的是不是羿光？一個說：就是。一個說：和我在電視上看到的一模一樣呀！難得這機會，我去和他照個相！一個說：你是小年輕呀？照什麼相？！一個說：他文章寫得好，字畫也好，是大名人哩！一個說：文章好字畫好就人好了？一個說：你說他人不行啊？一個說：這種人我見多了，都是一個德行，平常理你瞧他們嘴頭子下筆頭子下天花亂墜，水都能點上燈，一旦有事了，骨頭就是面捏的，比誰都軟。別信那種清高勁兒，什麼不愛錢呀，不想當官呀，你給狗撂一根骨頭試試！對內嫉妒傾軋，對外趨炎附勢，又都行為乖張，酗酒好色。高文來就聽不下去了，說：說話注意點兒！那人說：咋啦？我說我的話哩，與你啥事？！高文來說：你這話我聽不到就算了，我聽到了我就要你閉嘴！那人說：我就說了，咋？！高文來說，你再說，你敢再說我就把你嘴擰下來！

海若見高文來和人吵架，忙喊：小高，小高，啥時候了你還和人吵架？！高文來走過來，給羿光問候了，還鞠了個躬，站在一旁。司一楠就對小甄、小蘇說：你倆去街上買些燒紙來。小甄說：啥紙？司一楠說：燒紙呀！多買些冥票子，現在的冥票子都是面值億元的千萬元的，記著也買些百元十萬的零票子。小甄說：零票子？高文來說：這都不懂呀，億元的不好用。應麗后說：我已經讓陸姐多買些燒紙了。司一楠說：那是給靈堂用的，這邊人一倒頭還要燒倒頭紙的。海若說：醫院裡肯定不讓燒的。司一楠說：我曉得不讓燒，到時這邊拔管子，我可以到樓下太平間旁邊的大樹下畫個圈兒念叨著夏姐的名字就燒了。海若悶了一下，說：也好。掏了錢給小甄，小甄沒接，和小蘇踉踉蹌蹌下了樓。高文來說：海姐，我幹啥？海若說：你就在這裡，後邊的事還多著哩。羿光說：我現在回去，我是還欠著夏自花一幅書法的，就寫成輓聯掛在她靈堂吧。話才說完，伊娃和辛起滿臉汗水跑上樓來。海若說：你們咋知道的？高文來說：是我通知了伊娃。伊娃說：高文來給我打了電話，我還在房東家，就又告訴了辛起，她搭車過來接了我。兩人急著要看夏自花，知道了夏自花在重症監護室見不上時，辛起說：啊她走的時候身邊也沒個親人？！大家又都流下眼淚。羿光第一次見辛起，就叫過伊娃，說：這是你朋友？伊娃看了羿光一眼，忙避開了，說：是希姐的朋友，我也才認識了不久。羿光說：哦。你去過老太太家吧？伊娃說：去過。羿光就對海若說：讓伊娃跟我回拾雲堂寫輓聯吧，寫了她儘快送去靈堂。伊娃說：呃？羿光說：

你不願意呀？伊娃說：我年輕，看這兒有啥需要跑路的。海若說：這裡已經安排好了，羿老師讓你陪他去，你就去，送去輓聯就在那邊給你陸姐、徐姐幫個下手。伊娃看辛起，辛起要說什麼，羿光已拉了伊娃下到樓梯。應麗后給海若說：能來的都來了，現在就是馮迎無法通知，打電話還是關機，也不曉得出國回來了沒？海若說：要是回來能不第一時間和咱聯繫？應麗后說：那幾時才能回來呀，別趕不上了葬禮。海若說：我給范先生打個電話，他應該知道代表團的情況。海若隨即給范伯生打了電話，范伯生說他也沒有代表團的消息，但肯定是還沒有回來。海若唉了一聲，就去找醫生說拔管子的時間。

見了醫生過來，小甄和小蘇已經買了紙回來，大家都站在那裡，眼睜睜地看著她。應麗后說：說過了？海若說：嗯。應麗后說：這管子一拔，人就徹底沒了？海若沒有回答，問：現在幾點啦？司一楠說：十點過一分。應麗后說：咱就陪夏自花度過這兩個小時，聽說人在彌留之際念著阿彌陀佛好，咱就在心裡念吧。說完就撲沓坐在地板上，垂頭念起來，嘴唇動著，沒有聲音。她這一念，小甄、小蘇、高文來、辛起也坐下來，他們不知道怎麼個念法，只是垂了頭。海若說：念吧，咱都念吧。哭聲突然從走廊另一端的病房裡爆發，便見有醫生過來，一邊走一邊脫手上的膠皮手套。司一楠問：大夫，出啥事啦？醫生說：三十四床去世了。司一楠回看了海若她們一眼，她往走廊那端去，病房門開著，裡邊有三個護士正用床單遮裹屍體，一個老頭趴在病床前哭。後來，屍體被抬上了一個移動病床推出來，站在過道的海若她們就閃開身，默默地看著移動病床推過走廊，移動病床搖擺了一下，包裹了床單的頭像西瓜一樣晃動著。哭聲還在撕心裂肺。應麗后說：人剛一斷氣，病房就不要了？司一楠沒有接話，小甄、小蘇、高文來、辛起也都沒接話，海若一陣頭暈，身子靠在了牆上。應麗后說：你不舒服？海若說：讓我靠靠。應麗后說：你也太累了，你就靠牆坐下閉上眼歇著。海若卻說：我去樓梯拐彎的窗口透透氣。說罷就走。應麗后要陪著，她擺擺手。海若並沒有在樓梯拐彎的窗口處透氣，竟然直接下了樓，一到醫院的後院子裡，一下子癱軟在地上，眼淚唰地流下來。

夜已經深了，醫院裡出出進進的少了，尤其後院就顯得空曠。靠右手是那一片小樹林子，繞著林子過去的那一排平房就是太平間了。海若看著黑乎乎的太平間，想著兩個小時後，夏自花就先要去那裡嗎？通過地獄的就是眼前這條三四百米長的小道嗎？海若站了起來，她要查看這小道上有沒有可能絆了移動病床輪子的碎石破磚，小道旁的樹枝會不會枝葉伸得長了掛扯了白床單。走過去，一切都是平坦無阻的。但海若遠遠看到了太平間附近的那棵大楊樹上竟一片片開著白花。大楊樹怎麼開了花呢，再往前走，那不是花，是遠處的燈光照過來，把一部分樹葉變成了白色。而就在太平間的山牆後，有人在燒紙，是母女倆跪在火堆邊，一邊添紙，一邊嘴裡念念有詞，火光照著她們，已經是淚流滿面。沒有風，一絲風都沒有，火堆突然呼呼響起來，像是在急喘，即刻旋起一個紙灰的立柱，騰往空中，小女孩的瀏海被燒了一下，向後跌坐在地上。母親說：不怕不怕，是你爹來親你了。便用樹根兒壓住燃燒的紙，生氣地說：你還這麼急呀，這都是你的，你急什麼？海若也看著空中，那立柱已經撲沓下去了，火星和紙屑還在紛紛飄零，紙灰由紅變白，轉而變黑，似乎能感到鬼魂真在其中。

二十七、伊娃·拾雲堂

伊娃跟著羿光上樓去拾雲堂，開門的時候，羿光往旁邊呸了一口，說：你也呸。伊娃不呸，說：這為啥？羿光說：晚上回家，鬼容易跟著進來，鬼是吃痰，你得給它些吃的。伊娃嚇了一跳，趕緊呸了一口，進門就把門關了。羿光拉開了燈，回來見伊娃還驚恐地張著嘴，就走近去。伊娃立即閉上了嘴，很用著勁兒，好像就沒有了嘴，羿光就笑了，說：那天之後咱還沒見面呢。伊娃這才說：我以為你把我忘了，幾天裡沒有電話也沒個手機短信，剛才在醫院見了，臉倒定得平平的。羿光說：那是夏自花在彌留之際麼。就伸過手來。伊娃打了一下手，說：現在是夏自花等著你的輓聯哩！兩人都再沒說話。後來羿光身子就矮下去了許多，先自上了閣樓。

客廳裡的燈光白生生的，裡間屋黑咕隆咚，伊娃就靠著白與黑交界的裡間屋門框，扭頭在裡間屋裡仍能分辨出床上的被單還是那件她在沙發上蓋過的被單，床下地板上放著的還是她穿過的那雙拖鞋。回過眼了，客廳的窗簾仍然緊合，窗上沿和牆角之間好像有了一道蛛絲，在閃著銀色，再看卻又什麼都不見了。伊娃也就上了閣樓。

閣樓上，羿光已經把筆墨調好，紙也鋪開了，卻並沒有寫，而是拿著一個黑色的瓷罐兒，取出一根頭髮，在那裡對著燈看。伊娃說：我的頭髮你還真保留呀？羿光說：你的頭髮在另一個小瓷罐裡，這是夏自花的。案桌的後邊就是一排櫃子，玻璃櫃門後有著長長一排各種形狀和顏色的小瓷罐。伊娃說：啊，那她們的頭髮你都有？羿光說：都有。伊娃有些生氣了，說：都有事？羿光說：沒事。伊娃說：騙人！你看著我！羿光竟做了個外國式的聳肩攤手，說：沒事。伊娃一甩手，說：我何必問這個呢？不問了！你在看著夏自花的頭髮，想著什麼了？羿光沒有回答，把頭髮小心翼翼重新裝進罐裡，放回了櫃裡，還上了鎖，提筆開始寫輓聯。寫上聯：天地一蘧廬，生死猶旦暮。下聯：此身非我有，易晞等朝露。伊娃說：這我讀不懂。羿光又提了筆再寫，上聯是：樂意相關禽對語。下聯是：生香不斷樹交花。羿光說：這聯你肯定懂。伊娃說：輓聯都是寫些哀悼的話呀。羿光說：我是寫她們眾姊妹的感情，也是寫我與她們的感情。你聽到什麼響聲了嗎？伊娃愣了一下，說：什麼聲？羿光說：沙沙地響，是不是起風了？伊娃拉開簾子，開窗望下，萬家燈火，街巷兩邊的樹杈紋絲未動，說：沒風呀。羿光說：那或許是來自夏自花吧，她認得了我寫的內容。伊娃朝四下看看，又不敢多看，一時身子發緊，出氣就不均勻了。羿光說：沒事沒事，即使夏自花的幽靈來了，她還能害我嗎，害你嗎？伊娃眼睛直盯著寫好的輓聯，等著墨跡快乾，卻不禁心裡發虛，說：咱們為她寫這樣的輓聯，她應該謝的，來謝的。

羿光點著一支香菸，長長地吸，口鼻都不見冒一絲一縷，直到香菸燃到了一半，煙霧才噴口而出，洶洶湧湧，把他自己和伊娃全然罩住。那一刻裡，伊娃想到了她在俄羅斯草原上曾經見過一群羊走過的情景，那是偌大的一團羊毛在滾動，羊毛裡是無數的羊的骨骼。羿光說：我能走進海若她們姊妹圈，其實是從夏自花開始的。那時夏自花還是個模特，在一次市模特選拔賽中，我是評委之一，我倆就認識了。她是向其語介紹著見到了海若，而又是她領著我去的茶莊，再後來經過海若就和馮迎、希立水、陸以可、虞本温、應麗后、司一楠、徐栖一窩蜂地都成朋友了。伊娃說：你說她們是一窩蜂？羿光閃了個笑，說：我也是突然有了這個比喻。茶莊西頭牆上那個蜂箱就是我找人辦了許可證夏自花給她娘治病所搭的，那個蜂箱裡的蜂聚結成團，我喜歡用團結一詞描述它們，你不覺得她們眾姊妹就是個蜂團嗎？伊娃說：蜂都是身上有毒，能蜇人呀。羿光說：是的，這就是我在一篇文章裡也寫過了，凡是小動物，要生存，它們就都有獨門絕技，比如刺蝟有刺，螃蟹有殼，節蟲能變色，壁虎能續尾。蜂當然和蛇、蠍、蜘蛛、蜈蚣一樣都有毒，但蜂卻釀蜜，蜂的釀蜜就是一種排毒，排自身的毒。所以你看海若她們，一方面都是不結婚或離婚，想方設法在社會上周旋著做生意；一方面又表現得工作認真，誠懇良善，樂意幫助，即便給人一個笑話，一句客氣話，在路上撿起一個菸頭放進垃圾桶裡，看似瑣碎無聊，但你不覺得它是有意義嗎？他們的對話沒有繼續下去，伊娃知道羿光的學問深厚，在他引經據典高談闊論的時候，她只有傾聽和點頭的份。但她仍然想不通的，她們是一群那樣高尚的人，怎麼都有沒完沒了的這樣那樣的事所糾結，且各是各痛，如受傷的青蟲在蹦跳和扭曲？

就在羿光把輓聯疊起來，裝在了口袋裡，他對伊娃說：來，伊娃，我抱一下你！伊娃看著羿光，又看了一下窗下，看了一下櫃子裡的小瓷罐，心裡有了一種突如其來的負擔，她說：要接吻嗎，我現在也是一隻蜂了，有毒的！羿光再一次笑起來。這時候，伊娃才發覺羿光的牙很白，但也很長，而同時口袋裡的手機鈴聲爆響尖銳得如油鍋裡倒進了一勺水。掏出手機，視頻上顯示是陸以可。伊娃說：陸姐真好！就接電話，故意把擴音鍵按了。陸以可的聲就很大，在問伊娃你在哪兒，伊娃回應在羿老師書房寫輓聯。陸以可說：哦，你已經知道了，在羿老師那裡，那算了。伊娃說：有事嗎，陸姐，有啥事嗎？陸以可說：靈堂需要輓幛，徐栖先買了一個，覺得太小，我出來重買了，正好經過你的房東樓下，還以為你不知道的要通知一下，再是帶的錢不夠了，向你借呀。這兒離馮迎家近，我給她家打電話，讓送些錢來。伊娃打完了電話，一低頭，羿光卻已坐在了桌案前的沙發上，竟然和她那晚躺著的姿勢一樣，但臉色發黑，黑得似乎有些眉目不分。伊娃驚道：你怎麼啦？羿光說：這太奇怪了，奇怪了！伊娃說：啊？！羿光說：我是借過馮迎十五萬的，馮迎又欠著夏自花二十萬元。馮迎託人捎話給海若，海若也傳達了我，讓我給夏自花十五萬，另外五萬她再還。我當時倒還生氣過，她馮迎為什麼不直接給我說呢，雖然這十五萬我籌好了，卻一直還未給夏自花。這時候怎麼就接了陸以可的電話，而你又偏是擴音讓我聽到，這肯定是夏自花在向雙方要賬的意思啊！伊娃心哆嗦了，靠著牆溜下去，就坐在了地上。

羿光從櫃子裡取出了十五萬元，裝在了袋子裡，他要去送輓聯，也要去把錢交給老太太。但伊娃還站不起來。羿光扶起了她，她說：我怕。羿光就拉著伊娃的胳膊，出門，乘電梯下了樓。

從小區大門口出來，碰著門房老頭在那裡整理他撿來的廢紙板、空塑料瓶，說：這麼三更半夜的，羿先生還出去？羿光說：呃。鬆開了伊娃的胳膊。老頭說：先生辛苦！兩人轉過茶莊，正要經過小廣場去街上搭出租車，那裡又有了灑水車先灑了街道，停下來又噴淋樹林子，小廣場上就流著水。羿光和伊娃又退回來，站在茶莊門口等著灑水車離去。伊娃說：現在還灑水？羿光說：後半夜噴灑著好。伊娃說：噴灑水能對霧霾有作用嗎？羿光說：起碼能防揚塵吧。伊娃活動活動身子，扭頭看到了那西頭二樓窗沿下的蜂箱。蜂也在睡了，無聲無息，正要說些話，空中一個黑影忽地衝來，竟砰地就撞在了蜂箱上。這是隻鴿子，可能在灑水車在噴淋樹林子時受了驚而慌不擇路，或者它是一隻眼睛瞎了，或者故意地要來自殺，頓時蜂群大亂，嗡聲如雷。羿光和伊娃忙蹲下來，一動都不敢動，怕被蜂蜇著。足足二十分鐘，灑水車離開了，蜂群也安靜下來，兩人才跳著水灘經過小廣場。伊娃望著樹林子，黑黝黝的，感覺那裡一定有獸吧，果然一隻貓從鐵絲網下鑽出來，腰長腿短，步伐緩慢，神情慵懶，伊娃便認定那是虎。同時跳躍了一下，因為水泥地面上還爬了幾條蚯蚓，這些蚯蚓也是從樹林子裡爬出來的，拉長著身子，足足有筷子長，伊娃又認定那是蛇。而各種鳥在樹林子裡再次躁動，嘰嘰喳喳，碎嘴碎舌。

二十八、小蘇·茶莊

處理完了夏自花的後事，海若派了小蘇也住進了筒子樓，陪伴老太太和夏磊，而眾姊妹還是輪流著去看望，和老太太說話，或接到外邊吃飯散心。

幾乎就從夏自花火化的那天起，筒子樓二層搬進來了新戶在裝修，從此就每天時不時有錘子打砸聲或電鑽嘟嘟聲。老太太以前擔心著女兒的，那是頭上懸著的一個炸藥包，提心吊膽著幾時爆炸，現在又驚恐著錘聲和電鑽聲幾時響，常常中午要休息了，她還坐在沙發上，小蘇催她去睡一會兒，她說：等響過了再睡。但兩個小時過去了沒有響，只說今天裝修的工人沒上班吧，剛去睡下，響聲又大作，像地震來了，整個樓都在震動。小蘇去找過那戶人家，結果吵了一架，人家話說得很難聽，小蘇委屈得來給海若哭鼻子流眼淚。海若便聯繫了一家酒店，要讓她們去酒店住一段日子，但老太太不願意，一是嫌花錢；二是說夏自花人是走了，但七七四十九天裡靈魂肯定還回來的，一天三頓她都要給女兒遺像前擺上飯菜的。也罷，每天凡是裝修聲一響，老少三人就下了樓坐在了院子裡。

如此過了幾天，陸以可和虞本温來到茶莊，還要和海若商量些事。按照常規，人死後一火化，事先買好了墓地的，當天骨灰盒就下葬了，沒有事先買好墓地的，骨灰盒便存放在殯儀館等買好墓地隨後下葬。當然也有經濟條件不好的，買不起墓地，骨灰盒一直存放在殯儀館，若過了十年，殯儀館就自行處理了。夏自花的骨灰盒雖然是頂好的藍田玉製作的，但還放在殯儀館，姊妹了一場，大家還得分攤了錢儘快給她買個墓地，亡人入土為安了，活的人也都心安。但西京的墓區有三處，都在城南的秦嶺裡，分別是鯨魚溝、棲鳳山、白鹿坡，到底是在哪一處合適，陸以可和虞本温讓海若拿個主意。海若也拿不准，說買墓地就是買房子，那要多看看再定，陸以可和虞本温便說她倆先去各處考察考察。

這麼定下來後，三人又議起夏磊，這麼小，而老太太年紀大了，身體又不好，以後的日子該怎麼過呀。海若便說，夏磊的事愁人呀。夏自花病情惡化時，她和小唐就談過這事。小唐已經二十九了，雖然一直在談戀愛，但總是沒有談成，小唐就有意思：如果夏自花真的不在了，她就把夏磊認個兒子，不結婚了，便和夏磊過活，即使將來能結婚，也把夏磊帶著。陸以可和虞本温都感動小唐精明能幹，人又心地善良，便問起小唐被紀委叫去協助調查的事。海若說還沒消息，不免又愁容上臉，唉聲嘆氣。陸以可便岔開話題說：如果咱眾姊妹沒有來養而小唐養恐怕不妥，何況帶個小孩勢必會影響她談戀愛的。海若說：你們是不是有了更好的辦法？陸以可說：虞本温倒和我說過一事，虞本温你就給海姐說。虞本温說：是這樣的，昨晚司一楠和徐栖到我店裡吃飯，飯後司一楠問起夏磊的事，說她這一輩子是不找男人了，卻想要個孩子，如果可以，她把夏磊認過來，卻不知老太太的意思，也不知這樣好不好，沒敢給你提說。海若聽了，心裡咯噔一下，想起向其語曾經懷疑過司一楠和徐栖相好的話，倒一時無語。卻又想，司一楠和徐栖真的相好，且能相好一生，夏磊被認領了，兩人共同撫養，何嘗不是好事呢？就說：司一楠是咱眾姊妹中最有仁有義的，表面上大大咧咧有些粗，心卻是極細的，夏磊跟了她，她肯定會養好的。虞本温說：我也是這麼認為，只是擔心老太太捨不捨得。海若說：這咱跟司一楠和老太太都談談。於是三人就先分析這事有多大可能性，做了許多設想。最後形成兩個方案：一是如果老太太同意把夏磊送司一楠，司一楠和老太太就成了親戚，互相走動，司一楠若還能接受老太太，老太太也樂意和司一楠兩家人變成一家人，那就是最理想的結果。當然，司一楠並沒有撫養了夏磊還必須再供養老太太的責任，那麼老太太以後的生活可以由眾姊妹來料理。二是老太太真要捨不得夏磊，那眾姊妹合夥給老太太那兒找一個保姆，大家仍輪流去看望，十年八年二十年地堅持，將來了，為老太太送終，把夏磊照看著上幼兒園、小學、中學和大學，長大成才。

她們為她們的方案而欣慰，海若就說請你們二位喝好茶吧，拿出一個紙包上寫著雲南大益七子字樣的茶餅，剝開了要泡。陸以可嘴撇得像豌豆角，說：不就是大益七子茶麼？！海若說：這是大白菜，知道不？虞本温說：大白菜！蔬菜葉子呀？海若一臉的不屑，說懶驢懶馬不知道好鞍子，就給陸以可和虞本温普及起了茶的知識：雲南大益七子為什麼叫七子，是一提七餅，一餅七兩。它們一般以古茶樹的產地為名，比如產在班章的就叫班章茶，產在蠻磚的就叫蠻磚茶。而十多年前的老茶又以包紙的圖案顏色來稱號，紫色的稱紫大益，紅色的稱紅大益，綠色的稱綠大益。年代最久、公認味道最佳、市面價最高的是包紙上印有大白菜圖案的，稱為大白菜。陸以可、虞本温連說：長知識了，厲害了我的姐，我們是白吃棗還嫌棗核兒大，冤枉好人了，瞎狗咬了呂洞賓！海若倒罵：啥時候學得這麼貧嘴！

茶喝過五泡，三個人都身上出汗，臉頰紅潤，虞本温說：茶真好茶，就是尿多！起身去了樓下。上完廁所出來，見天色已晚，小甄、小方、高文來和張嫂開始拉竹簾，收拾桌椅板凳，準備下班關門呀，突然想到什麼，問小甄：小蘇是不是還在老太太那裡？小甄說：是在的，虞姐有啥交代嗎？虞本温說：我給她打個電話。當下手機撥通了，虞本温告訴小蘇，明日她們要去給夏自花選墓地呀，讓小蘇把羿老師寫的那副輓聯找出來，到時候就刻在墓碑上。小蘇卻回話她沒見到那輓聯啊，那天本來是海姐讓她留下來看門的，但她覺得夏姐生前待她好，她一定要去送一送，海姐又讓張嫂在老太太家留守的，不知張嫂把輓聯收放在什麼地方。虞本温就喊張嫂過來，說：出殯那天你在老太太家，羿老師的那幅字你收放在哪兒了？張嫂說：字，啥字？虞本温說：就是貼在靈堂上的那輓聯。張嫂說：燒了呀。虞本温說：燒了，你給燒了？羿老師的輓聯多珍貴，應該留下來給孩子做個念想，知道他母親生前曾經是多麼優秀的人。而且，接下來給夏自花的墓碑上也要刻的。你怎麼就燒了？！張嫂說：鄉下都是送葬後不能再留靈堂上的東西的。虞本温說：

這是城裡！你曉得不，羿老師一幅字值十萬元啊！張嫂舌頭捋不順了，說：啊，啊這沒人給我吩咐呀！先害怕地哭起來。

虞本温氣呼呼上了樓，把張嫂燒了輓聯的事說給了海若和陸以可，海若和陸以可臉上都變了顏色。虞本温說：瞧這沒文化的！你咋就有這樣的店員？海若也是叫苦不迭，說張嫂是鄉下人，確實沒文化，她陪兒子在城裡借讀高中，兒子考上大學後，原本她該回老家了，卻因租房金一次性繳過了，房東不肯退，才住下來尋個臨時工作來茶莊的。這當兒，張嫂哭啼著也上了樓，要給海若請罪，說自己可賠不起那十萬元呀，自己拿手打自己臉。海若說：賠啥哩，燒了就燒了麼，可能是夏自花喜歡羿老師那輓聯，冥冥之中讓你燒了帶走的。沒事，沒事。安慰著張嫂下去了。虞本温說：你倒會說話，那到時墓碑上刻啥呀？海若說：讓羿老師再寫一幅麼。虞本温說：那還肯寫嗎？這可得你或者陸姐去求。陸以可說：好好好，你給咱負責考察墓區，我負責去求字。

店裡下了班，海若要請陸以可和虞本温吃飯，陸以可和虞本温都說：減肥哩，晚上不吃了，繼續喝茶。海若也不吃了，重新再泡一壺大白菜。喝到半夜，陸以可、虞本温告辭，海若把她們送出茶莊。

反身回到二樓，海若便覺得睏了，不準備回家，就在店裡睡吧。先收拾了羅漢床，在佛像前燃了一炷香，還想著和兒子視頻一下，再和衣躺下。好多天了，她忙得沒給海童電話，海童也沒給她電話。兒子還在上小學的時候，晚上她在茶莊，還忙著，他一個人在家做作業，那肯定要打來三遍四遍的電話，問她幾點能回去，而且每一句都帶著媽媽，把媽媽念成咬舌的吶吶，通話結束時還會幾個連續的吻的叭叭聲。現在，兒子大了，除了催問匯款，她不給他電話，他絕不會主動來電話的。海若朝空苦笑了一下，這時手機鈴卻響了。想著這麼晚了，誰來電話都不接的，再又想，會不會有了心靈感應，是海童的電話？！看了一下手機，是小蘇的，就接了。

小蘇在問海姐你睡了嗎，是不是把你吵醒啦？海若說沒睡呢，還在茶莊，有什麼事嗎？小蘇說有事，是有事，我本想明天給你說，但我心小，事情憋得等不到明天麼。海若說那你說，說了就快睡去。但小蘇說這事電話裡不能說，也說不清，你等我。海若就沒有再和兒子視頻，也不去睡，坐在那裡等著。香燃過了多半截，她有些心慌，猜想小蘇平常沒事很少給她電話的，有了什麼事，是老太太在家悲傷過度，身體又出了問題，是夏磊頑劣哭鬧，還是小蘇在那裡和老太太、夏磊有了彆扭，待不下去了？等不及了小蘇，海若就下了樓，開了店門，站在門口往公園前的街道上張望。

夜真短啊，竟然到了黎明時分。黎明時分的天特別黑，但街道上車輛已經開始多了，而管理停車場的那老漢又提著編織袋在路邊的垃圾箱裡翻尋廢品了。這老漢，兢兢業業地履行著他的職責，起早貪黑，所有的停車都收費開票，從不貪污一分，但就是一有空就撿拾廢品。書亭的後邊有一個涼棚，原本是讓他歇腳的，他總是堆了一袋一包的廢品，好多人都對他有了抱怨。下苦人麼，海若倒是體諒他生活拮据，每每茶莊買了水果、糕點、瓜子，就要送一些去。老漢多是在那些廢品袋後獨自喝酒，面前的紙包裡放著幾個醬豬蹄。他讓海若喝，海若不喝，就又讓吃豬蹄。海若說：老見你喝酒，喝醉了咋曉得哪輛車費收過了哪輛車還沒收費？他說：我能喝醉嗎，我從來沒醉過。現在，老漢在垃圾箱裡翻尋著，一回頭看到了茶莊門口站著海若，一顛一顛過來，說：海老闆好，做生意真辛苦，這麼早就來上班了！海若說：你不是起來比我還早嗎？老漢就嘿嘿笑，說：店裡有啥垃圾了，我給你提出去。海若說：昨晚已經把垃圾扔進垃圾箱了。卻又說：今早有沒有收穫？老漢說：還行，六個塑料瓶，四個易拉罐，還有三截鋁管，三個扒釘，一個鐵皮壺。鐵皮壺是茶莊扔的吧，壺把斷了，修一修還能用麼，怎麼也都扔了？海若說：是不是？老漢說：你要注意店員哩，他們不是老闆，不當家不知珍惜，別把什麼都扔了。海若說：他們故意扔了要讓你撿的麼。老漢又嘿嘿笑，說：這段路上十幾個垃圾箱，一早一晚來翻翻，我一天的酒和豬蹄就有了啊！邊說著，又一顛一顛去了涼棚。

小蘇終於搭出租車到了店門口，蓬頭垢面，神色慌張，就說：海姐你晚上沒回家呀，小甄他們還沒來？海若說：這才五點。她又說：海姐，我給你說。海若說：先去洗個臉，洗了慢慢說。小蘇去了隔間洗臉，海若就把門關了。

小蘇告訴了海若怎麼也沒想到的事。原來夏自花生前並不是離異，也不是丈夫去世，她壓根就沒有結過婚，而是有一個情人，姓曾，夏磊就是和這個姓曾的人生的。姓曾的開過金礦，是個大老闆，有家有室的，是給夏自花承諾著要離婚了娶她，但和夏自花都有了孩子了，孩子都三歲了，婚仍離不了。夏自花也是不指望名分了，就和母親帶著孩子生活。是給夏自花買了一套房，還在裝修，夏自花就病了。夏自花生病後，姓曾的倒還肯花錢，一直照顧她。凡是老太太和孩子單獨在醫院照料時，姓曾的都去。小蘇住過去陪伴老太太和夏磊，姓曾的也常去。姓曾的要讓老太太和孩子搬去新房，老太太不願意。姓曾的想把夏磊接走，老太太還是不願意。兩人沒有說台，老太太整天在屋裡哭。

小蘇說得很急，顛三倒四，囉囉唆唆，海若一直沒吭聲。小蘇說：海姐海姐，我說清了沒有？海若說：你說。小蘇說：我急得嘴角都起火泡了，你咋不說話呢！海若說：夏自花生前一直瞞著，她瞞著別人，不該也瞞著我啊？！小蘇說：你生氣啦？我下午知道了這事也氣得不行。這是姓曾的不好，夏姐才瞞的。海若說：唉，想想也能理解，只是這讓夏自花受了多大委屈，她的病可能就與長期委屈著有關。小蘇說：夏姐可憐的。海若說：她走了，把病毒帶走了，把疼痛和委屈都帶走了。小蘇說：姓曾的要接走夏磊，你是咋想的？海若說：我和陸以可、虞本温白天還商議著夏磊撫養的事哩。既然夏磊有父親，他把孩子接走是理所應當的，也是最好的。問題是他接回他家去，他妻子能允許嗎，夏磊去了會不會受傷害？這我得見見這男的。小蘇說：這就好。他起先不見咱們任何人，對我也開始自稱是夏姐的表兄，老太太把事情說破後他才告訴了我真相。海若說：他現在還在老太太那兒？小蘇說：下午來的，晚上走的，他一走我就給你了電話。海若說：那他再來了，你就通知我。小蘇一仰身子，說：我的神呀，這下我心落下了。

海若要小蘇一塊兒吃早點，小蘇卻急著回去，她擔心過會兒小甄他們就來了，少不了要問老太太和夏磊的狀況，怕之後說多了不經意說出了秘密。海若就笑，她卻說：我是不是太操心？海若說：操心著好麼。她說：不好，但改不了啊。

二十九、陸以可・火鍋店

陰了多日，霧霾還重，天就離地面似乎很近，還是午後兩點，小廣場上就有鍛鍊的人在甩長鞭，足足四五米呀，叭，叭，叭叭，那不是鞭子在響，是天被抽著喊疼。而書刊亭旁邊，還聚集著一夥進城尋零工的農民，身上背著腳前放著大錘、長鋸、電鑽、泥刀和刷牆的滚子，他們大半天了還沒有雇主來召領，就一邊嘲笑著甩長鞭的人使的那閒力氣幹啥，一邊拿著各種吃食往口裡塞。這些人沒事的時候就說三道四，搬弄是非。就聽一個說：油糕吃了，難道還要喝油不成？一個在說・喝呀，只要是油，燙死也行！

也是在這個時候，陸以可和虞本温考察了墓區回來，到茶莊喝茶。海若不在，虞本温喝了一會兒就先走了，陸以可便叫伊娃和她去羿光那兒求字。辛起也在店裡，辛起也要去。三人便一塊兒出了門。

羿光是午飯後必須要睡一覺的，剛起床范伯生就來了。范伯生要請羿光出席一個叫「秦酒」的上市新聞發布會，條件是給二十萬元，寫一篇關於酒的短文，再是現場寫一幅書法作品。羿光不同意，范伯生又死纏爛磨，雙方話都說得不愉快。

陸以可她們一進門，羿光說：啊呀來得好！熱情招呼，又是拿香菸，又是洗水果，倒把范伯生晾在一邊。陸以可不吸香菸，也不吃水果，直接講了再給夏自花寫輓聯的事，羿光沒有推辭，就讓上閣樓。伊娃抓了兩個香蕉，一個給辛起，一個自己剝皮咬了一口，說：陸姐面子大！陸以可說：是夏自花讓他寫的。而范伯生卻拿手在打自己臉。陸以可說：你這咋啦？范伯生說：我恨我不是女的！

羿光已經上到樓梯上，回頭說：這不是重色輕友，做事得有原則麼。范伯生說：那這樣吧，文章就不寫啦，大作家寫廣告性文章是不要，你就出席一下，寫一幅字，時間不長，車接車送。羿光說：這完全是商業活動，他們肯定要以此大力宣傳的，不明真相的人還以為我拿了人家幾十萬上百萬的錢哩。范伯生說：出場費是有點少，但老闆才創業，請了你也要請市上好多名人，他們的費用都是五萬到十萬，給你的是最高的了。可不可以這樣，你去多寫幾幅，按你的價位給，也是變個法兒多給你了費用。羿光說：我的書法作品本身就是錢呀！范伯生說：沒人買也還是一張紙麼。羿光轉身再上樓梯，范伯生說：哦，我還忘了給你說，網上有一篇文章，不知你看到沒？羿光又站住了，說：啥文章？范伯生說：說你是作家卻賣字，搶書法家碗裡飯。羿光說：古時候能書法的都是文人，哪有專門書法家？他們倒是吃我盤中餐！范伯生說：是羡慕嫉妒恨，可羡慕變成嫉妒那些人心理就不平衡了，一旦發展到恨，什麼傷害都有可能發生。羿光說：有句話說世上沒有獎賞和懲罰，只有因果報應，讓他們為我消業吧。范伯生說：我想你該有一篇文章回擊一下。羿光從樓梯又走下去。

閣樓上，陸以可在裁紙，伊娃說：陸姐和那范先生熟呀？陸以可說：一般。伊娃說：你看得慣他不？陸以可說：無所謂。伊娃說：他總是利用著羿老師謀他的事哩。陸以可說：大動物身上都有寄生蟲麼。樓梯響起來。聽到羿光說：厲風可以拔大木，不可折小草，鋤可以除野草，不可伐大木，大言炎炎，不計小辯，小智察察，不究大道。范伯生說：這古文你要給解釋哩。羿光說：我肯定不寫的。范伯生說：那我就寫一篇。羿光說：你去寫吧。范伯生說：那出席發布會的事就同意啦？兩人上來，就不說了。陸以可、伊娃、辛起也不再說話。

羿光開始寫輓聯，不想重複寫過的內容，新的一時又想不出詞句，卻問：要刻墓碑，那墓地選了？陸以可說：還定不下來。今上午我和虞本温去三個墓區都看了，鯨魚溝的風景好，但那裡路太窄，聽說每年清明節去奠祭的人多，車堵得厲害。白鹿坡那兒離城還是比較遠，周圍環境也不怎麼好。棲鳳山是好，就是地方緊張，我和虞本温是看上了一塊地方，人家卻是不出售了。羿光說：有地方為啥不出售？范先生在那裡有熟人。范伯生說：不是那裡有熟人，是和那裡管理所的人熟。大家就笑了。羿光說：就是鬼，你也有熟悉的麼，不是你的好幾個熟人死了，都是你聯繫葬在那裡的？范伯生說：這倒是的。陸以可說：范先生再給聯繫一下？范伯生說：是你的什麼人？陸以可說：一個姊妹。范伯生說：是你們眾姊妹中的一個，我不認識吧？哎呀，我還說什麼時候了把你們眾姊妹都要認識認識的，現在倒遺憾少了一個！這事我要幫忙麼，過幾天我與那邊聯繫好了通知你們去。陸以可說：不是過幾天，今天若有空，咱們就去，早早選下地方下葬了，入土為安啊！范伯生說：今天我還要和羿老師說事哩呀！羿光說：還說什麼？！范伯生一拍手，叫道：啊咱就說定了啊！便對陸以可說：好，咱們去，一會兒就去！陸以可說：謝謝范先生，晚上回來我請你吃飯。范先生說：今晚應麗后、向其語要請我的呀。陸以可說：呀，你活得好！那咱們就一塊兒吃。

羿光提了筆，寫下了：感再生之光顯，寂滅之芳聲；嘆雙桐半生死，兩劍一飛沉。陸以可看了，說：上聯看得懂，下聯的雙桐兩劍指的什麼？羿光說：夏自花她知道。大家都疑惑了，看著羿光，羿光也不解釋，將聯疊好，裝入了紙袋。陸以可就叫伊娃給司一楠打電話，說虞本溫飯店裡有事去不了，讓司一楠速來這裡，然後一起去棲鳳山選墓地。范伯生說：是叫司一楠一塊兒去嗎？陸以可說：你也認識司一楠？范先生說：聽說過，很想見見。

大家回坐到客廳，羿光說你們在茶莊喝茶喝多了，到他這裡了該換換口味，就讓伊娃去打磨些咖啡。伊娃便先從屜斗取了咖啡豆，又到廚房裡咖啡機上去打。辛起一臉驚訝，倒扭著頭看著伊娃。羿光叫了辛起，說：你這是典型的鳳眼麼，現在極少見有這樣的眼睛啊！辛起說：這真的嗎？陸以可說：辛起你要小心了，羿老師啥都好，就是他喜歡誰了總說些假話！羿光笑了說：就是假話也是真誠說的！還是叫辛起：你過來，坐過來，讓我瞧瞧你的手。辛起就坐過去，把手伸開，說：我這手掌小，聚不了財。羿光說：瞧呀，這手指多長，有鳳眼的手指肯定都長！伊娃端了第一杯咖啡，原本要先給羿光的，卻又給了陸以可，說：我第一次見到辛起的手，想到了鳥爪，鳥常棲在電線上，就用長爪攥的。羿光說：這手要重金保險哩，沒有人邀你去做手模嗎？伊娃說：羿老師就愛美女，辛起的腳才好看哩，辛起你把鞋脫了讓他看，羿老師不嫌臭的！大家都笑，羿光倒抹了抹臉，說：我這是欣賞美好麼。

差不多都喝了咖啡，司一楠和徐棲就來了。范伯生問陸以可：哦來了，兩個人，那個就是徐棲了？陸以可相互給介紹了，分別坐下，范伯生卻還一直看著司一楠和徐棲。司一楠和徐棲也注意到范伯生在看她們，回頭便笑了一下。范伯生低聲對陸以可說：原來就是這樣呀。陸以可說：什麼原來就是這樣呀？范伯生說：你是瞞我呀。陸以可說：沒瞞你呀，她就是徐棲麼。范伯生說：你不如向其語坦誠。陸以可說：徐棲你過來，范先生好像有話要給你說。徐棲過來，說：范先生好，謝謝你能幫著去選墓地。范伯生還是從頭到腳看徐棲，說：向其語說的是對的。徐棲說：哦？范伯生說：沒啥，這有啥的，各有各的活法，我看挺好。徐棲一臉狐疑，司一楠卻定平了臉，衝著范伯生咄咄逼人道：范先生，向其語給你說什麼了？她嚼我和徐棲嚼到你那兒了？范伯生登時愣住，說：向其語沒說啥呀。司一楠杏眼圓睜，說：她沒說啥，那你就胡說了？！范伯生說：我說啥了，徐棲徐棲，我說啥了？我這個是蠻開放的啊！陸以可猛地醒悟了，忙拉開了司一楠，說：你又衝動啦，那是范先生，他要幫咱去選墓地的，何況他年紀比咱都大，你吼什麼？

司一楠說：為老不尊，嘴是小孩屁眼兒！范伯生倒哼了一聲，說：我不說粗話。陸以可又勸范伯生，說：范先生，司一楠脾氣不好，你大人大量的，甭和女生計較麼。范伯生說：她哪兒是女的？！司一楠竟要撲過去，陸以可又拉住了。司一楠說：選墓地讓他去幹啥？他去我就不去了。拉了徐栖一邊往門口走，一邊說：咱走！真的就開門走了。

晚上，應麗后先到了虞本温的火鍋店，給范伯生打電話通知火鍋店的地址和包間號。范伯生說他和陸以可、伊娃、辛起在一起，本來她們也是要請他吃飯的，那就一塊兒來？應麗后說：那好那好！應麗后就讓虞本温把一個鍋換成兩個鍋，再增加了食材和水酒。因為時間還早些，她就在三個樓層的過道上，看起掛在牆上的老西京照片。

虞本温自己愛好攝影，也喜歡收集老照片，當初裝修火鍋店時，就把那些老照片翻拍放大，在過道的牆壁上掛得到處都是。這些照片下面都有文字說明，有的是二十世紀初外國傳教士拍攝的，有的是國人在新中國成立以來各個時期拍攝的。鐘樓和大雁塔是西京標誌性的建築，應麗后感興趣的是它們的變化。清朝末年，西京人口僅幾萬人，鐘樓周圍全是空地，幾間柴棚前坐著幾個人吃飯，有的把嘴埋在了碗裡，有的飯吃完了把碗舉著，伸長舌頭在舔。大雁塔孤零零的，塔頂上竟然斜長出一棵榆樹，樹上落著一隻烏鴉。而寺院就那麼三間房子，台階很高，站著了一個和尚，不知在看什麼，表情木訥，目光空洞。民國時候西京人口是二十萬，鐘樓周圍是一些高高低低的平房。走過一輛板車，車上坐著一男一女，男的是瓜皮帽，手裡端著水煙袋，女的頭上包著頭巾，臉都看不見了，長裙下露著一雙纏裹了的腳，像一對三角粽子。新中國成立初人口三四十萬，鐘樓上掛著巨幅毛澤東畫像，兩邊的店鋪開張，來往的有汽車、腳踏車、拉車，甚至還有人牽著駱駝。成隊的軍警經過。大雁塔處是成片的麥地，地頭竟然是刑場，持槍的人正槍斃人。跪在地上的犯人五花大綁了，背插的木牌上能看到惡霸兩個字。到了「文化大革命」，西京已經數百萬人了，鐘樓下擁滿了遊行隊伍，到處是旗幟和標語，兩邊樹上也爬著孩子，一手抱了樹，一手舉著，幾大張，似乎喊口號。大雁塔下有白布做成的標語，從塔頂垂到塔底，一群和尚模樣的人在談紅寶書。應麗后覺得有意思，掏出手機要拍這些照片，過道那頭就有人在說話。一個說：哈，過去的西京真可憐啊！一個說：現在也可憐麼！一個說：你這胡說了，現在的西京多龐人繁華的！一個說：是龐大繁華了，可你不覺得越是龐大人越是小嗎，越是繁華精神越荒蕪嗎？一個說：不管怎麼說，現在都是有錢了，咱們想吃粵菜就吃粵菜，想吃火鍋了就跑來吃火鍋了。一個說：咱們是戴著口罩來的啊！一個說：真是每個時代都有人不滿身處的時代啊，比如說我們現在普遍認為春秋戰國時期好，孔子卻認為世風日下，嚮往周朝，而周朝呢，伯夷、叔齊卻寧在首陽山餓死，不肯食周粟。一個說：嗤，你教育我呀？！應麗后扭頭看去，是兩人也站在照片前。她沒有理會，手機鈴就響了，竟然顯示是章懷的電話。

應麗后說：哦，你好！章懷說：應姐，我來見見你。應麗后說：有什麼事嗎？章懷說：是這樣的，應姐，為了討債的事我們公司上上下下可是全力以赴，費了九牛二虎之力啊，應姐是不是能再有些補用？應麗后心裡撲通一下，看看過道那頭的兩個人，她說：這裡信號不好，我找個地方說話。就返回包間的衛生間，說：兄弟，我不是都付給你們費用了嗎，你怎麼還說這話？章懷說：這我都承認，是付了費用，那是債沒有討到的費用，可債沒討到，卻起到作用了呀，是不是人家還你債了？應麗后說：誰給我還債了，我哪兒見過一分錢？章懷，我再給你說一句，我對你已經夠意思了！章懷說：那才幾個錢啊？！應麗后徹底憤怒了：你是不是覺得我好說話，一把給了你三十萬，你就覺得這錢好賺啦？！咱已經都有合約，你拿了一份，我拿了一份，你寫了收條，收條上還有你寫的刀割水洗的話，咱就再沒了關係！章懷說：姐，應姐……應麗后把手機一下子掉在地上，覺得被勒索，氣得大口喘息。

向其語來了，在包間裡沒見到應麗后，出去找虞本温，虞本温說是不是在衛生間。推開衛生間門，發現應麗后臉色烏青地靠在洗手台前。問：咋啦？應麗后從地上撿手機，說：剛才有些拉肚子，沒事。

兩人在包間裡喝茶嗑瓜子，范伯生、陸以可、伊娃和辛起來了。向其語問起你們下午怎麼在一起？陸以可說了去鳳棲山給夏自花選墓地的事。向其語說：這可是大事，選好了沒有？陸以可說：選好了，多虧范先生有關係。向其語說：范先生，謝謝你呀！范伯生說：我對你們眾姊妹的事可是不遺餘力地去辦哩，可熱臉碰著個冷屁股。向其語說：誰得罪你了？范伯生說：還不是你！向其語說：呀呀，我和應麗后請你吃飯倒落下不是了？！范伯生說：你給我提說司一楠和徐栖的事，我下午只是多看了她倆幾眼，那司一楠倒是吃炸藥似的對我吼。他娘的，她和徐栖是不是同性戀，她心虛什麼？陸以可說：范先生，你還沒喝酒哩，這話怎麼敢胡說？向其語趕緊說：我可沒跟你說什麼呀！范伯生說：你說她們關係好，形影不離的。陸以可說：我們眾姊妹關係都好，那就是同性戀啦？！范伯生說：她司一楠的長相、脾氣，就是個女漢子！陸以可說：我也是女漢子！向其語急忙安排座位，說：不說了不說了，咱是來吃飯的，不要為別人的事影響了胃口。陸以可說：好，吃飯，我再說一句，同性戀在外國不是大驚小怪的事，但在中國還認作是傷風敗俗，至於司一楠和徐栖，我是沒看出她們有什麼，以後向其語任何不利於眾姊妹友好的話不要說，希望范先生也不要說，否則就要承擔損害名譽的法律責任，而且自己還被人看不起。范伯生說：我剛才是和你們說了一句，下午當著她司一楠、徐栖的面說了嗎，沒有說啊！她們是同性戀不是同性戀，與我屁相干！陸以可說：你又說這個詞了！范伯生說：吃飯，吃飯，把嘴佔住。氣氛才緩下來。

陸以可說：向其語，你給海姐打個電話，就說我們把墓地選好了，還讓羿老師再把輓聯補寫了。回來在吃飯，看她來不來？向其語就給海若撥電話，故意按了免提，海若回話，選了墓地寫了輓聯就好，辛苦了，讓虞本温多上些菜，賬過後她來結，而她在外又買了外賣也正吃著，就不過去了。通話畢，陸以可說：今日飯錢我來掏。向其語說：我掏。應麗后說：誰也別跟我爭了，是我先提出請范先生的，當然我來掏。陸以可說：好吧，讓應麗后掏。范先生，應麗后請你，我們跟著你沾光啦！卻又說：誰說要喝茅台的？！大家都哄地笑了，附和說：就是就是，茅台多貴的，不喝茅台，還是來個二鍋頭吧。應麗后也笑了，說：就會勒索我！上茅台，本來我就準備著上茅台的，叫你們這麼煽呼，倒成了我是逼迫的。

向其語、陸以可、伊娃、辛起分別拿了碟碗去大廳的料台上自調蘸汁，應麗后就把剛才章懷來電話的事告訴了范伯生，說：原本高興地請你吃飯，感謝你們幫著我辦事，沒想他竟是這種人，心情一下子壞了。范伯生說：我知道你付了他三十萬，他那兒人多，可能分不下來吧。應麗后說：我還能管了這些？！范伯生說：你也是錢多，聽說你們眾姊妹中就數你是富婆？應麗后說：銀行錢多，那就去搶啊？！范伯生說：呃，呃。應麗后說：這事你得出頭警告警告他。如果他還糾纏，那我就告他，我即便不行，羿老師是紅道認不得呢還是黑道認不得？他會為我出頭的！范伯生說：我去警告他。應麗后雙手在臉上搧著風，點了頭。范伯生倒說：唉，要是你有丈夫，也不至於事情會這樣。

陸以可調好了蘸汁，往包間走的時候，一個人正迎面過來，卻是吳老闆的助理，忙叫了一聲。助理說：哈陸以可呀！陸以可說：你也來吃飯呀，是和老闆嗎？助理說：幾個多年不見的同學來了，吃吃火鍋。陸以可說：多年不見了就請吃火鍋，圖便宜啊？！助理說：都是女同學，女生就喜歡吃火鍋麼。兩人笑了笑，陸以可又問：老闆還在閉關？助理說：結束了，昨天結束的。陸以可說：我問問你，活佛是什麼時候來呀？我們一切都準備好了。助理說：我也問過老闆，他也說不準。陸以可說：你們也沒個准信啊！助理說：等著吧。陸以可說：那也只有等著。你們吃了飯就走人，單我來埋。助理說：謝謝你，單我已埋了。笑嘻嘻地走了。

回到包間，服務員已經安放了湯鍋，並推進來小桌車，上面堆滿了牛肉、羊肉、魚頭、魚片、豬蹄、毛肚、木耳、豆腐、山藥、粉帶、蘑菇、青菜。應麗后坐在那裡卻發呆。陸以可說：你咋還不去調蘸汁兒？應麗后怔了一下，說：哦，我這就去。起身出去，竟撞在門玻璃上，玻璃沒破，鼻子流出血來。

三十、海若·筒子樓

霧霾依然不退。看電視和廣播，城區和郊縣完全實現了液化氣，再也沒有了燃煤的鍋爐和土灶，汽車已經出行限號，又大力倡導甚至以各種福利鼓勵著電動汽車，所有裸露的工地土方覆蓋了綠網，而一早一晚灑水車仍在噴淋，怎麼還是有霧霾呢？霧霾真的是人為污染所致，還是地球有問題了，如一個蘋果要腐敗了，就會發散一種氣體來？那麼，再讓風把它吹走吧。果然就起了風，風並不怎麼狂，房子卻在瞬間呼嚕地響了一下，開著的窗扇叭地合上，又張開了，再叭地合上，服務員趕緊去插了窗的插銷，隔著窗望去，街兩旁的樹木披頭散髮，好多人彎腰縮脖在跑，那個報刊亭的人慌亂地收拾亭外的攤位，仍有三四本雜誌被翻開了，好像是什麼在極速閱讀。後來幾張報紙就飛到天上了，有一張竟呼地貼在了窗玻璃上，就什麼也看不到了。

頭一天晚上，向其語給海若打電話讓去火鍋店的時候，海若並沒有吃飯，而是在家裡和表弟說話。表弟告訴了齊老闆被紀委帶走了，是從澳門回來一下飛機即被帶走的。同時告訴據說市委秘書長也在下午被帶走了。齊老闆遲早會被帶走的，海若能預料到，他行賄的他來承擔，小唐就可以解脫了。但秘書長被帶走，那可能就不僅僅是協助調查的事，而是犯了政治經濟問題，會不會以此再牽連出羿光他們小區的原地產商，因為秘書長讓那老闆把二層小樓便宜租給了她辦的茶莊。海若便一夜慌慌，沒有睡好。早上一到茶莊，海若給羿光打了電話，她讓羿光詢問一些人證實一下，羿光說：如果沒被帶走，問任何人都不好，如果真被帶走了，誰也不要問，啥話都不要說。羿光不願意詢問證實，海若也就沒再說了，其實詢問證實和證實詢問都毫無意義。這時候小蘇來了電話，約好了和姓曾的中午見面。海若便換了衣服，車子限號，搭了出租車去老太太那兒。半路上，不知怎麼口寡得厲害，特別想吃螃蟹，便讓出租車先開到了這家江浙飯館來。

剛才在挑選螃蟹時，她還覺得好笑，因為縛螃蟹的草繩又粗又濕，而過秤時又不能解去，心想這草繩平時扔在那裡都是厭煩的垃圾，可縛住螃蟹了就和螃蟹有了一樣的價錢。她買下了三隻，等著蒸熟了端上來，吃過了兩隻，又覺得螃蟹該是世界上最可憐的動物，它長了那麼大的鉗夾，把骨頭全長在外邊，睜著眼，吹著泡，橫著爬行，夠厲害的，夠可以保護自我了，卻不想被人捆綁了活活蒸死，又一點兒一點兒被咬嚼得粉碎。海若倒後悔自己吃螃蟹了，自己還是個居士，雖然並沒有說居士不能吃肉，而且螃蟹也不是自己親手蒸死的，但已經很久都吃素食了，怎麼今天就特別想吃螃蟹，竟然一連吃了兩隻呢？海若討厭了自己身體裡還存在著多少齷齪和不良的東西！一時坐在那裡，茫然四顧。牆角的一張桌前坐著一個人，七十歲左右吧，衣著整潔，臉卻黑又皺紋縱橫，他是一條螃蟹腿沒有吸溜完，差不多喝過七八盅酒，那是一盅一盅喝呀，喝進肚裡，燒自己。海若就叫服務員把剩下的一隻螃蟹端走，心裡一陣發潮，想吐又吐不出來，問：有粥嗎？服務員說：沒粥，有餅子。她不想吃餅子，再問：有鹹菜嗎？服務員拿來了一碟鹹菜，她把半碟鹹菜刨進口裡，嚼著，就出了飯館，站在街邊攔起了出租車。平時不坐出租車，出租車滿街都是，這會兒要搭出租車了，卻足足半個小時一輛都沒有出現。風吹著頭髮，她感覺那已經是一堆茅草，而長袍子裡鑽了風，鼓得像個氣包。

這件袍子是海若和小唐一塊兒在商貿大廈裡買的，買的時候她看中的是一件霧霾藍的，小唐卻參謀著讓買這件白色的，說：女要俏，一身孝。但白色的不耐髒，這風天裡明顯了一層塵土。海若似乎在說一句埋怨話，心裡卻忽地疼了一下，就想起了小唐。小唐沒有回來，任何消息也沒有。她去時什麼都沒帶呀，多愛乾淨的人，每天都洗澡換衣的，這麼多天了，還就那一身衫子嗎，就不准回家取衣服也不通知家裡人去送衣服嗎？停下來了一輛公交車，車上的人，都在擁擠著，身影似乎破碎。海若搭不上出租車，也想去擠公交車，但公交車門在那一時間裡關閉了，像是雙手合掌。

一個小時後，海若趕到了筒子樓。她見到了那個姓曾的男人，人長得確實體面，高高大大，四方臉，臉上肉很厚。以這樣的年齡，以這樣的身架，應該存著能讓人感覺到一股氣往外噴的強壯勁兒，他沒有，背似乎有點駝，眉毛耷拉著，還是嚴重的外八字腳。海若簡略地詢問了他的情況，他大學畢業後自己創業，搞過書畫裝裱，開過古玩店，又去陝西南部承包了一個鐵礦。也就是賣礦石賺了一大筆錢，回西京做房地產生意，開發了一個樓盤，同時還在郊區辦了家塑料制品廠。他就是在樓盤開工典禮上請了模特隊表演，認識了夏自花，從此相好起來。他是一心想和夏自花成婚的，但家裡的老婆一直離不了，夏自花也習慣了這種不正常的生活，日子就這麼一天天過著。前年他的塑料制品廠因污染環境被政府取締，正是事業上最受打擊的時候，夏自花卻生了病，直到撒手人寰。海若沒有想到夏磊的生父是這樣一個男人，優雅著，卻多少有些軟沓，但能做過那麼多事的有錢的老闆，又能和夏自花相好日久，且有了共同的孩子，他肯定也是主意篤定的人，只是因為夏自花的生病去世而被折磨成現在這個樣子嗎？海若並不反感這個男人，倒是同情著，信任著他，就開門見山地和他談起關於夏磊的事。

她說：災難既然來了，那就只有面對吧。我聽小蘇說了，你準備把夏磊接走？他說：我哪裡能想到夏自花去世這麼早，我還沒給他們母子一個名分啊！夏自花在的時候，我對夏磊經管得少，夏自花不在了，我就得多給他些父愛。如果他姥姥身體還好，我肯定會讓夏磊和姥姥繼續在一塊兒生活，我給他們請上保姆，但他姥姥年紀這麼大了，腿腳不便，再讓她經管夏磊，我於心不忍啊！何況這也不是長久之事，老人畢竟越來越老，夏磊要上幼兒園，要上學，我再不想些辦法咋對得起夏自花對得起夏磊？！她說：是啊，我們眾姊妹之前並不知道你的事，也為夏磊操心，還商量著認一個乾媽來撫養。他說：要是沒我這個父親，那就由你們撫養，可有我這個父親，我怎能丟手不管呢，我是牲畜呀？！她問：你要接走，是接回你家嗎？他說：唉，要是能接回家，我早就接了。這事家裡人並不知道，突然帶個孩子回去，你能想像那會是什麼結果。她說：那你接到哪兒去？他說：我有個最好的朋友，在廣州，他們知道我和夏自花的事，願意來帶孩子。她說：你那朋友有自己孩子嗎？兩口人怎麼樣，有能力除了照顧好夏磊的吃喝，還能教育培養好夏磊嗎？他說：人都是好人，夏自花生前我們來往過。他們的孩子大了，家裡也沒負擔，教育培養孩子沒問題。我也會月月去廣州看望夏磊的。

海若半天再沒說話，而裡屋裡卻傳來夏磊的哭聲。

夏磊的哭聲像甩過來翻騰的刀子，老太太好像在哄著，卻越哄哭叫越大，如同在殺豬，連老太太也哭了。正做晚飯的小蘇就進去了，過了許久，夏磊止了哭，小蘇出來。海若說：怎麼哭得那麼兇？小蘇說：我進去，夏磊說他看見他媽了，就哭開了。老太太先哄著，一聽夏磊說他看見他媽了，他媽就在陽台上，老太太在陽台上沒發現什麼，就認為孩子小能看到鬼神的，肯定是夏自花回來看望兒子了，自己就也哭起來。小蘇一說完，海若和那男的愣在那裡。那男的即起身在桌案上的遺像前上香，說：小夏，你放心，我會把夏磊安頓好的。說完，眼淚就流下來。海若卻去了衛生間，衛生間的台子上竟然放著一隻布偶，正是那次她讓高文來帶了夏磊買的棕熊。棕熊被玩得有些髒，眼睛卻懷疑地看著她。海若就撥通電話，把情況告訴陸以可，她吃不準那男的到底靠得住靠不住，對於把夏磊交給廣州的朋友撫養會不會有什麼閃失，她也無法把握。她讓陸以可來見見那男的，多一個人多一份感覺，合夥商定了心裡才可安妥。

不到半個小時，陸以可竟然就趕到了。按響了門鈴，開門的就是那男的。那男的並不知道是海若叫來了陸以可，面前的陌生人氣喘吁吁，汗水把瀏海濕濕在額上，問：你是？陸以可說：海姐不在？那男的叫了聲：海若老闆，有人找你。自己倒趕忙去了裡屋。海若還在衛生間裡洗棕熊，出來說：這麼快的！陸以可還站在門口，捂著嘴，眼睛大睜，卻一動不動，像被點了穴一樣。海若說：你咋啦？瞧你這樣子，傻不傻！陸以可這才恢復常態，倒把海若拉進衛生間。陸以可說：剛才開門的是誰？海若說：那就是夏磊的生父，長得還不錯，還斯文的，不像個老闆。陸以可說：他有五十幾歲，是哪裡人？海若說：我又不是來考察幹部的。陸以可說：我都快嚇死了，他把門一開，我看見的就是我父親麼！我父親去世時，也就是五十出頭，他和我記憶中的父親長得一模一樣。他問我是誰，我說海姐在沒，他轉身離開時，那眼睛裡透出的憂鬱，真的就是我父親麼。海若伸手在陸以可的腮上戳了一下，說：洗下臉，清醒清醒，叫你是來拿主意的。陸以可就洗臉，說：他能像我父親，他就不會錯的，你要相信夏自花的眼光，也是相信我的感覺。海若也再次把那男的決定複述了一遍。陸以可是徹底地冷靜了，她說：他的話應該是真誠的，決定也對呀。

兩人從衛生間出來，海若就叫過那男的，介紹了陸以可，相互客氣了一番，三人便去了裡間屋。裡間屋的家具被褥都很陳舊，牆上掛了三幅夏自花當模特時的照片。照片中的夏自花五官美麗，目光清澈，像是在凝神傾聽，又像是欲言又止。海若就站在照片下，說：現在陸以可來了，夏自花也在這兒，我再把該說的話都說開。你把夏磊接走是應該的，這樣或許對孩子更好。夏磊是你和夏自花的，也是我們眾姊妹的，孩子不管到哪兒，我們都會牽掛他，關心他，盼望他健康快樂成長。那男的說：這我相信，夏自花生病住院了這麼久，還不都是你們在照料？我雖沒有和你們見面，但我心裡知道，我在這裡向你們致謝！說著就跪在海若、陸以可面前，咚咚咚磕了三下頭。海若扶起他，說：老太太怎麼辦？那男的說：我現在作難的就是老人家，我原本的想法是他們都留在這裡，有你們照顧，我也隔三岔五地來看望，但畢竟不是長法。把夏磊送去廣州，老人家是不捨的，而她又不肯一塊兒去。她一個人留下了，我會像以往一樣孝敬她，給她請個保姆，每月出生活費。海若說：我之所以說老太太的事，我是想聽聽你的意見。其實我也和老太太溝通過，她是捨不得夏磊去廣州，她怕夏磊不習慣那裡環境，怕在那邊了人家會不會委屈了孩子。當然，她也是離不開西京。我也給她說了，一切以怎麼對夏磊好就怎麼來，老太太哭得嗚嗚，但還是同意了。既然夏磊去廣州，老太太要留下來，那你就不用操心，這邊有我們。那男的又要給海若、陸以可磕頭，陸以可就把他擋住了。那男的說：那這樣吧，老太太的生活費和保姆費我來付。陸以可說：老太太有她的退休金，這個你不要管。海若說：要付就付吧，也是盡自己的一份孝心。我還有一句話，你考慮考慮。老太太才沒了女兒，外孫若很快離開，她肯定受不了。能不能讓夏磊再多待些日子？那男的說：我原想著給夏自花過罷七七，這樣能給她買塊墓地葬了骨灰再去廣州的。陸以可說：墓地我們已定好了。那男的說：定好了？眼淚又流下來，再說：那我就聽你們的，多待些日子。當然待上三年最好，這三年裡夏磊可以多去墓地看看，只是又擔心過了三年，孩子該上學了，一下子去廣州，沒經過幼兒園就上學，真的怕不適應。那就等給夏自花過了頭周年吧。海若問陸以可：你覺得行不？陸以可說：這好。海若說：那咱們就這樣決定了。

小蘇把飯端上了桌，是烙餅和稀粥，炒了一盤土豆絲，一盤西紅柿雞蛋，一盤百合西芹，過來說：已經很晚了，咱吃飯吧。又去另一間屋裡叫老太太和夏磊。海若說：吃飯吃飯。那男的就從廚房取了一隻碗，過來從桌上的菜盤裡各撥出一些，再放上一片餅，把筷子搭在碗上，獻在了夏自花的遺像前。

另一間屋裡，夏磊用積木蓋塔，已經蓋到第十三層了，還要往上蓋，老太太和小蘇叫他吃飯，叫不動。海若讓那男的去叫，那男的去了。海若說：還算個有情有義的。陸以可卻說：你瞧他走路時肩頭一斜一斜的，就是我父親的樣兒麼！這是咋回事呀，怎麼這個城裡總有我父親的影子？！接著就喃喃起來：是讓我繼續留下來嗎？爹呀，爹。

三十一、辛起·城中村

下午，小甄和伊娃在打包一套茶具，裡邊裝了茶海、蓋碗、公杯、飲杯、茶則、茶針、茶夾、注春、天目盞、兔毫盞、油滴盞、斗笠盞、風爐、菊花炭、炭籃、燒壺。伊娃說：一整套呀，這賣給誰的？小甄說：不是賣，送的。人家單位每季度的公用茶都從咱這兒買的，他爹從老家接來了，聽說愛喝茶也講究喝茶。伊娃說：這又是什麼人？小甄說：我不給你說，說了你也不知道。伊娃有些不高興，去和高文來說話，這時辛起提了個大塑料包，咯咯擰擰地來了。

辛起穿著高跟鞋，一進門就喊著疼死了，疼死了，問誰有創可貼。伊娃說她有創可貼，但還沒從口袋裡掏，倒先把塑料包打開了，見裝著一隻燒雞、一包鹵肚和一盒甑糕，就大呼小叫拿出來讓大家分了吃。小甄說：海姐不讓在上班時吃東西的。辛起說：這不是韭菜餅，也不是臭豆腐和泡麵，不會有味的，現在又沒顧客。伊娃低聲說：小唐不在輪到她了，哼，咱吃咱的。倒撕開了雞，把一個雞腿給了高文來，一個雞腿給了小方，說：可惜只有兩個腿！把雞頭連著脖子擰下來給了張嫂。又把鹵肚分了幾份，甑糕分了幾份。自己吃了一塊雞背，吃了一份鹵肚，又吃甑糕，沒想甑糕特別香，吃完了，說：小甄給你留了一份的。小甄說：我不吃。伊娃竟端了留給小甄的那份甑糕也吃了，手指頭粘了一點，連指頭都吮起來。辛起說：好吃吧。伊娃說：好吃得很！辛起說：吃完了就給個創可貼吧。伊娃這才笑著從口袋裡翻尋了創可貼給了辛起，還問：這是哪兒買的？辛起說就在她住的那兒，掀開窗子，下面一條街上都是各種各樣的小吃。伊娃很驚奇，說還想再吃哩。

下了班，辛起真的就帶著伊娃去了那條街上。

那街算不上街，原本是個自然村，各家各戶隨意蓋的房子，當城市不斷擴張，高樓包圍了這個村子，這些房子便改造成門面店鋪，大多在賣吃食，生的和熟的，也有在賣各種日用雜貨，地方特產，隨後什麼行當的全進來了，旅舍、酒吧、裁縫店、理髮館、洗腳屋、麻將室、歌舞廳，以及修鞋、掏耳、洗眼、按摩、刮痧、文身、染甲、算卦，能想到的都有，沒想到的也有。而原先的瓦房，土木結構的就拆掉建水泥結構的，原先是水泥預製板建的平頂房，便全在加蓋，有三層的，四層的，還有五層六層，一律出租。就形成了街巷，窄狹，潮濕，陰暗，又高高低低，拐來拐去，進去了如進迷宮。辛起帶著伊娃往裡走，不停地說：你別嫌髒亂差啊！伊娃不嫌，她饒有興趣地躲閃著那些摩托車、三輪車、蹦蹦車、自行車、輪板車，常常就撞了店鋪門口的貨物或垃圾桶。跳著走過那些不知從哪兒流出來的黑水，小心著那些地磚，偶爾會被踩著就翻起來，伊娃又好奇著分辨什麼是鋸聲，什麼是電焊聲，什麼是風扇聲，什麼是鐵桶或鋁盆的摔打聲。知道人們在嬉笑著，招呼著，咒罵著，爭吵著，但無法聽懂內容。她仰頭望著兩邊加蓋的房子，上邊的天就那麼一長條，又被各種電線分割成塊，倒擔心房子突然會坍下來。辛起說：沒事的，這些房裡住著成千上萬的打工者，誰也沒想到會倒坍的，除了有地震和戰爭。再往裡邊深入，街巷分為三岔。朝西的那個岔道裡有一家肉食鋪，豬是在別的地方屠殺了，只把掏空刮淨的屍體掛在那木架上。而鋪前的水池裡活著各種魚。靠右是幾米高的一層層鐵籠，裡邊關著雞，雞舍擁擠不堪，雞全把頭從籠的鐵絲孔裡伸出來，沒有叫，似乎在看著不遠處店家給買家現場宰殺同類。那幾個大木盆裡咕咕湧湧堆滿了不知是豬的或牛的羊的內臟，有粉紅色的，有灰褐色的，上面趴著蒼蠅，蒼蠅呈綠色的頭。伊娃這才為難起來，捂著鼻子，問：你住的地方還沒到嗎？辛起說：往前邊，斜拐一個彎往南，看到門口有玫瑰花的就是。喝酸梅湯嗎？斜對面一個極小的門面裡賣酸梅湯，伊娃說不喝，卻問：還有玫瑰花？果然往前拐彎向南，看到在一個高層樓的小小門洞那兒，有三個陶盆裡栽著玫瑰花。對面就有一個甑糕店，辛起已經跑去看了，伊娃卻見一個穿著過了膝蓋的短褲，跟著一雙塑料鞋的男子，提著一個鹵豬頭，三瓶酒，在那裡和人說話。人說：哇，幸福啊！男子說：老戰友來了麼。人說：這鹵肉香，不是茅台酒吧？男子說：茅台酒度數不夠。人說：哦，不在喝啥酒就看和誰喝的！兩人都哈哈一番，男子就進了門洞。辛起端著一盒甑糕過來，也聽到那兩人的話，就給伊娃笑，伊娃也笑，一塊兒進門洞。

進去，裡邊是個小院子，而樓房卻轉著一圈兒，一層一層上去。辛起就住五樓，房間有十五平方米，什麼擺設都沒有，就一張床，一張桌子，三個紙箱子裝著衣物。伊娃已經覺得這甑糕不如在茶莊時的吃著香了，但她還是吃著，一邊吃一邊感慨她從未來過這樣的城中村，有這麼多的小吃，卻又是如此不堪的環境。辛起說：你記住，美味都來自貧窮，因為貧窮，要把粗糧做得有味了才能下咽麼。現在的城裡，越是骯骯髒髒的地方，越是有地道的傳統小吃。伊娃還是勸辛起不要住在這裡，即便高檔社區房租太高，而她房東那兒也可以住麼。辛起說：我不該帶你過來，你看不起我了？伊娃說：哪裡哪裡，我只是說你這麼漂亮的住在這裡不合適。辛起說：你不了解我。於是講述起了她的身世，她的工作，她的婚姻和她目前的處境。她講這些故事時，怨恨著，咒罵著，嘆息和流淚，還時不時鼻子裡發出哼哼聲，像是在咳痰，又像是崩出一瞬即逝的笑。她說：我現在沒錢。我賺不來錢，錢也不來找我。當你沒錢的時候要賺一分錢是那麼艱難。何況我要離婚，我搬了那邊家具，我只能租住在這裡，一苗針落在塵土裡，它是找不到的，誰也找不到的　伊娃說：那個香港人呢？他應該過問你是怎麼生活的，應該讓他來看看你居住在這裡！辛起說：希姐知道我這些事，海姐也知道我這些事，尤其是海姐，她為我抹眼淚，唉聲嘆氣，但她又痛罵我，罵得非常難聽，我就是被她罵醒了，也覺得自己可憐又無恥。我現在已經沒有再去香港的念頭，那香港老頭在我心裡死了。這地方我沒有告訴過我所有的朋友和熟人，就連希姐、海姐也不知道。我和希姐、海姐她們不是一夥人，她們雖然對我好，我也時不時和她們待在一起，但我知道我是蝌蚪跟著魚浪的，浪到最後，人家還是魚，我是青蛙。之所以叫你來了，你是外國人，我又是說不清緣由地喜歡你，讓你來幫我在這條街上看看，這裡房租便宜，是否能開辦個什麼店鋪，比如做美甲，比如文眉或文唇，這些技術我都會的，投資又不大……天漸漸黑了，屋子裡拉開了電燈，伊娃靜靜地聽著辛起在說，思緒竟然飄到了遙遠的聖彼得堡，想到自己的處境，甚至覺得辛起也正說的是她自己的故事。但伊娃終沒有說出這些，發怔了一會兒，看著辛起。燈光下，辛起的臉開始活泛，汗津津裡漸漸紅潤，雖然眼裡還含著淚，卻眉毛像觸鬚一樣飛揚閃動，目光明亮起來。

窗外響起了警笛，一聲比一聲地緊迫，又長久不息。是有了病人喚來的救護車，還是警車來抓某某吸毒者、盜竊犯或要制止一起聚眾鬥毆？辛起和伊娃沒有疑問，也沒趴在窗台上往外看，她們依然在說她們的話。差不多十點半了，辛起就留伊娃今晚睡在這裡吧，明日一早，她要和伊娃把這條街逛遍，尋找個門面了考慮拿做個什麼營生。伊娃也就給房東大媽打了電話說明了情況。兩人在那張單人床上擠著躺下，她們說：咱們再說吧，說到什麼時候瞌睡來了就睡去。她們說著這個社會，中國的社會和俄羅斯的社會，說著她們與社會的關係，說著各自遇到的男人，說著金錢。後來，先是伊娃就慢慢閉上了眼睛，辛起再說什麼，她沒有回應，辛起說：你睡著了嗎？睡著了我就不說了。伊娃眼睛還閉著，卻含糊地說：你說吧，我聽著的。辛起又說起來，說著說著，自己的眼皮也閉上了，聲音也逐漸低下去。她們進入了迷糊狀態。就在這個時候有一種什麼聲音很奇異地傳來，這種奇異就像一種蟲子，從耳朵裡進來就竟深入到了身子裡和骨縫裡，睡意便驟然失去。伊娃推著辛起，說：這是什麼聲？辛起說：是叫床。伊娃愣了一下，反倒覺得自己怎麼就聽到了這種聲，而且是聽到了這種聲能如此敏感，臉上頓時發燒，說：叫床？側耳聽聽，果然是在叫床，甚至此刻聽出那不是一種腔調和叫法，幾乎在三處，或者五處六處，都有了這種聲音。扭頭回顧，似乎覺得屋頂、牆角、門後、床下、窗外有著的貓狗、老虎、壁虎、蝸牛、蚊子、蒼蠅、濕濕蟲，小動物們全都發情？！辛起說：這樓上的出租屋住的是那些年輕的打工者，他們幾乎是一對一對同居著，每天晚上都有這種聲音。伊娃咯咯笑起來，說：那你一個人在這夜裡能睡好嗎？辛起說：開始我也睡不著，後來習慣了，這些人在城裡還能得到什麼呢，快樂也只有在夜裡。但他們也太誇張，誰又沒經過呀，用得著那麼像殺人似的喊叫！卻又說：喔，你還沒結過婚。伊娃說：沒結婚就等於沒性愛過嗎？辛起說：不等於，當然不等於。便撲到伊娃身上來，摸著臉，說：老實說，用過了幾個？伊娃說：用過幾個？！兩人就笑成一團，伊娃喘息著伸出一個指頭，又伸出一個指頭。

她們這麼說著鬧著，直到滿樓上都安靜下來，只有偶爾有貓還在樓下什麼地方嗚叫，辛起就說在電視上看俄羅斯有那麼大的草原森林，聖彼得堡的樓房、教堂、街道那麼美麗，你伊娃卻偏偏就來霧霾籠罩的西京？便問起聖彼得堡比西京大嗎，物價便宜嗎，有沒有中國人？伊娃一一作答，說：當然有中國人，還有中國飯館，飯館裡也賣西京的肉夾饃和涼皮的。辛起說：是西京人去那兒開的？伊娃說：是呀，幾時你也去玩玩。辛起原要說她沒錢的，只說：我還沒護照哩。

伊娃說：那還不容易嗎，你又不是幹部出去辦公務護照難搞。辛起說：希姐說你之所以去茶莊當店員，是將來了也想在聖彼得堡開辦個茶莊，真要那樣，我去給你當店員。伊娃說：我哪能用你這店員，恐怕一半年後，你倒成了老闆，我成店員了。就又笑起來。辛起在伊娃臉上親了一口，說：在你眼裡我還那麼能幹呢還是貴氣？你笑起來真美哇，我咋就這麼喜歡你！

三十二、馮迎・拾雲堂

海若從老太太家出來，心裡一鬆勁兒，身子倒覺得累，兩條腿乏困著，還自嘲說：咦，我現在重要啊，這地球吸力也大了？！回家了就想睡覺。兩年以來，海若是一直失眠，為了能睡好，獨自喝了些酒，眼皮子剛一打架，連從客廳到臥室裡去都害怕又失了睡意，就閉眼在沙發上躺下。睡是睡著了，卻做了一個夢，好像琴師家搬住在了高高的山上，她覺得這家搬得好，還想建議羿老師能不能在他的拾雲堂裡也寫個條幅掛上，就寫：書房建在山巔上。她去拜見琴師，自己背了琴，還提了好多吃食，往山上爬。路兩邊長著密密的樹，開著紅花，她在疑惑這不是八月呀咋有著桂香？草叢裡的什麼鳥在彼此呼應。當她在學著鳥語的時候，鳥竟然也說起了人話。這讓她非常興奮，卻也吟起了古人的一段話：人有學為鳥言者，其音則鳥，而性則人也。鳥有學為人言者，其音則人，而性則鳥也。她很得意自己竟能記住這些話。她繼續往山上爬，爬著爬著，後來自己就不是自己了，是一隻狐狸，背著琴，提著吃食，又都不是琴和吃食了，是糞球。終於悟出這是一隻屎殼郎正把一顆糞球往上推動要運回高處的洞穴去。她好像在關注著這一場艱難的勞動：屎殼郎倒轉身子，用後腳好不容易把糞球推到很高了，糞球卻滾下來。一次次推上去，一次次滾下來。她覺得可笑又悲哀。再後來，那又不是屎殼郎和糞球，怎麼能是那樣不雅的甲蟲和骯髒的糞球呢？全然是一塊圓形的石頭主動地往山上去，石頭沒有腳，也沒有什麼牽引，但就是往山上去。石頭往山上去的時候，草叢裡飛濺出了很多螞蚱。石頭上濕漉漉的，那不是草尖上的露珠沾上去的，也不是草被碾壓出的汁液，是流出汗。琴師已經站在山頭招手了，石頭越往上去，速度越慢，又不是石頭了，怎麼是一隻桶？桶看到了旁邊有一口井，井邊有一個石碑，上面寫著：路上自有古井蓮，花開十丈藕如船。井裡怎麼會有蓮呢？桶站在井口往下看，卻一下子栽了進去，這時井裡發出了巨大的響聲，在說：總有一天，你的桶掉在我的井裡！在這一刻，海若醒了，才發現自己睡前並沒有拉燈，電燈明晃晃照著，什麼時候從沙發上掉在了地毯上，兩個沙發墊子就在身上，已經渾身是汗，而手機在茶几上打著轉兒地狂叫。

海若伸過胳膊去拿手機，但像是跳上岸的魚，抓了幾次沒抓住。等終於拿到了，鈴聲卻結束了，號碼還遺留著，是羿光的。

在初認識羿光的那一年裡，羿光就經常打來電話，或者是她正上班，或者就三更半夜。他是說打就打，隨心所欲，她也是招之即來，樂此不疲。他們成了最親近的朋友。白天裡下班後她會幫他做飯，然後兩人一塊兒用餐，晚上她也會在黎明前回家，從早市上買了菜，進門時孩子正好起來上廁所，還說：媽，你起來這麼早？讓孩子再去睡一會兒，等早飯做好後把孩子叫起來吃了，然後送去學校，她才到茶莊上班。那一年她是最忙碌的，精神頭卻是那麼好，壓根不知道疲倦。可當她開始有了一個一個姊妹，羿光的電話就越來越少，她的失眠症便也從那時患起。但羿光仍然是她最好的朋友，也成了眾姊妹最好的朋友，她和她們有任何好的事情和不好的事情都會找他，分享、請教或求幫忙。羿光也高興地說過：我是心臟呀，快樂了跳得厲害，悲傷了也跳得厲害，受不了啊，受不了啊！

在這一晚的深夜，羿光突然打來電話，海若是一陣驚喜。這驚喜使她覺得有些不真實，是不是仍在夢中？她撥了號碼過去，說：你給我電話了？羿光說：你說呢？海若說：你怎麼記得給我電話了？羿光說：天還未亮嗎？海若說：是半夜，你看看錶，現在才三點。你還在拾雲堂嗎，睡不著覺了？羿光說：你來吧，你來吧，需要你來！海若想笑，但她壓住了笑，說：需要我，需要我幹啥，我要是不來呢？而羿光的電話卻已經掛了。海若坐在沙發上，感覺到一種熱流從腳到了頭頂，自己的內心並沒有死寂，是一個毛茸茸的貓頭抬起來，是一顆種子發了苗頭從土裡往上拱。她開始脫下一身汗濕的衣服，就去洗澡。透過水汽朦朦朧朧的鏡子，看著自己還算不錯的身體，海若換上了一套粉色的內衣，但又脫了，赤裸裸跑到裡間，在櫃箱裡翻尋那一件黑色的網狀的緊身內衣。半個小時後，開車去了拾雲堂。

拾雲堂裡卻坐著羿光和范伯生。他們都在吸菸，菸灰缸裡堆滿了菸蒂，屋子裡霧氣騰騰，像是著火了一般。海若多少有些失望，站在門口，看著煙霧從門里雲一樣溜出。羿光說：讓你沒有睡好，來得還快！海若說：不是打麻將呀？我以為三缺一，需要個支腿子的！走進去，坐在羿光對面的椅子上，再說：上了年紀，人是不能熬夜的，瞧你臉少了一圈。羿光只是苦笑了一下，說：或許明天早上就一頭白髮了。海若說：有事？羿光說：是有個事得告訴你，你要堅強些。海若說：你嚇唬我？是秘書長的事嗎，是齊老闆的事嗎，是小唐的事嗎？羿光搖了搖頭，說：這你答應我，不能哭。海若這下緊張了，說：還真有事，什麼事？羿光才把事情說到了一半，海若就再也忍不住，嚎啕大哭。

羿光告訴的是馮迎死了，而且早就死了。

范伯生報告確切的消息，書畫家代表團出訪期間，他們都沒有和家屬聯繫過，家屬裡有人撥打過電話，也是關機，便認為是他們沒有開通國際漫遊業務。而半個月前，一架馬來西亞的飛機由吉隆坡飛往北京的途中墜毀，新聞在中央電視台都播了，但誰也沒有和書畫家代表團想到一起。代表團中有兩人屬於文聯機關單位，一位是大畫家王季，他是代表團團長，一位就是馮迎。王季的老伴向范伯生詢問代表團什麼時候回來，范伯生算了一下日期，說應該早回來呀，怎麼還沒有回來？還開玩笑說：是不是趁機外逃？！當范伯生給菲律賓的另一個華僑朋友打電話時，那個朋友說代表團早已離開了菲律賓而去了泰國，聽王季說他們要多跑些地方，可能還去斯里蘭卡或者去新加坡。范伯生又讓這位朋友聯繫一下泰國的有關朋友，因為王季也與泰國的畫家有交往，可能去泰國要見一些畫家的。但回復是王季他們到泰國並沒有和他聯繫。但就在昨天，馬來西亞航空公司更正了先前發布的失事飛機上死亡乘客名單，其中新加坡的八位乘客是中國人，具體是西京的，六男兩女。范伯生立即將噩耗通知了代表團的家屬，因馮迎是單身，知道和羿光相識，就來告訴了羿光。

海若嚎啕大哭，羿光並沒有安慰，直到海若哭得去衛生間嘔吐了一次，重新回坐在了客廳，才說：我知道你經受不了，是誰也經受不了啊，可這有什麼辦法呢？才去世了夏自花，又沒了馮迎，唉，人生真是無常啊！海若說：會不會弄錯呢，馮迎他們去的是菲律賓，即便又去了泰國，又去了新加坡，怎麼會從馬來西亞乘機回國呢？再即便從新加坡又去了馬來西亞，要回國那吉隆坡有直達西京的飛機，怎麼去搭乘北京的航班呢？范伯生說：至於什麼原因，這都沒有搞清，恐怕永遠也搞不清了。但這消息是馬航宣布的，而馮迎他們是西京的，也正是八人，六男兩女。海若捂著心口，眼淚又流下來，說：這事太突然，太蹊蹺，夏自花去世還有個思想準備，這馮迎說沒有就沒有了？！羿光說：你們眾姊妹相好，你沒有什麼預感嗎？海若說：我來這裡前是做了個奇怪的夢驚醒的，會不會有什麼暗示？便說了夢境。羿光說：這夢只是離奇，算不得噩夢。卻突然說：噢噢，你給我說過章懷告訴你，他見到過馮迎，捎話讓我把十五萬元還給夏自花，這是怎麼回事？海若也睜大了眼睛，說：是章懷親口給我說的，那時候，馮迎已經去了菲律賓十天，我當時還認為他是認錯人了，後來他說見的那人的樣子真的和馮迎一樣，我懷疑是馮迎出國前可能跟他說過這事，他忘了，見了我就胡說是才見到馮迎。范伯生說：你們說的是討債公司的章懷？

海若說：就是。范伯生說：那是個沒腦子的人，可能做事使強用狠，但不會編謊的，與他沒任何經濟利益關係，他也用不著編謊的。羿光說：這就邪乎了，他給你傳話的是哪一天？海若說：是伊娃初到的那一天，伊娃在茶莊已經十四五天了。范伯生說：讓我查查。他開始翻屋角的一沓舊報紙，翻出了一張，說：馬航墜機的消息就是頭一天公布的。海若一下子軟了，說：難道章懷見到的是馮迎的鬼魂？就又哭起來。范伯生這次沒讓海若再哭下去，他告訴海若，那八個遇難者的家屬有三位準備去馬來西亞了解真相，處理後事。王季的老伴暈倒了住院，託付他去。馮迎的一個姐姐可能也去，還沒最後落實。羿光也要去的。海若說：羿老師去？羿光說：我和馮迎交往多，她曾在我遇到了急事需要用錢時，肯把她要買保險的錢借給了我，我想我該去一下。海若說：那我也得去，我和陸以可都去。

商定了四個人一起趕往馬來西亞，海若才想起自己的護照已過期，范伯生就說他先去訂機票，就訂在後天，還有兩天時間讓海若加緊換護照。羿光還問：出境管理處那兒我有熟人，要不要我打個招呼？海若說：不用。前年陸以可去英國就是護照過期，去換時很容易。你這兒有沒有多餘的紙？羿光說：稿紙不多了，有的是宣紙，你是要寫文章還是作書畫呀？海若含糊不清地說了一句什麼，自己去閣樓上取了一整刀宣紙下來，就告辭離開了。

三十三、海若・停車場

回茶莊上到了二樓，拉開了燈，壁畫在牆上，佛像在壁畫前，海若默默地去上了一炷香，就開始裁那宣紙。四尺整張的宣紙裁成一半，疊起來幾乎有一作厚，於第一張上寫了「冥國馮迎收」的字樣，便取了一個大鋁盆，在盆子裡燒起來。一張一張小心翼翼地投進去燒，海若再不流淚，也始終沒說一句話。心裡想著燒紙按常規是用印製好的冥幣，沒有印製好的冥幣那也得用百元鈔票在白紙上一反一正拍打過了才能變成陰錢的，但她直接在燒宣紙。馮迎這一生並沒有多少錢，在眾姊妹中她似乎對錢無所謂，常常是手裡有些錢了就買筆墨紙硯，或者到處去旅遊。馮迎是曾滿意她給送的是宣紙而不是陰錢。火焰升起來，像是盆裡不斷地往外開放花朵。但海若看到了一種奇景，這些花在盆子裡的時候鮮紅鮮紅，開出盆沿了卻都成了藍色，藍色的光氣映在四面牆上和地板上，竟然就有了波的動態。這是一種什麼宿命呢，馮迎生前喜歡藍，她有許多件衣服都是藍色的，鞋是藍色的，手提包是藍色的，開的車也是藍色的，她最後也去了藍色的天和藍色的海。

燒完了宣紙，二樓已煙霧籠罩，海若打開了一面窗子，她看到煙霧往窗外飄去，在屋子裡形成了一道藍色的河流。河流起源於羅漢床後的壁畫，那裡漸漸煙霧稀薄，好像飛天才從天際之外急急而來。在那一瞬間，海若有些恍惚，覺得最上邊的那個飛天就有些像馮迎了。那個飛天是最瘦的飛天，馮迎也是眾姊妹中最瘦的。那個飛天眼睛瞇著，馮迎的眼睛也是小的，常常再一笑就細成線。以前怎麼沒有這種感覺，今晚才發現這樣的相似，難道一切都有天機和秘密嗎？瞧呀，那個飛天雙手在胸前捧著一束花，為什麼就在心口部位呢，馮迎的身體一直不好，胃疼，時不時都要手捂在了心口的。海若又難受了起來，她吸了吸鼻子，仰頭看著天花板，稍有些平靜了，就坐在了桌前，隨手翻弄那些經書。這些經書都是她從吳老闆的佛堂那兒拿來的，放在這二樓上，眾姊妹誰要看就從她這兒借，看完了再送回來。海若翻開一本，記得是那天馮迎和王季來畫壁畫時送回了所借的這本《妙法蓮華經》，裡邊竟有一頁紙，上邊密密麻麻寫著文字。

讀一本書，不能你聽別人說這書是寫什麼的書，而是你要知道這是寫什麼的過程，怎樣寫了什麼。

我們現在有太多的名義和幌子去幹一些齷齪的謀生。

什麼是痛苦，遭受挫敗的慾望就是痛苦？你需要有愛，有了愛就不會障礙，就可以交流，認識到你的慾望，而慢慢終結你的慾望。

確認和接納苦難，然後深入了解苦難的性質，來將它轉化。修習坐禪行禪，專注呼吸，專注俯伏，全面鬆弛等，都是為達以上目的。

急切地去追逐別人，希望受到庇護，這種庇護將帶給你黑暗和毀滅。

正因為你經歷了許多生活，經歷了生活的所有階段，比如富人和窮人，成功和失敗，得意和沮喪，這樣你才能認識生活，才能生活得更好。

幸福不是由地位、名望、權力、金錢可以獲得的，幸福是一種沒有任何依賴的存在狀態。有依賴，就會有恐懼。幸福存在於自由之中，在自由之中去認識事實，而不是混亂、困惑。

沒有慾望就是神、是天使。慾望使自己活得獨特，活成各色花，卻也就是正常人，俗人。

假如我心靈瑣碎、狹隘、局限，那麼我在其他人身上也會有同樣的情形。

生活是各種關係，是關係的過程，是與他人，兩個人或十個人，與社會建立關聯的過程。需要我們共同面對。

兵馬俑是彩色的，但一挖掘出來，它就褪色了，只是一個人形的泥胎。這世界在褪色，人在褪色，比如對事物的驚奇，幹事的熱情，對老人的尊敬，對小孩的愛護和浪漫的愛情。

現在，科技就是神嗎，就是宗教嗎？

霧霾這麼嚴重啊，而污染精神的是仇恨、偏執、貪婪、嫉妒，以及對權力、財富、地位、聲名的獲取與追求。
所有的行進都是一種試探和追問啊。
久矣不聞雞鳴，直到長出青苔。

這肯定是馮迎的讀書筆記，海若不知道哪些是從經書裡、名著中或什麼哲學名言中直接摘抄的，哪些又是她閱讀後的一時感悟。所有的文字似乎在閃動著光亮，並且有了腳在走進了她的心，走進了她的腦。海若激動了，深深感到自己以前輕視了馮迎，而馮迎其實比自己讀過的書更豐富，思考得更深刻，原來自己許多自以為是的認識和做法都是淺薄，甚至是錯誤。她疑惑這張非常之紙是怎麼就夾在這本經書裡，是有意還是無意，竟在這非常之夜的非常之時，讓她就翻看到了？！海若趴在了桌面上，連續地低聲叫喚，像是在呻吟。

這時候樓下的店門在哐啷響，張嫂來了。天下起了雨，瀝瀝淋淋，張嫂提了一小竹籃雞蛋，打著傘，身上的衣服還是濕了後襟和兩個袖子。張嫂是今日第一個來上班的，她進店後看到二樓上有光亮，還以為昨晚下班時忘記了關燈，小竹籃沒放傘也沒合就急速上來，才發現海若在挪動著大鋁盆。她說：哎呀，老闆，你在啊。你什麼時候來的？我只說我這次來得早，你比我還早！海若並沒有回答，看著張嫂，又看了看手錶，卻說：下雨啦？張嫂這才放下小竹籃合了傘，說：是下雨啦。昨天我腿就疼，知道要下雨的。我這腿一疼肯定就下雨，比天氣預報都準。海若說：

後半夜都沒有呀，天明時下的？張嫂說：後半夜我睡著不知道。出門來時雨還不大，走到商貿大廈前雨就大了。商貿大廈的那個亭子裡有人在避雨，提了這籃雞蛋，我知道她是去菜市場賣呀，但她沒帶傘，人淋成水雞娃。我就問便宜點賣不賣，人家說咋便宜賣，我說五十元連籃子一塊走，人家不樂意，我說行啦行啦，塞給她了五十元，把籃子提回來啦！張嫂快活地說著，海若攏了攏頭髮，搓搓臉，就要下樓出店。張嫂說：老闆，你是要出外吃早點嗎？你臉有些乾，夜裡沒睡好人就氣色差，你在店裡沒放潤臉的油嗎？海若說：你也沒吃吧，咱倆到前邊那家永和豆漿店吧。張嫂說：叫豆漿、油條呀，那不如吃荷包蛋。咱有雞蛋了麼，雞蛋吃了有營養。我一會兒就煮好了。海若說：那行，你去拖地，我來煮。提了小竹籃去了樓梯旁的隔間。

隔間裡空氣有點悶，打開了東牆上的小窗，雨點子就濺進來，恰好一個人頭從窗外閃過。海若知道是車場管理員，想說一句：下雨了還去翻垃圾箱？但話沒出口。一小鍋的水很快就燒開了，海若從小竹籃取出四顆雞蛋。先把一顆在鍋沿上敲了，往鍋裡倒蛋清蛋黃，卻一下子沒倒出來，看時，雞蛋裡卻有一團暗紅的塊狀。以為壞了，再取一顆敲開，裡邊仍是暗紅塊狀，又取一顆敲了，裡邊的就是血塊。便嚇了一跳，叫道：張嫂張嫂，你快來看看！張嫂進來看了，說：這是孵雞娃的蛋啊？！就罵賣雞蛋的人，要出門去討回錢。海若頭皮都發麻了，趕緊把剩下的雞蛋連籃子扔進了垃圾桶，洗著手，把煤氣也關了，勸住了張嫂：或許人家不是故意的，從家裡拿錯了雞蛋。即便是成心拿了沒孵化成的雞蛋行騙，賣給你了還能待在原地讓你再去找她？張嫂就又怨恨起自己，眼睛瞎了，為啥買時沒拿起一顆在眼前耀耀或者搖一搖，竟然好蛋、壞蛋不識？！而海若這就出了店。

店外的雨確實是大，空中密密麻麻的都是些白線，風再吹著，白線又一齊傾斜過來傾斜過去，滿世界像冬季的蘆葦地。小廣場和還沒有汽車的停車場，已經起了水潭。海若是平生第一次看到雞蛋裡有血塊，那些生命在還不成形時是那樣難看，令人噁心和戰慄。張嫂攆出來說：老闆，對不起哇，你還是出去吃嗎？海若說：不吃了，我有事得出去。張嫂說：那你把我的傘拿上。我這傘舊是舊，樣子不中看，但也能遮風擋雨哩。海若說：我開車呀，用不著傘的。張嫂說：車停得遠，不等你跑到車跟前人就淋濕了，你把傘拿上！海若就接過了傘，撐開著去停車場，鞋立即就濕了。

停車場管理員從垃圾箱那兒過來，他穿了雨衣，並沒有撿到空塑料瓶易拉罐什麼的，在打招呼：海老闆你出去呀？海若說：這雨大啊！老漢說：大啊！海若說：要麼是霧霾，要麼就是這麼大的雨，這人沒法活啊！老漢說：人還不是活著？海若是沒話尋著話給老漢說的，老漢的話卻使海若愣了一下，就站住了。老漢知道他這是戧著了海若，忙軟下了口氣，說：嘿嘿，啥環境都能活人哩，我們老家在陝北黃土高原上，沒有樹，只產蕎麥和土豆，吃的也是窖水，可村子裡二十八家沒有誰是絕戶的，女娃子倒都長得俊，有五個在大酒店裡當門迎的。海若說：嗯，也是，也是呀。手機鈴就響起來。手機是裝在左邊的褲子口袋裡，左手撐著傘，把傘倒給右手，掏山來了，看著號碼陌生。老漢說：我給你撐傘，你接。手機鈴卻不響了。海若給老漢揚揚手，老漢走了，手機鈴又響起來，還是那個陌生號碼。

接了，對方的語氣很粗，責問為什麼不接電話，海若也有些生氣了，有這樣給人打電話的嗎，她說：你是誰？對方說：市紀委的！海若有些懵，說：市紀委？！你是不是打錯電話了？對方說：你是不是暫坐茶莊的，叫海若？海若說：啊是，是呀。對方說：有個叫唐茵茵的是不是你們店的？海若說：哦，是小唐的事嗎，她情況怎麼樣，我給你們保證，她僅僅是認識齊老闆，齊老闆和市委書記有什麼問題她不可能知道的，她只是僅僅幫齊老闆跑跑小腳路。對方說：是你的事！海若說：我的事？！對方說：來了你就知道了！海若不吭聲了。對方說：喂！喂？！海若說：我聽著的。對方說：你明白為什麼沒有去茶莊直接找你而給你打電話的意思嗎？海若說：那我必須去了？對方說：一個小時後我希望在西苑飯店的樓下見到你！

海若把手機關掉了。手機是一顆手雷，不願意再聽到它的任何響動。從站著的地方到停的車前僅僅一百米的距離，海若卻似乎走了很長很長的路，兩隻褲管全都濕了，水也灌進了鞋裡，咕嘰咕嘰地叫。她一直往前走，走得太難，太累。終於到了車前，慢慢地合起傘，更粗更長的水順著傘的折道往下流，海若覺得那水不是從天上落下來的，而是從自己身上擠出來，擠出來的都是血。

三十四、高文來・茶莊

伊娃是第二天早上離開了城中村回到茶莊，從景德鎮訂購的一批茶具剛到，那網購的一包書也由快遞車送來了。小甄、小方、高文來和張嫂忙著卸貨、拆包，把茶具一一清洗了擺上架子。伊娃則翻看著那些書籍，有《傳習錄》《禪宗語言》《宗鏡錄略講》《古拙》《浮生六記》《脈經校釋》《柳如是傳》，說：呀，海姐啥書都買！一抬頭，門外的雨就停了。

大家開始議論著這場雨，來得急，去得也快，這多好呀，既把霧霾壓了下去，可以有一雨天晴朗，也不至於什麼都水水湯湯的，出外辦事不方便。高文來就說：天氣就是天意麼。小方說：天氣怎麼就是天意？高文來說：這幾年霧霾這麼大，你不覺得是天看不慣人間的瘋狂，在懲罰嗎？擺好了茶具，小甄就在標籤上寫價格，又讓高文來在標籤上按了暫坐茶莊的小紅印。小甄說：那下雨了就是天開恩了？高文來說：就是呀。小甄說：那怎麼又停了？！高文來不言語了，去收拾那些拆過的木箱子和墊箱的塑料板、稻草、廢紙條。小甄便讓伊娃把標籤貼到茶具上。伊娃說：咦，那幾套都是五百元的，這幾套怎麼就一千三百元？小方說：這幾套有落款，是大師做的，伊娃說：我看都差不多，這麼貴？小方說：貨不貴人貴麼。伊娃說：能賣得出去嗎？小甄說！越貴越有買的。走過來竟又在標籤上寫了已售兩個字。伊娃說：已售？！小甄說：上次擺了一套就寫著已售被一個老闆買了，不賣給都不行，硬是買走了。伊娃說：哪個老闆，是戴著碧玉戒指的文老闆嗎？他脖子上的金項鍊那麼粗，像是狗鏈子！小甄乜了一眼伊娃，沒有回答，拿了雞毛撣子去撣條案上的灰塵。小方低聲說：是劉老闆，女的，你還說人家的下巴沒整形好是彎的。伊娃說：知道了知道了，她五十多歲了，一身名牌，鞋那麼高的跟兒，但她下巴確實沒整好。她是做什麼生意的？小方說：沒生意。但她結識的領導多，許多人升遷、調動、攬工程、要當政協委員，都是通過她拉關係，就賺的拉皮條錢。伊娃說：哦，哦，好多天不見她來了。小甄在條案上搬動一個大茶罐，說：她來不了了！伊娃說：來不了了，為啥？小甄說：聽說要查她，上週五就跑路了。

高文來在門口台階上捆那些塑料板，喊伊娃來幫手，伊娃就過來了，說：這點活還需要我呀？高文來說：今早沒吃早餐，力氣不夠用。伊娃說：我去前邊巷頭給你買著吃？那裡有賣粗糧煎餅的。高文來說：粗糧我不吃。叫你來，還不是想和你一塊兒幹活麼。伊娃說：啥意思，想吃我豆腐呀？高文來說：你這老外胡用詞！伊娃就笑起來，問：哎問你，什麼是跑路？高文來說：你問這幹啥？伊娃說：問問麼。高文來說：我不告訴你，告訴你了你也不懂！伊娃說：自私！你不告訴我，我得告訴你，廣場那邊有人往這邊瞅你哩。高文來看了一眼，果然有一個人就站在廣場邊的路沿上，往這邊瞅。高文來說：誰瞅我？是瞅你這一頭黃髮哩！伊娃說：街上染黃頭髮的姑娘多了，肯定是你老鄉找你的。高文來說：你咋看出是我老鄉？伊娃說：都穿件西服呀，西服又寬又鬆的，腳上是平底鞋。高文來發了恨聲。伊娃說：他過來啦。

那男的真的就走了過來，站在了店前，看了看高文來，沒有吭聲，卻對伊娃說：喂，我問你話，這頭髮不是染的吧？高文來就站起來，說：有事嗎？那男的說：不是染的，頭髮根都是黃的，是老外嗎？伊娃覺得好笑，仰了頭，說：老外！那男的說：那你認識希立水嗎，女的，比你矮些，胖些，老抹個紅嘴唇。伊娃說：希立水？希姐麼，認識呀。那男的突然變了臉，拉住了伊娃，說：好了，就是你，我找你！高文來把伊娃拽過來，說：你幹啥，這是茶莊，調戲婦女啊？！那男的竟咚地踢開門就闖了進來，喊：誰是老闆？我要見老闆！

店裡人都愣住，小甄就跑過來，說：你是誰？你找老闆？我怎麼不認識你！高文來和伊娃也跟進店。那男的說：我明察暗訪好多日子了，天都開了眼幫我，讓我就尋著了這茶莊，你們把希立水交出來！高文來和伊娃交換了眼色，兩人同時就站在了那男的前面，不讓他再往裡走。小甄說：你和希立水啥關係？那男的說：我認識希立水，她教唆我老婆。小甄說：你老婆是誰？那男的說：辛起，辛起，辛起！那婊子趁我出差把家騰空了！大家全睜大了眼睛，瓷在那裡。小甄說：哦，哦那是你們夫妻間的事，你來這裡鬧什麼，希立水又不是茶莊人。那男的就指著伊娃說：搶我家產的人中，其中就有她！我樓上的汪婆婆看見了，說來了一夥人，還有個黃頭髮的外國女人。你說，是不是你，是不是你們搶空了我的家產？！伊娃說：是有我，辛起是我們的朋友，我們只是去幫忙，誰曉得你們的家長裡短？那男的說：還沒離婚她就能把家產騰空？就是離婚，法院也該判一半是我的！伊娃說：那你去找辛起呀。那男的說：我找不到她！找不到她我就來找你，找你們！高文來說：伊娃伊娃，你不必和他論理，他瘋了！那男的說：誰瘋了？高文來高聲說：你瘋了！那男的說：我就是瘋了！還我的家產！還我的家產！一腳踢在椅子上，竟然把椅子的一條腿踢斷了。小甄和小方吱哇一聲。高文來一下子火了，跳起來雙拳砸下，那男的趔趄著往後退，退，哐地仰面倒下，腦袋在地上彈了彈。高文來還要再撲上去，小甄趕緊抱住。那男的在地上摸後腦勺，摸出了一個疙瘩，看手上還有了血，忽地魚打挺站起，抱住了桌子上的一個白瓷大茶缸就摔了，頓時瓷片茶葉濺了一地。小甄還抱著高文來，忙喊：小方，快把茶几上的茶爐拿走，別讓他摔了！那男的就真的又把茶爐端起來摔在地上。張嫂提了鋁壺在隔間燒水，煤氣灶剛剛打開，聽到響聲，跑出來，卻嚇得手腳無措。高文來急了，喊著：你抱我幹啥？！推開了小甄找傢伙，一時找不到，吼叫：張嫂把隔間裡的刀給我，把刀給我！張嫂跑進隔間，拿出來的是一把鐵勺。那男的摔了茶爐，又眼盯著櫃架，小方用身子去護，說：你要掀櫃架呀，這一櫃架的茶具呀！那男的果然連小方和櫃架一起推倒了，櫃架上的茶杯、茶碗、茶盤、茶壺，稀裡嘩啦一片碎響。小方還在地上，爬過去抓住了那男的腿就咬。高文來一鐵勺擲過去，那男的用手來擋，腳下便滑了一下，再次倒在地上。伊娃、小甄和張嫂全拿了拖把、笤帚、掛竹簾的竹棍子打了去。那男的顧了頭顧不了腳，顧了肚子顧不了背，像蟲子一樣在地上蹦，伸手拽張嫂的腿，張嫂也倒在地上。小方去拉張嫂，一時拉不起，伊娃拿了笤帚打那男的手，使不上勁兒，脫了一隻鞋就搧打，鞋跟兒都打掉了。小甄喊：小方你打110，打110！小方掏了手機報警，那男的已站起來要奪小方手機，高文來提了個鐵桶咚地砸在那男的頭上。桶裡還有半桶水，水像蛇一樣在地上鑽。那男的頭上往下流血，似乎搖搖晃晃站不穩，同時又拉倒了另一個櫃架，就往外跑。拉倒的櫃架擋住了路，高文來一下子攆不上，把茶盤扔過去，沒砸上，再抓了個椅子扔過去，那男的被砸趴在門口，門上的玻璃破了，嘩啦啦落下來。高文來撲過去騎在那男的身上，一拳打在腦門上，腦袋就仰起來，正好能搧嘴，手又搧嘴，眼看著嘴成了豬宣頭嘴。小甄說：不要在頭上打，踢屁股！踢屁股！高文來站起在屁股上連踢帶踹，那男的不動彈了。小甄說：別失手了。高文來說：你狗日的就這麼不經打的，還來砸店？！再跺了一腳。

茶莊裡一打鬧，街道上來往的行人駐了腳看熱鬧，有兩三個跑了過來，隨之更多的人，都圍在店門口，拿了手機拍照。小甄說：都散開了，我們制服了歹徒，沒啥好看的，都散了吧。伊娃卻扯了一下小甄衣襟，小聲說：圍著也好，他想跑也跑不了。而管理停車場的老漢擠了進來，說：我去上了個廁所，這裡就出事了！誰在砸場子，大白天的來砸場子，欺負一幫婦女？！高文來說：就是他！老漢把還躺在地上的男子頭翻過來，認了認，認不得，便呸地朝臉上唾了一口。過來對高文來說：他比你還高還壯麼。伊娃就給高文來伸大拇指，小甄卻說：你快上樓去，看那裡有沒有海姐的鞋。伊娃這才發覺自己光著一隻腳。這時候，一輛警車停在了小廣場上，幾個警察提著警棍跑了來。小方說：今日出警這麼快的！小甄就拉了高文來到門後，高文來的胳膊上沾了血，小甄把血蘸著往高文來臉上抹。高文來說：是我把他打出血了，我沒事的，小甄說：要給警察看的。高文來嗅了一下，把臉在胳膊上蹭，也是了滿臉血，出來就倒在了玻璃碴上。

警察詢問著情況，小甄拉著哭腔說了一通。警察問：這人你認識？小甄說：我們都不認識。警察說：他是無緣無故來砸店的？小甄說：有這種人，對社會不滿，就出來殺人放火搞破壞。我們算倒霉，躺著中槍。警察拍照了現場，讓那男的和高文來都站起來。那男的起來了，嘴腫著，額顱上、胳膊上有傷口，衣服也破了，尋手機，說他手機不見了。高文來沒有起來，他屁股下有個手機。警察說：起來！高文來往起爬又撲沓下去，趁機把手機撥到了一個櫃子底下，他說腰疼起不來。警察讓小方去拉，小方費了勁兒才把他扶了起來。警察驅散了人群，要把那男的和高文來帶走。小甄不讓帶走高文來，說：他是我們店員，受害人，怎麼也帶走？警察說：他也是打架者，都要帶回派出所做筆錄。小甄說：那我也去。跟著就一塊兒去了。

伊娃、小方和張嫂就留在茶莊，她們關了門，但門上玻璃沒了，只是空的門框，覺得難看，就又把門打開。三人一時不知怎麼辦，站在店外，不讓任何人進去。伊娃給海若打電話，但海若的手機關著。只好給陸以可打，給向其語打，給嚴念初、虞本溫、司一楠、徐栖也打，還要給希立水和應麗后打，希立水和應麗后卻在這時來了。希立水要更換她家的床，叫了應麗后做參謀，兩人跑了三家商場都沒中意，才要去商貿大廈，想著先到茶莊喝喝茶就過來的。看了現場，都十分憤怒，又是拍照，又是清點打壞的椅子、櫃架、玻璃和那些茶罐、茶缸、茶爐、茶壺、茶盤、茶杯。應麗后也給海若打電話，還是關機，就問伊娃：她今天沒到茶莊來嗎？伊娃說：我來上班就沒見到她，聽張嫂說，她上班時海姐就在店裡，後來就匆匆忙忙走了。前幾天稅務所的人來過，是不是今天納稅去了。應麗后說：納稅也不該關機呀？！既然聯繫不上海若，她們就商量去派出所，把清單拿上，人多勢眾了，對小高、小甄也好。於是留下張嫂看店。張嫂說：我行不行？管理停車場的老漢說：我幫著你。希立水、應麗后、伊娃、小方剛到停車場，沒想，那裡站著了小唐。

小唐回來了。小唐肯定能回來，這是大家心裡有數的，但沒想到一走就這麼多日子，而回來又偏偏是這個時間。伊娃首先叫起來，抱住了她，說：我都想你了，想你了！小唐說：是嘴裡想還是心裡想，沒見你瘦麼？伊娃吸了腮幫噘起嘴，還真做了個瘦樣。應麗后說：回來了！昨晚回來的，還是現在才回來？小唐說：才回來。應麗后說：沒事了吧？小唐說：沒了。我只說出來就見到太陽了，出來卻是陰雨天。小唐還真能說笑，虞本温就拉了小唐的手腕看，手腕上沒有勒痕，又撩了一下她的瀏海，額上鬢角也沒有傷疤，虞本温也是笑了，卻一拳頭戳在她的肩上，怨恨道：回來了就小跑著回來麼，要早回來兩小時，多個人手，也不至於讓人來砸店！小唐看了一眼沒了玻璃的店門和店門裡的狼藉現場，並沒有憤怒，卻低聲說：我回來了，海姐……她話還未說完，突然轟隆一聲，所有的人都歪倒在了泥水地上，小方的腦袋還撞在一輛車上。應麗后在叫：地震了！地震了！慌亂中去抓汽車，汽車在晃著，接著天上亂七八糟的東西砸了下來。伊娃是看了茶莊爆炸，似乎隔間東面的牆外，有了一個扇面，像噴漿，像噴火，有一人在飛起來，身子仰面，腳手揸開，不見了。

茶莊是爆炸了，爆炸來自茶莊的隔間，先是巨大的火光一閃，有窗子的那面牆就掀開一個洞，石頭、磚塊、鐵架子、大板條、灶台、鍋盆碗筷，還有垃圾桶、坐便器、衣服和鞋子，火山熔岩一樣衝出來，飛濺到停車場上。兩把刀在空中翻騰著滾，最後砍在了路邊的樹上，幸好沒有傷人。但一個鐵皮壺的嘴，竟然飛到了報刊亭那邊，擊中了正跑過的一隻流浪貓，貓就一聲沒吭地死了，接著是蘑菇狀的黑煙隆起，先還像是一堆黑熊似的，再往高空去，是了一條龍狀，又不是龍，是巨大的鯨魚，後來黑煙什麼都不是了，就是黑煙，響著一連串的崩坍聲，玻璃和瓷器的破碎聲。

突如其來的爆炸，使街道上所有往來的車輛和行人都戛然而止，凝固在那裡，隨之吶喊，驚叫，紛紛逃散。而五輛車在那瞬間追尾，這時才從車裡都出來了人，有的脖子扭傷了，用手揉著，有的鼻子出了血，還沒有擦，下來觀看著各自的車，然後開始了爭吵。應麗后是第一個爬起來了，她搖著頭，頭上沒有被什麼東西擊中，眼睛也好著的，跺跺腳，說：茶莊爆炸啦？！就看到身邊有一塊牆皮，牆皮上有著圖案，似乎是衣服飄帶的一角。她就大聲哭叫著希立水、小唐、伊娃、小方、張嫂。大家都陸續站起來了，都沒有受傷，站起來了卻都目不能轉，口不能言，呆若木雞。

三十五、伊娃・西京城

關於暫坐茶莊發生的爆炸，社會上說啥話的都有。有的說這與政治有關，因為市委書記倒臺後，一個副市長被雙規了，市委秘書長也被雙規了。這些官員的落馬，有人鳴放鞭炮慶祝，也有人做出詭異舉動來發洩恐慌和不滿，比如市委書記的小舅子當眾燒毀了自己的汽車，秘書長的一個部下將四十瓶茅台酒倒進了廁所，有的老闆自首了，有的老闆還是選擇跑路。暫坐茶莊的老闆當然和市委書記、市委秘書長不是親戚，也不是下屬，但之所以開茶莊，是通過秘書長才極便宜地租用了那座小樓，茶莊老闆才故意製造了這次爆炸，以至分散注意力或引起同情吧。有的說是經濟問題，暫坐茶莊生意紅火，出入的都是有錢有勢的人，聚集的朋友都過著花團錦簇的生活，便招惹了社會上的不法歹人，這歹人以顧客名義進去，偷偷將定時炸藥包放在了茶莊的樓梯下，然後出去給老闆打匿名電話索要一百萬元。茶莊老闆答應可以周濟五萬元，並幼稚地用大道理和做人的原則來教育開導人家，結果歹人說是受辱了，不稀罕那五萬元，那炸藥包便爆炸了。有的說這些都是胡猜想的，應該是有人來暫坐茶莊尋人滋事，發生了鬥毆，而隔間裡燒著一壺水，都忘了在燒水，水燒開後溢出來澆滅了火，煤氣洩漏。洩漏的時間長了，店門口被擋著不讓外人進，圍觀的人就到東牆那兒推開小窗要往裡看，停車場管理的老漢去趕，沒想他嘴上叼著菸捲，在拉閉窗扇時，煤氣見著明火才閃爆的，那老漢也是被氣浪衝飛到了街道沿上。

眾說紛紜，不置可否，越發有許多閒人都來現場要瞧稀罕，拍照或發視頻。他們在現場裡看到了那個停車場管理員，老漢說爆炸時，他確實在東牆外趕人，他被氣浪衝著飛行了十米，但他當時腦子清楚，落地時故意翻滾了一下，只有些皮外傷，沒有骨折和腦震盪，而他否認自己吸菸，說他不吸菸，愛喝酒，當時是喝了半瓶子酒。老漢的話可能是真的，因為警察並沒有控制他，還幫著警察拉了繩子隔離起暫坐茶莊整座樓，甚至對詢問的人說：沒有結論，一切還在調查。

海若不在，店的東西都不知如何處置，但店員每日還照舊上班。上了班沒事可做，就坐著，不多說話。只有張嫂時不時在哭，用手揪頭髮，自己搧自己耳光。眾姊妹也都來過了，先是幾乎同時到齊，後來便今天來一撥三四個，明天來一撥五六個。來了，衣著已不再爭鮮奪豔，但脖頸上的玉塊都還佩戴著。而有一個現象，或者說有一個細節，這是小方先發現的，說給了小唐，小唐也覺得疑惑。那就是應麗后來了，看到嚴念初在，她待一會兒就走了，嚴念初來，看到應麗后在，也是待一會兒也就走了。始終沒有見陸以可來，打電話，手機沒開，問誰都不知道她在哪裡。向其語好像為了陸以可的什麼事同司一楠有了口角，司一楠起身走了，再不來，徐栖也再不來。虞本温生了氣，說：不來就不來吧，夫妻本是同林鳥，大難來了各自飛，何況眾姊妹！世態炎涼，這次看得清清楚楚了。小唐給伊娃說：你問過羿老師嗎，他知道陸姐不？伊娃這才發覺羿光也是一直沒來過。茶莊出了這麼大的事，他又住得這麼近，竟不聞不問？伊娃就給羿光打電話，也是關機。平日關係多好的，關鍵時候就聯繫不上了，還是故意躲避？伊娃捶胸頓足地發恨，過幾個小時撥打一次，過幾個小時撥打一次，非要撥通不可。終於是撥通了，羿光卻說他和陸以可來馬來西亞了，飛機剛剛落地。伊娃就對著手機吼：什麼時候了，你倒去旅遊？還帶了陸以可？！羿光就告訴說馮迎死了。那個下午，茶莊裡集體起了哭聲。

原本高文來和那個男的在派出所做完筆錄後就可以回來，而隨後的爆炸，又將他們留置了兩天，直到第三天中午才被釋放。那男的雖給茶莊賠償了一萬元，但從此每天一早，他就臉上貼著三塊創可貼，嘴唇還腫著，塗了紫藥水，就坐小廣場上朝著茶莊喊辛起的名字，要他的家產。茶莊裡的人不能再動手去趕他，只好忍氣吞聲任著他叫罵。

海若沒有回來，也沒任何消息，就像是風吹走了柳絮，泥牛入了海。海若的問題到底有多麼大呢？如果還是因為齊老闆的事，但小唐都回來了呀，她即便是小唐的老闆，茶莊的法人代表，可能知道得更多，更詳細，更有責任，那也是進一步協助調查而已麼。如果真是社會上的傳言那樣，牽涉到了那個秘書長，不也就秘書長平日關照茶莊，利用權力關係便宜租用了這座小樓嗎？大家商量著能不能找些領導去打探一下，但她們很快否定了，找別的有關領導，只能是羿光，羿光偏不在啊。這期間，吳老闆倒是來了一次，眾姊妹請教吳老闆，吳老闆也是束手無策。臨走時，希立水倒是問了一句：活佛呢，活佛啥時候來？吳老闆還是：這我也說不準呀。張嫂又坐在那已經坍了一半的隔間處哭，虞本温叫她，小唐叫她，說那兒危險不敢坐的，她啪啪地搧自己耳光。

伊娃心裡暮亂，在店裡待不住，出來就去找辛起。

伊娃是前兩天就去通知過辛起，讓她出外一定小心，尤其近期不要去茶莊。這次去了，辛起在出租屋裡哭啼，說她這是困獸，快憋死了。伊娃說：我也快憋死了！辛起說：在我心目中，海姐是多了不起的人呀，無所不能，卻怎麼她也被叫走了，這麼多天不能出來？！伊娃說：是呀，海姐是織網的人，海姐也成了網上的獵物。辛起說：可海姐是好人啊，是我認識的最好的好人啊！伊娃說：是好人，但我在想，我們敬佩海姐平日的所作所為，現在倒困惑那有用嗎，有意義嗎？辛起說：你是說海姐也是失敗者？伊娃說：或許多少年後，她就是一個女人，一個母親，一個眾姊妹的召集人，一個曾開辦過暫坐茶莊的小老闆麼。辛起說：呃，呃，那咱們咋辦呢？伊娃說：我也不知道。辛起說：咱不如到什麼地方散散心去。伊娃說：到什麼地方去？我就是為了散心才來的西京，也該回去了吧。辛起又傷感起來，眼淚汪汪，說：你要走了誰還能來和我說說話呀！你要走，把我也帶上。伊娃說：喔，你願意跟我去聖彼得堡？辛起說：願意呀，我願意去，我只和希姐去過一次韓國。伊娃說：那就一塊兒走吧，在那裡的吃住我包了。辛起說：你說的是真的？伊娃說：你有沒有護照？辛起說：有，我有的。

伊娃就真的買了她和辛起去聖彼得堡的機票。這事伊娃沒給任何人說。過了四天，海若還是沒回來，羿光和陸以可也沒回來，伊娃和辛起就搭出租車去了機場。

那個傍晚，空氣越發地惡劣，霧霾彌漫在四周，沒有前幾日見到的這兒成堆那兒成片，而幾乎又成了糊狀，在浸泡了這個城，淹沒了這個城。煩躁，憋悶，昏沉，無處逃遁，只有受，只有挨，慌亂在裡邊，恐懼在裡邊，掙扎在裡邊。黑暗很快就下來了。塞滿在街巷裡的汽車全都打亮了前燈尾燈，緩緩移動，感覺是進入了泥石流中。閃過的城牆垛台，樓房的一角，那些道旁的樹，電桿，廣告牌，戴口罩和沒戴口罩來來往往的人，全都模糊不清，又支離破碎。過了護城河岸，過了朱雀高架橋，過了豐陽隧道，不知什麼地方有了吶喊聲，呻吟聲，時斷時續。那不是吶喊和呻吟，是有人在唱秦腔。伊娃一直趴在車窗往外看，她看到一蓬一蓬花，知道駛進了南環路。南環路是這個城打造的一條花街，十幾里長道兩旁都是玫瑰、月季、薔薇。這些花在霧霾和黑夜裡已經不那麼招搖，車燈照過去，該黑的都被黑遮蔽了，該亮的依然明亮。白的絢白，黃的佛蕾，紅的簡直如血。辛起說：還有這條花街？！伊娃說：是啊。突然淚流滿面。辛起說：你怎麼哭了？伊娃說：活佛還沒有來，海姐還沒有回來，羿老師也不在，我就這樣離開這個城了？辛起無以言對。伊娃說：唉，西京不是我的西京，我是該離開了。辛起說：我早就說過，你不該從聖彼得堡來這裡。伊娃說：這我倒不後悔，你不是也從鄉下來到城裡嗎？辛起說：你來正遇著霧霾大的時候，再過半個月，或者二十天，風就多起來，霧霾就少了，天一熱就沒了。卻又說：你是在說我嗎，說我是蚊蟲嗎，城裡有腥，我也到城裡來了？伊娃卻喃喃道：我只說來這裡了有所收穫，沒想丟失了許多倒要回去了。辛起說：丟失了，你丟失了東西？伊娃卻再沒有說話，抱住了辛起，已經抽搐了。

在抽搐中，伊娃醒來，屋子裡空空蕩蕩，窗外有煙囪在冒煙，煙升到高空中成了雲。正飛過一架飛機。

二〇一八年八月二十一日初稿完
二〇一九年二月八日二稿完
二〇一九年六月十二日三稿完
二〇一九年九月十日四稿完

後記

賈平凹

在我七十歲前，《暫坐》可能是最後的一部長篇小說。酷暑才過，書稿剛完。字數是二十一萬吧，整整寫了兩年，這比以往的任何一部書都寫得慢，以往的書稿多是寫兩遍，它寫了四遍。年紀大了，愛彈嫌，彈嫌別人，更彈嫌自己，總覺得這樣寫著不行，那樣寫著欠妥，越是時間不夠用，越是浪費時間。

《暫坐》寫城裡事，其中的城名和街巷名都是在西安。在西安已經生活了四十多年，對它的熟悉，如在我家裡，從客廳到廚房，由這個房間到那個房間，無論多少拐角和門窗，黑夜中也出入自由。但似乎寫它的小說不多，許多人認為我是鄉土題材的作家，其實現在的小說哪能非城即鄉，新世紀以來，城鄉都交織在一起，人不是兩地人了，城鄉也成了我們身份的一個鎳幣的兩面。

突然想寫《暫坐》，緣於我樓下的那個茶莊搬走了。茶莊在的那些年，我每日兩次都在那裡喝茶，一次是午飯前，一次是晚飯後。茶是喝到了好茶就只能再好不能將就，我已經被培養成喝茶貴族了，茶莊卻搬走了。人在身體好的時候並不覺得還有呼吸，一旦病了，才知道呼吸的重要，且一呼一吸是那樣地緊迫，一刻不停。

茶莊在賣著全城最好的茶，老闆竟是一位女的，人長得漂亮，但從不施粉黛，裝束和打扮也都很中性。我是從那時起，醒悟了雌雄同體性的人往往是人中之鳳。她還有一大群的閨蜜，個個優遊自尊，儀態高貴。我曾經納悶：為什麼男的沒有，女的則有閨蜜呢，而且她的閨蜜還那麼多？後來我也是醒悟了，女的比男的有更多的心事，無論多麼了不起的女的，她們都需要傾訴，閨蜜就是來做傾訴的。那些閨蜜隔三岔五地來到茶莊聚合，那是非常熱鬧和華麗的場面。這如一個模特在街上走，或許有人回頭看，而十多個模特列隊在街上走，那就滿街注目。我是在茶莊看見了她和她的閨蜜，她們的美豔帶著火焰令你怯於走近，走近了，她們的笑聲和連珠的妙語，又使你無法接應。她們活力充滿，享受時尚，不願羈絆，永遠自我。簡直是，你有多高的山，她們就有多深的溝，你有雲，雲中有多少鳥，她們就有水，水中有多少魚。她們是一個世界。

現在，茶莊搬走了，不知是因為經濟下滑，又強有力地反腐，作為奢侈品的高檔茶已越來越難賣了，還是房租太貴，員工的工資一再上漲，經營再也無法為繼？而留給我的只是嘆息，看茶碗在渴著，看蠟燭要燒死。

她們有太多的故事，但故事並不就是《暫坐》的文本。在《暫坐》裡，以一個生病住院直到離世的夏自花為線索，鋪設了十多個女子的關係，她們各自的關係，和他人的關係，相互間的關係，與社會的關係，在關係的脈絡裡尋找著自己的身份和位置，正如一段古文所寫：「牆東一隙地，可二畝許，誅茅夷險，繚以土垣，垣外雜種榆柳，夾桃花其中。」這是她們的生存狀態，亦是精神狀態。而菟絲女蘿蔓延橫生，日光漏葉瑩如琉璃，敘述以氣流布，凝聚為精則是結構之處。其中更有著陸以可的再生人父親出現的奇異，有著馮迎幽靈縈繞的迷麗，使這人間的人確實有了兩種：人類和非人類。也時空轉換著，一切都有了起浮不定黑白無常的想像可能。

《暫坐》中仍還是日子的潑煩瑣碎，這是我一貫的小說作法，不同的是這次人物更多在說話。話有開會的，有報告的，有交代和叮嚀，有訴說和爭論，再就是說是非。眾生說話即是俗世，就有了觀世音菩薩。觀世音菩薩觀的是大千世界中一切內外所有的諸聲，而我們，則如《妙法蓮華經》所言：雖未得天耳，以父母所生常耳總也聽得，起碼無數種人聲，聞悉能解。

《暫坐》裡雖然沒有「我」，我就在茶莊之上，如燕不離人又不在人中，巢築屋梁，萬象在下。聽那眾姊妹在說自己的事，說別人的事，說社會上的事，說別人在說她們的事，風雨冰雪，陰晴寒暑，吃喝拉撒，柴米油鹽，生死離別，喜怒哀樂。明白了凡是生活，便是生死離別的周而復始地受苦，在隨著時空流轉過程的善惡行為來感受種種環境和生命的果報。也明白了有眾生稱有宇宙，眾生之相即是文學，寫出了這眾生相，必然會產生對這個世界的「識」，「識」亦便是文學中的意義、哲理和詩性。

在寫這些說話的時候，你怎麼說，我怎麼說，你一句，我一句，平鋪直敘地下來，確實是有些笨了，沒有著那些刻意變異和荒誕，沒有著那些華麗的裝飾和渲染，可能會有人翻讀上幾頁便背過身去。但我偏要這樣敘述的。在這個年代，沒有大的視野，沒有現代主義的意識，小說是難以寫下去。這道理每個作家都懂，並且在很長時間裡，我們都在讓自己由土變洋，變得更現實主義。可越是了解著現實主義就越了解著超現實主義，越是了解著超現實主義也越是了解著現實主義。現實主義是文學的長河，在這條長河上有上游、中游、下游，以及灣、灘、潭、峽谷和渡口。超現實主義是生活迷茫、懷疑、叛逆、掙脫的文學表現，這種迷茫、懷疑、叛逆、掙脫是身處時代的社會的環境的原因，更是生命的，生命青春階段的原因。處理這些說話，一盡地平穩，笨著，憨著，澀著，拿捏得住，我覺得更顯得肯定和有力量，也更能保持它長久的味道。盡力地去汲取一切超現實主義的元素，豐富自己，加強自己，來從事適合國情和自況的寫作。視野決定著器量，器量大了怎麼著都從容。

寫過那麼多的小說，總要一部和一部不同。風格不是重複，支撐的只有風骨。《暫坐》就試著來做撐杆跳，能跳高一厘米就一厘米。它的突破每每以失敗為標誌，俄國的那個伊辛巴耶娃似乎從沒有見好就收。

齊白石在他晚年的繪畫中，落款總是要寫上八十幾歲或九十幾歲，這是一種釋然，還是一種炫耀？而《暫坐》之所以敢純寫一群女的，實在是我不自信使然。寫作中，常常不是我在寫她們，而是她們在寫我，這種矛盾和分裂隨處可見。寫到了最後，困擾我的是，女的是最會戀愛的，為什麼她們都是不結婚或離異後不再結婚？世上的事千變萬化而情感是不會變的嗎，還是如看到的那句話：別說我愛你，你愛我，咱們只是都餓了。我就這麼疑惑著，猶如這個城市在整個冬季和春季所彌漫的霧霾，滿天空都是個謎團。

二〇一九年九月十三日中秋夜

國家圖書館出版品預行編目（CIP）資料

暫坐 / 賈平凹著. -- 初版. -- 臺北市 : 華品文創出版股份有限公司, 2025.04
面； 公分
ISBN 978-626-7614-05-1 (精裝)

857.7 114002710

暫坐

作者	賈平凹
書系顧問	朱文鑫
書系主編	楊宗翰
助理編輯	沈良耘
總經理	王承惠
財務長	江美慧
印務統籌	張傳財
業務統籌	龍佩旻
行銷總監	王方群
美術設計	不倒翁創意視覺
出版者	華品文創出版股份有限公司 公司地址：100台北市中正區重慶南路一段57號13樓之1 物流地址：221新北市汐止區大同路一段263號9樓 讀者服務專線：(02) 2331-7103 物流服務專線：(02) 2690-2366 http://ccpctw.com E-mail：service.ccpc@msa.hinet.net
總經銷	大和書報圖書股份有限公司 地址：242新北市新莊區五工五路2號 電話：(02) 8990-2588　傳真：(02) 2299-7900
印刷	卡樂彩色製版印刷有限公司
初版一刷	2025年4月
定價	精裝新台幣660元
ISBN	978-626-7614-05-1